Christa Kanitz

Die Erben der Stellings

Christa Kanitz

Die Erben der Stellings

Roman

Langen Müller

Ich danke meinen Töchtern Christine, Ulrike und Brigitte, dass sie mir geholfen haben, Brücken zwischen den ›Stellings‹ und den Lesern zu bauen.

Christa Kanitz

Besuchen Sie uns im Internet unter:
http://www-langen-mueller-verlag.de

Schutzumschlaggestaltung: Wolfgang Heinzel
Motiv: akg-images, Berlin
Satz und Herstellung: EDV-Fotosatz Huber/
Verlagsservice G. Pfeifer, Germering
Gesetzt aus: 11/13,8 pt Berthold Baskerville
Druck und Binden: GGP Media, Pößneck
Printed in Germany
ISBN 3-7844-2895-9

Erstes Kapitel

Nur das Wiehern auf einer fernen Weide und das leise Klavierspiel drüben im Verwalterhaus waren zu hören. Thomas Stelling ging die Steinstufen hinunter und zündete sich mit Genuss die Pfeife an. Melanie hatte es nicht gern, wenn er kurz vor dem Abendessen das Haus mit seinem Pfeifendunst füllte. Also hatte er sich angewöhnt, abends auf der alten Bank an der Hauswand sein Pfeifchen zu rauchen, den Tag noch einmal zu überdenken und einen letzten Blick über den Gutshof schweifen zu lassen.

Friedlich lag das große Anwesen vor ihm. Dankbar dachte er daran, wie der Hof gewachsen war, wie er größer und größer wurde und wie er immer wieder anbauen musste, um dem Erfolg ein ›Dach über dem Kopf‹ zu geben. Er hatte gut gewirtschaftet, er hatte aus dem Gut Rodenhagen, nach dem Tod der Großeltern vergessen und verwahrlost, einen blühenden Zuchtbetrieb für edle Warmblüter aufgebaut und seine Pferde wurden auf allen Rennplätzen geschätzt. Dann kam der Auftrag der preußischen Regierung, die Kavallerie jährlich mit hundert Remonten zu versorgen, und sein Gestüt erlangte europaweite Anerkennung.

Jetzt grasten auf den Weiden hunderte von Pferden und selbst im Winter, wenn die Tiere nachts in den riesigen Freilaufstallungen untergebracht und gefüttert wurden – nur die Zuchtstuten und die Hengste hatten eigene Boxen – verbrachten sie die Tage im Freien. Das machte sie hart und widerstandsfähig.

Thomas lehnte sich behaglich zurück und lauschte dem fernen Klavierspiel. Das ist Henriette, dachte er, sie übt für das Konzert in der Schule. Die kleine Jette, wie er sie zärtlich nannte, war das jüngste seiner Enkelkinder. Sie war sein ganz besonderer Liebling und gerade acht Jahre alt geworden. Welch ein Unglück, dass sie so früh ihren Vater verloren hat, dachte er, aber sein Schwiegersohn, Offizier bei den Schweriner Kanonieren, war ein waghalsiger Mann und als die ersten Automobilfabriken Testfahrer suchten, meldete er sich und verunglückte tödlich. Das war vor sechs Jahren und seitdem lebte seine jüngste Tochter Elisabeth wieder auf dem Hof und war mit ihren drei Kindern in das leerstehende Verwalterhaus gezogen. Er bewunderte seine kleine Lissi, die sich ohne zu klagen eine eigene Existenz aufgebaut hatte. Künstlerisch begabt, hatte sie eine Paramentenwerkstatt eingerichtet und zusammen mit einigen Frauen aus dem Dorf fertigte sie die schönsten liturgischen Gewänder und Ausstattungstextilien für die Kirchen im ganzen Land. Sie hätte natürlich im Herrenhaus wohnen können, aber sie wollte selbständig sein und setzte, wie immer, ihren hübschen Lockenkopf durch. »Papa«, hatte sie erklärt, »ich möchte nicht unter die elterlichen Fittiche zurückkehren. Ich muss lernen, fertig zu werden und das fängt beim Wohnen an. Ich genieße die Geborgenheit des großen Gutes, aber ich möchte mir selbst eine Existenz aufbauen, von der wir leben können.« Und sie hat es geschafft, dachte Thomas mit Hochachtung. Inzwischen gehen ihre beiden Söhne auf ein gutes Internat, und Jette bekommt ihren geliebten Klavierunterricht, was hier auf dem Lande auch nicht ganz leicht ist.

Thomas klopfte die Pfeife am Stiefelabsatz aus und steckte sie in die Tasche seiner Joppe. Müde rieb er sich mit den Händen über das Gesicht. Es war wieder ein langer Tag, der hinter ihm lag. Allmählich spürte er seine zweiundsiebzig Jahre. An einem Abend wie diesem war vom sportlichen Elan früherer Jahre nicht mehr viel übrig. Nur gut, dass Bernhard, der so engagiert und konzentriert in den Betrieb hineingewachsen war, mit sicheren Händen langsam aber zielstrebig die Zügelführung übernommen hatte. Der Junge hatte die Liebe zum Land und zu den Pferden von ihm geerbt und war ein würdiger Nachfolger. Thomas schmunzelte, als er an ›den Jungen‹ dachte, der sich längst zu einem respektablen Mann von vierzig Jahren mit eigener Familie entwickelt hatte.

Thomas sah nach rechts hinüber, wo im Souterrain die Lichter der Küche hell geworden waren. Dann hörte er die Stimmen der Mamsell und der Köchin, die lachend miteinander stritten, wie ein Burgunderbraten zu servieren sei.

Zeit, mich umzuziehen, dachte er und stand auf. Seit vierzig Jahren führte seine Melanie ein strenges Zepter, wenn es um die Einhaltung der Etikette ging. Dazu gehörte die korrekte Kleidung beim Abendessen genau so wie der feingedeckte Tisch oder die weiße Spitzenschürze der Mamsell, wenn sie die Speisen servierte. Thomas sah noch einmal über den weitläufigen Hofplatz mit den großen Stallungen und den Scheunen, die langsam im Dunst der Dämmerung versanken. Vom See herauf zogen die ersten Herbstnebel und er dachte an die Pferde, von denen oft nur die Köpfe und die Kruppen zu sehen waren, wenn der Nebel sich auf den Weiden breit machte.

Thomas erinnerte sich, mit welcher Skepsis die Bauern und die Freunde auf den Nachbargütern den Wandel auf seinem Gut beobachtet hatten, als er die alten Methoden der Bewirtschaftung konsequent geändert hatte, nachdem der Verwalter in den Ruhestand gegangen war. Er hatte kurz entschlossen aus allen Ackerflächen Pferdeweiden gemacht. Hafer, Heu und Stroh kaufte er im Dorf, das war günstiger, als die Felder selbst zu bestellen, auf denen nun wertvolle Pferde leben konnten. Außerdem unterstützte er damit die Bauern, die ihre Erträge nicht zum Verkauf in entfernte Städte zu transportieren brauchten.

Nur am Wald hatte er nichts geändert, der war für ihn absolut unverletzlich, denn er wollte seinen Kindern einen Baumbestand hinterlassen, der im ganzen Landkreis einmalig war. Er hatte zwei Förster eingestellt, die das Wild kontrollierten und ihn persönlich fragen mussten, wenn auch nur ein Baum gefällt werden sollte. Nur zur Zeit der Jagd durchstreifte er den Wald mit Freunden und Nachbarn, füllte die Vorratskammern mit Wildbret, verteilte Hasen und Schwarzwild im Dorf und stiftete alljährlich einen kapitalen Hirsch dem Kloster in Breitenburg.

Thomas ging mit schweren Schritten und leicht gebeugtem Rücken die beiden ausgetretene Steinstufen hinauf, öffnete die wuchtige Eichentür, die seit Generationen das Haus vor Fremden und Feinden, vor Wind und Wetter schützte und betrat die große Halle. Vieles in diesem Haus war in den fünfzig Jahren, die er nun hier lebte, um- und ausgebaut worden, aber niemals hatte er den Charme und die Schlichtheit der äußeren Fassade verletzt. Innen aber hatte sich vieles verändert, das war er seiner großgewordenen Familie schuldig. Wände waren eingerissen worden, um Wohnräume zu vergrößern, Wasserleitungen bis hinauf in die Schlafräume hatte er legen lassen, die Kamine mussten gemütlichen Kachelöfen weichen und die ausgetretenen Bodenbretter im Erdgeschoss waren durch rote Fliesen und dickwollige Teppiche aus einer Weberei in Hagenow ersetzt worden. Melanie hatte auf Fliesen, Teppiche, Kachelöfen, eine moderne Küche mit Fließwasser, Vorratskammern und, welch ein Luxus, auf Elektrizität bestanden.

Liebevoll dachte er an seine hübsche Frau, die mit Geduld und Courage die Regie im Haus übernommen hatte und bis heute mit sanfter Gewalt die große Familie dirigierte. Sie war eine gute, eine wunderbare Frau, die seit vierzig Jahren der wertvollste Teil seines Lebens war. Zwei großartige Söhne hatte sie ihm geboren und eine bezaubernde Tochter und bei aller Zuneigung und Zärtlichkeit war sie eine Frau, auf die sich ein Mann hundertprozentig verlassen konnte. Thomas lächelte, als er an sie dachte und lief auf Zehenspitzen die Treppe zum Obergeschoss hinauf, denn eigentlich war es verboten, mit Stallstiefeln im Haus herumzulaufen. Es gab einen Hintereingang mit einer Stiefelkammer, in der auch Regenmäntel und nach Stall riechende Joppen aufgehängt werden sollten, aber Thomas hatte keine Lust, an diesem Abend um das ganze große Haus herum zu laufen, nur, um weiblichen Anordnungen zu folgen. Die Mamsell kannte seine kleinen Sünden, sie würde später eine Magd beauftragen, unauffällig die schmutzigen Sachen zu entfernen.

Thomas zog sich aus, stöhnte, weil sein Rheumatismus in den Schultern wieder schmerzte, und ging unter die Dusche, die er vor einem Jahr hatte einbauen lassen. Nur mit dem heißen Wasser klappte es nicht so recht, aber jetzt, Anfang Oktober, konnte man getrost auch noch unter einem kalten Strahl stehen. Dann zog er frische Wäsche an, streifte das wieder einmal zu stark gestärkte Leinenhemd über und zog die schwarze Hose mit den akkuraten Bügelfalten an. Während er das Jabot am obersten Hemdenknopf befestigte, sah er in den Spiegel und zwinkerte sich zu. Abgesehen von dem leicht gebeugten Rücken, das lag eben an dem Rheuma in den Schultern und dem grauen Haar, war er durchaus mit sich zufrieden. Dass er zugelegt hatte, lag an dem guten Essen und, wie seine Frau augenzwinkernd meinte, ganz bestimmt nicht an dem abendlichen Bier, das die Klosterbrüder aus Breitenburg regelmäßig als Dank für den kapitalen Hirsch fassweise schickten.

Aber ein Mann mit seiner Größe konnte sich ein paar Kilo mehr durchaus leisten. Stattlich nannte man das dann. Melanie war mit ihm zufrieden und nur darauf kam es an.

Als der Gong zum Abendessen rief, streifte er die Seidenweste und das Jackett über, schlüpfte in die glänzend geputzten Schuhe und ging nach unten. Ausnahmsweise war heute die ganze Familie im Speisezimmer versammelt. Thomas und Melanie nahmen an den Schmalseiten des großen Tisches Platz. Links von Melanie saßen Bernhard, seine beiden Söhne Johannes und Fabian und den Abschluss dieser Reihe bildete Corinna, Bernhards Frau. Rechts von Melanie hatten sein zweier Sohn Christian mit den Söhnen von Elisabeth – Richard und Friedrich – Platz genommen, daneben reihten sich Elisabeth und die kleine Jette in die Tischgemeinschaft ein. Dass Lissi mit ihren Kindern heute zum Abendessen gekommen war, lag an der Reise, die sie besprechen mussten. In einer Woche feierte Viktoria in Hamburg ihren siebzigsten Geburtstag und hatte sich als Geschenk ein paar Tage mit der ganzen großen Familie Brennicke/Stelling gewünscht. Da das Fest in die Herbstferien fiel, konnten auch die jüngsten Familienmitglieder dabei sein, denn die Söhne von Bernhard und Elisabeth lebten während der Schulzeit im Hardenberg-Internat in Potsdam, einer Institution mit preußischem Schliff und guter humanistischer Ausbildung.

Mit Vergnügen beobachtete Thomas, wie wohlerzogen sich alle benahmen. Man saß auf den Stühlen, ohne sich anzulehnen, hielt die Ellenbogen an die Hüften gepresst und jonglierte mit Messer und Gabel, ohne die Handgelenke am Tisch aufzustützen, und die Kinder sprachen nur, wenn sie gefragt wurden. Diese hervorragenden Manieren waren Melanies Werk, von ihm aus hätte es legerer und gemütlicher zugehen können, er wusste aber auch, wie wichtig gutes Benehmen für die Zukunft der Kinder war und überließ es gern seiner Frau, auf die Etikette zu achten.

Der Burgunderbraten war ein Genuss und Thomas nahm zwei Mal von der Platte mit den saftigen Scheiben, die die Mamsell herumreichte. Liebevoll zerschnitt er das Fleisch für die kleine Jette, die, wie immer, wenn sie einmal mit der Mutter zum Essen ins Herrenhaus kam, seine Tischdame war.

Die Erwachsenen unterhielten sich über die Reise.

»Wir werden mit der Eisenbahn von Brahlstorf aus nach Hamburg fahren«, erklärte Christian. »Ich habe mich erkundigt, der Berliner Zug kommt um zehn Uhr dort durch und hält an, wenn wir unsere Reise anmelden.«

Thomas nickte. »Kannst du das übernehmen? Wann sind wir dann in Hamburg?«

»Nachmittags um vier. Ich kümmere mich darum.«

Melanie sah ihre Söhne an. »Und wie geht es dann in Hamburg weiter?«

»Großmutter hat das Hotel ›Hamburger Hof‹ für uns reserviert.«

»Das ganze Hotel«, fragte Corinna belustigt?

»Nun ja, ein paar Etagen«, korrigierte sich Christian. »Wir sind immerhin eine riesige Familie und wenn die Glückstädter auch kommen, könnten wir schon ein ganzes Hotel bevölkern.«

»Ich finde es sehr vernünftig, dass Viktoria die auswärtigen Gäste im Hotel unterbringt«, erklärte Melanie und zeigte der Mamsell, dass sie den Nachtisch servieren könnte. Erwartungsvoll sahen die Kinder zu, wie sie die cremige Speise aus dem Aufzug nahm und eine köstliche rote Fruchtsoße darüber verteilte. Fragend sah die Mamsell die Hausherrin an und als Melanie nickte, bediente sie zuerst die Kinder.

Thomas beobachtete seine Familie. Er war stolz auf seine Kinder – mit einer Ausnahme: Christian machte ihm Kummer. Thomas wusste, dass nicht die Wünsche des Vaters im Leben eines Sohnes zählten, sondern die Wünsche und Talente des Kindes. Er hatte praktisch am eigenen Leibe erfahren, wie es war, wenn man gegen den Strom schwamm. Auch er wollte damals nicht dem Wunsch seines Vaters entsprechend Kaufmann werden, sondern immer schon als Reiter und Pferdezüchter seinen Weg gehen. Und wie viel Kummer hatte das bedeutet – nicht nur für ihn, sondern für die ganze Familie, als er schließlich seinen Willen durchgesetzt hatte. Und nun war Christian der Sohn, der eigene Wege gehen wollte, der nicht, wie seine Eltern hofften auf ein Nachbargut einheiraten wollte, um Rodenhagen zu vergrößern. Alles hatte sich so gut gefügt. Die hübschen Töchter im Hause Lemrad, die aneinander grenzenden Weiden, der fehlende Sohn und Erbe beim Nachbarn – aber nein, Christian wollte von Landwirtschaft und Pferden nichts wissen. Schon im Unterricht waren Mathematik und Erdkunde seine Lieblingsfächer gewesen und statt Biologie hatte er Geographie studiert und jetzt suchte er seit Jahren nach einer Arbeit, in die er sein Wissen als Volkswirt und Geograph einbringen konnte. Noch hatte er nichts Passendes gefunden und erledigte die kaufmännischen Arbeiten hier auf dem Gut, aber Thomas wusste, dass der Sohn zum Absprung bereit war. Er würde es sehr bedauern, diesen tüchtigen jungen Mann zu verlieren, der die Rechnungsbücher in Ordnung hielt und den Schriftwechsel führte, er wusste aber auch, dass er ihn nicht halten konnte, wenn Christian die Chance zum Absprung in die weite Welt bekam.

Das Mahl war beendet. Thomas erhob sich, die anderen folgten. Die Kinder wünschten artig ›gute Nacht‹ und gingen in ihre Zimmer. Auch Elisabeth verabschiedete sich, sie wollte die Jungen und Henriette nicht allein hinüber ins Verwalterhaus gehen lassen. Die anderen begaben sich in den kleinen Salon, wo für die Frauen Kaffee und für die Männer Cognac bereitstanden.

»Wir werden also übermorgen sehr zeitig starten«, nahm Thomas den Faden wieder auf. »Die Knechte können uns zum Bahnhof fahren und das Gepäck verladen. Bernhard, du kümmerst dich um die Kutschen und du, Christian, um die Eisenbahn und um die Ankunft in Hamburg. Wir werden Gepäckträger und Fahrgelegenheiten zum Hotel brauchen.«

Melanie sah ihre Schwiegertochter an. »Wir Frauen werden uns in Hamburg neu einkleiden, das habe ich auch mit Elisabeth besprochen. Zwischen unserer Ankunft und der Feier liegt ein ganzer Tag, da haben wir genügend Zeit.«

Thomas schmunzelte. »Ihr wollt also Geld ausgeben. Habt ihr nicht die Schränke voller Kleider? Muss es schon wieder etwas Neues sein?«

Melanie legte den Arm um ihn. »Knurre du nur. Du weißt ganz genau, dass wir nicht wie Landpomeranzen auftreten können. Hamburg ist eine sehr elegante Stadt und die anderen Gäste müssen ja nicht die Nasen rümpfen, nur weil wir nach Pferdestall riechen und nach einer uralten Mode gekleidet sind. Ich habe da von wunderbaren Einkaufspassagen gehört und die werden wir unter die Lupe nehmen.« Zärtlich schmiegte sie sich an ihren Mann und blinzelte Corinna zu. »Wir wissen schon, wie man sich festlich kleidet, nicht umsonst schickt uns Julia regelmäßig diese hübschen Kataloge mit den Modebildern.«

»Ein Geburtstagsessen, meine Güte, was ist da schon an Garderobe nötig«, ärgerte sie Thomas und grinste seine Söhne an.

»Du weißt genau, dass Viktoria im großen Stil feiern wird. Ein Abend in der Oper, das Konzert im Haus am Mittelweg, der Ball in ihrer Villa, also, wenn das keine Gründe für festliche Kleidung sind, dann genügen tatsächlich die Baumwollkittel, in denen wir im Garten arbeiten.«

Liebevoll drückte Thomas seine Frau an sich. »Ist ja schon gut, mein Schatz. Sorge du dafür, dass Christian genügend Geld einsteckt, damit ihr nicht in Gartenarbeitskleidern in die Oper gehen müsst.« Und zu seinem Sohn gewandt: »Schau nicht auf den Taler, Sohn, wir haben die Remonten gut verkauft in diesem Sommer, da sollten Opernkleider für die Damen erschwinglich sein.«

Später am Abend, als er mit seiner Frau allein war, nahm er sie zärtlich in die Arme. »Du wirst die schönste aller Damen sein, dafür werde ich sorgen, mein Schatz. Ich freue mich auf die festlichen Tage. Wir kommen viel zu selten hier heraus. Wann haben wir eigentlich das letzte Mal miteinander getanzt?«

»Bei der Taufe von Jette, das ist jetzt sieben Jahre her.«

»Und dann nicht mehr?« Ungläubig sah Thomas seine Frau an.

»Nun ja, bei den Dorffesten wurde auch getanzt.«

»Das meine ich nicht. Ich meine so richtige große Feste.«

»Das war Jettes Taufe.«

»Dann wird es höchste Zeit. Und dann, das sage ich dir gleich, werde auch ich diese feinen Einkaufspassagen in Hamburg besuchen.«

Thomas löschte das Licht, legte sich zu seiner Frau in das große Bauernbett und nahm sie in die Arme. »Nur gut, dass wir beide für unsere Zärtlichkeiten keine Ballkleider brauchen.«

Zweites Kapitel

Die ersten Strahlen der Morgensonne spielten mit dem leichten Dunst, der über dem Wasser lag, und färbten die kleinen Wirbel rosarot. Eine Schar kreischender Möwen begleitete den alten Fischerkahn, der mit schlaff herunterhängenden Segeln seinem Hafen zustrebte. Der Fischer im Heck stakte mit einer langen Stange im ufernahen Flachwasser das Boot nach Hause, sein Gehilfe säuberte die Fische und warf die Innereien den Möwen zu. Die beiden hatten, wie andere Fischer auch, nachts in der Elbmündung gefischt und waren auf dem Weg zum kleinen Hafen in Finkenwerder. Der alte Man mit der langen Stange hatte es nicht leicht, gegen die Strömung anzukämpfen, aber in diesen Morgenstunden herrschte fast immer Flaute und er war es gewohnt, in Ufernähe, wo die Strömung nicht so stark war, nach Hause zu staken. Man konnte die Uhr nach ihm stellen. Im Sommer kam er um fünf, im Winter um sieben Uhr zurück.

Viktoria beobachtete ihn jeden Tag. Es gehörte zu ihrem morgendlichen Ritual, mit dem Fischer zu hoffen, den Kahn unbeschadet von den großen Schiffen, die um diese Zeit bereits auf der Elbe unterwegs waren, in die Sicherheit des kleinen Hafens zu befördern. Sie war eine Frühaufsteherin und lange bevor das Haus zum Leben erwachte, saß sie an ihrem Schreibtisch in dem kleinen Boudoir mit dem schönen Blick auf den Fluss und plante den Tag. Trotz ihrer fast siebzig Jahre hielt sie an dieser Gewohnheit fest. Sie wollte nicht, dass um diese Zeit bereits Hektik im Hause herrschte, und das Personal richtete sich nach ihren Wünschen. Der Butler, die Köchin und die anderen Angestellten nahmen um diese Zeit ihr eigenes Frühstück ein, hielten sich aber bereit, auf Viktorias Zeichen hin zu reagieren.

Sie stand auf und öffnete die Terrassentür, die in den Park hinausführte und genoss die frische Luft des herbstlichen Morgens. Die letzten Dahlien in ihrer Farbenpracht, Chrysanthemen, braun, gelb und rot getönt, die ersten bunten Blätter der Kastanien, der Linden, der Ulmen und Akazien, die auf dem Boden vermoderten, erzeugten jenen kräftigen Geruch nach Herbst, den sie ein Leben lang mit der Zeit, in die ihr Geburtstag fiel, verband. Siebzig Jahre, mein Gott, dachte sie, wo sind diese Jahre geblieben. Die Kinder, die Enkelkinder, die Familie – aber auch die Lücken, die nicht mehr zu schließen sind, zeigen mir ziemlich deutlich, wie alt ich bin.

Sie dachte auch an ihre wunderbare Ehe mit Jens und an die Geburt ihrer vier Kinder, die ihnen so viel Freude gemacht hatten und schließlich ohne Druck durch die Eltern in ihre Aufgaben hineingewachsen waren. Alexander übernahm die Firma Brennicke, Christopher die Firma Stelling, Julia führte den Literaturzirkel ihres Großvaters fort und Jessica das Immobilienbüro ihrer Großmutter. Inzwischen waren alle verheiratet und hatten eigene Familien. Zu meinem Geburtstag werde ich sie um mich haben, dachte Viktoria und gedachte dann voller Wehmut ihres Mannes, der so plötzlich und viel zu früh verstorben war. Wir haben lange um dich getrauert, mein geliebter Jens, und dann haben wir die Aufgaben übernommen, die du uns hinterlassen hast. Mit Mut und Gottvertrauen haben wir da weitergemacht, wo du aufhören musstest und wenn du uns heute sehen könntest, du wärst mit uns zufrieden.

Lächelnd ging sie ins Zimmer zurück. In wenigen Tagen würden sie alle hier sein. Es war ihr einziger Wunsch für diesen Tag und alle hatten ihn respektiert. Sogar Patrizia kam aus Amerika zurück. Sie kam allerdings nicht wegen des Festes, dafür hätte sie nie ihre Arbeit im Stich gelassen, sie kam, weil ihre Zeit in New York abgelaufen war und man der Vierundsiebzigjährigen den Ruhestand im Feierabendhaus des Amalie-Sieveking-Stiftes angeboten hatte. Dass die Rückkehr nun mit meinem Geburtstag zusammenfällt, ist ein Zufall und ein Wunder, dachte Viktoria glücklich und ging zurück zu ihrem Schreibtisch, auf dem ein dicker Brief von Patrizia lag, den sie, die sonst sehr schreibfaul war, mit der Bitte geschickt hatte, ihn vor ihrer Ankunft zu lesen.

Obwohl Viktoria sich in den mehr als fünfzig Jahren, die Patrizia in Amerika arbeitete, sehr bemüht hatte, einen engen Kontakt zu der älteren Schwester aufrecht zu erhalten, hatte Patrizia wenig dazu beigetragen, miteinander in Verbindung zu bleiben. Sie hatte sich immer mit Arbeit entschuldigt, wenn wieder ein Jahr ohne eine Nachricht von ihr verstrichen war und Viktoria war geneigt, ihr diese Entschuldigungen abzunehmen, denn Patrizia arbeitete in den Armenvierteln der Stadt, mit den Obdachlosen und Waisen, mit den Ausgestoßenen. Nun lag dieser weiße Umschlag auf ihrem Schreibtisch und sie würde die Ruhe der Morgenstunde nutzen, Patrizias Geschichte zu lesen.

Meine geliebte Schwester Viktoria!
Wenn du diesen Brief gelesen hast, wird zwischen uns nichts mehr so sein wie bisher. Es fällt mir schwer, dir ein Leben zu schildern – mein Leben – das über Jahrzehnte hinweg so ganz anders verlaufen ist, als du angenommen hast. Das ist auch der Grund meines Schweigens, wenn du mich so herzlich um Lebenszeichen gebeten hast. Da ich Lügen verabscheue, zog ich das Stillschweigen vor.

Aber da wir uns nun bald gegenüber stehen werden, könnte ich dir nicht in die Augen sehen, ohne dass du weißt, wie es mir wirklich ergangen ist. Und dass ich nun die Form des Briefes gewählt habe, um dir meine Geschichte zu erzählen, wirst du verstehen, wenn du den Schlusspunkt erreicht hast.

Nicht dass ich Unrecht getan, Vertrauensbrüche begangen und meine Arbeit vernachlässigt hätte oder gar mit dem Gesetz in Konflikt geraten wäre, das brauchst du nicht zu befürchten – eine Stelling tut so etwas nicht – dennoch wirst du alle Toleranz aufbieten müssen, um mich zu verstehen und um mich daheim willkommen zu heißen. Und das ist meine Geschichte:

Vor vierunddreißig Jahren erreichte unsere Organisation in New York ein Hilferuf aus Parkesie, das ist ein kleiner Ort in Pennsylvania. Dort war eine Epidemie ausgebrochen und kein Mensch wusste, um was für eine Krankheit es sich handelte. Aber in der ganzen Region starben die Menschen unter schrecklichen Qualen und es gab niemanden, der helfen konnte. Die beiden einzigen Ärzte, kaum ausgebildet und vollkommen hilflos, hatten einen Kurier nach New York geschickt, der von einer Kirchengemeinde zu uns weitergeleitet wurde. Da wir uns vor Gott und den Menschen verpflichtet hatten, immer und überall zu helfen, stand es für unsere Organisation fest, sofort Hilfe anzubieten. In aller Eile wurde eine Gruppe von Freiwilligen – Ärzte, Schwestern, Sanitäter und Pflegerinnen – zusammengestellt, die mit Medikamenten, Zelten und vielen anderen Hilfsmitteln in einem Wagentreck nach Westen aufbrechen sollten. Auch ich habe mich gemeldet. Es ging alles sehr hektisch zu, und man hatte kaum Zeit, ein paar persönliche Sachen einzupacken. Sammelpunkt war unser Haupthaus am Roselle Park, in dem auch ich wohnte. Während sich die Kutscher mit den Planwagen bereits auf dem Hof versammelten, rannte ich noch einmal in mein Zimmer, um meine Reisetasche zu holen. An einer Ecke des Flures prallte ich mit einem fremden Mann zusammen. Ich fiel hin und er ließ vor Schrecken einen ganzen Arm voller Papiere und Landkarten fallen. Dann half er mir sehr höflich wieder auf die Beine, wir rafften die Papiere zusammen, er lief in der einen, ich in der anderen Richtung davon und wenig später saß ich auf einem der Wagen und wir verließen die Stadt.

Liebe Viktoria, ich muss Dir gestehen, der Zusammenprall hatte mich nicht nur körperlich, sondern auch seelisch erschüttert. Bitte glaube mir, ich bin kein Mensch, der mit Übertreibungen leichtfertig umgeht, aber noch nie war ich einem solchen Mann begegnet. Es fällt mir schwer, ihn zu beschreiben, er war in jeder Beziehung umwerfend. Das hört sich nun lächerlich an, weil ich ja tatsächlich hingefallen bin, aber anders kann ich ihn nicht beschreiben. Ich hatte keine Ahnung, dass es Männer mit einem solchen Charisma gibt.

Dann mussten wir aufbrechen. Es war eine lange anstrengende Fahrt auf diesen ungefederten Planwagen und den kopfsteingepflasterten Landstraßen und ich bekam ein Gefühl dafür, welche Strapazen die Siedler früher auf sich genommen hatten. Wir waren mit acht Wagen unterwegs und ich saß auf dem vorletzten. Unglaubliche Staubwolken hüllten uns ein und nach ein paar Stunden wusste ich kaum noch, wie ich sitzen oder atmen sollte. Abends erreichten wir eine kleine Siedlung, in der wir übernachten würden. Inzwischen war es dunkel. Die Kutscher versorgten die

Pferde und wir bekamen von der Bevölkerung Suppe und Brot. Dann wurden die Schlafplätze verteilt, immer zwei Frauen, wir waren sechzehn, schliefen in den Wagen. Wir breiteten unsere Decken einfach über der Ladung aus und legten uns darauf. Die Männer rollten ihre Schlafsäcke auf dem Erdboden aus. Es war für alle sehr unbequem, aber wir wussten ja, dass wir uns auf keiner Luxusreise befanden.

Am nächsten Morgen ging es sehr zeitig weiter. Wir rechneten mit vier Tagen, die wir noch unterwegs sein würden. Als wir uns beim ersten Wagen versammelten, um Brot und Kaffee in Empfang zu nehmen, sah ich diesen außergewöhnlichen Mann wieder. Diesmal hatte ich Zeit, ihn zu beobachten und stellte fest, dass er unsere Expedition leitete. Ein hochgewachsener, kräftiger Mann in Reitkleidung mit breiten Schultern, dunklen Haaren und braunen Augen, der mit wenigen Worten und Gesten bestimmte, was zu tun sei. Als ich in seine Nähe kam, um mein Essen in Empfang zu nehmen, sah er mich mit einem Lächeln an, legte mir den Arm um die Schultern und fragte: »Alles in Ordnung?«

Viktoria, ich dachte, vor mir tut sich die Erde auf und ich müsste in einem tiefen Loch versinken. Anders kann ich es nicht beschreiben. Da stand ich, verstaubt, ungewaschen, in einem wenig attraktiven Kleid – du kennst ja unsere Schwesterntracht – und dieser Mann legt seinen Arm um meine Schultern. Ich konnte seine Frage nur mit einem Nicken beantworten, jedes Wort wäre mir in der Kehle stecken geblieben. Später, als es mir unauffällig genug erschien, fragte ich eine der anderen Schwestern, wer der Leiter dieser Expedition sei. Sie wusste es auch nicht, zuckte nur mit den Schultern und sagte: »Ein hoher Politiker, der inkognito mit uns unterwegs ist.«

Der Tag verlief wie der vorherige. Es war drückend heiß. Manchmal zogen am Horizont dunkle Wolken auf und man konnte annehmen, ein Gewitter käme näher, aber dann zog die Wolkenwand vorbei und wir fuhren in der schwülen Hitze weiter. Zwischendurch bin ich immer wieder abgestiegen und gelaufen, aber ich kann nicht sagen, was beschwerlicher war, das Sitzen oder das Laufen. Du kannst dir nicht vorstellen, wie groß und unendlich weit dieses Land ist. Und wie menschenleer.

Als wir am Abend einen Fluss erreichten, wurde beschlossen, die Nacht am Ufer zu verbringen. Endlich konnte man sich waschen und frisch machen. Nachdem die Pferde versorgt waren, wurde ein Feuer angezündet und es gab heißen Kaffee und trockenes Brot, das wir mit Öl beträufelten. Aber wenn man Hunger hat, schmeckt alles wunderbar.

In der Nacht gab es ein furchtbares Unwetter. Die Pferde wurden rechts und links von der Deichsel, aber mit dem Kopf zum Kutscherbock hin angebunden, damit sie nicht in Panik wegrennen und den Wagen mitziehen konnten. Wir rafften in aller Eile unsere Sachen zusammen und verstauten sie im Wagen, und als der Regen in Strömen floss und die Erde unter Wasser setzte, mussten auch die Männer in die Wagen klettern und Schutz unter den Planen suchen. Es war inzwischen sehr kalt geworden. Wir waren den ganzen Tag über bergauf gefahren und jetzt merkte man an der Kälte, dass wir bereits recht hoch in die Berge gekommen waren. Ich zitterte am ganzen Körper und versuchte, unter meiner dünnen Decke etwas Wärme zu finden. Dann spürte ich, wie jemand in der Dunkelheit eine weitere Decke über mir ausbreitete und sich schließlich neben mich legte und mich in die Arme nahm, um das Zittern zu besänftigen. Ich muss dir gestehen, liebe Viktoria, es war eine furchtbare, ängstigende Nacht, aber noch nie in meinem Leben hatte ich mich so geborgen gefühlt wie in diesen Stunden. Mich durchströmte ein Gefühl, das ich in Worten nicht beschreiben kann. Und so genoss ich diese wärmenden Arme, die mich festhielten und irgendwann bin ich dann auch eingeschlafen. Am nächsten Morgen, es wurde gerade erst hell, sah ich, dass diese Arme jenem Mann gehörten, der die Expedition leitete. Er schlief noch tief, aber die Mitschwester, mit der ich den Wagen teilte, war bereits aufgestanden und hatte den Wagen verlassen. Sie hatte also gesehen, wie wir engumschlungen die Nacht verbrachten. Das war mir sehr unangenehm, und ich bemerkte sehr schnell, dass sie den anderen Schwestern bereits davon berichtet hatte. Von jenem Morgen an wurde ich sehr distanziert behandelt, man beobachtete mich verstohlen und flüsterte hinter meinem Rücken. Obwohl wir Schwestern uns seit Jahren kannten und eine sehr gute, verständnisvolle Gemeinschaft bildeten, hatte eine Nacht genügt, unser Vertrauensverhältnis zu zerstören und mich zu diskriminieren.

Liebe Viktoria, an dieser Situation hat sich bis heute nichts geändert. Ich weiß nicht, ob du dir vorstellen kannst, was das für mich bedeutete, da diese Gemeinschaft doch mein Lebensinhalt war. Da ich damals nicht wusste, wie ich etwas an diesem Zustand ändern könnte – wie soll man sich für etwas entschuldigen, das gar nicht passiert ist – schwieg ich und ertrug die stumme Abweisung, die ich von nun an erfuhr.

Ehrlicher Weise muss ich dir aber auch sagen, dass mich die Nähe dieses Mannes auf wunderbare Weise für alles entschädigte, und ich habe nie und werde auch nie eine Sekunde unseres Beisammenseins bedauern.

Aber ich will dir auch den Fortgang nicht verheimlichen. Dieser Mann – seinen Namen kann und will ich nicht preisgeben – und ich wurden ein Liebespaar. Trotz all der Not und in all dem Elend der folgenden Wochen, in denen wir eine Epidemie bekämpften und uns oft genug um das eigene Überleben sorgen mussten, kamen wir uns sehr nahe. Wir fanden Kraft und Hilfe im anderen und konnten uns immer wieder aufrichten, weil einer dem anderen die Hand reichte. Und als ich wusste, dass ich schwanger war, versicherte er mir, dass er mich und das Kind sein ganzes Leben lang schützen würde.

Wir waren vier Monate unterwegs, und als wir zurückkehrten, wussten wir, dass wir uns trennen mussten. Auf ihn warteten eine große politische Verantwortung und eine kranke Ehefrau, und auf mich die erniedrigende Behandlung, die man einer ›gefallenen Frau‹, wie es so schön heißt, in einem puritanischen Lande zukommen lässt. Die Leiterin unserer Organisation war eigentlich die Einzige, die mir in dieser Situation beistand. Sie schickte mich in eine abgelegene Hilfstation im größten Armenviertel von New York und während der letzten Wochen der Schwangerschaft zu einer Familie, mit der sie befreundet war. Dort gebar ich meinen Sohn Patrick, der nun vierunddreißig Jahre alt und ein wunderbarer Mann geworden ist. Sein Vater hat in all den Jahren sehr großzügig für ihn gesorgt. Er schickte an die Adresse unserer Oberin regelmäßig Geld, damit das Kind in guten Internaten erzogen wurde und später studieren und den Beruf eines Schiffbauingenieurs erlernen konnte. Wann immer ich eine freie Stunde hatte, traf ich mich mit Patrick, aber seinen Vater habe ich nie wiedergesehen.

Nun ist die Zeit meiner Heimkehr gekommen und Du wirst verstehen, dass ich Dir vorher diesen Brief schreiben musste, denn bei unserem Wiedersehen wird Patrick, mein Sohn, neben mir stehen.

Deine Patrizia

Zutiefst betroffen ließ Viktoria das letzte Blatt des Briefes sinken. Wenn sie an Patrizia dachte, dann sah sie ihre stolze, wunderschöne Schwester vor sich, die mit achtzehn Jahren beschlossen hatte, ihr Leben den Armen und Kranken zu widmen und die sich der Schwesternschaft jener Amalie Sieveking angeschlossen hatte, die als erste Hamburgerin Frauen um sich versammelte, die bereit waren, ihr Leben den Notleidenden zu weihen. Und dann, mit einundzwanzig und gerade volljährig geworden, hatte Patrizia sich zum Entsetzen ihrer Eltern entschlossen, Amalies Anliegen nach Amerika zu tragen und dort in ihrem Sinne einen Hilfsverein zu gründen.

Viktoria erinnerte sich an die ersten Jahre, in denen Patrizias Briefe trotz Not und Entbehrungen so glücklich und so zuversichtlich geklungen hatten, bevor sie so selten kamen und so nichtssagend wurden. Das war also die Zeit der Erniedrigung, des Leidens, der Demütigungen gewesen. Und dennoch – es war die Zeit unermesslichen Glücks und inneren Reichtums geworden, von dem die geliebte Schwester bis ans Ende ihres Lebens zehren konnte. Sie hatte Liebe erfahren und gegeben und einen Sohn geboren, ihr war die höchste Erfüllung einer Frau widerfahren. Aber wie sehr hatte sie darunter leiden müssen! Und jetzt kam sie nach Hause, endlich, und sie kam nicht allein.

Viktoria beschloss, alles zu tun, um der Schwester und ihrem Sohn ein würdiges Heim zu bieten. Sie sollten endlich wissen, wo ihr Zuhause war und wo man sie sehnsüchtig erwartete. Patrizia sollte nicht ins Feierabendheim der Schwesternschaft ziehen, wo man auch dort noch mit dem Finger auf sie zeigen würde. Sie war eine Stelling, die mit ihrem Leben und mit ihrer Opferbereitschaft einen hanseatischen Namen würdig vertreten hatte, und kein Mensch in dieser Stadt durfte es wagen, ihre Reputation in Zweifel zu ziehen, dafür würde sie mit aller Kraft ihres Ansehens, mit ihrer Macht und ihrem Einfluss sorgen.

Entschlossen stand Viktoria auf. So wie dieser freundliche Morgen die Finsternis der Nacht besiegt hatte, würde sie die Nöte und Ängste ihrer Schwester in Glück und Freude verwandeln. Sie klingelte nach dem Frühstück, und als der Butler erschien, erklärte sie:

»Bitte sorgen Sie dafür, dass die Gästezimmer im zweiten Stock hergerichtet werden. Meine Schwester kommt zurück und bringt ihren Sohn mit. Bitte bereiten Sie die besten Zimmer auf das Freundlichste vor, es darf an Nichts fehlen.«

Dann ließ sie eine Telefonverbindung mit der Hafenmeisterei schalten und erkundigte sich, wann der Dampfer aus Southampten, wo Patrizia und ihr Sohn das Schiff wechseln mussten, in Hamburg eintreffen würde.

Nichts sollte dem Zufall überlassen werden. Viktoria ahnte, dass ihr eine zutiefst verunsicherte, verletzte Frau gegenübertreten würde, die nicht wusste, wie sie in der Heimat aufgenommen wurde, die eine riesige Last von Zweifeln und Ängsten auf ihren schmalen Schultern tragen würde und die, neben ihrem Sohn stehend, diesem jungen Mann eine neue Heimat präsentieren musste.

Und dann, überlegte Viktoria, muss ich die Familie auf die neue Situation vorbereiten. Keiner wird es wagen, meine Schwester anzuklagen, niemand wird ihr mit Misstrauen oder Arglist begegnen. Ich habe tolerante Kinder erzogen und meinen Geschwistern gegenüber jede Schwäche verziehen, jetzt fordere ich den Lohn dafür.

Drittes Kapitel

Bis zur Ankunft des Schiffes, hatte Viktoria noch drei Stunden Zeit. Der englische Dampfer würde mit auflaufender Flut gegen dreizehn Uhr eintreffen. Sie wollte die Zeit nutzen, um Jessica in ihrem Büro am Baumwall aufzusuchen und ihr von der Ankunft Patrizias und Patricks zu erzählen. Mit ihren Söhnen Alexander und Christopher hatte sie gestern gesprochen und wie erwartet waren sie bereit, die beiden ›Amerikaner‹, wie sie Patrizia und ihren Sohn nannten, ohne Vorbehalte und freundschaftlich aufzunehmen. Mit Julia, der feinen, sensiblen Frau, die so ganz in ihrem Literarischen Zirkel und ihrer Künstlerbetreuung aufging, würde es keine Schwierigkeiten geben, wenn sie ihr die unbekannte Verwandtschaft vorstellte, aber bei Jessica, ihrer spontanen, unberechenbaren jüngsten Tochter musste sie mit Aversionen rechnen. Jessica war trotz ihrer zweiundvierzig Jahre mehr als temperamentvoll, hatte ausgeprägte moralische Ansichten und war niemals bereit, ihre Meinung zu ändern, nur um einem anderen Menschen einen Gefallen zu tun.

Sie ist mir wirklich am ähnlichsten, dachte Viktoria und lehnte sich in der Kutsche zurück, während der Kutscher alle Mühe hatte, die Pferde durch den immer schneller und stärker werdenden Verkehr zu lenken.

Diese elektrischen Ringbahnen, die jetzt die Stadtviertel verbinden, mögen ja ganz praktisch sein, überlegte Viktoria, aber für die Gespanne und die Kutschenräder sind sie eine Katastrophe. Sie beugte sich nach vorn und beobachtete wie der Kutscher versuchte, aus den Schienen herauszukommen und diese Bahn, die sie nun schon seit zehn Minuten vor sich hatten, zu überholen.

»Biegen Sie an der nächsten Ecke nach rechts ab und fahren Sie durch den Hafen«, befahl sie, »wir können auch vom Wasser her in den Baumwall einbiegen.«

Seit ihrem fünfundsechzigsten Geburtstag kutschierte Viktoria nicht mehr selbst. Der Verkehr war ihr zu hektisch geworden, sie hatte Probleme mit der Konzentration und mit der Herrschaft über das Pferd, wenn von allen Seiten Fahrzeuge mit Getöse, mit Hupen und Motorenkrach herankamen. Man muss auch wissen, wann man aufhören soll, hatte sie der Familie erklärt und fortan keinen Zügel mehr in die Hand genommen.

Von der Uferstraße aus hatte sie einen umfassenden Blick auf die Speicherstadt mit ihren roten, oft zehnstöckigen Gebäuden und wie jedesmal bei diesem Anblick dachte sie stolz und triumphierend: Und ich war eine der ersten, die den Wert der Gegend erkannte und Grundstücke für neue Speicher erworben hat.

Dann bog der Kutscher in den Baumwall ein, fuhr durch den breiten Torbogen auf den Hof von Jessicas Haus und brachte die Pferde zum Halten. Auch hier hatte sich vieles verändert. Das schmale, vierstöckige Haus mit den kleinen Büroräumen, in denen Irmgard Brennicke, ihre über alles geliebte und verehrte Freundin und Schwiegermutter seinerzeit die Firma gegründet und gearbeitet hatte, war längst abgerissen worden und hatte einem großen, einen ganzen Straßenblock umfassenden Gebäude mit Innenhof Platz gemacht. Ich hatte wirklich ein gutes Gespür, lächelte Viktoria dankbar, als ich Jessica die Führung dieser Firma übergab. Das Mädchen hat mit Courage und mit Gespür die Baumwall-Immobilien zu einem der führenden Unternehmen der Hamburger Immobilienbranche gemacht.

Und dass sie dann auch noch Hartmut Hansen, einen der bekanntesten Hamburger Architekten geheiratet hatte, war ein absoluter Glücksfall.

Viktoria stieg aus und ging auf die breite Glastür mit den beiden eingeschliffenen Aufschriften ›Baumwall-Immobilien‹ und ›Baumwall-Architektur‹ zu. Die große Eingangshalle mit der stilvollen Einrichtung spiegelte Jessicas Geschmack wieder. Die Idee dafür hatte sie sich in einem Kopenhagener Museum geholt und nicht eines der vornehmen hanseatischen Bankhäuser konnte mit einer ähnlichen Eingangshalle aufwarten. Und dass Jessica diese Baumwall-Adresse gleichzeitig als Wohnsitz gewählt hatte, war ebenfalls eine geniale Eingebung. Sie hatte die oberste Etage zu einer Zehn-Zimmer-Wohnung ausbauen lassen und sich damit eine überaus attraktive Adresse in der Hamburger Innenstadt geschaffen.

Viktoria winkte der Dame am Empfangspult zu. »Wo finde ich meine Tochter? In der Wohnung oder im Büro?«

»Frau Hansen arbeitet im Kartenzimmer, gnädige Frau. Soll ich sie benachrichtigen?«

»Nein, dann weiß ich, wo ich sie finde, vielen Dank.« Viktoria stieg die breite, mit einem roten Sisalläufer belegte Treppe zum ersten Stock hinauf. Wie auch im Erdgeschoss teilte die Treppe die Bereiche Architektur und Immobilien. In der Ehe und in der privaten Sphäre der Wohnung eine glückliche Verbindung, teilten Jessica und Hartmut die geschäftichen Bereiche konsequent. Sie arbeiteten eng zusammen, trennten aber die Aufgabengebiete. Während die Architekturbüros links von der Treppe abgingen, hatte Jessica ihre Büros auf der rechten Seite des Hauses. Auch hier oben führten breite Glastüren mit dem eingeschliffenen Firmennamen zu den Arbeitsräumen.

Viktoria öffnete die Glastür und betrat den Flur. Gedämpfte Betriebsamkeit herrschte hinter den einzelnen Türen. Dann hatte sie ganz am Ende den Kartenraum erreicht. Sie klopfte höflich an und wartete auf ein Zeichen zum Eintreten. Dann ging sie lächelnd hinein und begrüß te ihre überraschte Tochter.

»Mutter, wie schön, dich zu sehen. Was führt dich um diese Zeit in den Baumwall?« Jessica, mit Bleistift und Lineal in den Händen, richtete sich von der Karte auf, in die sie Eintragungen gemacht hatte und küsste die Mutter auf die Wangen.

»Ich bin auf dem Weg in den Hafen und wollte nur ›guten Tag‹ sagen. Wie geht es dir? Du arbeitest sehr konzentriert, wie ich sehe. Was zeichnest du in die Karten ein?« Sie trat näher und sah, dass Jessica eine große Hamburg-Karte auf dem Tisch ausgebreitet hatte. »Was wird das, mein Schatz?«

»Du weißt doch, dass wir seit ein paar Jahren dieses neue Gesetz über die Bebauung Hamburger Randgebiete haben. Man will damit das unkontrollierte Wachsen der Stadt verhindern.«

»Betrifft das eure Arbeit?«

»Nicht direkt, aber viele Bauwillige möchten diese neuen Bestimmungen umgehen. Sie fühlen sich eingeschränkt, wenn sie sich nach Abwasserrinnen und Ringstraßen, nach Grünanlagen und Spielplätzen richten sollen, die sie jetzt berücksichtigen müssen, wenn sie Baugenehmigungen beantragen. Das passt den Leuten nicht, die genug Geld haben, sich kleine Schlösser zu bauen und dann neben einem Abwasserkanal wohnen sollen.« Jessica rieb sich den Rücken, der ihr vom gebeugten Stehen über der Karte weh tat.

»Und was bedeutet das für dich?«

»Ich muss Grundstücke anbieten, die außerhalb dieser Pläne und Gesetze liegen.«

»Und? Hast du solche?«

»Ich muss mich weit aus dem Fenster lehnen, um sie zu finden. Aber ich finde sie.« Jessica lächelte und trat an die Karte. »Komm, schau her, wie weit ich gehen muss.« Sie markierte mit dem Bleistift die Mitte der Karte in der Nähe des Rathauses. Dann legte sie das Lineal an und zeichnete in weitem Kreis kleine Kreuze in die Karte.

»Siehst du, bis in die Dörfer muss ich gehen, um Bauland ohne entsprechende Gesetze zu finden. Ich werde Bodenflächen im Norden bis hin zu den Walddörfern und im Süden bis zum Seevetal hinunter kaufen und anbieten. In alle Richtungen werden Straßen gebaut, manche Gegenden sind bereits jetzt schon durch Fernstraßen zu erreichen, es ist nur eine Frage der Zeit, wann dieser Gürtel rund um Hamburg attraktiv genug ist, um hier zu leben. Dafür will ich gerüstet sein. Weißt du, jetzt sind die Grundstücke billig, aber eines Tages werden sie unerschwinglich sein.«

Viktoria legte den Arm um die Schulter ihrer Tochter. »Ach mein Schatz, deine berühmten Visionen, ich bin so stolz auf dich.« Jessica richtete sich auf. »Von wem habe ich wohl diese Fantasie geerbt? Wo stünden wir, ohne deine Visionen, Mutter. Schau nur zur Speicherstadt hinüber, du hast dort Grundstücke gekauft, als noch kein Mensch an diese Entwicklung gedacht hat. Deine Ideen waren es doch immer, die unsere Firma zu dem gemacht haben, was wir heute sind.«

Viktoria zuckte etwas müde mit den Schultern: »ja, schon –«,

»Höre ich Resignation in deiner Stimme?«

»Ach weißt du, ich wünschte, deine Brüder hätten nur eine kleine Portion deiner Träume. Sie machen brav und bieder ihre Arbeit, aber Visionen haben sie nicht. Sie treten auf der Stelle, das stört mich.«

»Mutter, sie führen ihre Firmen vielleicht brav und bieder, aber sie führen sie gut und trotz allem erfolgreich, das darfst du nicht übersehen. Wir sind Träumer, wir beide, aber mit Träumen können Männer nichts anfangen. Sie brauchen Realitäten und Fakten und eine gute Bilanz und die haben sie.«

»Du hast ja Recht, mein Kind, ich bin eben immer noch sehr ungeduldig.«

Jessica nahm den Arm ihrer Mutter und führte sie zu einer Sesselgruppe. »Und nun erzähle mir, weshalb du hier bist, denn dass du mir nur einen schönen Tag wünschen willst, das nehme ich dir nicht ab.«

Viktoria lächelte. »Du kennst mich wirklich gut. Aber vorher hätte ich gern einen Sherry, wenn es möglich ist. Zur Stärkung sozusagen.«

»Meine Güte, Mutter, ist dieser Besuch so ernsthaft?«

»Wir werden sehen.« Während Jessica Gläser und eine feingeschliffene Sherryflasche aus der kleinen Vitrine nahm, setzte sich Viktoria.

»So Mutter, jetzt erzähle, was dich bedrückt.«

»Du weißt, dass ich eine Schwester in Amerika habe.«

»Ja, die Nonne.«

»Also Jessica, Patrizia ist doch keine Nonne. Sie ist eine evangelische Frau, die sich vor mehr als fünfzig Jahren einer Hamburger Frauenbewegung angeschlossen hat, die sich um alte und kranke Menschen kümmert. Damals war es sehr schwer für eine Dame der Gesellschaft, einen Beruf zu erlernen oder gar auszuüben. Aber Krankenpflege wurde als angemessen für alleinstehende Frauen angesehen.«

»Ich weiß, Handarbeiten und Kinder betreuen, eine schlimme Zeit für unternehmungslustige Frauen. Viel besser ist es heute ja auch noch nicht, obwohl ich sehr fortschrittlich bin und ein paar Frauen für diese neue Telefonarbeit eingestellt habe. Aber du hast es damals doch auch geschafft.«

»Ich hatte eine wunderbare, verständnisvolle Freundin und ich hatte immer meine Visionen, das darfst du nicht vergessen. Patrizia hatte nichts von beidem, aber sie hatte Mut und mit dem ist sie nach Amerika ausgewandert.«

»Und nun?«

»Sie kommt heute zurück. Sie ist vierundsiebzig Jahre alt und hat ein Recht auf einen ruhigen, friedvollen Lebensabend.«

»Aber das ist doch schön, freust du dich denn nicht, sie endlich wiederzusehen?«

»Doch, ich freue mich sehr, aber es gibt noch etwas, was ich dir sagen muß. Patrizia kommt nicht allein. Sie bringt ihren Sohn mit. Er ist vierunddreißig Jahre alt und er ist vaterlos aufgewachsen.«

»Vaterlos? Wie soll ich das verstehen, jeder Mensch hat einen Vater, das ist ein biologisches Gesetz, liebe Mutter.«

»Natürlich gibt es einen Vater, aber es gibt keine Legalität dieser Beziehung.«

»Was? Diese Heilige hatte ein Verhältnis mit Folgen?«

»Bitte, Kind, nicht in diesem Ton.«

»Verzeih, ich bin nur leicht irritiert.«

»Sie hat mir geschrieben, damit wir Bescheid wissen und sie hat mir die Geschichte einer einsamen Frau geschildert, die einmal in ihrem Leben der großen Liebe begegnet ist. Sie hat einen wunderbaren Mann kennengelernt, der beruflich wie gesellschaftlich gebunden war, aber bis zum heutigen Tage für seinen Sohn gesorgt hat.«

»Mutter, verzeih, aber damit muss ich erst einmal fertig werden. Der Mann, den sie so liebte, hat sie nicht geheiratet? Was ist denn das für ein Mensch? Fehltritte kommen immer wieder vor, aber doch nicht in unseren Kreisen, Mutter, da kennt man doch seine Pflichten.«

»Da wäre ich nicht so sicher, Liebling, man weiß solche Fehltritte überall gut zu verbergen, da kannst du sicher sein.«

»Und nun? Willst du diese Situation auch verbergen?«

»Oh nein, im Gegenteil. Ich freue mich auf die beiden und sie werden in meinem Haus leben, obwohl Patrizia ein Angebot hat, im Amalie-Sieveking-Stift zu wohnen. Aber das kommt nicht in Frage. Ich will sie jetzt bei mir haben, und dann werde ich den jungen Mann beobachten, und wenn er mir gefällt, wird er in meiner Firma arbeiten.«

»Mutter, deine Firma leiten deine Söhne, ob die damit einverstanden sind, weiß ich nicht.«

»Wir werden sehen.«

»Und was habe ich nun damit zu tun?«

»Ich wünsche, dass du tolerant und liebenswürdig bist, Jessica. Meine Schwester hat ein schweres Leben hinter sich. Sie war immer nur für andere Menschen da und sie war sehr allein, denn nach ihrem sogenannten Fehltritt wurde sie von allen Mitschwestern gemieden. Sie soll nun ihr Leben genießen dürfen und dazu gehört ein Leben in Harmonie und das möchte ich ihr bieten.«

»Du kannst dich auf mich verlassen, Mutter. Deine Schwester wird mir lieb und wert sein und ihr Sohn, mein Gott, schließlich ist er schuldlos an allem, den werde ich mir genau anschauen. Vielleicht ist er ein sehr netter Mann, den ich in meiner Firma gebrauchen kann.«

»Danke, Jessica. Und jetzt wird es Zeit für mich, das Schiff läuft gegen dreizehn Uhr ein.«

»Soll ich dich begleiten, ich komme gern mit, wenn du es möchtest.«

»Danke, mein Liebling, aber ich denke, es wird für meine Schwester leichter sein, wenn ich allein auf sie warte. Du wirst sie übermorgen an meinem Geburtstag kennenlernen.«

Viktoria stand auf. »Ich bin sehr froh, dass wir miteinander gesprochen haben.«

»Ich auch, Mutter.«

Viktoria nahm ihre Handschuhe und die Tasche, rückte den kleinen Hut zurecht und lächelte ihrer Tochter zu. Dann verließ sie das Büro, bewunderte die Pflanzen in den weißen Holzkübeln vor dem großen Fenster und ging die Treppe hinunter. Die Empfangsdame stand an der Wand mit den Schaltknöpfen für die Telefone und sprach in einen Apparat. Welch eine wunderbare Erfindung, dachte Viktoria, winkte der Frau zu und verließ das Gebäude.

»Wir fahren zu den Altonaer Landungsbrücken, dort müssen wir abwarten, wo die ›Essex‹ anlegt. Dann würde ich gern bis zu der Gangway heranfahren, meine Schwester hat sicher mehrere Koffer, die wir mitnehmen müssen.«

»Jawohl, gnädige Frau.«

Die Pferde, froh sich wieder bewegen zu können, liefen in flottem Trab die untere Uferstraße entlang. Viktoria beobachtete die Kaianlagen und die Schiffe und schließlich die beginnenden Bauarbeiten für die St. Pauli-Landungsbrücken. Ein paar Jahre Bauzeit werden sie noch brauchen, dachte sie, aber dann haben wir Hamburger endlich akzeptable und moderne Anlegeplätze für die immer größer werdenden Passagierschiffe.

Als sie ihr Ziel erreicht hatten, lehnte sie sich entspannt zurück und dachte an weit zurückliegende Jahre, in denen sie als junges Mädchen an den Hafen gelaufen war, um Schiffe zu beobachten und vor allem, um ihren heimlich geliebten Kapitän Habermann zu begrüßen, der mit seinem Klipper für die Firma Stelling über die Weltmeere segelte. Sie lächelte in Erinnerung an den großen, blonden Mann in der feschen Uniform, den sie später nach Brasilien geschickt hatte, um ihre Firma dort zu vertreten.

Inzwischen hatte längst sein Sohn die Geschäfte für Schiffszubehör übernommen und weiter ausgebaut. Oh, ja, sie hatte ein gutes Gespür gehabt, als sie Habermann nach Südamerika schickte. Aber jetzt war auch der Sohn schon ein älterer Mann, der sich zur Ruhe setzen wollte, und sie brauchte einen Nachfolger, da er nur Töchter hatte. Ich muss mich bald entscheiden, dachte sie, aber jetzt will ich erst einmal Patrizia begrüßen, meinen Geburtstag feiern und die Verwandtschaft genießen. Danach sehen wir weiter.

Von der Unterelbe hörte sie das Signal eines Schiffes dumpf und tief herüberdröhnen. Sie ist pünktlich, dachte Viktoria und erinnerte sich an die langen Wartezeiten, die sie früher am Hafen verbracht hatte, wenn die Klipper von Wind und Wellen abhängig waren und oft mit tagelanger Verspätung eintrafen. Wie oft haben sie mir meine Pläne durchkreuzt, erinnerte sie sich, wenn die Fuhrleute umsonst auf die Fracht für die Speicher warteten und die Binnenschiffer tagelang ausharren mussten, bis ihre Ladung, die sie über die Elbe weiterbefördern sollten, endlich eintraf.

Viktoria beobachtete, wie geschickt das Schiff vom Lotsen herangelenkt wurde und schließlich anlegte. Die Gangway wurde herangerollt und der Kutscher fuhr sie in die Nähe der Rampe, über die die Passagiere den Kai betreten würden. An Deck kamen die ersten Fahrgäste an die Reling, betraten die Gangway und kamen von Bord. Viktoria beugte sich vor, nun hatte sie doch leichtes Herzklopfen und ein Gefühl, gemischt aus Angst und Freude, das ihre Hände feucht werden ließ. Patrizia war eine der letzten, die das Schiff verließ. Aufrecht und unverkennbar vornehm in ihrer Haltung betrat sie die Gangway und ging mit hoch erhobenem Kopf über die leicht schwankende Stiege. Kein

Hauch von Gebrechlichkeit, keine Spur von Erschöpfung, dachte Vikoria, sie ist noch immer diese schöne Frau mit der unnachahmlichen Haltung, wie ich sie in Erinnerung habe.

Sie verließ die Kutsche und eilte an den Fuß der Rampe und dann nahm sie mit weit ausgebreiteten Armen die Schwester in Empfang. Und während die beiden Frauen sich küssten, sah Viktoria den jungen Mann über die Gangway kommen und von einem Augenblick zum anderen wusste sie: Das ist er, das ist der Mann, auf den ich so lange gewartet habe. Mein Gott, das ist derjenige, der meine Träume und Visionen weiterleben lassen wird. Der den Namen Stelling unvergesslich macht. Sie löste sich von der Schwester und wendete sich dem Mann zu, der ruhig und zurückhaltend der Begrüßung zugeschaut hatte und jetzt mit einer höflichen Verbeugung und einer warmen, sehr männlichen Stimme sagte: »Ich bin Patrick Stelling.«

Viktoria musste sich sehr zusammennehmen, um nicht spüren zu lassen, wie fasziniert sie von dem gutaussehenden Mann mit diesem unglaublichen Charisma war. Dieser Stelling wird mein Unternehmen wieder an die Spitze führen, dachte sie glücklich und nahm seine beiden Hände in die ihren: »Herzlich willkommen daheim, du hast mich lange warten lassen.« Verwundert sahen die beiden Reisenden sie an. »Wann hat dich denn mein Brief erreicht?« fragte Patrizia verwirrt.

»Vor drei Tagen, aber, Schwesterchen, ich habe immer gewusst: eines Tages wird ein Wunder geschehen.«

»Ein Wunder? Viktoria, du bist noch immer so überschwänglich, wie ich dich in Erinnerung habe, wir sind kein Wunder.«

»Für mich schon. Wusstest du, dass der schöne hanseatische Name Stelling in Hamburg beinahe ausgestorben ist?«

»Wieso denn das?«

»Unser Bruder Michael Stelling ist ein alter Mann ohne Nachkommen. Unser Bruder Thomas Stelling lebt in Mecklenburg, meine Familie heißt Brennicke und nun kommst du und bringst uns einen neuen Stelling mit, das ist doch einfach wunderbar.«

Fröhlich hakte sie sich bei den beiden ein: »Kommt, da drüben steht die Kutsche. Wie ich sehe, ist euer Gepäck schon aufgeladen. Lasst uns nach Hause fahren und eure Ankunft feiern.«

In der Brennicke-Villa angekommen, ließ Viktoria als erstes Champagner servieren. »Wir wollen auf die glückliche Heimkehr und auf euer neues Zuhause anstoßen.« Sie hob ihr Glas, und als Patrizia Einspruch erheben wollte, erklärte sie: »Schwesterherz, du kannst leben, wo du willst und machen, was du willst, aber euer Zuhause ist jetzt hier. Und nie wieder sollst du eine Demütigung erfahren.«

Patrizia sah ihren Sohn an, und als er nickte, erklärte sie: »Ich möchte dir noch etwas sagen, was ich dem Brief nicht anvertrauen durfte. Der Vater von Patrick, dessen Namen ich auch heute nicht nennen werde, lebt nicht mehr. Er ist vor Jahren als alter, einsamer Mann gestorben. Damals, als ich ihn kennen und lieben lernte, war er einer der führenden Männer der Regierung in den USA. Als verantwortlicher Mann seines Landes hielt er es für seine Pflicht, als erster Helfer zur Stelle zu sein, wenn Not am Mann war. Er hat zahlreiche Katastropheneinsätze geleitet, ohne dass jemand wusste, wer er wirklich war. Erst bei unserer Trennung habe ich erfahren, wer er war und welche Position er innehatte. Er hat es mir gesagt, als ich ihm von unserem Kind erzählte. Und von dem Augenblick an hat mich keine Demütigung und keine Erniedrigung mehr getroffen. Wenn es dir recht ist, möchte ich jetzt auf diesen Mann mit euch beiden anstoßen.«

Viertes Kapitel

Bereits an diesem ersten Abend in Hamburg fasste Patrick einen Entschluss der sein ganzes weiteres Leben bestimmte. Nach einem festlichen Essen und stundenlangen Gesprächen zwischen seiner Mutter und seiner Tante hatte er sich in sein Zimmer zurückgezogen, stand am Fenster und sah hinaus in die tiefschwarze Dunkelheit, die über der Elbniederung lag. Ganz in der Ferne, es musste am anderen Ufer sein, leuchteten ein paar Lichter. Bauern, die sehr früh ihr Vieh versorgen, dachte er oder Arbeiter, die im Morgengrauen an ihren Maschinen stehen müssen.

Patrick dachte an die Gespräche der vergangenen Stunden, an die Pläne, die da aufgetaucht waren, an Entscheidungen, die es geben würde, und an Ideen, die erwogen wurden. Er schüttelte den Kopf in Gedanken an Visionen, die da durch die Gespräche gegeistert waren. Und dann fasste er seinen ersten Entschluss: Ich werde hier ausziehen. Ich muss so schnell wie möglich mein eigenes Zuhause haben und ich werde mir selbst meine Arbeit suchen. In dieser prunkvollen weißen Villa kann ich nicht atmen. Dieses Haus ist zu gewaltig. Die Eleganz, die zahlreiche Dienerschaft, der Luxus und diese dominierende Viktoria erdrücken mich.

Entschlossen trat er vom Fenster zurück, kleidete sich aus und ging zu Bett. Die Hände unter dem Kopf verschränkt, dachte er an die einfachen, bescheidenen Jahre, die hinter ihm lagen. Nicht, dass es mir schlecht gegangen wäre, ich hatte immer ein Dach über dem Kopf, reichlich zu essen und vor allem die Aussicht auf ein freies Leben in einem Beruf, den ich mir aussuchen durfte. Ich bin nicht nach Hamburg gekommen, um auf diese Freiheit zu verzichten.

Patrick löschte das Licht und dachte an seine kindliche Angewohnheit: Immer musste eine kleine Lampe nachts neben ihm brennen. Lisa und Bob haben gut für mich gesorgt, dachte er und sah die Pflegeeltern vor sich, die beide, rundlich und liebevoll, ihn aufgezogen hatten, bis er mit sechs Jahren in das erste Internat gekommen war. An jedem Sonntag Nachmittag hat Mutter mich besucht und ist mit mir in den Centralpark, in den Zoo, ins Kindertheater oder auf ein Schiff gegangen, mit dem wir dann durch den Hafen geschippert sind. Er lachte in Erinnerung an so manche stürmische Fahrt, die der Mutter fast die Haube vom Kopf geweht und ihm die Liebe zu Schiffen vermittelt hatte. Ich habe immer gewusst, dass sie meine Mutter ist und nicht Lisa, und trotzdem habe ich diese Pflegeeltern, in deren Haus ich ja auch geboren wurde, über alles geliebt. Dann kamen die Internate. Drei an der Zahl. Er lächelte in der Dunkelheit. Eine herrliche Zeit war das. Ich hatte wunderbare Freunde, ich kam in der Schule gut mit, im Sommer durfte ich in die Ferienlager fahren, ich hatte die gleichen Schuluniformen wie die anderen auch, und als ich zehn war, gab es sogar Taschengeld. Woher das Geld kam, darüber habe ich mir selten den Kopf zerbrochen. Für mich wurde gut gesorgt, so war es schon immer.

Er überlegte, wann er anfing, darüber nachzudenken, wer die teuren Internate bezahlte. Zuerst habe ich das als selbstverständlich angesehen, wir wurden sehr streng und sehr spartanisch erzogen, Luxus war verpönt, und doch habe ich später festgestellt, dass es die teuersten Institute waren, auf die man mich schickte. Erst die Schule am Rande von New York, wo Mutter mich einmal im Monat besuchen durfte, dann das Haus auf Cape Cod, da brachten die Jungen ihre eigenen Pferde mit und eigene Ruderboote und zum Schluss die Schule in der Nähe von Boston, wo ich endlich erfuhr, wer für mich sorgte.

Patrick stand auf und holte sich ein Glas Wasser aus der Karaffe. Wenn er sich an diese Zeit erinnerte, bekam er immer einen ganz trockenen Mund und das Schlucken fiel ihm schwer. Dann dachte er daran, wie er zum Schulleiter gerufen wurde, der ihn mit einem alten, weißhaarigen Mann bekannt machte, der sich als Rechtsanwalt vorstellte.

»Ich habe etwas sehr Wichtiges mit dir zu besprechen«, hatte er dem damals achtzehnjährigen Jungen gesagt. »Ich bin der Vermögensverwalter deines verstorbenen Vaters und von jetzt an für dein finanzielles Leben zuständig, bis du dreißig Jahre alt bist. Ich würde gern wissen, welche Pläne du hast.« Patrick war erschrocken, verwirrt, noch nie hatte jemand seinen Vater erwähnt, noch nie hatte jemand nach seinen Plänen gefragt. Musste er die Schule verlassen, durfte er nicht studieren? Wann war sein Vater gestorben und vor allem, wer war sein Vater? Er wollte hundert Fragen stellen, aber dieser Anwalt hob abwehrend die Hände und schüttelte den Kopf. »Ich bin nur für die Finanzen zuständig, Patrick, alles andere erfährst du später von deiner Mutter. Also, welche Pläne hast du?«

Ich würde gern studieren, ich möchte Schiffsbauer werden. Das wünsche ich mir, seitdem meine Mutter mit mir diese Hafenfahrten gemacht hat.«

»Das ist ein guter Beruf. Weißt du schon, wo du studieren willst?«

»Es gibt eine Fachhochschule in New York, ich habe mich einmal danach erkundigt. Man kann auf dem Campus wohnen und wird in verschiedene Werften vermittelt, um zwischendurch praktisch zu arbeiten.«

»Gut. Ich werde dafür sorgen, dass du dort untergebracht wirst. Deine Mutter wird froh sein, dich wieder in ihrer Nähe zu haben.«

Patrick schwieg nachdenklich. Dann sagte er: »Ich hätte gern gewusst, wer mein Vater war, ich hatte nie die Gelegenheit, ihm für alles zu danken. Er hat mir ein wunderbares Leben ermöglicht.«

Der alte Mann lächelte. »Er hat die strengsten Internate für dich ausgesucht, er wollte sehen, ob du dich durchsetzen und ob du kämpfen kannst, er war sehr zufrieden mit deiner Entwicklung, soviel darf ich dir sagen.«

Patrick schloss die Augen und dachte daran, wie seine Mutter ihm schließlich an seinem dreißigsten Geburtstag gesagt hatte, wer sein Vater war. Am gleichen Tag teilte ihm das Anwaltsbüro, das nach dem Tod des alten Rechtsanwaltes seine Interessen vertrat, mit, dass er als einziges Kind der alleinige Erbe seines Vaters sei. Das Geld war in Schiffen, Wertpapieren, Immobilien und in einer Eisenbahngesellschaft sicher angelegt. Von einem Augenblick zum anderen bin ich ein sehr vermögender Mann geworden, dachte Patrick, aber bis heute habe ich nichts davon angerührt. Ich hatte Arbeit als Schiffsbauingenieur, ich hatte eine kleine Wohnung in Hafennähe und ich hatte keinen Grund, an meinem Leben irgendwas zu ändern – aber das kann nun sehr schnell anders werden. Ich habe der Mutter zuliebe alles aufgegeben, nun muss ich sehen, wie ich hier Fuß fasse, auf keinen Fall aber als Almosenempfänger oder Protegé. Patrick wusste, was er wollte, und seine Vorstellungen waren ganz anders als die von Viktoria, die schon so viele Pläne für ihn hatte.

Draußen zog die Morgendämmerung über das Land, als er endlich einschlief.

Ein Klopfen an der Tür weckte den jungen Mann gegen zehn Uhr. Erschrocken fuhr er hoch. »Ja, bitte?«

Als er seine Mutter in der Tür erblickte, sah er verlegen auf die Uhr, die er auf dem Nachttisch abgelegt hatte. »Verzeih, Mutter, ich habe die ganze Nacht nachgedacht, nun hab' ich wohl verschlafen.«

Patrizia lächelte. »Ich wollte nur wissen, ob du zum Frühstück herunter kommst oder ob man den Tisch abräumen kann.«

»Es tut mir Leid, habt ihr etwa gewartet?«

»Aber nein, Viktoria ist eine Frühaufsteherin und hatte längst gegessen, als ich herunter kam, ich muss gestehen, auch ich hatte mich verspätet.«

»Ich nehme nur zwei Scheiben Toast mit etwas Rührei und schwarzen Kaffee, alles andere kann abgeräumt werden.« Er sah seine Mutter an, wie immer trug sie ein dunkelblaues Kleid mit weißem Kragen, ihre Schwesterntracht, aber heute hatte sie ihr bestes Kleid angezogen. Der feine Wollstoff mit dem seidigen Glanz war immer nur besonderen Gelegenheiten vorbehalten. »Was hast du vor? Du hast dein bestes Kleid an?«

»Viktoria hat zum Lunch ihre Kinder eingeladen, ich möchte nur einen guten Eindruck machen«, lachte sie.

»Aber der Geburtstag mit der großen Familienfeier ist doch erst morgen.«

»Heute kommt nur der kleine Kreis zusammen. Nur ihre Kinder. Sie möchte uns mit ihnen bekannt machen.«

»Hm, und wann wird gegessen?«

»Um vierzehn Uhr. Ich möchte vorher noch ins Amalie-Sieveking-Stift fahren und mich sehen lassen. Immerhin erwarten sie, dass ich mich nach mehr als fünfzig Jahren zurückmelde. Und sie haben ein Zimmer für mich reserviert.«

»Wirst du dort einziehen?« Patrizia sah sich im Zimmer um und trat ans Fenster. Dem Sohn den Rücken zukehrend sagte sie: »Ich weiß es noch nicht. Ich muss erst einmal sehen, wie ich mich dort fühle. Viktoria möchte, dass wir hier bleiben.« Patrick war aufgestanden und hatte den Hausmantel übergezogen, als er neben sie trat. »Mutter, ich möchte, dass du nach all diesen Jahren harter Arbeit ein schönes Heim hast, in dem du glücklich leben kannst. Überlege dir gut, wie du dich entscheidest.«

»Hier ist es sehr angenehm, und Viktoria ist sehr großzügig, aber mir wird die Geborgenheit der Schwesternschaft fehlen. Sie ist ein Teil meines Lebens, ich weiß nicht, ob ich darauf verzichten kann.«

»Ich möchte dich begleiten, ich möchte einen Eindruck von der Atmosphäre bekommen, die in diesem Stift herrscht. Darf ich mit dir kommen?«

»Ich wäre dir sehr dankbar, Patrick. Ich bin ziemlich unsicher und ein starker Mann neben mir täte recht gut.« Patrick legte den Arm um die Schultern der alten Frau. »Ich bin in zehn Minuten unten. Du kannst die Pferde schon anspannen lassen.«

Sorgfältig kleidete er sich an. Er war nicht eitel, das hatte er bei seinem Aussehen und bei seinem gesunden Selbstbewusstsein nicht nötig, aber er legte größten Wert auf korrekte, dem Anlass entsprechende Kleidung. Was er in seinem Koffer mitgebracht hatte, war nicht üppig, es war die bescheidene Garderobe eines arbeitenden Mannes, aber zum Glück hatte eine Wäscherin gestern abend seine zerknitterten Sachen in Ordnung gebracht, so dass er über frische Wäsche und gebügelte Anzüge verfügte. Er sah in den Spiegel und band sich die Schleife unter dem Kragen fest. Ein von Wind und Wetter gebräuntes Gesicht mit braunen Augen unter leicht gewölbten Brauen, einer scharf geschnittenen Nase und einem klar gezeichneten Mund sah ihm entgegen. Mein Vater hat so ausgesehen, wie oft hat

Mutter gesagt, ich sei ihm wie aus dem Gesicht geschnitten, dachte er, zog die Weste an, befestigte die Uhrkette und streifte das Jackett über. Noch einmal strich er mit der Bürste über die gewellten Haare, die er länger trug, und strich mit der Hand über die glattrasierten Wangen. Im Gegensatz zu den meisten Männern hatte er keinen Bart. Ich brauche mein Gesicht zum Glück nicht zu verstecken, dachte er zufrieden und verließ das Zimmer, um seinen Kaffee zu trinken.

Patrizia erwartete ihn im Frühstückszimmer. »Viktoria begleitet uns in die Stadt. Sie will im »Hamburger Hof« die letzten Vorbereitungen für ihr Fest kontrollieren und wir holen sie auf dem Rückweg dort wieder ab.«

Patrick nickte. Es hätte ihm nicht gefallen, wenn die Tante sie ins Stift begleitet hätte. Seine Mutter musste dort einen schwerwiegenden Entschluss fassen und mit dem musste sie allein fertig werden.

Die Fahrt war sehr schön und aufschlussreich. Obwohl er mit dem Rücken zur Fahrtrichtung saß, natürlich benutzten die beiden Damen die bequeme Sitzbank, sah er viel von der Stadt und hörte den interessanten Erklärungen Viktorias zu. Im Vergleich zur Größe New Yorks kam ihm diese Hafenstadt eher klein und zeitfremd vor, aber er würde sich daran gewöhnen und das Seine für ihre Entwicklung tun. Er hörte Viktoria zu, wie sie von der verheerenden Choleraepidemie erzählte, von den hygienischen Maßnahmen, die seither ergriffen wurden, und von den Plänen, die noch verwirklicht werden sollten, um die alten Gängeviertel zu sanieren und moderne Quartiere für die Bewohner der Elendsviertel zu schaffen. Sie erzählte vom Besuch des Kaisers, von dem Krieg Anfang der siebziger Jahre und vom Bau der Speicherstadt, die einmalig in Europa sei. Er unterbrach sie nicht, Fragen hätten sie in ihrem Redefluss gestört, und außerdem hatte er Gelegenheit, die beiden Schwestern unbeobachtet miteinander zu vergleichen: die eine, die Reichtum und Eleganz verkörperte, und die andere, die von harter Arbeit und Demut gezeichnet war. Und dennoch strahlten beide die unnachahmliche Würde zweier Frauen aus, für die Äußerlichkeiten unwichtig waren. Genau so habe ich mir Hanseatinnen vorgestellt, dachte Patrick und war stolz, mit ihnen gesehen zu werden.

Die Kutsche erreichte den Jungfernstieg und hielt vor dem »Hamburger Hof«. »Wir sehen uns in zwei Stunden, wenn es euch recht ist«, verabschiedete sich Viktoria und ging zufrieden ins Foyer. Sie hatte ihren beiden Gästen ein Stück Hamburg nahegebracht, ob sie ihnen auch ein Heimatgefühl vermittelt hatte, würde sich herausstellen, wenn sie erst einmal Fuß gefasst hatten. Heute Mittag würden ihre Kinder kommen und man würde bereits erste konkrete Pläne machen. Jessica hatte zugesagt, Julia über den Besuch aus Amerika zu informieren, und so würden alle damit rechnen, dass sich in ihrem Leben Änderungen ergeben. Sie wollte nicht in die Arbeit und die Pläne ihrer Söhne und Töchter eingreifen, aber sie verlangte Toleranz und Entgegenkommen, wenn es um die Zukunft ihrer Schwester und Patricks ging. Dieser gutaussehende junge Mann war sehr zurückhaltend, das mochte einerseits an seiner guten Erziehung liegen, andererseits aber vielleicht auch daran, dass er sich nicht in eigene Pläne schauen lassen wollte. Mit ihm musste sie auf jeden Fall sehr behutsam umgehen, wollte sie ihn in ihre Interessen einbeziehen.

Ohne den Kutscher hätte Patrizia das Amalie-Sieveking-Stift in St. Georg nicht wieder gefunden. Nachdem sie die neue Lombardsbrücke passiert hatten und ein Stück am Alsterufer entlang gefahren waren, bog er in die verwinkelten Gassen und Straßen mit den eng gebauten Häuserzeilen ein, die sich zwischen die Eisenbahnstrecke nach Lübeck und dem Alstersee bis weit nach Norden erstreckten. Aus dem dünn besiedelten Vorstadtbezirk war in fünfzig Jahren ein dicht bevölkerter Stadtteil geworden und da, wo Patrizia früher mit wenigen Schritten die Alsterfähre erreicht hatte, musste sich die Kutsche jetzt mühsam ihren Weg suchen.

Endlich hatten sie die Stiftsanlage erreicht. Die Pferde bogen in den weiten Hof ein, der, einem offenen Viereck gleich auf drei Seiten von einzelnen Gebäuden umgeben war. Vor einem Portal hielt der Kutscher und Patrick half seiner Mutter beim Aussteigen. »Weiblicher Verein für Armen- und Krankenpflege in Hamburg« verkündete ein blank geputztes Messingschild neben der Tür.

»Denke daran, Mutter, du musst hier nicht wohnen. Ich baue dir das schönste Haus von Hamburg wenn du möchtest.«

Die Tür öffnete sich, man hatte die Gäste gesehen. »Ich bin Martina Mertens, die Vorsteherin. Herzlich willkommen in Hamburg, Schwester Patrizia.« Die Frau in dem blauen Schwesternkleid streckte ihr freundlich beide Hände entgegen. Etwas zögernd erwiderte Patrizia den Händedruck und stellte ihren Sohn vor.

»Dann auch für Sie ein herzliches Willkommen in unserer Stadt. »Wir gehen davon aus, dass Sie hier wohnen werden, Schwester Patrizia. Sie haben zwar eine Familie in Hamburg, aber auch wir sind Ihre Familie und wir haben Ihnen ein gemütliches Zimmer eingerichtet. Kommen Sie mit.«

»Ich möchte, dass mein Sohn mich begleitet.«

»Selbstverständlich. Es muss schön sein, einen eigenen Sohn zu haben, ich beneide Sie.«

»In Amerika hat man mir diesen Sohn nie verziehen.«

»Wir denken hier etwas toleranter als in dem puritanischen New York, Schwester Patrizia. Frauen, die unserem Verein angehören, haben schließlich kein Keuschheitsgelübde abgelegt. Sie sind frei zu tun, was sie möchten. Wir wünschen lediglich, dass unser Hilfsverein nicht in einen schlechten Ruf gerät. Und Mutter zu sein, kann niemals schlecht sein.« Und zu Patrick gewandt: »Ich hoffe, Sie sind oft unser Gast, junge Männer sind bei uns leider rar. Hier sieht man immer nur die Herren mit den grauen Bärten.«

Schwester Martina führte ihre Gäste über den Hof in das Haus Nummer fünf und dort in die zweite Etage. »Von hier aus haben Sie einen schönen Blick über die Außenalster, wir dachten, das würde Ihnen gefallen.«

Einziger Schmuck in dem kargen Raum war das hohe Fenster und Patrick war erschüttert von der spartanischen Einrichtung des winzigen Zimmers.

Patrizia fühlte, was in ihm vorging. Er tat ihr Leid, aber ihr machte es nichts aus, sie war an solche Zimmer gewöhnt und nickte der Vorsteherin zu. »Ich werde in zwei Tagen einziehen. Ich freue mich auf die Ruhe und die Gemeinschaft. Danke, dass ich das Zimmer mit dem Blick über die Alster und hinüber zu unserem alten Sommerhaus bewohnen darf.« Sie hakte sich bei Patrick unter, gab der Schwester höflich die Hand und ließ sich nach draußen führen, wo die Kutsche wartete.

Unterwegs zum »Hamburger Hof« sah Patrick sie betroffen an. »Du willst wirklich dort einziehen, Mutter? Du könntest in einem Schloss wohnen.«

Patrizia nickte. »Ich will es versuchen. Was ich brauche, finde ich in keinem Schloss, mein Junge. Ich suche die Gemeinschaft toleranter Frauen, das Zusammensein, die Andachten und Bibelstunden, einfach das Wissen um den anderen im Zimmer nebenan. Du musst das verstehen und nun möchte ich nicht mehr darüber sprechen«

Fünftes Kapitel

Mit dem kleinen Treffen hatte sich Viktoria besondere Mühe gegeben. Es war zwar nur eine Einladung zum gemeinsamen Essen im internsten Familienkreis, aber sie wollte, dass ihre Kinder und die Gäste aus Amerika ein paar harmonische Stunden miteinander verbringen konnten. Sie sollten sich in der angenehmen Atmosphäre eines gut vorbereiteten Mahles an einer stilvoll, aber schlicht gedeckten Tafel gegenübersitzen und in behutsamen Gesprächen einander näherkommen.

Wie immer war sie am Morgen sehr früh aufgestanden und dann beim ersten Tageslicht in den Garten gegangen, um eigenhändig für den Tischschmuck zu sorgen. Sie schnitt Herbstastern und einige Ranken vom rötlich gefärbten wilden Wein ab, suchte nach heruntergefallenen Kastanien, Eicheln und Bucheckern und nahm grüne Efeuranken und einige kleine Zweige der prallen weißen Schneebeeren mit. Bertha, die Mamsell, musste eine schlichte weiße Leinendecke über dem Tisch ausbreiten und Viktoria verteilte darauf die gesammelten Zweige, Blüten und Früchte.

Bertha klatschte begeistert in die Hände. »Wie wunderschön Sie das wieder machen, Madame, kein Strauß vom Gärtner könnte den Tisch so elegant dekorieren.«

Viktoria ging einmal um die Tafel herum, zupfte hier an einem Zweig, drehte dort eine Blüte und nickte. »Ganz schlicht, Bertha, aber dem Herbst entsprechend. Deshalb sollte die Decke keine Spitzen oder Stickereien haben. Und suchen Sie bitte auch die dazu gehörenden einfachen Servietten aus. Seide, Damast, Spitzen und den Blumenschmuck des Gärtners heben wir uns für die nächsten Tage auf.«

Dann ging sie persönlich in die Küche, was nicht oft geschah, denn meist bat sie die Köchin zu sich in ihr Büro. Aber heute hatte sie das Bedürfnis, an Ort und Stelle über Speisen zu debattieren und mit der Köchin das Menü zu besprechen.

Es ist eine hübsche Küche, dachte sie, als sie den warmen Raum betrat, eine Küche, in der jede Köchin sich wohlfühlt. Kupfertöpfe blinkten von Regalen herab, Rührbesen und Schöpflöffel hingen an der Wand, auf einem Bord lagen abgegriffene, leicht fettige Kochbücher, der bullige Herd mit der gusseisernen Platte strömte wohlige Wärme aus und der Tisch mit der dicken Holzplatte zeigte die Narben langen Gebrauches.

Viktoria setzte sich auf einen der Holzstühle mit dem Herz in der Lehne und dem karierten Kissen. »Ich möchte ein herbstliches Essen, passend zum dezent gedeckten Tisch, Frieda. Kein Schnickschnack, nur gute Hausmannskost mit kleinen Raffinessen. Und noch etwas, meine Gäste sollen sich beim Essen unterhalten und anblicken können, also bitte keine Gräten und Knöchelchen und andere Dinge, die ihre Aufmerksamkeit ablenken.«

Die Köchin, schon längst mit der Planung der festlichen Menüs für die kommenden Tage beschäftigt, runzelte einen Augenblick die Stirn und wischte sich, leicht verlegen wegen des unerwarteten Besuches der Hausherrin, die Hände an der Schürze ab. »Kein Schnickschnack, nichts, was in den nächsten Tagen auf den Tisch kommt, es soll unkompliziert zu essen und herbstlich sein, da muss ich etwas überlegen, Madame.«

Und nach einem Augenblick, den Viktoria nutzte, sich frischen Kaffee aus der großen Küchenkanne einzuschenken, »ich hab' es, ich werde gebackene Karpfenfilets mit gefüllten Tomaten in Weinschaumsoße als Vorspeise anbieten, die Karpfensaison hat gerade begonnen und die Gräten entferne ich vorher, dann mache ich als Hauptgang gedämpfte Rehschulter auf Maronenpüree mit gebratenen Steinpilzen – unser Wildfleisch-Händler hat mir gerade gestern gut abgehangenes Wildbret angeboten – und zum Dessert gibt es Apfelstrudel mit geschlagener Sahne.«

Viktoria nickte zufrieden. »Wunderbar. Wir sind sieben Personen und werden gegen vierzehn Uhr speisen. Danke, Frieda.«

Obwohl Viktoria eine stolze und wohlhabende Frau war und der besten Gesellschaft angehörte, behandelte sie ihre Angestellten nie herablassend, sondern bezog sie in ihre Pläne ein und gab ihnen die Möglichkeit, eine eigene Meinung zu haben und sie zu äußern. Das Personal im Hause sowie viele hundert Mitarbeiter in den Firmen dankten es ihr durch Treue und Loyalität.

In ihren Betrieben hatte es 1896 keine Streiks und keine Aufstände wie in den anderen Reedereien gegeben, ihr Hauspersonal bekam ein festes Entgelt und einen geregelten Arbeitsplan und sie kümmerte sich um die Familien ihrer Angestellten, sobald sie in Not gerieten. Sie hatte ein gutes Gespür für Menschen und einen angeborenen Sinn für die Gefühle anderer; das war ein Vermögen, das sie ein ganzes Leben lang gehegt und gepflegt hatte und das mit Geld nicht aufzuwiegen war.

Sie freute sich auf das Zusammensein mit ihren Kindern. Es kam selten vor, dass sie ohne ihre eigenen Familien kamen, und dann genoss Viktoria die Intimität der alten, gewachsenen Familie.

Sie hatte Glück mit ihren Kindern. Obwohl sie zu früh den Ehemann verloren hatte, war es ihr gelungen, die Familie zusammen zu halten und die Söhne und Töchter zu fleißigen, charakterfesten und selbstbewussten Menschen zu erziehen. Freilich, sie hatte Träume und Zukunftsvisionen begraben und statt dessen harte Arbeit leisten müssen, um die Firmen erfolgreich weiter zu führen. Doch das war ihr gelungen und dann waren diese jungen Menschen erfahren und mündig genug, um ihr die Arbeit und die Verantwortung abzunehmen.

Viktoria hatte im »Hamburger Hof«, dem derzeit besten Hotel der Stadt, die Vorbereitungen für ihr Fest und die Zimmer für die auswärtigen Gäste überprüft. Nichts überließ sie dem Zufall, das hatte sie noch nie getan, deshalb war sie mit Patrizia und Patrick zusammen in die Stadt gefahren. Aber sie hatte alles bestens vorbereitet gefunden und bedankte sich bei Karl Ossenbrück, dem Chef des Hauses, den sie noch von der Schulzeit her kannte und der sie durch die reservierten Räume geführt hatte.

»Liebe Viktoria, es ist mir eine Freude und eine Ehre, deinem Fest einen würdigen Rahmen zu geben. Alle Leute werden darüber sprechen und für mich ist es ein großer Triumph, denn wenn du zufrieden bist, wird das in der ganzen Stadt bekannt.«

Der hagere Mann, der trotz seiner siebzig Jahre hoch aufgerichtet neben ihr herging, begleitete Viktoria die breite Treppe zum Foyer hinunter und führte sie in den Tearoom – ein Zugeständnis des Hotels an englische Gäste, die in letzter Zeit immer häufiger und zahlreicher die Hansestadt besuchten – um ihr eine Erfrischung anzubieten, während sie auf ihre Kutsche wartete. »Ich werde zwar nur im Hintergrund agieren, aber ich freue mich, deine Geschwister und deine Kinder wiederzusehen. Ich lese so oft in der Zeitung die Namen Brennicke und Stelling, wie wirst du fertig, mit soviel Aufmerksamkeit und Öffentlichkeit?«

»Karl, das ist Gewohnheit. Irgendwann nimmt man diese Dinge nicht mehr zur Kenntnis. Ich musste sehr früh lernen, damit umzugehen.«

Ossenbrück, förmlich im Gehrock mit steifgestärktem Hemd und schwarzem Binder, strich sich schmunzelnd über den gepflegten grauen Backenbart. »Ich weiß, ich weiß, ich werde nie vergessen, wie du den alten Reeder Brennicke im Gericht hereingelegt hast. Die ganze Schule hat Kopf gestanden und du hast getan, als sei es die selbstverständlichste Sache der Welt, den reichsten Hanseaten der Stadt an den Rand des Bankrotts zu treiben. Und das mit vierzehn Jahren!«

Viktoria winkte bescheiden ab. »Ich hatte Recht und ich hatte den nötigen Zorn, da ging das wie von selbst.« Dann nickte sie der Serviererin zu, die Tee und Gebäck auf dem kleinen Tisch abstellte und fragte, ob sie einschenken dürfe.

»Und dann hast du in diese Familie eingeheiratet. Kein Mensch hat verstanden, woher du den Mut dazu genommen hast. Schließlich war der alte Brennicke ein stadtbekannter, überaus bärbeißiger und gefürchteter Patriarch.«

Viktoria lächelte. »Ach Karl, ich war verliebt, so einfach ist das.«

»Und mindestes ein Dutzend von uns Mitschülern ist auf der Strecke geblieben. Hast du eigentlich jemals gewusst, wie viele von uns dich heiraten wollten?«

Viktoria musste sich die Hand vor den Mund halten, um nicht ungebührlich laut zu lachen. »Mein lieber Freund, entschuldige, wenn ich das so brüsk sage, aber keiner konnte Jens Brennicke das Wasser reichen. Ich wollte und ich brauchte einen starken Mann und deshalb war er der Richtige.«

Der Portier kam in den Tearoom, um mitzuteilen, dass die Kutsche vorgefahren war. Viktoria erhob sich. »Danke für den Tee und diese kleinen Geständnisse, sie tun gut, auch heute noch.« Sie reichte ihrem Kavalier die Hand und mit einem Handkuss verabschiedete sich der sonst so reservierte Mann und begleitete sie zur Kutsche.

Patrick stieg höflich aus und reichte Viktoria die Hand, um ihr in den Landauer zu helfen.

Die Rückfahrt verlief schweigend. Jeder war mit den eigenen Gedanken beschäftigt. Patrizia dachte an die kleine Stube, in die sie einziehen würde, aber sie sah dabei nicht die spartanische Einrichtung, sondern sie hatte den Blick aus dem Fenster mit der Alster und mit dem elterlichen Sommerhaus am anderen Ufer vor Augen, in das die Familie nach dem Großen Brand 1842 geflüchtet war. Viele entscheidende Jahre hatten sie dort gelebt. Sie dachte an ihren Bruder Michael, der zum Entsetzen des Vaters ausgezogen war, um Maler in Italien zu werden, an Thomas, der weggegangen war, weil er Rennreiter und Pferdezüchter und kein Kaufmann werden wollte, und an sich selbst, wie sie durchgesetzt hatte, in den Frauenverein von Amalie Sieveking einzutreten. Sie dachte an den Vater, der sich schließlich am Hafenrand mit ihr versöhnt hatte, als sie nach Amerika auswanderte, und an die Mutter, die in dem kleinen Sommerhaus so unglücklich war, weil es ihren Ansprüchen in keiner Weise genügte. Heute war der Uferrand ein von Villen und Palästen bebauter Stadtteil, in dem die reichen Hanseaten sich angesiedelt und eingerichtet hatten.

Auch Patrick sah in Gedanken dieses winzige Zimmer vor sich, in das die Mutter einziehen wollte, und überlegte, wie er ihr diesen Plan ausreden konnte. Er selbst würde sich, sobald Viktorias Festivitäten vorüber waren, ein eigenes Heim suchen und vielleicht gelang es ja, die Mutter dann umzustimmen und bei sich aufzunehmen. Viel Hoffnung hatte er allerdings nicht. Er kannte Patrizia Stelling, wenn die sich etwas vorgenommen hatte, führte sie das auch durch. Da halfen keine guten Argumente und auch kein leichter Druck – nicht umsonst hatte sie mit ihrem zähen Willen und ihrer Unnachgiebigkeit soviel in der Armenpflege von New York erreicht.

Viktoria war mit den Gedanken bei ihren Gästen. Thomas musste mit seiner Familie jeden Augenblick im Hotel eintreffen, die Verwandten aus Glückstadt wurden am späten Nachmittag erwartet, ein paar entfernte Angehörige aus Lübeck würden mit dem Abendzug kommen. Sie alle fanden im »Hamburger Hof« hübsche Zimmer vor und konnten sich in Ruhe auf die nächsten Tage vorbereiten. Wie gut, dass ich in alle Räume Obstschalen, Blumen und Getränke stellen ließ, dachte sie zufrieden und überlegte, ob sie noch irgendetwas vergessen hatte. Aber mir fällt nichts ein, der Karl hat bestens für alles gesorgt. Dann lächelte sie fröhlich, als sie an seine Worte dachte: So, so, da gab es also eine Reihe von Schülern, die Interesse an mir gezeigt haben, ist mir damals gar nicht aufgefallen, überlegte sie amüsiert, aber ich hatte auch wirklich keine Zeit, an Flirterei zu denken. Ich habe immer nur gebüffelt, um die erste und die beste Kauffrau von Hamburg zu werden, und das habe ich geschafft.

Sie hatten die Villa erreicht. Der Kutscher lenkte die Pferde sicher durch das Tor und die breite Einfahrt entlang. Der graue Morgendunst hatte sich zu einem klaren, blauen Oktobertag entfaltet. Das welke Laub raschelte unter den Hufen. Die Elbe strömte mit einsetzender Ebbe schneller dem Meer entgegen. Viktoria schaute auf die Uhr, die sie in einem Medaillon versteckt an einer Kette um den Hals trug. »Ihr Lieben, wir haben noch eine gute Stunde Zeit, bis die Kinder kommen, und das Essen wird dann um vierzehn Uhr serviert, Zeit genug, sich frisch zu machen und auszuruhen. Ich denke, nach dem anstrengenden Vormittag tut uns so eine kleine Siesta gut, denn der Nachmittag wird anstrengend, ich kenne meine Kinder.«

Patrizia nickte dankbar. »Fein, dann kann ich mich in Ruhe fertig machen und sogar die Füße noch ein wenig hoch legen. Und was machst du, Patrick?«

»Ich ziehe mich um, ich denke, im Familienkreis geht es legerer zu als im Amalienstift.« Er half den beiden Frauen aus dem Landauer, winkte ihnen kurz zu, grüßte den Butler, der an der Haustür wartete, und ging hinauf in sein Zimmer.

Ihm grauste vor dem Nachmittag. Ich kann mir so richtig vorstellen, wie das wird, dachte er resigniert, erst schauen sie uns an, als kämen wir von einem anderen Stern, und dann stellen sie ihre Fragen. Und wenn es ganz schlimm kommt, dann haben sie auch noch tausend Ratschläge. Er streifte die Schuhe ab, zog das Jackett aus und warf sich aufs Bett. Wenn ich doch nur wüsste, ob es richtig war, hierher zu kommen. Aber ich konnte Mutter nicht allein zurückkehren lassen. Jetzt muss ich sehen, wie ich damit fertig werde. Es ist ja nicht nur diese Familie, es ist das gesamte Drumherum, das ich akzeptieren muss. Er dachte an die Straßen, Häuser, Schiffe, an den Verkehr, an diese ersten Automobile, die hier hupend und unsicher herumkurvten, an die Bahnen, die sich bimmelnd ihren Weg suchten, und er dachte an New York. Alles ist so klein hier, so eingegrenzt. Allein dieser Hafen, so weit vom Meer entfernt und so bemüht, ein Welthafen zu sein. Kein Wunder, dass wir in Southampton vom Überseedampfer auf ein kleineres Schiff umsteigen mussten, für die ganz großen Schiffe ist der Fluss zu flach. Plötzlich sah er ein Bild vor sich, das sich ihm heute während der Kutschfahrt unbewusst eingeprägt hatte. Da versuchten Männer mit einem Dampfbagger, den Fluss zu vertiefen. Wie ein Scherz war ihm das vorgekommen: der breite Strom und der einsame Bagger, der, wie er sofort gesehen hatte, englischer Bauart war und der Stadt vermutlich ein Vermögen kostete.

Und dann hatte er eine Idee: Dieser Fluss wird immer und ewig zu flach sein. Hier wird man, so lange es diesen Hafen gibt, Sand aus dem Strom herausholen müssen. Aber doch nicht auf eine so unrentable Weise. Er dachte an die Baggerschiffe, die im Hudson, in der Upper- und in der Lower-Bay das Fahrwasser passierbar machten – und dann fasste er einen Entschluss:

Ich werde mächtige, produktive Bagger bauen. Ich werde eine eigene Werft dafür haben und ich werde mein eigener Herr sein. Schließlich bin ich Schiffsbauer, und zwar ein guter.

Aufgeregt sprang er auf, ging zum Fenster und sah hinaus auf den Strom, der plötzlich so wichtig für ihn geworden war. Übermorgen werde ich auf dem Wasserbauamt vorsprechen, Pläne entwickeln und Angebote machen. Ich werde eine Werft mit mindestens zwei Trockendocks bauen und ich werde dazu beitragen, diesem Hafen zu Größe und Ansehen zu verhelfen. Von einem Augenblick zum nächsten hatte er seine gute Laune, seinen Optimismus wiedergefunden. Fröhlich pfeifend ging er zum Schrank, suchte sich ein sportliches Hemd heraus, das er mit einer feschen Schleife am Hals binden konnte, und eine hellbeige Hose, die im Ton zu dem Hemd passte, und begann sich anzukleiden. Plötzlich war das Leben wieder in Ordnung. Er hatte das Vermögen seines Vaters und die Welt stand ihm offen.

Unten im Haus wurde es laut. Er hörte Stimmen, Frauen lachten – die Gäste trafen ein. Er sah in den Spiegel, strich das wellige Haar zurück und prüfte sein Aussehen, dann ging er hinüber zum Zimmer seiner Mutter. Er klopfte und trat ein. Es war ein schönes Zimmer mit einer einladenden

Atmosphäre, das seine Mutter hier bewohnte. Die lindgrünen, seidenbespannten Wände bildeten einen idealen Hintergrund für die zierlichen Möbel und zwei pastellfarbene Landschaftsbilder. Moosgrüner Samt umrahmte das Fenster, vor dem sich ein duftiger, cremeweißer Vorhang bauschte. Das typische Zimmer einer Frau, dachte Patrick und küsste seiner Mutter liebevoll die Hand.

Sie sah ihn glücklich an. Er war so ein wundervoller Sohn. Obwohl er ein sensibles, sanftes Gesicht hatte, wusste sie, dass er ein starker und zäher Mann war, der es durchaus verstand, sich durchzusetzen und Härte zu zeigen, wo er es für angebracht hielt. Er ist wie sein Vater, dachte sie wieder einmal dankbar und nickte ihm zu.

»Fein, dass du mich abholst, Patrick, gemeinsam werden wir den Nachmittag überstehen, findest du nicht auch?« Unsicher sah sie ihren Sohn an. »War es richtig, nach Hamburg zu kommen?«

»Ja Mutter, irgendwo in der Welt brauchen wir Wurzeln. Deine sind hier und meine werden wachsen. Mach dir keine Sorgen.« Er legte ihr beruhigend den Arm um die Schultern. »Ein bisschen unbehaglich ist mir auch, Mutter. Schließlich werden wir hier vorgeführt wie Fremde, aber das schaffen wir schon.«

»Ach nein, so darfst du das nicht sehen. Viktorias Söhne haben doch ihre Auslandserfahrungen und wenn die Töchter nach der Mutter geraten sind, sind es weltoffene Frauen.«

»Nun, dann komm, schauen wir uns die Familie an.«

Arm in Arm kamen beide die Treppe herunter, empfangen von neugierigen Blicken und schließlich von fröhlichem Applaus.

»Herzlich willkommen«, riefen vier Menschen im Chor und umarmten die beiden, als sie die letzte Stufe erreicht hatten.

»Wir freuen uns, dass ihr da seid,« lachte Jessica.

»Ihr habt uns ja lange warten lassen,« tadelte Julia.

»Wir werden es euch so schön wie möglich machen,« fiel ihr Jessica ins Wort, »und eine Menge Pläne haben wir für euch,« klang es aufgeregt durcheinander. Viktoria, die sich im Hintergrund gehalten hatte, trat dazwischen und stellte ihre Söhne und Töchter vor. »Das ist Alexander, er leitet die Reederei Brennicke, Christopher führt die Firma Stelling, Julia kümmert sich um die Kultur und den Literatur-Zirkel ihres Großvaters und Jessica hat mit der Immobilienfirma ihrer Großmutter viel vor. Und nun kommt in den Salon, damit wir auf dieses Treffen anstoßen können.«

Patrick beobachtete heimlich die ihm fremden Männer und Frauen. Vor allem die zierliche Julia gefiel ihm. Die harmonischen Züge ihres Gesichts mit der glatten Stirn, der fein gemeißelten Nase und dem sensiblen Mund verraten ein ausgeglichenes, sanftes Wesen, dachte er, kein Wunder, dass sie sich der Kunst zugewendet hat. Julia, die sich beobachtet fühlte, lächelte den fremden Cousin an und er war bezaubert von dem Ausdruck der Unschuld, der sich auf ihrem Gesicht zeigte.

Das Zusammensein bei Tisch verlief harmonisch. Die Speisen waren delikat und sehr gut zubereitet, die Unterhaltung ging hin und her und es wurde viel über Hamburg, über New York, über Handelsbeziehungen und Schiffsprobleme, über das bevorstehende Fest und die erwarteten Gäste geredet. Julia erzählte von Theateraufführungen und Konzerten und von Michael, dem alten Onkel, der nun schon seit vielen Jahren das Sommerhaus am Harvestehuder Weg bewohnte. »Ich habe so oft versucht, ihn zum Umzug in unser schönes Haus am Mittelweg zu bewegen, aber er will unbedingt in dem alten Haus an der Alster bleiben.«

»Er hat sein Atelier dort und alte Bäume sollte man auch nicht mehr verpflanzen«, unterbrach Jessica sie. Seit seiner Rückkehr aus Italien wohnt er dort und hat sich sein Leben so eingerichtet, wie es ihm gefällt, daran darf man jetzt nichts mehr ändern.«

»Malt er immer noch?«

»Ja«, nickte Viktoria, »aber mit den Augen hat er Probleme, das ist natürlich für einen Maler sehr schwierig.«

»Ach Mutter«, unterbrach sie Alexander: »Große Erfolge hatte er doch nie.«

»Aber immer große Pläne«, warf Christopher ein und erklärte Patrick gegenüber: »Wenn die Familie nicht für ihn sorgen würde, sähe es mehr als schlecht für ihn aus.«

»Christopher«, unterbrach Viktoria ihren Sohn ärgerlich, »vergiss nie, dass in dieser Familie einer für den anderen da ist. Keiner wird ausgegrenzt und keiner wird mit Verachtung behandelt«, ergänzte sie bestimmt.

Julia, um Harmonie bemüht, warf schnell ein: »Ich stelle meine Räume als Galerie zur Verfügung, wenn er Bilder fertiggestellt hat. Wenn der Zirkel im Gartensaal zusammenkommt, gibt es immer wieder Bewunderer, die seine Bilder mögen.«

»Und kaufen?« warf Christopher ein.

»Manchmal schon. Er hat eben einen sehr eigenen Stil entwickelt und die Hamburger sind sehr konventionelle Menschen. Ich freue mich jedenfalls, wenn er bei mir in der Tür steht und neue Bilder unter dem Arm hat.«

»Er braucht eine Aufgabe und die hat er in der Malerei gefunden«, ergänzte Viktoria und beendete damit das Thema. Jessica berichtete von Neubaubezirken und Verordnungen, die ihr gar nicht gefielen, und die Männer stöhnten über Steuern, Einfuhrauflagen und Zollabgaben.

Es wurde viel geredet während der Mahlzeit, aber ein klärendes Gespräch gab es nicht. Dazu kam es erst später im

Salon, wo Viktoria Kaffee anbot und die Männer zu ihren Zigarren und zum beliebten irischen Whiskey greifen durften. Da hieß es plötzlich:

»Und was für Pläne hast du, Patrick?«

Viktoria, bemüht, voreilige Entschlüsse zu verhindern, griff schnell ein. »Patrick, genieße erst einmal die vielen neuen Eindrücke, lass dir Zeit, schau dir unsere Firma an, vielleicht findest du Gefallen an der einen oder anderen Aufgabe.«

Alexander sah seine Mutter nachdenklich an. »Du denkst an eine Mitarbeit in unserer Firma?« Die Idee, dass die Mutter sich nach so langer Zeit wieder in die Belange seiner Reederei einmischen könnte, behagte ihm gar nicht. Christopher erging es nicht anders. Seit mehr als zwanzig Jahren war er sein eigener Herr in der Firma Stelling, schön, man ließ der Mutter einen gewissen Freiraum, sie sollte sich nicht überflüssig fühlen, aber Herr der Geschäfte war er. Und nun sollte plötzlich ein unbekannter Verwandter aus Amerika da mitmischen dürfen? Er sah seinen Zwillingsbruder an. Sie hatten der Mutter Toleranz dem Gast gegenüber versprochen, aber von einer Beschäftigung in der Firma war nicht die Rede gewesen. Obwohl sie Zwillingsbrüder waren und obwohl es eine gewisse, unvermeidbare Zusammenarbeit gab, hatten sie geschäftliche Belange immer so weit wie möglich getrennt. Da ließ einer den anderen nicht in die Karten schauen und nun sollten sie sich unter Umständen einem für sie Fremden gegenüber offenbaren?

Patrick spürte genau, wie die Stimmung umschlug. Und er konnte diese Reaktion sogar verstehen. Beschwichtigend hob er die Hände. »Bitte, ich möchte, bevor wir weiterreden, etwas klarstellen. Ich bin nicht hergekommen, um von eurem Fleiß und von euren Erfolgen zu profitieren. Ihr habt lange und hart gearbeitet, um eure Firmen zu dem zu machen, was sie heute sind. Ich gratuliere euch, weil ihr respektable Betriebe habt, die in der ganzen Welt bekannt und geachtet sind. Ich habe nicht die Absicht, in diese Firmen einzutreten.«

Alle sahen ihn gespannt an, die beiden Männer mit Genugtuung und Erleichterung, Julia und Jessica erstaunt und mit Verständnis, Viktoria mit Enttäuschung und nur Patrizia nickte ihm zu, sie ahnte, dass Patrick niemals als Almosenempfänger auftreten konnte. Die Würde, die er jetzt ausstrahlt, hat er von seinem Vater, dachte sie dankbar, und für einen Augenblick schlug ihr Herz in einem schnellen Rhythmus, der ihre Wangen vor Freude erröten ließ.

Julia, die die Spannung brechen und dem Gespräch den Ernst nehmen wollte, sah ihn an und fragte: »Verrätst du uns, ob du schon Pläne gemacht hast?«

Patrick nickte. »Ja, ich habe meine Pläne, aber ich werde euch oft um Rat bitten, bis ich mich mit den Hamburger Maßgaben und Bestimmungen auskenne. Ich werde den Namen Stelling sehr hoch in Ehren halten, das verspreche ich und ich werde ihn so berühmt machen, wie mir das möglich ist.«

Viktoria sah ihn überrascht an. »Darf man schon erfahren, was du vorhast?«

»Ich möchte mich selbstständig machen, aber über Einzelheiten kann ich nicht sprechen, die kenne ich selbst noch nicht.«

Alexander sah ihn zweifelnd an. »Wer sich in Hamburg selbstständig machen will, braucht ein Vermögen.«

Patrick nickte. »Das ist so üblich. Ich habe ein Vermögen.«

Sechstes Kapitel

Die drei Stelling-Frauen standen am Fenster von Melanies Hotelzimmer und sahen voller Anteilnahme hinunter zum bunten Treiben auf Hamburgs beliebtester Flaniermeile, dem Jungfernstieg und dann hinüber zum Alsterpavillon, dem schön gekleidete Gäste zustrebten. Thomas, der mit Vergnügen seine Frau, seine Schwiegertochter und Lissi, seine Tochter, beobachtete, schmunzelte. Er wusste genau, was in den hübschen Köpfen seiner Damen vor sich ging, aber er mischte sich nicht ein und tat, als bewundere er das elegante Hotelzimmer mit den Seidentapeten, den hellroten Samtportieren, die die Fenster umrahmten und in dem gleichen Rosa waren, das sich in den Polstern der Sessel und der Ottomane wiederholte und selbst im Rosenmuster des Teppichs zu finden war. Viktoria hatte alle Zimmer der zweiten Etage für ihn und seine große Famile angemietet und Thomas war wieder einmal überrascht, mit welchem Geschmack und mit welcher Umsicht seine Schwester für ihre Gäste gesorgt hatte.

Für seine Familie, die so selten in die Großstadt kam, war dieser Besuch ein bedeutsames Erlebnis und er wollte alles tun, damit sie ein paar schöne Tage in Hamburg verleben konnten.

Melanie, Corinna und Elisabeth genossen den Ausflug in die Großstadt in vollen Zügen. In Rodenhagen nicht gerade verwöhnt durch gesellschaftliche Ereignisse, wollten sie die Möglichkeit zum Einkauf und zum Bummel durch

Geschäfte und ganz besonders zum Caféhaus-Besuch nutzen. Alle drei, dank des sehr günstigen Pferdeverkaufes in diesem Sommer gut ausgerüstet mit Geld und Bankvollmachten, hatten Hamburg kaum erreicht, als sie das Hotel auch schon wieder velassen wollten, um endlich die ersehnte Großstadtluft zu genießen.

Thomas, niemals kleinlich, wenn es darum ging, seiner Frau und seiner Tochter einen Wunsch zu erfüllen, ermutigte sie dazu. Gern hätte er auch Corinna, seine Schwiegertochter, verwöhnt, aber das wollte er doch lieber seinem Sohn überlassen, der konnte sehr empfinglich reagieren, wenn der Vater sich in familiäre Angelegenheiten mischte.

»Geht nur und gönnt euch was«, schmunzelte er, als er die begehrlichen Blicke sah, die die drei aus dem Fenster warfen. »Alles, was ihr sucht, findet ihr im Umkreis von hundert Metern. Lasst alle Rechnungen zur Warburgbank schicken, mein Kontoführer weiß Bescheid.«

»Und was mache ich mit den Kindern?« Elisabeth dachte an die kleine Henriette und die beiden Söhne, die nebenan im Zimmer ihre Koffer auspackten.

»Um Jette kümmere ich mich«, unterbrach Thomas sie sofort, »sie soll einmal erleben, wie sich ihr Großvater einen neuen Zylinder kauft, und die Jungen können zusammen mit den Söhnen von Bernhard mit einem Alsterdampfer fahren. Die Anlegestelle ist dort unten.« Er zeigte auf den kleinen Kai neben dem Alsterpavillon. »Da haben sie das Hotel immer im Blick und können sich nicht verlaufen.«

Elisabeth sah die Eltern an: »Und ihr meint, das geht gut? Der erste Tag in dieser fremden Stadt und dann vier Jungen allein unterwegs.«

»Ich werde mit Bernhard reden, vielleicht begleitet er ja seine Sprösslinge.«

»Dann wäre ich beruhigter«, nickte Elisabeth, »vier Jungen allein, wer weiß, was denen einfällt.«

»Gut«, Thomas strich ihr beruhigend über den Arm, »ich kümmere mich darum. Nun macht ihr drei, dass ihr fort kommt, bevor Café-Häuser und Geschäfte schließen.«

»Wo ist eigentlich Christian?«, unterbrach ihn Melanie. »Ich habe ihn nach der Ankunft im Hotel nicht mehr gesehen.«

»Er sagte am Bahnhof, sobald wir alle im Hotel untergebracht seien, wolle er seinen Cousin Alexander in der Reederei aufsuchen. Du weißt doch, ihn zieht es mit Macht in die weite Welt, wahrscheinlich verspricht er sich Hilfe von Viktorias Sohn.«

Melanie schüttelte hilfos den Kopf. »Ich hoffe, der kann ihm diese Idee ausreden. Er hat seine Arbeit auf dem Gut und ich bin dankbar für jeden Tag, den ich ihn in der Nähe habe. Er muss doch wissen, wohin er wirklich gehört, wo er zu Hause ist.« Thomas legte ihr die Arme um die Schultern. »Komm schon, mein Mädchen, Reisende soll man nicht aufhalten. Du kennst doch das schöne Sprichwort: ›Kleinen Kindern muss man Wurzeln geben, große brauchen Flügel‹. Wir können ihn nicht halten und wenn er Alexander um Hilfe bittet, dann ist er bei ihm in den besten Händen.«

Die beiden jungen Frauen hatten sich abgewandt, sie wollten die kleine Intimität nicht stören. Sie wussten, dass beide unter den verwegenen Plänen ihres Sohnes litten. Schließlich erklärte Corinna: »Ich hole Hut und Mantel und hoffentlich auch Geld. Bernhard ist nicht so großzügig, Vater, da muss ich erst noch Überzeugungsarbeit leisten.«

»Brauchst du nicht, meine Liebe, wir hatten vorhin ein Gespräch unter Männern, er weiß, was in dieser Richtung auf ihn zukommt. Ich wünsche, dass diese Reise ein Vergnügen für euch ist, und Bernhard schließt sich meinen Wünschen an.«

Auch Elisabeth verließ das Zimmer der Eltern, um sich anzuziehen und mit ihren Kindern zu sprechen. Die kleine Jette würde mit Begeisterung ihren Großvater auf seinem Weg in ein Herrenhutgeschäft begleiten, aber die Söhne musste sie ermahnen, sich gut zu benehmen. Sie wusste, wie leicht sie über die Stränge schlugen, wenn die Mutter abwesend war. Die Erzieher im Internat beklagten nicht umsonst den Übermut der beiden, wenn man ihnen die Zügel hingab.

Als die Frauen endlich das Hotel verließen, neigte sich die Sonne bereits hinter der St. Michaelis-Kirche dem frühen Abend entgegen und die Damen beschlossen, zunächst die Geschäfte aufzusuchen, um einzukaufen und dann erst im Alsterpavillon Kaffee und Törtchen zu genießen.

Sie waren von Natur aus bescheiden, die drei Frauen und kannten Luxus nur aus Zeitungsfotografien. Für die wenigen Gelegenheiten, auf dem Lande festliche Kleidung zu tragen, genügte es, die Schneiderin aus Hagenow für eine Woche nach Rodenhagen kommen und mit Hilfe der Hausmädchen ein paar Kleider nähen zu lassen. Man richtete sich dann zwar nach den Abbildungen in der Zeitung, um der Mode zu entsprechen, aber die Ähnlichkeit beschränkte sich meist nur auf die Länge des Rocksaumes, den Faltenfall und ein paar Volants, wenn diese gerade in Mode waren. Für die wenigen Anlässe, die es gab, um festliche Kleidung zu tragen, genügten diese Handarbeiten. Einige Familienfeste auf den umliegenden Gütern, der Ball zum Erntedankfest und dann, wenn die Jagdsaison ihren Höhepunkt erreichte, gab es Festessen, bei denen grüne Lodenkleidung eher passte als feingerüschte Seide.

Als sie jetzt vor den Schaufenstern der Bekleidungsgeschäfte standen und die Pracht der ausgestellten Roben sahen, blickten sie sich ratlos an. »So etwas kann ich nicht tragen«, stellte Melanie fest, »Thomas würde sich über meinen Aufzug amüsieren, wenn ich mit diesen Schleifen und Troddeln vor ihm stehe.« Sie sah die beide jungen Frauen zweifelnd an: »Ich weiß überhaupt nicht, wofür und zu welchem Anlass wir neue Kleider brauchen.«

»Ich habe Julia in einem Brief gefragt, was wir benötigen«, erklärte ihr die Tochter. »Sie schrieb, dass wir zu einem großen Empfang morgens um elf in die Villa fahren. Alle wichtigen und einflussreichen Personen der Stadt werden kommen, um Viktoria zu gratulieren. Anschließend sind wir zu einem Festessen in unserem Hotel und am Abend gibt es hier einen Ball mit vielen Gästen aus der Hamburger Gesellschaft. Lauter bekannte Namen aus dem alten Bürgeradel der Stadt hat sie genannt. Viktoria ist nun mal eine von denen und irgendwie gehören wir auch dazu. Am Tag darauf gibt es ein Konzert am Vormittag in einem Festsaal und abends eine Theateraufführung. Und am dritten Tag finden Matineen und Soireen statt, Viktoria bietet ein volles Programm, das ist sie ihren Gästen schuldig, schreibt Julia.«

Corinna schlug die Hände zusammen. »Das wären fünf und mehr Festkleider, das verzeiht mir Bernhard nie, wenn ich so viel Geld ausgebe.«

»Augenblick«, unterbrach Melanie die Schwiegertochter, »wir brauchen etwas sehr Elegantes für den Empfang, da dürfen wir vom Land uns nicht blamieren, dann sollten wir ein hübsches Kleid für das Festessen haben und eine großartige Robe für den Ball. Das muss einfach sein. Aber für das Konzert und das Theater und die anderen Veranstaltungen genügen die Kleider, die wir mitgebracht haben. So unflott sind die auch nicht. Was meinst du, Lissi?«

Die Tochter nickte. »Das sollte reichen, aber wir brauchen auch die entsprechende Wäsche. Ich glaube nicht, dass mein gestärkter Leinenunterrock unter so eine Seidenrobe passt.« Sie zeigte auf eins der ausgestellten Kleider. »Stellt euch unter diesen hauchdünnen Rüschen meinen steifen Unterrock mit den geklöppelten Spitzen vor.« Alle drei lachten und dann erklärte Melanie: »Lasst uns hineingehen. Wir müssen uns beraten lassen, und wenn wir nicht bald damit beginnen, wird dieser Laden geschlossen und wir kehren mit unseren Klöppelspitzen unverrichteter Dinge ins Hotel zurück. Ich fürchte, dann lachen uns die Männer wirklich aus.«

Die Geschäftsinhaberin, die sofort erkannte, dass sie eine begüterte Kundschaft vor sich hatte, beschloss umgehend, ihr Konfektionshaus mit dem schönen Namen »Pour Vous Madame« zu schließen, um sich ganz den drei Damen zu widmen, die, wie sie sofort feststellte, auf dem Gebiet Mode völlig unwissend waren. Sie befahl einer Verkäuferin, die Ladentür abzuschließen und die Rollos herunter zu ziehen. »Bitte meine Damen, mein Geschäft und mein Personal stehen ganz zu Ihrer Verfügung. Sie können in aller Ruhe Ihre Wünsche äußern. Wenn Sie mir bitte folgen wollen?« Damit führte sie ihre Kundschaft in einen großen Salon mit zahlreichen Glasvitrinen, in denen die prachtvollsten Kleider ausgestellt waren.

Zum Glück haben die Damen gute Figuren, dachte die Inhaberin, die beiden jüngeren sind ideal, die ältere ist etwas füllig, aber das lässt sich arrangieren. Zwei eilig herbeigerufene Näherinnen führten kleine, aber notwendige Änderungen aus: ein Saum musste gekürzt, eine Taille enger, ein Ausschnitt kleiner werden und schnell aber sorgfältig eingenähte Falten, Abnäher oder Biesen machten die Kleider passend und perfekt.

Als Melanie, Elisabeth und Corinna mehrere Stunden

später das Konfektionshaus am Neuen Wall verließen, waren sie von Kopf bis Fuß auf das Vornehmste eingekleidet, hatten ein Vermögen ausgegeben und wurden von drei Verkäuferinnen begleitet, die die vielen Pakete ins Hotel tragen mussten. Dabei hatten sie, so versicherten sie einander, nur das Notwendigste gekauft und bei jedem Kleidungsstück auf schlichte Eleganz geachtet, wobei die Betonung auf ›schlicht‹ lag.

Das drei Tage andauernde Fest rauschte an Patrick vorbei wie ein nicht enden wollender Strom von Gesichtern, Namen, Musik und Gesprächen, bunten Farben und festlichen Gewändern, von duftenden Blumen, Parfüms und Zigarren, und immer wieder dazwischen gab es Speisen von erlesener Qualität, Festreden imposanter Männer und Weine aus aller Welt. Er hatte Hände geschüttelt, Umarmungen erduldet, Namen gehört und wieder vergessen, Künstler erlebt, Soireen ertragen und Fragen beantwortet.

Und dann war dieser Rausch vorbei. Ruhe war im Familienkreis eingekehrt, hanseatische Normalität und Nonchalance. Die meisten der auswärtigen Gäste waren abgereist, die Alltäglichkeit war wieder eingekehrt.

Patrick war froh und erleichtert. Er brannte vor Ungeduld. Er hatte Pläne, Ideen und er hatte keine Zeit. Er wollte endlich anfangen, seinen Traum in die Wirklichkeit umzusetzen. Kurzum, er wollte die Ärmel aufkrempeln und die Welt verbessern – und wenn nicht die ganze Welt, so doch die Elbe und ihre Tiefe.

Aber, er hatte ein Problem: Er konnte sich nicht konzentrieren, er konnte nicht vergessen, denn da war ein Gesicht, ein einziges zwischen unzähligen Gesichtern, dass ihn nicht mehr losließ. Es war das Gesicht einer jungen Frau von bezaubernder Schönheit und einzigartigem Liebreiz. Als er sie zum ersten Mal sah, trug sie ein taubenblaues Kleid in der Farbe ihrer großen Augen, ein ganz schlichtes Gewand, das die Anmut ihrer Bewegungen hervorhob und von einem vortrefflichen Stil zeugte. Wann immer er die Gelegenheit hatte, suchte er die Nähe dieser Frau, die oft von drei Kindern begleitet wurde und doch stets ihre Geduld und ihren natürlichen Charme behielt. Immer wieder auch sah er Männer in ihrer Nähe und es zerriß ihm fast das Herz zu beobachten, wie sie ihnen Aufmerksamkeit, hin und wieder ein Lächeln und manchmal eine vertraute Berührung schenkte. Wer war diese Frau, wer waren die Männer, die ihre Nähe genießen durften? Nicht ein einziges Mal hatte er die Gelegenheit, ihr Tischherr zu sein. Wollte er sie zum Tanz auffordern, war sie immer schon vergeben und galt es, im Theater oder beim Konzert einen Platz neben ihr zu besetzen, so saßen die Kinder neben ihr oder sie nahm an dem Ereignis nicht teil. Man hatte sie ihm vorgestellt und er hatte vor Aufregung sich den Namen nicht gemerkt.

Patrick saß in seinem Zimmer und überlegte, wie er es anstellen sollte, diese Frau zu treffen. Wenn er Pech hatte, war sie bereits abgereist, und da er nichts über sie wusste, konnte er auch niemanden nach ihr fragen. Außerdem wäre das sehr peinlich für ihn gewesen. Man würde ihn für einfältig und schüchtern halten, denn er hätte zugeben müssen, dass er einer Frau nachlief, von der er nicht einmal den Namen wusste. Dabei war er weder einfältig noch schüchtern, aber ihre Art sich zu bewegen, das Charisma, das sie ausstrahlte, erzeugten ein Schild, das er nicht zu durchbrechen wagte.

Er dachte flüchtig an seine Mutter, die zumindest einen Teil dieser großen Famile kannte, aber er verwarf den Gedanken, sie zu fragen. Sie bekommt sofort glänzende Augen und macht sich sofort Hoffnungen, ich könnte eine Frau fürs Leben gefunden haben. Ich weiß genau, dass sie sich nichts sehnlicher wünscht, als mich glücklich und an eine eigene Familie gebunden zu sehen. Wie oft hat sie diesen Wunsch angedeutet, wenn ich ihr in Amerika von dem einen oder anderen Mädchen erzählte. Mütter sind komisch, dachte er und lächelte bei der Erinnerung an so manches Gespräch, auf der einen Seite wollen sie ihre Söhne festhalten, auf der anderen können sie es nicht erwarten, Schwiegermütter oder gar Großmütter zu werden.

Kopfschüttelnd ging er in seinem Zimmer auf und ab. Er vermied den Blick aus dem Fenster, der Anblick des Flusses würde ihn nur noch mehr verunsichern. Er wollte endlich arbeiten, aber er musste vorher seinen Kopf klar bekommen. Patrick war ein ausgesprochen realistisch denkender Mann. Träume, die man nicht verwirklichen konnte, waren ihm fremd. Und nun hatte ihn ein solcher Traum erwischt und er wusste nicht, wie er ihn in die Realität umsetzen konnte. Als Arbeiter war er nicht nur klug und einfallsreich, sondern auch ehrgeizig und energisch, und nun hatte ihn eine Situation erwischt, in der ihm weder Klugheit noch Energie helfen konnten.

Er strich sich die welligen Haare hinter die Ohren und betrachtete die beiden Landschaftsbilder an den Wänden, die ihm sehr gut gefielen. Das eine zeigte ein Mohnblumenfeld in einer hügeligen Landschaft mit Zypressen und Pinien, das andere ein altes Castello inmitten von Weinbergen und Olivenbäumen. Beide Bilder hatten eine wohltuende Ausstrahlung und zeugten von tiefen Gefühlen für die Schönheiten der Natur. Er ging näher heran und studierte die Signatur. Unter beiden stand der Name Michael Stelling und das Datum 1849. Das muss die Zeit gewesen sein, in der Mutters Bruder in Italien gelebt hat, überlegte er und dachte an den alten Maler, den er kennengelernt und an Julia, die sie miteinander bekannt gemacht hatte und die seine Bilder hin und wieder ausstellte.

Julia, dachte er, Julia! Die konnte er fragen. Sie war eine liebenswerte Frau, die auch für einen verwirrten Mann Verständnis aufbringen würde. Er lief hinunter in die Halle und fragte den erschrockenen Butler, der gerade dabei war, die große Standuhr aufzuziehen, wo er die Hausherrin finden könnte. Als der alte Mann entschuldigend die Hände hob und erklärte, »die gnädige Frau ist ausgefahren«, ließ er sich zeigen, wo sich das Telefon befand und wo sie die Nummern anderer Familienmitglieder aufbewahrte. Der Butler ging vor ihm her in Viktorias Boudoir und und zeigte ihm den Apparat an der Wand und die auf einem Tischchen liegende Liste.

Patrick bedankte sich und wählte, ohne noch länger zu überlegen, die Nummer von Julia Bertin, die mit ihrem Mann, einem Bankier, im Familienhaus der Stellings am Mittelweg wohnte.

Wenig später hatte er eine etwas atemlose Stimme am Telefon.

»Julia?«

»Ja, bitte?«

»Hier ist Patrick, bitte verzeih, dass ich dich störe, ich würde so gern einmal mit dir sprechen.«

»Ja, bitte, wann und wo?«

»Wenn es dir recht ist, heute noch. Ich würde mich sofort auf eins von Viktorias Pferden setzen, sie hat es mir mehrmals angeboten, und zu dir in den Mittelweg kommen. Ich denke, in einer Stunde könnte ich dort sein, wäre dir das recht?«

»Ja, natürlich. Ich habe noch ein paar Besucher hier, wir planen eine Dichterlesung, aber sie gehen in wenigen Minuten und dann stehe ich zu deiner Verfügung.«

»Ich danke dir, Julia.«

Patrick hängte Hörer und Sprechmuschel zurück an die Wand und bat den Butler, im Stall Bescheid zu sagen, dass man ein Pferd für ihn satteln möge. »Bitte, sagen Sie dem Stallmeister, dass ich ein schnelles Pferd brauche und dass ich ein guter Reiter bin. Ich möchte in einer Stunde im Mittelweg sein.« Plötzlich wollte er keine Minute verlieren, nicht eine Sekunde zögern. Er lief zurück in sein Zimmer, zog Reithosen und Stiefel an, nahm ein frisches Hemd aus dem Schrank, suchte ein Jackett, den Reitmantel mit dem breiten Kutscherkragen und die karierte Schottenmütze, die er sich in Southampton gekauft hatte, und eilte hinaus.

Der Stallmeister hatte einen braunen Hengst für ihn gesattelt. Bewundend klopfte Patrick dem Pferd den Hals, bevor er die Zügel übernahm.

»Man hat mir gesagt, sie seien ein guter Reiter und der Hengst braucht dringend etwas Bewegung. Sie werden zufrieden sein.« Patrick nickte. »Ein sehr schönes Pferd und bei meiner Größe gerade richtig für mich. Was ist das für ein Brandzeichen?«

»Der Wotan kommt von dem Familiengestüt Rodenhagen, er hat ein Mecklenburger Brandzeichen.«

»Na, dann wollen wir mal, mein Guter.« Parick saß vorsichtig auf und nahm die Zügel in beide Hände. »Vielen Dank«, nickte er und wollte wegreiten, als ein Stallknecht mit einem zweiten Pferd aus dem Stall kam. »Wenn es Ihnen recht ist, Herr Stelling, sollte Paul Sie begleiten. Ich hörte, dass Sie in den Mittelweg wollen. Das Haus dort hat keinen Stall und Sie müssten Wotan am Rand der Straße anbinden, das würde ihn sehr beunruhigen. Der Knecht kann sich um beide Pferde kümmern, während Sie ihren Besuch machen.«

Patrick nickte. »Danke, dass Sie daran gedacht haben«, und während der Pförtner das Parktor öffnete, ritten die beiden im Schritt auf die Straße. Fünfhundert Meter nach dem Stall und fünfhundert Meter vor dem Stall wird im Schritt geritten, erinnerte Patrick sich an die Ermahnungen seines sehr bärbeißigen Reitlehrers im Internat und musste lächeln, als er an seine ersten Reitversuche dachte. Sechs Jahre alt war er damals und die Beine waren noch so kurz, dass sie in keine Bügel reichten. Also hatte man seine Füße einfach durch die Lederschlaufen über den Bügeln gezogen und ihn damit durch die Bahn gehetzt. Zimperlich ist man mit kleinen Jungen damals wahrlich nicht umgegangen, dachte er, aber das Reiten haben wir alle gelernt. Später dann, als er seine Schulfreunde auf den Landsitzen ihrer Eltern besuchte, ging es wild querfeldein, da hatte er dann den letzten Schliff, die richtige Sattelfestigkeit bekommen und das unerhörte Glücksgefühl erfahren, das jeden Reiter ergreift, wenn er mit den Bewegungen des Pferdes eins ist.

Die beiden Reiter, der Knecht immer einen Meter schräg hinter dem Herrn, wie es hier üblich war, waren im Schritt zur Elbe hinunter geritten, dann aber ging es im Galopp am Ufer entlang vorbei an Övelgönne und Neumühlen zur Stadt. Als die gepflasteren Straßen begannen, mäßigte Patrick das Tempo. Obwohl für Reiter und Wagen Sandstreifen neben den Straßen herführten, musste man hier mit Kindern und Hunden rechnen, die plötzlich den Weg kreuzten oder verspielt auf keinen Verkehr achteten. Als sie später die Wallanlagen erreichten, beschleunigte Patrick noch einmal das Tempo, aber vom Dammtor aus ließen er und Paul die Pferde im Schritt gehen. Sie waren untrainiert und feucht geworden und er wollte sie in der kühlen Oktoberluft nicht schweißnass vor dem Haus warten lassen.

Julia sah zufällig aus dem Fenster, als die beiden Reiter auf den kleinen Platz vor dem Haus einbogen und abstiegen. Patrick gab dem Knecht die Zügel, klopfte dem Pferd dankbar den Hals, steckte seine Schirmmütze in die Manteltasche und strich sich mit beiden Händen durch das Haar. Was für ein hübscher junger Mann, dachte die mehr als zehn Jahre ältere Frau und lächelte bei dem Gedanken an ihren liebenswerten, aber so gar nicht hübschen Ehemann, dem die dicken Brillengläser und der graue Schnauzbart nicht gut zu Gesicht standen. Gegen die Brille konnte man nichts tun, aber den Bart lehnte sie laut und deutlich ab, doch in dieser Beziehung ging ihr Mann gar nicht auf sie ein. Dass er um die Hüfte herum kräftig zugelegt hatte, störte sie nicht weiter, die Fülle verlieh ihm eine gewisse korpulente Würde, die seiner Bedeutung als Bankier angemessen war, aber dass er mit jedem zugenommenen Pfund langsamer und behäbiger wurde, fand sie nicht so gut. Neidvoll sah sie, wie Patrick, immer zwei Stufen auf einmal nehmend, die Steintreppe hinauf zur Haustür eilte.

Sie klingelte nach dem Mädchen, und als Hilde erschien, bat sie: »Bitte öffnen Sie die Tür und führen Sie den Herrn hier hinauf in mein Wohnzimmer. Und dann bringen Sie den Pferden zwei Decken nach draußen.«

»Jawohl, Madame. Wo finde ich die Decken?«

»Im Souterrain neben der Treppe nach draußen ist eine Kammer mit Decken und anderem Bedarf für wartende Pferde. Und sagen Sie bitte der Köchin, sie möchte Tee und Gebäck herrichten.«

Wenig später betrat Patrick den Salon und Julia war überascht von der Ausstrahlung, die von ihm ausging. Sie war ihm zwar schon bei der Mutter und dann auch bei den Festivitäten begegnet, aber jetzt, hier in diesem kleinen Zimmer, schien er den Raum völlig auszufüllen. Er verströmte eine unglaubliche Präsenz und sie hatte einen Augenblick lang Mühe, ihre Fassung zu bewahren.

Wohlerzogen und höflich trat er auf sie zu, nahm die Hand, die sie ihm entgegenstreckte, und führte sie an seine

Lippen. »Ich danke dir, dass ich kommen durfte. Glaube mir, Julia, ich hätte dich nicht gestört, wenn ich einen anderen Ausweg gesehen hätte.«

»Du machst mich neugierig, Patrick, hoffentlich kann ich dir helfen. Aber abgesehen von deinem Problem ist es mir eine Freude, dich hier begrüßen zu dürfen. Wenn ich während der vergangenen Tage die Situation richtig eingeschätzt habe, gab es eine Menge gutaussehender Frauen, die sich nach dir umgeschaut haben.« Sie lächelte ihn liebevoll an. »Komm, setzen wir uns, ich habe Tee bestellt und dann kannst du mir erzählen, was dich bewegt.«

Patrick sah sich in dem kleinen Zimmer um. Es war gemütlich, man fühlte sich wohl darin und es passte zu dieser liebevollen Julia. Vielleicht ist es zu klein für mich, wenn ich länger hier wohnen müsste, dachte er, bei meiner Größe brauche ich einfach mehr Bewegungsfreiheit, aber für die zierliche Frau ist es genau richtig. Dann setzte er sich ihr gegenüber und versuchte, die langen Beine in den Reitstiefeln unter dem kleinen Tisch zu platzieren.

Ein junges Mädchen mit weißer Schürze und Spitzenhäubchen brachte ein Tablett mit Tee und Gebäck und verteilte das Geschirr auf dem Tisch. Julia schenkte Tee ein und reichte ihm die Schüssel mit den kleinen Kuchen, die frisch und duftend zum Zugreifen verlockten. Patrick beobachtete seine Cousine, die gewandt mit dem Geschirr hantierte. Sie war eine hübsche Frau, der man die sechsundvierzig Jahre kaum ansah. Mit ihrer schlanken Gestalt erinnerte sie eher an ein junges Mädchen auf dem Sprung, die Welt zu erobern. Patrick räusperte sich, er hatte einen Kloß im Hals, den er erst loswerden musste, bevor er sprechen konnte.

Julia, die ihm genau zusah, lächelte. »Du hast ein Problem und es fällt dir schwer, darüber zu sprechen. Sei unbesorgt, wir werden einen Weg finden, ganz gleich, um was es sich handelt.«

»Ich hoffe es sehr, denn es geht um eine Frau, Julia, ganz schlicht um eine Frau, um die schönste und anmutigste Frau, der ich jemals begegnet bin.«

»Aber das ist doch wunderbar. Wer hat schon die Chance, einer so herausragenden Frau zu begegnen? Wo liegt das Problem?«

»Ich kenne sie nicht. Ich weiß nicht einmal ihren Namen. Ich weiß nur, das ich sie unbedingt kennenlernen möchte. Und ich weiß nicht, wen ich um Hilfe bitten könnte. Und Hilfe brauche ich. Weißt du, ich kann an nichts anderes mehr denken, ich wollte endlich mit einer Arbeit anfangen, aber ich kann mich einfach nicht konzentrieren.«

»Wann und wo hast du sie denn gesehen?«

»Bei den Geburtstagsfeiern. Sie war nicht bei allen Veranstaltungen, aber wenn sie teilgenommen hat, verblassten alle anderen Frauen neben ihr. Verzeih, wenn ich so aufrichtig und so unhöflich bin, aber ich habe dann niemanden außer ihr wahrgenommen.«

»Du machst mich eifersüchtig, mein Lieber. Aber ich verzeihe dir, nur etwas mehr solltest du mir schon erzählen. Wie sah sie aus?«

»Atemberaubend und doch ganz schlicht. Sie trug die einfachsten Roben, aber sie trug sie mit unnachahmlicher Anmut.« Fragend sah er seine Cousine an.

Aber Julia schüttelte lachend den Kopf. »Atemberaubend und Anmut sind keine spezifischen Merkmale, um eine Frau wieder zu finden, die anscheinend dein Herz total erobert hat. War sie groß oder klein, dick oder dünn, dunkel oder hell, alt oder jung? Du musst schon etwas genauer werden, lieber Patrick.«

»Sie war einfach wunderbar.«

»Das hatten wir schon.«

»Sie war zierlich und schlank, sie hatte blondes Haar, aber die Augenfarbe kenne ich nicht, ich kam nie so nah an sie heran, dass ich ihr hätte in die Augen sehen können.«

»Und weshalb nicht?«

»Immer waren andere Männer um sie herum. Sie tanzten mit ihr, bevor ich fragen konnte, sie saßen neben ihr, bevor ich einen passenden Platz fand, sie unterhielten sich mit ihr, bevor ich die richtigen Worte fand –«

»Halt, halt«, unterbrach ihn Juia. »Warum um Himmels willen bist du immer zu spät gekommen? Ein Mann, nach dem sich die Frauen den Hals verrenken, schafft es nicht, eine Frau zum Tanz aufzufordern? Das gibt es doch nicht.«

»Julia, du musst mir glauben, ich war verwirrt, unfähig etwas zu tun, sobald ich sie sah. Ich bin eigentlich weder gehemmt noch schüchtern, aber ich habe es nicht geschafft, in ihre Nähe zu kommen.«

»Du bist ein schwieriger Fall, lieber Cousin. Es gab so viele schöne Frauen bei dem Fest, auch zierliche, schlanke, blonde und anmutige – wie soll ich die richtige herausfinden, wenn ich weiter keine Anhaltspunkte habe?«

»Manchmal hatte sie Kinder dabei.«

»Da gab es mehrere Kinder, wir sind eine große Familie, Patrick.«

»Es waren zwei Jungen in Matrosenanzügen und ein kleines Mädchen im Spitzenkleid.«

»Lissi –«, entfuhr es Julia. »Ja, das sind die Kinder von Elisabeth Landau aus Rodenhagen. Lieber Patrick, jetzt hast du wirklich ein Problem.«

»Du weißt endlich, wen ich meine?«

»Ja, mein Lieber, du suchst nach Lissi, sie ist deine Cousine ersten Grades und die Witwe eines Offiziers und notorischen Spinners. Er hat sich bei einer Testfahrt für Automobile der Firma Maybach den Hals gebrochen.«

Patrick sprang auf. Ratlos sah er Julia an. »Du meinst, sie ist frei und sie ist mit mir verwandt?«

Julia nickte bekümmert. »Patrick, sie ist deine Cousine, so wie ich deine Cousine bin – und sie ist ungebunden, ja, das stimmt.«

Beunruhigt ging er im Zimmer auf und ab. »Julia, was bedeutet das hier in Hamburg, ›ersten Grades verwandt zu sein‹?«

»Du wirst sie nicht heiraten können.«

»Das glaube ich nicht, da wird man Mittel und Wege finden. Für mich zählt allein die Tatsache, dass sie ungebunden ist.«

Julia, die genau fühlte, wie sehr sich Patrick in den Gedanken verrannte, um Elisabeth Landau zu kämpfen, sagte beschwichtigend: »Patrick, du kennst sie doch gar nicht. Du weißt nicht, ob sie dich überhaupt mag, ja, du kannst nicht einmal deiner eigenen Gefühle sicher sein.«

Aber er schüttelte nur den Kopf. »Sie hat mein Herz erobert, jetzt werde ich um sie kämpfen.«

Julia stand ebenfalls auf und legte beruhigend die Hand auf seinen Arm. »Lass es langsam angehen, Patrick. Übereile nichts. Versuche Lissi kennen zu lernen, rede mit ihr, prüfe ihre Gedanken und vor allem ihre Gefühle, bevor du wie ein Wintersturm in ihr Leben einbrichst. Sie ist eine empfindsame Frau, die vor gar nicht so langer Zeit ihren Mann verloren hat, die drei Kinder allein großziehen muss und die mit aller Kraft versucht, selbstständig und finanziell unabhängig zu sein.«

»Geld spielt überhaupt keine Rolle«, unterbrach er sie.

»Sie würde auch nicht einen Taler von dir annehmen. Sie ist eine sehr bescheidene und stolze Frau. Sie hat sich in Rodenhagen eine eigene Werkstatt für Kirchentextilien aufgebaut und sie lehnt es sogar ab, im Herrenhaus bei der übrigen Familie zu leben. Du wirst es nicht leicht haben mit ihr, Patrick, auch ohne das Problem dieser nahen Verwandtschaft.«

Zuversichtlich sah er seine Cousine an. »Julia, für mich zählt nur die Tatsache, dass sie frei ist. Jetzt weiß ich, wie es weitergeht.«

»Und was hast du vor?«

»Ich werde mich hier meiner Arbeit widmen und wenn mein Vorhaben läuft, dann fahre ich nach Rodenhagen und kümmere mich um die Frau, die bereits jetzt mein Leben verändert hat.«

»Ich wünsche dir alles erdenkliche Glück, mein Lieber. Und wenn du wieder einen Rat brauchst, komm her, wir finden dann schon einen Ausweg.«

Beunruhigt sah sie ihm nach, als er das Zimmer und dann das Haus verließ. Draußen war es dunkel geworden. Die Laternen beleuchteten den kleinen Vorplatz und sie sah, wie er aufstieg, die Zügel ergriff und fortritt. Er wird seinen Weg gehen, dachte sie, aber es wird nicht einfach sein und er wird viel Unruhe schaffen, sich und anderen.

Siebtes Kapitel

Elisabeth Landau stand am Fenster des Eisenbahnabteils und sah hinaus in die herbstliche Landschaft. Dicht und grün reichten die Nadelwälder bis an den Bahndamm, dort, wo nur Laubbäume wuchsen, ragten die Äste kahl und knorrig in die Luft. Auf den Feldern verbrannten Bauern das Kraut der geernteten Kartoffeln, Kinder hielten Stöcke mit aufgespießten Knollen über die Feuer und mancherorts war der eine oder andere Landwirt bereits dabei, die Felder für den Winter zu bestellen.

Elisabeth hielt sich mit einer Hand am Holzrahmen des schmalen Fensters fest, um nicht hinzufallen, wenn der Zug über Weichen stolperte, mit der anderen spielte sie an dem gelochten Lederriemen, der dazu diente, das Fenster herab zu lassen, wenn sich ein Fahrgast hinauslehnen wollte. Aber Elisabeth hatte nicht den Wunsch, den Kopf nach draußen zu stecken, denn in dichten, rußigen Wolken zog die Lokomotive die Schwaden ihres Qualms hinter sich her und hüllte die Waggons in rußige Schwärze.

Hinter ihr, müde in die rotgepolsterten Plüschkissen des Erste-Klasse-Abteils gelehnt, schliefen die Eltern, ihr Bruder Bernhard und Corinna. Die Kinder fuhren mit Tobias Böbling, einem vor zwei Tagen eingestellten Erzieher, der die vier Jungen während der Ferien betreuen sollte, im Nebenabteil.

Obwohl auch Elisabeth müde und abgespannt nach den vielen Festlichkeiten in Hamburg war, wollte sie keinen Augenblick dieser wunderschönen Reise versäumen. Viel zu selten hatte sie Gelegenheit, eine solche Abwechslung zu genießen.

Mit einem fast vergessenen Glücksgefühl dachte sie an die vergangenen Tage, an die vielen Menschen, die sie getroffen hatte, an die gutaussehenden Männer, die ihr den Hof machten, und an die hübschen Kleider, die sie getragen hatte und die nun im Koffer mit ihr in das abgelegene Haus auf dem abgelegenen Gut reisten. Wann wohl hatte sie wieder einmal Gelegenheit, diese eleganten Roben zu tragen? Mit Sicherheit nicht auf den dörflichen Festen, dachte sie, und lächelte bei dem Gedanken, wie Mutter und Schwägerin sie überredet hatten, das Grau und Schwarz der Witwenkleider endlich abzulegen. Trotzdem war ich vorsichtig bei der Wahl meiner Kleider, erinnerte sie sich, ich konnte nicht einfach von Schwarz auf Weiß umsteigen, ich konnte nicht von einem Augenblick zum nächsten die Trauer ablegen wie einen alten Hut.

Sie legte die Stirn an die kühle Scheibe und ließ die Landschaft draußen vorbeiziehen. Zu den kräftigen Farben konnte ich mich nicht durchringen, aber das graublaue Kleid passte genau zu meinen Augen und war ein Glücksgriff. Beim Empfang und beim Bankett war ich wirklich richtig angezogen. Und dann das Kleid für die Konzerte und Theaterbesuche: Alle wollten mich zu einem kräftigen Rot überreden, aber ich habe mich für ein altrosa Kleid entschieden und genau das war passend für mich. Sie schloss für einen Augenblick die Augen und dachte an die Festlichkeiten und auch daran, dass man sie bewundert hatte. Eine Frau spürt so etwas, dachte sie und überlegte, wann sie zum letzten Mal das Gefühl gehabt hatte, begehrt zu werden. Hin und wieder in Schwerin bei den Offiziersbällen, dachte sie erschrocken und dann nie wieder. Mein Gott, mehr als sechs Jahre ist das nun schon her!

Und dann das Ballkleid, Mutters Traum aus Taft, Rüschen, Spitzen und Volants. Sie lächelte und dachte, wie sie den Wunsch der Mutter umgangen hatte: Aus dem harten Schneeweiß war ein zartes Cremeweiß geworden und aus den Rüschen, Spitzen und Volants waren schlichte, elegante, klare Linien geworden, ein Kleid aus Seidensamt, das wie eine zweite Haut passte, ihre schmale Taille betonte, ihre schlanke Größe umschmeichelte und in einem weitschwingenden Rock endete. Ich bin eben eine Künstlerin, nickte sie sich selbst im Spiegelbild des Fensters zu, ich weiß, was gut ist, nicht umsonst widme ich mich textiler Kunst, wenn auch nur für liturgische Gewänder und kirchliche Ausstattung. Und bei dem Gedanken an die eigene Werkstatt wurde auch die Freude auf das Zuhause in Rodenhagen wieder deutlich: Muster entwerfen, Leinen weben, Wolle färben, Ornamente sticken – die Weihnachtszeit steht vor der Tür und wir haben so viele Aufträge, dass ich wohl noch ein paar Frauen aus dem Dorf zusätzlich einstellen muss, damit wir fertig werden, überlegte sie und wusste, dass die Bäuerinnen froh über einen Nebenverdienst in der Vorweihnachtszeit sein würden.

Hinter Elisabeth bewegte sich jemand. Sie sah sich um und bemerkte, dass Melanie wach geworden war. »Ausgeschlafen, Mutter?« flüsterte sie verständnisvoll. »Wie spät war es denn, als ihr gestern Abend aus dem Theater gekommen seid?«

Melanie richtete sich auf, zog ihr Kleid zurecht und sah sich nach den anderen um. »Sehr spät, Lissi. Wir haben nach der Vorstellung noch ein Dinner eingenommen und niemand mochte den Anfang mit dem Abschied machen. Schade, dass du nicht mitgekommen bist. Die Aufführung war sehenswert und das Ballett wirklich einmalig. Diese Rüschenröckchen der Damen und die engen Beinkleider der Tänzer, ich sage dir, die Herren wurden regelrecht unruhig.«

Elisabeth lachte leise. »Das war wohl auch der Sinn der Aufführung, liebe Mutter. Die Herren haben gern einen Hingucker und werden die Vorstellung wieder und wieder besuchen – und das ist dann der Verdienst, den die Tänzertruppe hat.«

»Und wie hast du den Abend verbracht, Lissi?«

Elisabeth sah wieder nach draußen und sagte verträumt: »Ich habe den letzten Abend auf meine Art genossen, Mutter. Als die Kinder im Bett waren, bin ich ganz allein durch die Straßen gegangen und habe Abschied von dieser wunderschönen Stadt genommen.«

»Aber Lissi«, Melanie war entsetzt, »wie konntest du allein durch die Straßen laufen, das schickt sich doch nicht für eine Dame.«

Die junge Frau lächelte. »Ach, weißt du Mutter, wer allein durch unsere Wälder in Rodenhagen stromert so wie ich, der fürchtet sich auch nicht vor ein paar leuchtenden Schaufenstern und einigen einsamen Spaziergängern. Wer weiß, wann ich wieder einmal Gelegenheit habe, über den Jungfernstieg und den Neuen Wall, durch die Großen Bleichen und die Poststraße und über den Gänsemarkt zu bummeln. Ab und zu läuteten Kirchenglocken, verliebte Pärchen lachten, einmal klang aus einem geöffneten Fenster Klaviermusik und einmal stritten Leute in ihrer Wohnung. Da bin ich zurück ins Hotel gegangen, der Streit hat die Romantik gestört.«

Nachdenklich sah Melanie ihre Tochter an, die nun seit sechs Jahren ohne ihren Mann lebte und sich in der hintersten Provinz verkrochen hatte. »Würdest du gern in einer Stadt wie Hamburg leben?«

»Das weiß ich nicht. Ich habe darüber nachgedacht, Mutter, aber ich weiß es wirklich nicht. Ein paar Festtage in dieser Stadt haben ja nichts mit dem alltäglichen Leben zu tun.«

Melanie stand auf und stellte sich neben die Tochter. »Du bist sehr einsam, nicht wahr?«

»Ich habe die Kinder und euch, Mutter, wie kann man da von Einsamkeit sprechen.«

»Aber du hast keinen Mann, mein Liebling. Ich hatte gehofft, du würdest bei all den vielen Menschen, die wir in diesen Tagen getroffen haben, vielleicht einem begegnen, der dir sympathisch ist.«

»Ach, Mutter, Gesichter kommen und gehen, Namen tauchen auf und verschwinden, hier und da hat man den Eindruck von Sympathie oder von Abneigung, das ist wie ein Strom, der vorüberrauscht, ohne Spuren zu hinterlassen.«

»Und es gab keinen, der eine winzige Spur hinterlassen hat?«

Elisabeth wurde ernst. »Doch, einer war da, der war anders. Aber er hielt sich immer abseits.«

»Was meinst du damit?«

»Er hat nicht mit mir gesprochen, er hat mich kein einziges Mal zum Tanz aufgefordert, niemals meine Nähe gesucht, mit einem Wort, er war absolut desinteressiert.«

»Und wer war das? Kennst du ihn?«

»Natürlich, alle kennen ihn seit ein paar Tagen. Es war Patrick Stelling, der Cousin aus Amerika.«

»Ein Cousin ersten Grades –«

»Mein Cousin ersten Grades!«

Melanie schwieg. Sie hatte diesen Mann gesehen und beobachtet, sie war neugierig gewesen auf den Sohn dieser Patrizia und sie war nicht enttäuscht worden. Der gutaussehende junge Mann mit dem unglaublichen Charisma hatte wirklich alle anderen Männer in den Schatten gestellt. Selbst meine Söhne, dachte sie enttäuscht, wirkten neben ihm unbedeutend. Und nun ist ausgerechnet er der einzige, der meine Tochter beeindruckt hat – ein Cousin ersten Grades!

Elisabeth legte den Arm um die Schulter der Mutter. »Mach dir nichts daraus, es war schön, zu sehen, dass es solche Männer gibt und nun ist es vorbei.«

Melanie nickte, aber für sie war das nicht vorbei. Lissi, die so wenig Gelegenheit hat, einen interessanten Menschen kennen zu lernen und auch nie den Wunsch äußert, wieder zu heiraten, hat einen Mann gesehen, der ihr imponiert, der einen bleibenden Eindruck hinterlassen hat, überlegte die Mutter. Das Kind hat endlich gezeigt, dass irgendwo ein Rest Sehnsucht in ihr steckt – dieses Problem kann ich nicht einfach beiseite schieben, dachte sie und setzte sich wieder. Darüber muss ich sehr gründlich nachdenken, vielleicht findet sich ja eine Lösung.

Sie sah auf die Uhr, die sie als Kette um den Hals trug und nickte Elisabeth zu. »Wir müssen sie wecken, in zehn Minuten sind wir da.«

Die Lokomotive ließ zischend Dampf ab, gab Signal und verlangsamte die Fahrt. Wie auf dem Hinweg hielt der Zug auf Wunsch der Familie an der kleinen Station von Brahlstorf. Zwei Knechte erwarteten die Reisenden neben den Gleisen, um das Gepäck zu übernehmen. Vor dem Haus des Stationswärters standen drei Kutschen und der Kastenwagen für die Koffer, Taschen und Hutschachteln.

Die Kutscher hatten Mühe, die Pferde ruhig zu halten, als sich der Zug stampfend und zischend wieder in Bewegung setzte. Die Reisenden verteilten sich auf die Kutschen und dann ging es in flottem Trab heim nach Rodenhagen. Nur Christian fehlte, er war in Hamburg geblieben, um mit Hilfe der Brennickes nach einem passenden Weg in seine Zukunft zu suchen.

Der letzte Teil der Fahrt führte durch einen Teil des Rodenhagener Forstes und endete unvermittelt im großen Rund des Gutshofes. Breit und behäbig lag am anderen

Ende des Rondells das Herrenhaus in seiner schlichten Schönheit. Heute erinnerte nur noch der Mittelteil an das alte Haus. Thomas hatte im Laufe der Jahre rechts und links Flügel angebaut, die sich zur Rückseite hin erstreckten. Sie waren im Stil des alten Hauses errichtet und störten in keiner Weise den Charme des ehemaligen Stammsitzes. Aber die Familie war gewachsen und wenn Thomas sie zusammenhalten wollte, musste er für den entsprechenden Platz sorgen. So fanden sich im Mitteltrakt heute nur noch die gemeinsamen Räume, in denen man sich zu den Mahlzeiten traf oder zusammenkam, wenn Feste gefeiert wurden. Im Übrigen hatte jeder seine Wohnung in den Seitenflügeln, die sich nach Süden zum See hin öffneten und den gemeinsamen Garten umschlossen. Sogar Melanie, Thomas sah seine Frau liebevoll an, die so gern alle um sich versammelt wusste, hatte sich mit den räumlichen Trennungen abgefunden, als die Kinder eigene Familien gründeten. Nur als Lissi nach dem Tod ihres Mannes mit den Kindern ins Verwalterhaus zog, war sie sehr enttäuscht. Aber die junge Frau hatte energisch die Selbstständigkeit gewählt und nun hat sich Melanie auch damit angefreundet, dachte er und befreite sich und seine Frau von dem warmen Plaid, mit dem sie sich vor dem kalten Fahrtwind geschützt hatten.

Der Kutscher brachte Elisabeth und die Kinder vor die Tür des Verwalterhauses, ein Knecht folgte mit dem Gepäck. Drinnen gingen die Lichter an und Anja, eine junge Frau aus dem Dorf, die täglich kam und den Haushalt besorgte, öffnete mit einem Lächeln die Tür. »Herzlich willkommen zu Hause.« Dann half sie den Kindern beim Aussteigen, reichte Elisabeth die Hand, um ihr behilflich zu sein und sagte dem Knecht, wo er das Gepäck abstellen sollte.

»Kommen Sie herein, es ist warm und gemütlich und das Abendessen ist auch gleich fertig.«

»Danke, Anja, zuletzt war es ganz schön kalt in der Kutsche. Machen Sie bitte zuerst eine heiße Schokolade für alle, damit sich keiner erkältet.« Dann klatschte sie in die Hände: »Kinder, zieht die Schuhe aus und hängt die Mäntel auf und dann kommt in die Küche, damit ihr wieder warm werdet.«

Sie ging zum Kutscher, bedankte sich für die Fahrt und bot ihm an, auch eine heiße Schokolade zu trinken.

»Danke, gnädige Frau, aber ich möchte mich jetzt um die Pferde kümmern. Sie riechen den Stall und das Futter und sind schon ganz ungeduldig.«

Elisabeth nickte ihm zu. »Das kann ich verstehen, kommen Sie später, wenn Sie mögen, es gibt auch andere hochprozentige Getränke, die von innen erwärmen.« Sie drehte sich um und ging hinein. Wie sehr ich dieses einfache Haus liebe, dachte sie, mein Zuhause, fast sechs Jahre habe ich mich bemüht, es wohnlich herzurichten, aber jetzt ist es fertig.

Die Eingangshalle war klein mit einer dunkelbraunen Balkendecke, weiß verputzten Wänden und roten Klinkern auf dem Boden. Ein antiker Spiegel hing über einer geschnitzten Holztruhe, die das Monogramm ihrer Urgroßmutter zierte. Daneben stand eine Bodenvase mit duftenden Kiefernzweigen und herbstlich roten Ebereschenbeeren. Die kleine Halle war spärlich möbliert: ein kleiner alter Tisch mit zwei geschnitzten Stühlen und einer Zinnschale, in der die aus- und eingehende Post abgelegt wurde, ein großer, offener Schrank als Garderobe und ganz hinten die Treppe mit dem gedrechselten Geländer, die nach oben führte.

Elisabeth legte Mantel, Hut und Handschuhe ab, zog die hochgeschnürten Stiefeletten aus und schlüpfte in die weichen, bequemen Wildlederschuhe, die sie gern im Hause trug. Sie freute sich, dass sie sich immer wieder die Zeit genommen hatte, in den Abstellkammern des alten Herrenhauses nach Möbeln zu suchen. Sie hatte, wie sie sich selbst sagte, wahre Schätze entdeckt, die verstaubt und voller Spinnweben seit vielen Jahren dort lagerten. Beim Tischler im Dorf hatte sie sich erkundigt, wie man das alte Holz bearbeitet, Schäden beseitigt und kleine Reparaturen ausführt. Nur in ganz wenigen Fällen hatte der Mann selbst die Arbeiten ausgeführt. Sie ging einen kleinen Flur entlang, der das Esszimmer mit der Küche verband und hörte die vergnügten Stimmen ihrer Kinder, die der Anja von ihren Erlebnissen in der Stadt und während der Fahrt erzählten. Mit braunen Schokoladenbärten saßen sie am Küchentisch, wärmten sich die Hände an den Bechern und redeten munter durcheinander.

»Kinder, ihr müsst langsamer sprechen und auch nicht alle durcheinander, wie soll Anja denn ein einziges Wort verstehen, wenn ihr alle drei gleichzeitig redet.« Sie setzte sich mit an den Tisch und ließ sich auch einen Becher mit der braunen Köstlichkeit geben. Lächelnd sah sie die junge Frau an. »Schön ist es, wieder hier zu sein. Kein Hotel kann mit unserem Zuhause konkurrieren.« Die Kinder wollten lautstark protestieren, aber sie winkte lachend ab. »Ich weiß, ich weiß, ihr wäret am liebsten in Hamburg geblieben, aber in wenigen Tagen hätten euch die Pferde gefehlt und die Wälder, die wir hier haben und die Rodelbahnen, jetzt, wenn der Winter anfängt.«

»Davon haben wir gar nichts, wenn wir wieder im Internat sind, Mutter«, protestierte Richard, ihr Ältester. »Kannst du mir sagen, wo die Wälder in Potsdam sind und die Rodelbahnen und die Pferde?«

Elisabeth war ernst geworden, sie wusste, dass ihre Söhne nicht gern im Internat waren, aber es gab keine andere Möglichkeit, ihnen eine gute Schulbildung zu geben. »Ich weiß, mein Junge, aber auch in einer Stadt wie Hamburg müsstet ihr in die Schule gehen.«

»Na schön, lassen wir das Thema«, erklärte der Zwölfjährige, »man kann ja sowieso nichts daran ändern.«

»Bald gibt es Weihnachtsferien« versuchte die kleine Henriette zu trösten, »dann seid ihr ja wieder hier.«

»Gott sei Dank«, murmelte Friedrich und stand auf. »Ich geh' erstmal in mein Zimmer, wann essen wir denn?«

»Ich rufe euch, zieht euch inzwischen um, ihr riecht wie eine rußige Lokomotive. Hattet ihr das Fenster offen während der Fahrt?«.

»Nur einmal, als wir durch Friedrichsruh gefahren sind. Wir dachten, wir könnten vielleicht das Schloss von Fürst Bismarck oder sein Mausoleum sehen.«

»Und? Habt ihr es gesehen?«

»Nein, da waren zu viele Bäume davor. Und Herr Böbling sagte, das Schloss sei auch etwas entfernt, weil der Fürst Bismarck, als er noch lebte, seine Ruhe haben wollte, wenn er zu Hause war.«

Zwei Stunden später, als sie den köstlich duftenden Eintopf von Anja gegessen hatten und die Kinder im Bett waren, ging auch Elisabeth hinauf in ihr Zimmer. Sie hatte die Post durchgesehen, einen Blick in die dunkle Werkstatt geworfen, Anja nach Hause geschickt, Türen und Fenster geschlossen und die Öfen kontrolliert. Ihr Schlafzimmer ging nach hinten zu den Weiden hinaus. Es war ein hübscher, luftiger Raum, in dem sie helle Farben bevorzugte. Sie lächelte, als sie ihre geliebte, blassgrüne Oase betrat und dankte im Stillen dafür, dass Anja auch hier eingeheizt hatte. Die Nächte werden ganz schön kalt, dachte sie und fröstelte leicht, als sie sich auszog. Sie duschte in dem kleinen Badezimmer, das sie sich mit den Kindern teilen musste und zog schnell das Flanellnachthemd an, das Anja ihr auf das Bett gelegt hatte. Dann schlüpfte sie unter das dicke Federbett, löschte die Lampe auf dem Nachttisch und sah hinüber zum Fenster. Wie immer war sie fasziniert von der Stille, die hier herrschte. Manchmal bellte einer der Hofhunde, die bei den Knechten untergebracht waren, und sehr selten wieherte einmal ein Pferd, beunruhigt durch jagende Eulen und flüchtendes Niederwild. Langsam ließ sie die Augen durch die Dunkelheit schweifen. Aber nur schwach waren die weißgestrichenen Möbel und der gebleichte, bodenlange Battistvorhang zu sehen. Es war ein fröhliches und bei Tage ein sonniges Zimmer, das zu ihrer gelassenen Ruhe passte. Im Augenblick allerdings war sie alles andere als gelassen. Sie kämpfte mit den Gedanken, die immer wieder zu einem bestimmten Menschen in Hamburg zurückkehrten und die sie nicht losließen. Weshalb nur hatte dieser Patrick sie ignoriert, sie überhaupt nicht zur Kenntnis genommen? Was hatte sie falsch gemacht, was hätte sie tun sollen, um seine Aufmerksamkeit zu gewinnen? Sie hielt sich nicht für schön, aber sie war attraktiv, das wusste sie, sie hatte einen sehr persönlichen Stil, aber bisher hatte das noch niemanden verschreckt. Für diesen Stil und ihre Haltung konnte sie nichts, die waren angeboren, und wenn sie Würde ausstrahlte, war das doch kein Grund, sie als Frau nicht zu beachten.

Elisabeth stieß einen Seufzer aus. Eigentlich wollte sie gar nicht, dass ihr zufriedenes, geordnetes Leben gestört wurde. Sie hatte sich mit ihrer kleinen Familie innerlich und äußerlich eingerichtet. Sie empfing Liebe durch ihre Kinder, Genugtuung durch ihre Arbeit und Geborgenheit durch die Eltern. Sie wollte gar keine Veränderung und doch geisterte das Bild eines eigentlich fremden Mannes durch ihre Gedanken und ließ sie nun nicht zur Ruhe kommen. Ein Mann zum Träumen, dachte sie noch, dann schlief sie ein und tanzte im Traum in ihrem cremeweißen Seidensamtkleid durch den nächtichen Wald von Rodenhagen.

Achtes Kapitel

Mit Bedauern stellte Viktoria fest, dass Patrizia nun tatsächlich in das Amalienstift umziehen würde. Eine Woche nach den Geburtstagsfeiern, die so harmonisch und befriedigend für alle verlaufen waren, hatte sie heute beim gemeinsamen Frühstück gesagt, dass der Tag des Umzuges gekommen sei.

Viktoria war enttäuscht. Alle Gäste waren abgereist, und nun verließ auch die Schwester das große, leergewordene Haus. Zurück blieb nur Patrick, der noch auf der Suche nach einem eigenen Domizil war. Sie konnte verstehen, dass ein junger Mann seine Freiheit und eine gewisse Selbstständigkeit brauchte, dass er in der Stadt leben wollte, aber sie hätte ihn so gern hier behalten, ihm mit Rat und Tat zur Seite gestanden und ihn unterstützt, wann immer er Hilfe brauchte. Ging er auch, begann wieder die Zeit des Alleinseins in diesem Haus und daran hatte sie sich in den Jahren niemals gewöhnt. Noch hatte sie die Möglichkeit einer geringen Mitarbeit in den Firmen, die ihr erlaubte, wenigstens für Stunden dieser Einsamkeit zu entrinnen und am Geschäftsleben teilzunehmen. Aber sie spürte genau, dass die Söhne und Töchter ihre Anwesenheit in den Büros nicht mehr schätzten.

Sie hatte ihre Kinder angelernt, gefördert und geführt und nun waren sie selbstständig und wollten das beweisen. Bitter ist es, wenn man so überflüssig wird, dachte sie und ging zum Fenster, vor dem sich ein grauer Morgen breit machte. Der Geburtstag, die Planung dafür und die Vorbereitungen hatten sie in den vergangenen Wochen beschäftigt, nun waren das Fest und die Aufgaben beendet. Was würde jetzt kommen? Sie konnte doch nicht nur hier am Fenster stehen und nach draußen sehen.

Unten zog ein großes Schiff vorbei, den Bug seewärts gerichtet. Sie nahm ihr Fernglas und studierte die Aufschrift. Ein irisches Schiff, dachte sie, wer weiß, wohin die Reise geht.

Und dann fiel ihr wieder ihr Wunsch ein: Damals als junges Mädchen und als heimlicher Gast von Irmgard Brennicke hatte sie schon einmal an diesem Fenster gestanden und voller Sehnsucht den ausfahrenden Schiffen nachgeschaut. Damals hatte sie sich geschworen: Irgendwann stehe ich im Bug meines eigenen Schiffes und fahre hinaus aufs Meer! Damals hatte der fesche Kapitän Justus Habermann ihr Herz schneller schlagen lassen und ihren Wunsch beflügelt. Und was war daraus geworden? Nichts! Sie hatte gelernt und gekämpft und die Firma Stelling übernommen, dann kam die Liebe und die Hochzeit mit Jens, und dann wurden die Kinder geboren.

Immer gab es Arbeit, die vorrangig war und sich nicht aufschieben ließ, Verantwortung für die Familie und für die Arbeiter, immer warteten Aufgaben, die wichtiger waren als persönliche Sehnsüchte. Die Kinder wurden größer und mussten liebevoll und auch energisch geführt werden, die Firma wuchs und damit ihre Anerkennung durch die Hamburger Kaufmannschaft. Sie hatte Visionen, die Wirklichkeit wurden, und sie hatte Misserfolge, die einem Sorgen bereiteten. Und dann starb Jens und ihre Pflichten verdoppelten sich von einem Tag zum anderen. Da blieb keine Zeit, an eine Traumreise zu denken.

Aber jetzt, überlegte sie, jetzt könnte sich mein Traum erfüllen. Ich bin allein, ich brauche auf keinen Menschen

Rücksicht zu nehmen, ich kann tun und lassen, was ich will und ich kann, Gott sei Dank, der Einsamkeit den Rücken zukehren.

Und dann fiel ihr Christian ein. Thomas machte sich Gedanken um den jungen Mann, der das Gut verlassen und seinen Weg irgendwo in der weiten Welt suchen wollte.

»Ich verstehe den Jungen nicht«, hatte Thomas geklagt, »er hat so ein wunderbares Leben auf Rodenhagen, niemand schreibt ihm vor, was zu tun ist, niemand bevormundet oder beeinflusst ihn. Er könnte auf ein Nachbargut einheiraten, wo der Stammhalter fehlt und eine bezaubernde junge Dame auf ihn wartet. Aber nein, er will weg, so weit wie möglich, und Melanie bricht es fast das Herz.«

Sie hatte den geliebten Bruder untergehakt und war mit ihm durch den Garten gegangen. Hier waren sie allein und konnten trotz der vielen Gäste ungestört ein paar Worte wechseln.

»Du musst ihn gehen lassen, Thomas«, hatte sie gesagt, »so weh das auch tut, du musst ihn gehen lassen. Denk daran, wie es dir ergangen ist und wie Vater gelitten hat, weil er keines seiner Kinder loslassen wollte. Mach bitte nicht den gleichen Fehler.«

»Er will nicht mit uns zurückkehren, er will hier bleiben und deine Söhne um Rat fragen. Er hofft, dass sie ihn irgendwo brauchen können.«

»Sie sind vernünftige Männer, Thomas, sie werden ihn gut beraten, aber sie werden ihn nicht in ihren Betrieben haben wollen. Da sind sie ganz eigen, das habe ich erlebt, als ich vorschlug, Patrick könne bei ihnen mitarbeiten. Das wollen sie nicht.«

»Aber könntest du das nicht durchsetzen? Du hast doch den nötigen Einfluss. Und Hamburg wäre nicht so weit von Rodenhagen entfernt, er könnte uns besuchen und Melanie würde ab und zu nach Hamburg reisen.«

»Ich muss dich enttäuschen«, hatte sie versucht zu erklären, »meine Söhne lehnen schon lange jede Einmischung ab.«

Viktoria erinnerte sich, wie unläubig er sie ansah. Sie hatte genickt und gesagt: »Auch ich musste meine Kinder gehen lassen, Thomas, wenn auch auf eine andere Art, aber gaube mir, schmerzlich war das auch.«

Viktoria seufzte und dachte an das Gespräch. Ihr Bruder war tatsächlich mit seiner Familie, aber ohne Christian nach Rodenhagen zurückgekehrt. Sie hatte den jungen Mann zweimal inzwischen getroffen, einmal im Kontorhaus der Brennickes an der Deichtorstraße, wo er mit Alexander über die Einfuhr westindischer Gewürze und den Gewinn, den sie abwarfen, debattierte. Und einmal hier im Haus, als er mit Patrick über die Vor- und Nachteile eines Kanals durch den Isthmus von Panama sprach, den eigentlich schon die spanischen Kolonisatoren im 16. Jahrhundert planten. Sie hatte gehört, wie Patrick die Zeit und die Kosten errechnete, die den Schiffen erspart wurden, wenn sie nicht um Kap Hoorn herumfahren mussten, während Christian die Vorzüge der schnelleren Beförderung tropischer Gewürze und vor allem der empfindlichen Teesorten aus Indien und China aufzählte.

Zwei kluge, weitsichtige Männer, hatte sie gedacht, als sie den beiden ein Weilchen zuhörte. Zwei junge Männer im gleichen Alter, von denen der eine versucht, hier Wurzeln zu schlagen, und der andere diese Wurzeln so schnell wie möglich abstreifen will. Soll ich Christian bitten, mich auf der Reise zu begleiten? Darf ich mich in die Probleme einer anderen Familie einmischen? Ich habe es nicht überhört, wenn man mir in letzter Zeit behutsam zu verstehen gab, dass mich diese oder jene Streitfrage, die irgendwo diskutiert wurde, nichts anging. Es ist eine Schwäche von mir, dass ich nicht aufhören kann, dass ich mich immer wieder einmische, den Abstand nicht akzeptiere, den ich inzwischen haben sollte, der meinem Alter entspricht. Resigniert schüttelte sie den Kopf. Ich muss daran arbeiten, das nützt alles nichts. Aber was ist nun mit Christian? Soll ich ihn fragen? Soll ich zuerst mit Thomas sprechen, der meinen Rat suchte? Soll ich ganz einfach schweigen und allein meine Reise antreten? Das werden meine Söhne nicht wollen. Von der Frauenbewegung, die man jetzt auch Emanzipation der Frauen nennt, halten sie gar nichts. Und dabei habe ich sie so fortschrittlich erzogen.

Viktoria hörte Schritte auf der Treppe und ging in die Halle. Patrizia kam in Hut und Mantel herunter, Patrick folgte ihr mit dem Koffer. Es ist der gleiche, mit dem sie vor vierzehn Tagen hier angekommen ist, dachte Viktoria, nicht ein einziges neues Kleidungsstück hat sie dazugekauft, meine stolze Schwester, und schenken durfte ich ihr auch nichts.

»Weiß der Kutscher schon Bescheid?«

Patrick schüttelte den Kopf. »Wir wollten eine Mietdroschke kommen lassen. Wenn ich Mutter in das Stift gebracht habe, möchte ich im Hafen herumfahren und mir die Anlagen ansehen. Und so lange wollte ich dich nicht deiner Kutsche berauben.«

»Unsinn, du kannst die Kutsche den ganzen Tag lang benutzen, ich habe nicht vor, heute auszufahren. Bitte, macht mir die Freude, ihr lasst euch so selten und so wenig helfen.«

Viktoria nickte dem Butler zu und bat ihn, dem Kutscher Bescheid zu sagen. Dann umarmte sie ihre Schwester. »Ich bedauere so sehr, dass du gehst, aber ich kann dich auch verstehen. Du wirst in einer Gemeinschaft wie in einer Familie leben und nie allein sein. Darum beneide ich dich.«

Patrizia schüttelte den Kopf. »Du beneidest mich? Das verstehe ich nicht. Du hast dieses wunderschöne Haus und so viele Menschen, die dich umsorgen.«

»Ach, Patti« –, zum ersten Mal seit unendlich langer Zeit benutzte Viktoria den Kosenamen aus der Kinderzeit – »schau dich doch um in diesem herrlichen Haus. Wenn ihr geht, dann bin ich ganz allein. All die leeren Zimmer bedrücken mich und die Angestellten können doch keine Familie ersetzen, da fühlt man sich oft unbeschreiblich einsam, das kannst du mir glauben.«

»Und deine Arbeit? Du bist doch immer noch so feißig wie eh und je, das habe ich in all den Tagen beobachtet.«

Viktoria lächelte resigniert. »Weißt du, meine Arbeit will schon lange keiner mehr. Sie profitieren von meinen Erfahrungen, aber Ratschläge lehnen sie ab. Da heißt es dann ganz schnell: ›Die Zeiten haben sich geändert, liebe Mutter‹. Die Kinder wollen längst ihr Haus allein bestellen und ich muss das endlich akzeptieren.«

Patrick schaltete sich ein. »Ich verstehe, was du meinst, aber vielleicht kannst du eine andere Beschäftigung finden. Ich wüsste sogar etwas für dich.«

Überrascht sah sie ihn an. Hatte er über sie nachgedacht? »Du machst mich neugierig.«

»Schreib doch deine Geschichte auf. Du hast ein so vielseitiges, interessantes Leben, nicht nur deine Kinder wären dir dankbar, sondern viele Hamburger, weil dein Leben immer mit der Stadt und ihren Menschen verbunden war.«

»Meine Memoiren? Hm, du könntest Recht haben. Das muss ich mir überlegen, du könntest tatsächlich Recht haben, Patrick. Aber vorher will ich noch eine Weltreise auf einem meiner Schiffe machen, davon träume ich seit meiner Kindheit und einen Traum darf man nie aufgeben.

Aber unterwegs, wenn kein Landgang angesagt ist und man mit den langen Tagen auf dem Meer fertig werden muss, könnte ich anfangen, mein Leben zu ordnen. Ich meine natürlich meine Geschichte, die mir im Augenblick wie ein großes Durcheinander vorkommt.«

»Na, wunderbar«, Patrizia legte der Schwester den Arm um die Schulter, »das hört sich doch sehr gut an. Und bevor du abreist, treffen wir uns bei dir oder bei mir oder zu einem leckeren Schokoladen-Eclair im Alsterpavillon. Davon träume nämlich ich seit fünfzig Jahren.« Endlich lachten alle drei und der Kummer über den Abschied war vergessen.

Draußen fuhr die Kutsche vor. Patrick zog seinen Mantel an, nahm den Hut, die Handschuhe und den Koffer der Mutter und bedankte sich bei Viktoria, die ihrer Schwester beim Einsteigen half.

Viktoria winkte ihnen nach, bis die Kutsche das Tor passiert hatte. Gott sei Dank bleiben sie in Hamburg, dachte sie und ging zurück ins Haus. Als erstes wollte sie ihre Atlanten studieren, dann wollte sie ihren Sohn Christoph um die Reedereilisten über den Einsatz jener Frachter bitten, die auch Passagiere beförderten, und dann würde sie Christian, der sich heute im Kontorhaus der Stellings am Dovenfleet aufhielt, bitten, ihr die Pläne in die Villa zu bringen. Vielleicht ergab sich aus Fragen und Antworten dann ein Gespräch und sie konnte ihren Plan vorsichtig einfließen lassen, ohne den jungen Mann zu beeinflussen. Wenn der Wunsch einer Reisebegleitung von ihm ausging, konnte kein Mensch sagen, sie habe sich in die Angelegenheiten der Rodenhagener Familie eingemischt.

Aber als erstes wollte sie die Atlanten studieren. Sie ging in die Bibliothek, die schon vor sechzig Jahren, als sie kurze Zeit hier wohnte, ein ganz besonderer Mittelpunkt des Hauses und voller alter Folianten und interessanter Novitäten war. Heute wie damals stöberte sie mit großem Wissensdurst in den Büchern, denn die Bibiothek in ihrem Elternhaus war 1842 verbrannt.

Sie würde ein Schiff wählen, das durch das Mittelmeer und den Suezkanal fuhr und Tee von Ceylon zum Verkauf nach Boston brachte. Dabei konnte sie, wenn Kap Hoorn umschifft war, in Brasilien nach ihrer Firma sehen und einen neuen Direktor bestimmen, da die Familie Habermann keinen männlichen Nachkommen hatte, der die Aufgaben übernehmen konnte. Und wer weiß, überlegte sie, vielleicht kann ich Christian für die Arbeit gewinnen. Auf der gemeinsamen Reise könnte ich ihn einweisen, und wenn er wirklich so gut in Wirtschaftsführung, Buchhaltung und Geschäftsverkehr ist, wie Thomas sagte, hätte ich den idealen Vertreter dort und Christian die weite Welt um sich herum.

Kurz entschlossen ging sie zum Telefon, nahm das Sprechgerät von der Wand, wählte die Nummer ihres Sohnes am Dovenfleet und bat ihn um die Listen über Schiffsbewegungen in den nächsten Wochen. Sie begründete weder seine Frage nach dem Grund, noch warum ausgerechnet Christian die Pläne in die Elbchaussee bringen sollte.

Die Kutschfahrt zum Amalienstift verlief schweigend. Patrick und seine Mutter waren mit eigenen Gedanken beschäftigt. Sie hatten alles besprochen, was die Zukunft betraf, sie hatten sogar schon Abschied genommen, bevor sie das elegante Zimmer im Hause Viktorias verließen. Sie waren sich darüber einig, einen engen Kontakt zu pflegen, sich gegenseitig zu besuchen, offen miteinander umzugehen und schwerwiegende Entschlüsse gemeinsam zu besprechen. So war Patrizia auch die einzige, die von den Plänen Patricks wusste, eine Werft und darin große, dampfbetriebene Bagger aus Stahl zu bauen, die die Elbvertiefung beschleunigen und garantieren würden. Sie wusste auch, dass ihr Sohn Teile seines Vermögens jetzt von Amerika nach Hamburg transferieren ließ und dass sie die Einzige war, die Zugang und Vollmachten zu seinem neu eingerichteten Konto bei der Warburg-Bank besaß. Er hatte bewusst dieses zentralgelegene Bankhaus gewählt, weil man ihm absolute Diskretion zugesichert hatte und weil er nicht die gleiche Bank wie seine Verwandten in Anspruch nehmen wollte. Außerdem war ihm der Weg nach Altona zu umständlich.

Patrick hatte seine Mutter bis in ihr Zimmer begleitet, ihren Koffer auf die Ablage gestellt und sich dann höflich von ihr und einigen Stiftsdamen verabschiedet, die sich in ihrem Zimmer versammelt hatten, um sie willkommen zu heißen. Dann hatte er den Kutscher nach Hause geschickt und eine Mietdroschke bestellt. Er wollte nicht, dass sich im Hause Brennicke herumsprach, wo und zu welchem Zweck er in Hamburg unterwegs war. Noch waren seine Pläne geheim, weil er zuerst Genehmigungen zum Kauf von Hafenrand-Grundstücken brauchte, und auch der Bau einer Werft war seit ein paar Jahren Bestimmungen unterworfen, die er klären musste, bevor er seine Pläne bekanntgeben und mit dem Bau beginnen konnte. Er hatte in den vergangenen vierzehn Tagen, die er in Hamburg weilte, jede freie Minute genutzt, um sich bei Handwerkern zu informieren, Erkundigungen in dem Büro für Stadtbebauung einzuholen, Behörden zu besuchen und Hafengebiete zu besichtigen. Heute würde er sich entscheiden müssen, denn die Grundstücke an der Billwerder Bucht, die ihm am interessantesten erschienen, weil sie direkten Zugang zur Elbe hatten, waren öffentlich zum Verkauf ausgewiesen und er musste sich schnell entscheiden. Da war es nicht nötig, Viktorias Kutscher in unmittelbarer Nähe zu haben.

Patrick war nicht misstrauisch oder ein Geheimniskrämer, aber er wusste, wie scharfsinnig seine Tante sein konnte und wie sehr sie auf das Wohl der eigenen Familie bedacht war. Ein falsches Wort, und sein Plan versank im Elbewasser und zwischen den Zukunftsobjekten seiner Cousins.

Die Fahrt durch die Hafenrandgebiete war deprimierend. Viele benutzten die leeren Flächen als Müllhalden, direkt am Uferrand lagen verrottete Schiffe oder was von ihnen übriggeblieben war, inmitten einer großen Unkrautwildnis weideten ein paar dürre Ziegen und der Sandweg, der zu den angebotenen Grundstücken führte, ähnelte eher einer Wüstenpiste als einer Hamburger Straße. Dennoch standen einige Kutschen am Wegrand und eine Gruppe debattierender Männer gestikulierte zwischen Treibholz und brakigen Wasserpfützen, die wohl noch von der letzten Flut herrührten.

Patrick bat den Kutscher, sich zu informieren, ob die Herren in Gehröcken und Zylindern sich zum Kauf von Grundstücken hier versammelt hätten. Als der Kutscher zurück kam und nickte, stieg Patrick aus und ging zu der Gruppe hinüber, bedacht darauf, den Morast und den Müll zu umgehen. Er grüßte höflich, stellte sich vor und hörte dann zu, wie über Grenzen, Größen, Preise, Vorteile und Nachteile diskutiert wurde. Als die Herren sich einig waren und alle Beschlüsse niedergeschrieben und dem Verkaufsgespräch nichts mehr im Wege stand, als sie begannen zu bieten, zu feilschen und zu fluchen, trat Patrick vor und erklärte: »Ich nehme die Grundstücke zu dem angegebenen Preis.« Er gab dem Makler seine Visitenkarte, unterschrieb den Kaufvertrag an Ort und Stelle und ging zur Mietkutsche zurück, begleitet von offenstehenden Mündern, von unausgesprochenen Fragen und vom Schulterzucken in eleganten Gehröcken. Es war nicht zu übersehen, dass die Herren überrumpelt und konsterniert waren.

Patrick lächelte, als er in die Kutsche stieg. Vermutlich hatte er sich ein paar Feinde geschaffen, auf jeden Fall aber hatte er das ideale Grundstück für seine Werft erworben. Mit einem Blick hatte er gesehen, wie günstig die Lage war, wie kurz die Zufahrt, wie nahe der Wasseranschluss und wie schnell dieses Gelände bebaut werden würde. Ein ideales Industriegebiet dachte er, in wenigen Jahren sind die Quadratmeter hier unbezahlbar. Und jetzt suche ich das Haus für mich. Er gab dem Kutscher die Anschrift der Baumwall-Immobilien und beschloss, Jessia um Hilfe bei der Wohnungssuche zu bitten.

Neuntes Kapitel

Jessica Brennicke-Hansen war sehr erstaunt, als ihr die Empfangsdame Patrick Stelling meldete. Es hatte sich längst in der Familie herumgesprochen, dass dieser Cousin aus Amerika ein zurückhaltender, verschlossener Mann war, der seine Pläne nicht offenbarte. Allein Julia war anderer Ansicht und verteidigte ihn, verriet aber nicht weshalb. Schließlich sah sie es als Ehre und Vertrauensbeweis an, dass er sie nach Elisabeth gefragt hatte und ihr sogar verriet, wie groß sein Interesse an der Cousine in Rodenhagen war.

Nun stand dieser geheimnisvolle Mann unten in der Eingangshalle der Baumwall-Immobilien und Jessica schickte eines der Büromädchen hinunter, um ihn in ihr Kontor zu führen. Sie war von seinem Anblick nicht überrascht, sie hatte ihn bei den Geburtstagsfeierlichkeiten oft genug beobachtet, aber sie war beeindruckt von der Ausstrahlung, die von ihm ausging und irgendwie den ganzen Raum ausfüllte. Um diesen Eindruck zu vertuschen, stand sie lächelnd auf und ging ihm entgegen.

»Willkommen in meinem kleinen Reich«, sagte sie fröhlich, »ich freue mich, dass du die Zeit für einen Besuch bei mir hast. Komm, leg ab und setz dich, was möchtest du trinken? Kaffee, Tee, Wein, einen Sherry oder einen Cognac?«

Patrick, angetan von dem freundlichen Empfang, zog den Gehrock aus und gab ihn zusammen mit Hut und Handschuhen dem jungen Mädchen, das ihn heraufbegleitet hatte. Dann setzte er sich Jessica gegenüber, betrachtete die elegant gekleidete Frau einen Augenblick und nickte. »Ein Cognac würde mir gut tun. Ich bin im Hafen herumgefahren und etwas ausgekühlt.«

Jessica lächelte, während sie zwei Gläser mit Cognac füllte. »Ich bin nicht im Hafen herumgefahren und auch nicht ausgekühlt, aber den nehme ich auch. Und was führt dich bei diesem Wetter ausgerechnet in den Hafen?«

»Ich habe an der Billwerder Bucht ein großes Grundstück erworben. Es wurde heute zum Verkauf freigegeben und ich wollte nicht, dass ein anderer Käufer mir zuvorkommt.«

»Und? Hast du es bekommen?« Jessica wurde hellhörig. Wie kam es, dass sie von dem Verkauf nichts wusste? »Ist es ein Wohngebiet, in dem du das Grundstück erworben hast?«

»Nein, es ist ein wildes, ziemlich feuchtes Gelände und ich denke, es wird einmal ein reines Industriegebiet werden.«

»Ja, ich verstehe und dafür interessierst du dich.« Nun ja, dachte sie, Fabriken gehen mich nichts an, reizen mich auch nicht, ich will Wohnhäuser vermitteln und kein Industriegelände.

Patrick nahm sein Glas, hielt es Jessica entgegen und sagte fröhlich: »Ja, ich habe es zugesprochen bekommen, du kannst mit mir auf meine Zukunft anstoßen.«

»Nun, dann zum Wohle, lieber Cousin. Und wie kam es, dass du das Gebiet bekommen hast, es waren doch bestimmt viele Interessenten dort?«

»Ich habe nicht gehandelt, gefeilscht und geflucht wie die anderen. Ich habe einen Scheck ausgestellt und das Grundstück gehörte mir, bevor die Konkurrenten protestieren konnten.«

»Du bist ein Mann der schnellen Entschlüsse, hoffentlich hast du nicht andere Interessenten vor den Kopf gestoßen. Hamburger können sehr nachtragend und verstimmt sein, wenn ihnen im Geschäft etwas oder jemand dazwischenkommt, verehrter Cousin!«

Patrick nickte. »Du magst Recht haben. Aber wenn ich etwas haben will, dann will ich es um jeden Preis, wie es in eurer Sprache so schön heißt.«

»Danach wollte ich dich schon neulich beim Lunch in Mutters Haus fragen: Wann hast du unsere Sprache so vollkommen gelernt?«

»Mein Vater hat dafür gesorgt, dass ich immer einen Lehrer hatte, der mich die Sprache meiner Mutter lehrte.«

»Ein umsichtiger Vater, lieber Patrick. Hast du ihn sehr vermisst in deinem Leben?«

»Nein, ich wusste ja nicht, wie es ist, einen Vater zu haben.«

»Ja, das mag stimmen. – Aber, um noch einmal über dieses Grundstück an der Billwerder Bucht zu sprechen, was hast du damit vor?«

»Ich habe mich ein bisschen in der Stadt und im Hafen umgehört und bin darauf gestoßen, dass die Reeder große Probleme mit dem Schlicksand in der Elbe haben. Ich werde riesige Bagger bauen, die die Fahrrinne für große Schiffe freihalten. Bagger, wie ich sie aus New York kenne.«

»Und wie kommen die Reedereien jetzt mit dem Sand zurecht?«

»Sie mieten Geräte aus England und bezahlen ein Vermögen dafür.«

»Wie schön für dich, da hast du ja eine überaus wertvolle Entdeckung gemacht. Und alles ist sicher und kalkulierbar?«

Patrick streckte behaglich die Beine unter dem kleinen Tisch aus. »Bevor ich ein Vermögen ausgebe, sichere ich mich nach allen Seiten ab. Deshalb habe ich auch vorher nicht darüber gesprochen, ich wollte nicht, dass mir ein anderer die Idee wegnimmt.«

Jessica lächelte: »Das kann ich gut verstehen. Ich handele genau so, die Konkurrenz schläft nie. Und wann fängst du mit der Arbeit an?«

»Morgen«, lachte er und strich sich mit beiden Händen die Locken aus dem Gesicht, »morgen wird der Weg zum Grundstück repariert, damit schwere Fuhrwerke mit großen Lasten das Gelände erreichen, und dann beginnen wir mit dem Bau der Werft. Ich will ein großes Trockendock und ich will keinen Tag versäumen.«

»Und das kannst du? Ich meine eine Werft und Bagger bauen?«

»Ich bin gelernter Schiffsbauer, ich kann das.«

»Ich gratuliere dir. Und nun erzähl, was dich wirklich zu mir führt. Werften und Bagger kann ich nicht vermitteln.«

Patrick lächelte und blickte einen Augenblick in Gedanken versunken vor sich hin. »Ich brauche ein Haus.«

»Ein Haus! Kannst du auch noch etwas deutlicher werden? Ein großes oder ein kleines Haus, eins mit Grundstück oder ohne, eins in der Stadt oder am Rande, ein neues oder ein altes.«

»Halt, halt«, Patrick hob lachend und abwehrend die Hände. »Jessica, ich brauche ein großes Haus mit einem großen Garten, neu soll es sein und in der Nähe vom Stadtzentrum muss es stehen. Ein Haus für eine große Familie eben.«

Verblüfft sah sie ihn an. »Für eine große Familie! So, so und ich dachte, du lebst allein.«

»Im Augenblick schon. Aber das wird sich ändern, sobald ich das Haus habe. Ich kann schließlich keine Familie gründen, ohne ein Dach über dem Kopf zu haben.«

Lachend schüttelte Jessica den Kopf, offensichtlich hatte sie es hier mit einem Verrückten zu tun! »Das Dach kannst du sofort haben, aber was ist mit der Frau, die dazugehört, wenn man eine Familie gründen will?«

»Die gibt es auch schon«, und nach kurzem Zögern, »sie weiß es allerdings noch nicht. Ich bin ein Pragmatiker, ich gehe der Reihe nach vor. Ich kann mir erst eine Frau holen, wenn ich ihr auch ein angemessenes Heim bieten kann, so einfach ist das.«

»Da muss ich dir Recht geben. Also, ein passendes Haus hätte ich für dich.«

»Und woher so schnell?«

»Es gibt in Hamburg sehr wohlhabende Bürger, die Häuser bauen, um sie dann zu verkaufen. Sie sichern sich die schönsten Grundstücke und verdienen beim Verkauf eine Menge Geld.«

»Und so ein Haus hättest du? Erzähl mir mehr davon.«

»Es ist ein großes, neues Haus in der Heilwigstraße. Eine schöne Wohnstraße auf einem ehemaligen Klostergelände. Die Gegend ist sehr beliebt bei wohlhabenden Leuten, der sogenannte Hamburger Geldadel wohnt bevorzugt und unter sich in diesen Straßen rechts der Alster. Die Kinder besuchen die gleichen Privatschulen und Sportclubs und Tanzschulen. Man ist sozusagen unter sich.«

»Weißt du, Hamburger Geldadel interessiert mich weniger, mir kommt es auf eine schöne Wohngegend und eine gute Stadtverbindung an. Wer war diese Heilwig, nach der die Straße benannt wurde?«

»Sie war die Frau des Grafen Adolf IV. von Schauenburg. Eine Gräfin also, die ein Frauenkloster gründete, das später in diese Gegend verlegt wurde und dem Gebiet den Namen Harvestehude gab. Zahlreiche Straßen haben den Namen von Äbtissinnen oder erinnern an das Kloster.«

»Danke, jetzt erzähl mir mehr über das Haus.«

»Es hat im Erdgeschoss sechs Zimmer, zwei davon mit Terrasse und Wintergarten, in der ersten Etage ebenfalls sechs Zimmer, aber mit Balkons und eine ausbaufähige Mansarde. Die Wirtschaftsräume befinden sich im Souterrain. Und es gibt mehrere Badestuben und Toiletten. Das Haus ist von einem wunderschönen Grundstück umgeben, das bis an die Alster reicht, kurz bevor sie in den Alstersee fließt. Neben dem Wohnhaus gibt es ein Kutscherhaus mit Remise, Stallungen und einer Wohnung darüber. Du könntest einen verheirateten Kutscher einstellen, der sich um die Pferde, den Garten und um Hausreparaturen kümmert, während seine Frau für Haushalt und Küche zuständig ist.«

Staunend hörte Patrick zu, ohne sie zu unterbrechen. »Du denkst an alles, ja?«, fragte er schließlich.

»Das ist mein Beruf.«

»Ich bewundere dich.«

»Das brauchst du nicht, ich habe jahrelange Erfahrung und mein Mann selbst hat das Haus entworfen und im Auftrag eines wohlhabenden Mannes gebaut.«

»Heilwigstraße, wo ist das?«

»Du kennst unser Haus am Mittelweg. Wenn du den Weg bis zum Ende hinunter reitest und geradeaus durch das Frauenthal, landest du fast im Garten dieses Hauses.«

»Das hört sich verlockend an. Und die Gegend ist gut? Ich kann meiner zukünftigen Frau kein zweitklassiges Zuhause anbieten.«

»Das verstehe ich, aber vielleicht sollte sie ein Wörtchen mitreden bei der Suche?«

»Das geht nicht. Erstens muss ich ihr noch den Hof machen und um sie werben und zweitens soll es dann eine Überraschung sein.«

Sehr skeptisch sah ihn Jessica an. »Du bist deiner Sache sehr sicher, ja?«

»Ja, verehrte Cousine. Und wenn es dir recht ist, möchte ich das Haus jetzt kaufen.«

»Wie bitte? Ohne es zu sehen?«

»Weshalb nicht? Wenn du es empfiehlst und dein Mann es gebaut hat, dann ist es doch in Ordnung.«

»Ja, das stimmt, aber ich bestehe auf einer Besichtigung. Wir werden morgen Vormittag dorthin fahren und du siehst dir das Haus in Ruhe an. Und wenn es dir gefällt, fahren wir zum Justiziar und ich werde es dort an dich verkaufen.«

»Du weißt, dass ich es eilig habe, ab morgen wollte ich eine Werft bauen, vergiss das nicht.«

Jessica lachte. »Du wirst den Werftbau um zwei Stunden verschieben, lieber Cousin, ich hoffe, dein Haus und das deiner Familie ist dir diese kurze Zeit wert.«

»Gut, wann kann ich dich abholen?«

»Kommst du mit Mutters Kutsche?«

»Nein, die will ich nicht täglich beanspruchen. Ich komme mit dem Pferdebus und von hier aus können wir eine Droschke nehmen.«

»Dann nehmen wir von hier aus meinen Wagen. Und, Patrick, ein Stelling fährt nicht im Pferdebus.«

Sprachlos sah Patrick die resolute Frau an. »Es fällt mir schwer, dich für überheblich zu halten, Jessica .«

»Es gibt Spielregeln in dieser Stadt, Patrick, daran wirst du dich gewöhnen müssen.«

Patrick hielt sich sehr schnell an diese Spielregeln. Nicht, dass er auf den Pferdebus am nächsten Morgen verzichtet hätte, den benutzte er jetzt aus einem gewissen Trotz heraus, aber fortan überlegte er, wie diese Spielregeln aussehen könnten, wenn er unterwegs war, sich mit anderen Menschen traf, Entscheidungen fällen musste oder Verhandlungen führte. Er wollte zwar ein Individualist, aber in dieser Stadt kein Außenseiter sein, er wollte dazugehören, sein Wort sollte Geltung besitzen und seine Arbeit anerkannt werden.

Er reihte sich am nächsten Morgen in die Schlange der Wartenden an der Haltestelle ein, nahm auf der Holzbank zwischen den Fahrgästen Platz und zahlte sein Billett wie die anderen auch. Es waren meist Dienstmädchen, die auf dem Weg zum Markt, und Hausdiener, die unterwegs waren, um bestellte Waren beim Schneider oder Hutmacher, beim Schuster oder Sattler abzuholen. Interessiert lauschte er den Gesprächen, die sich bei den Frauen um die Herrschaftswillkür und fehlende Dienstbotenordnungen, um schlechte Bezahlung und fehlende Freistunden drehten, während die Männer sich über neue Methoden der Polizei bei der Verbrecherjagd unterhielten.

Patrick fuhr nicht direkt zum Baumwall, er verließ den Pferdebus am Rödingsmarkt, um einen Schneider im Burstah aufzusuchen. Viktoria hatte ihm die Anschrift vor ein paar Tagen gegeben. Jetzt wusste er weshalb! Sie hatte nichts von Spielregeln und Anpassung gesagt, aber sie wollte ihn auf ihre dezente Art darauf hinweisen, dass seine Kleidung nicht der hanseatischen Mode entsprach. Er lächelte, als er durch die Häuserzeilen ging und die entgegenkommenden Fußgänger betrachtete. Im Vergleich zu ihnen war seine Kleidung leger und farbenfroh. Da er sich in der Gegend des neuen Rathauses, zwischen Börse und Bankhäusern bewegte, nahm er an, dass die Herren, die hier unterwegs waren, zu den typischen Hanseaten gehörten.

Das Schneideratelier befand sich in der ersten Etage eines schmalen, vierstöckigen Hauses. Patrick stieg die knarrende Treppe nach oben, verwundert, dass Viktoria einen Schneider empfahl, der in einem so alten, dunklen Haus seine Werkstatt hatte. Aber als er das Atelier betrat, wusste er weshalb. Meterlange Regale mit exquisiten Stoffen zogen sich an den Wänden entlang. In keinem Geschäft hätte er eine solche Auswahl vorgefunden. Zahlreiche Schneider und Lehrlinge waren damit beschäftigt, Stoffe zuzuschneiden, zu vermessen, zu nähen und zu bügeln. Dort, wo der dickste Dampf von feucht behandeltem Wollstoff aufstieg, fand Patrick den Inhaber der Werkstatt. Er grüßte höflich und bat um ein kurzes Gespräch. Der Meister stellte das Eisen ab und bat seinen neuen Kunden in einen Nebenraum, in dem fertige Anzüge auf Schneiderpuppen drapiert waren.

Ohne Umschweife trug Patrick seine Wünsche vor: »Ich brauche eine komplette neue Ausstattung, Meister. Wie Sie sehen, entspricht meine Kleidung nicht den hanseatischen Gepflogenheiten. Ich komme aus Amerika, wie sie unzweifelhaft sehen.«

Der Mann mit dem Kneifer auf der Nase, dem Zentimeterband um den Hals und dem Nadelkissen am Ärmel nickte. »Etwas farbenfroher und sehr viel legerer als in Hamburg würde ich sagen. An was hatten Sie gedacht?«

»Da mir Ihr Atelier empfohlen wurde, werde ich meine ganze Garderobe hier in Auftrag geben. Ich brauche alles, was ein Hamburger im Sommer und im Winter trägt. Zu einer Bedingung allerdings.«

»Und die wäre?«

»Ich muss mich darin bewegen können. Die Steifheit, mit der so viele Herren hier unterwegs sind, gefällt mir nicht, das ist nicht mein Stil.«

»Ich verstehe Sie. Aber Eleganz muss nicht steif sein, im Gegenteil, Sie werden sich wohlfühlen in meinen Anzügen, dafür garantiere ich.«

»Ich verlass mich darauf. Und für die Kleidungsstücke, die Sie nicht selbst herstellen, bitte ich um Ihre Empfehlungen.«

Der Schneider nickte. »Ich verstehe. Wir werden zunächst Maß nehmen und danach die Stoffe und die Muster aussuchen. Nicht jeder Stoff passt zu jeder Figur, da Sie aber sehr schlank sind, werden wir keine Schwierigkeiten haben, passende Ware zu finden.

Der Meister selbst nahm die Maße und führte seinen Kunden dann zu den Stoffregalen. Eine Stunde später verließ Patrick das Atelier und das dunkle Haus. In Zukunft brauchte er nur noch Wünsche mitzuteilen und konnte einige Tage später die maßgeschneiderte Kleidung in Empfang nehmen.

Vier Häuser weiter, kurz vor der Großen Johannisstraße, fand er den Schuhmacher, den der Schneider empfohlen hatte. Der nahm ebenfalls Maß, versprach, sofort einen Leisten herzustellen und danach jedes gewünschte Schuhmodell einschließlich bequemer Reitstiefel anzufertigen. Dann wurde es Zeit, die Cousine am Baumwall aufzusuchen.

Wie schon beim ersten Besuch, war Patrick auch diesmal überrascht von der Eleganz, mit der diese Frau sich kleidete. Ihr mit zahlreichen Volants geschmücktes, bodenlanges Kleid entsprach mit Sicherheit der jüngsten Mode und die Turnüre, jenes raffinierte Gesäßpolster, das in Amerika schon lange nicht mehr en vogue war, verlieh der aufrechten Gestalt die leichte Biegung eines Fragezeichens, wenn man die Damen von der Seite betrachtete. Patrick lächelte im Geheimen und beugte sich würdevoll über die Hand, die ihm Jessica entgegenstreckte.

»Ich habe schon auf dich gewartet«, erklärte sie etwas ungehalten.

»Aber wir waren für elf Uhr verabredet. Habe ich das falsch verstanden?«

»Nein, nein, aber ich habe eine wichtige Mitteilung für dich und die wollte ich so schnell wie möglich loswerden.«

»Eine gute oder eine schlechte Mitteilung. Die schlechte kann gern warten.«

»Mir ist nicht zum Scherzen zumute, lieber Cousin. Du wirst nämlich Ärger bekommen.«

»Was habe ich verbrochen?«

»Eigentlich wollte mein Mann persönlich mit dir sprechen, aber er musste heute ganz zeitig nach Lübeck aufbrechen. Er hat sich an der Ausschreibung für ein großes Bankgebäude beteiligt und heute ist die Bekanntgabe, wer das Haus bauen darf. Da konnte er nicht fehlen.«

Und was hat das mit mir zu tun?«

»Er lässt dir ausrichten, dass du Ärger mit der Baubehörde bekommen wirst. Er hat gestern Abend an einer Sitzung im Rathaus teilgenommen und da wurde lautstark protestiert, dass man einem Amerikaner eines der besten und begehrtesten Grundstücke auf dem Industriegelände an der Billwerder Bucht verkauft habe. Der Makler wurde mächtig beschimpft und soll den Kauf rückgängig machen. Du wirst heute die offizielle Mitteilung bekommen, dass Industriegrundstücke nur an Hamburger Unternehmer verkauft werden dürfen.« Jessica war außer sich vor Zorn und Patrick versuchte, sie zu beruhigen.

»Nicht doch, liebe Cousine, ich bin ein Hamburger. Ich habe mich am zweiten Tag meines Aufenthaltes in das Stadtbewohner-Register eintragen lassen – ein weiser Ratschlag deiner weitsichtigen Mutter übrigens – und dafür sogar eine beachtliche Geldspende hingelegt.«

»Entweder hat die Baubehörde darüber keine Kenntnis oder man ignoriert deine Eintragung einfach. Schuld an diesem Dilemma ist der Industrielle Hohlemann, ein einflussreicher Mensch mit einem großen Vermögen, der sich kaufen kann, was er will, auch Behörden, sagt mein Mann.«

»Ich habe ihn gesehen, er führte dort auf dem Gelände das große Wort. Ein kleiner, dicker Mann mit hochrotem Gesicht und silbernem Zylinder. Er war nicht nur verblüfft über mein schnelles Handeln, er war regelrecht erschrocken und sprachlos, und als ich nach den Unterschriften und der Scheckübergabe zurück zur Kutsche ging, begleitete mich ein derber Fluch, der nur von ihm sein konnte.«

»Unterschätze den Mann nicht, Patrick, er ist sehr einflussreich.«

»Was kann er schon machen?«

»Hartmut sagt, er kann dir endlose Schwierigkeiten machen, die Zufahrt sperren lassen, die Fuhrkutscher veranlassen, nicht für dich zu fahren, die Handwerker zu einem Streik zwingen, dein Material kassieren. Du wirst einen schweren Stand haben, Patrick.«

»Ich weiß mit Intrigen umzugehen, sei beruhigt. Und nun zum Haus, ich kann es kaum erwarten. Oder betrifft die Hamburger Kriegserklärung auch das Haus?«

»Nein, der Verkäufer ist ein sehr angesehener Jude in Altona, der über solchen üblen Eskapaden steht und mir vollkommen freie Hand gegeben hat. Er will einen zahlungsfähigen Käufer, der in die vornehme Gegend passt.«

»Dann komm, lass uns schnell das Haus ansehen, ich habe den Eindruck, dass ich auf meinem Hafengrundstück gebraucht werde.«

Und während er der Cousine das grüne Cape um die Schultern legte und ihre Tasche mit den Schriftstücken hielt, setzte sie den eleganten Hut mit einem Busch bunter Fasanenfedern auf, der in der Farbe genau zum Cape passte.

Sie sah ihn an, als er ihr die Tasche reichte. »Was wirst du tun, wenn man dir das Grundstück wegnimmt?«

»Kein Mensch wird mir mein Grundstück wegnehmen, darauf kannst du dich verlassen. Mach dir bitte keine Sorge, das passiert nicht.«

»Du kennst die einflussreichen Hamburger nicht.«

»Aber ich kenne Intriganten und mit denen bin ich noch immer fertig geworden.«

Das Haus gefiel Patrick auf den ersten Blick. Es war eine große, imposante Villa die dennoch einen schlichten Stil verkörperte und keinen Schnickschnack brauchte, um Bewunderung zu erhalten. Der Kutscher hielt und ließ die beiden Fahrgäste aussteigen, um am Ende der Straße zu wenden. Jessica und Patrick gingen durch das Tor und die Einfahrt entlang durch den Vorgarten und die Stufen hinauf, die zwischen zwei Säulen hindurch zur Haustür führten. Stolz und eindrucksvoll erhob sich die weiße Fassade zwischen alten Bäumen in den blauen Herbsthimmel.

Während Jessica die Tür aufschloss, sah er sich um. Die mit Kopfsteinen gepflasterte kleine Straße endete kurz hinter seinem Grundstück. Der Garten war groß und geschickt angelegt, das Kutscherhaus hinter Bäumen und Sträuchern verborgen. Die Zufahrt zum Haus verlief in einem kleinen Bogen, so dass man direkt an der Haustür aussteigen und die Kutsche dann weiter zum Stall fahren konnte. Alles war sehr viel kleiner als bei Viktoria, dafür aber war man beinahe mitten in der Stadt. Es gab einige Häuser in der Nachbarschaft, aber die meisten Grundstücke waren noch unbebaut. Große Bäume, jetzt ohne Laub, und Patrick konnte nicht erkennen, um welche Bäume es sich handelte, zeugten von der langen Nutzung des Geländes als Park.

Jessica öffnete die Tür: »Komm und schau dir das Haus von innen an.«

Patrick folgte ihr und war vom ersten Augenblick an fasziniert. Die kleine aber eindrucksvolle Halle mit der geschwungenen Treppe, die großen hellen Zimmer, die er durch die geöffneten Türen sah, das helle Licht dieser späten Herbstsonne, das auf den wunderbaren Parkettboden fiel, Patrick war sehr angetan. Was er nicht wusste, war die Tatsache, dass Jessica am Abend vorher in der Villa war, die Schlagläden vor den Fenstern und die Zimmertüren geöffnet hatte, um Licht und Luft herein zu lassen, und dass sie um Sonnenschein gebetet hatte. Sie wollte dieses Haus gern an Patrick verkaufen, sie besaß das Grundstück nebenan und würde mit ihrer Familie dort wohnen, wenn sie ihre Arbeit im Kontor in jüngere Hände übergab. Dann war es gut zu wissen, wer neben einem lebte.

Patrick hielt sich nicht lange mit der Besichtigung auf. Der erste Eindruck hatte sich bewahrheitet: Das Haus war ein Juwel und er wollte es haben.

»Jessica, ich nehme die Villa. Wann und wo machen wir den Kauf perfekt?«

»Wir fahren zu meinem Justiziar, ich habe uns angemeldet und er hat alle Papiere bereit für die Unterschriften.«

»Also keine Feld- und Wiesenaktion wie an der Billwerder Bucht?«

»Nein, ganz bestimmt nicht. Was du auf dem Industriegelände erlebt hast, war eher eine Versteigerung mit Zuschlag an den Meistbietenden, das ist in diesem Genre oft üblich, bei einem Hauskauf aber nicht.«

»Ich bin beruhigt. Wie weit ist es bis zu deinem Advokaten?«

»Zehn Minuten, wenn die Pferde traben.«

Sie gab dem Kutscher die Anweisung und lehnte sich bequem zurück. »Wann willst du einziehen?«

»Ich möchte den Möbelkauf und die Einrichtung tatsächlich meiner Frau überlassen. Mir genügt ein Zimmer und das möchte ich sofort beziehen. Ich brauche ein Bett und einen Tisch und einen Schrank, die Sachen werde ich noch heute kaufen und in die Heilwigstraße liefern lassen.«

»Du brauchst auch mindestens ein Reitpferd und Leute, die sich um Haus und Stall kümmern.«

»Kennst du jemanden?«

»Ich würde dir raten, meinen Onkel in Rodenhagen zu fragen. Pferde hat der genug und oft auch Angestellte, die sich danach sehnen, einmal in der Stadt zu leben und zu arbeiten.«

»Das wäre ein wunderbarer Grund, nach Rodenhagen zu reisen. Leider habe ich dazu im Augenblick keine Zeit.«

Jessica sah ihn an. Weshab brauchte dieser Mann einen Grund, um nach Rodenhagen zu fahren? »Wenn ich dir raten darf, bleib noch ein paar Tage im Haus meiner Mutter. Sie hat Möbel im Überfluss und würde dir, da bin ich ganz sicher, gern ein Zimmer in deinem Haus einrichten. Dann fällt ihr auch der Abschied von dir nicht so schwer. Und dann telefonierst du mit Onkel Thomas und sagst ihm, was du brauchst. Und du selbst hättest erst einmal die Hände frei für dein Unternehmen im Hafen. Alles auf einmal schafft keiner.«

Eine Stunde später war der Kaufvertrag unterschrieben und besiegelt, Jessica in den Baumwall zurückgekehrt und Patrick in einer Mietkutsche unterwegs zu seinem Gelände an der Billwerder Bucht. Und dort begann man, ihm das Leben schwer zu machen.

Zehntes Kapitel

Melanie saß am alten Eichentisch im Wohnzimmer und weinte. Obwohl sie versuchte, mit dem Spitzentaschentuch die Tränenflut aufzuhalten, fielen immer wieder Tropfen auf die Briefe, die vor ihr lagen, und verwischten die Schriftzüge, die so sorgsam mit blauer Tinte niedergeschrieben waren. Hilflos stand Thomas hinter seiner Frau, massierte ihr sanft die Schultern und versuchte sie zu beruhigen.

»Liebling, es ist doch gar nichts passiert. Wir haben zwei Briefe aus Hamburg erhalten und darin schreiben uns Christian und Viktoria von einer gemeinsamen Reise, die sie unternehmen möchten. Was gibt es denn da zu weinen?«

»Aber merkst du das denn nicht?«, schluchzte Melanie, »diese Reise ist längst eine beschlossene Sache, Christian fragt uns nicht einmal um Erlaubnis.«

»Melli, unser Sohn ist vierunddreißig Jahre alt, ein erwachsener Mann, der muss doch nicht seine Eltern um Erlaubnis bitten. Komm, nimm mein Taschentuch und wisch dir die Augen trocken und dann setzen wir uns an den Kamin, ich lass uns einen Glühwein bringen und wir sprechen in Ruhe über diese Reise.«

Er klingelte nach der Mamsell und bestellte das heiße Getränk. Dann rückte er das kleine Sofa, auf dem sie nebeneinander sitzen konnten, vor das Feuer und half seiner schluchzenden Frau, zwischen den Kissen, die er sorgsam aufgeschüttelt hatte, Platz zu nehmen. Während er sich seine Pfeife anzündete – in Ausnahmefällen war das

Rauchen im Zimmer gestattet und jetzt war so eine Ausnahmesituation – putzte sich Melanie die Nase, wischte die letzten Tränen ab und griff wieder zu den Briefen.

»Ich weiß, dass Christian machen kann, was er will, aber das hier sieht mir sehr nach den Wünschen von Viktoria aus und nicht nach seinem eigenen Willen. Warum muss sie alle Menschen delegieren? Zuerst waren es die Geschwister und die Firmen, die sie fest im Griff hatte, dann waren es ihre Kinder, die sie so lange dominierte, bis sie gehorchten und in die Firmen eintraten. Und jetzt? Muss sie sich jetzt in unser Leben einmischen? Kann sie unsere Kinder nicht in Ruhe lassen? Christian käme nie auf die Idee, eine Weltreise zu machen. So ein Unsinn, so ein grenzenloser Unsinn.« Sie weinte wieder. Thomas legte ihr den Arm um die Schulter und drückte sie liebevoll an sich.

»Nicht doch, Melli, nicht doch. Du musst es auch von der vorteilhaften Seite betrachten. Christian bekommt die ganze Welt zu sehen. Welcher junge Mann hat so eine Chance?«

»Der braucht nicht die ganze Welt zu sehen, das bringt ihn nur auf dumme Gedanken. Thomas, der Junge soll nach Hause kommen, hier gehört er hin und nicht in die Abhängigkeit von einer Viktoria.«

Thomas schwieg. Er kannte die Aversion seiner Melanie der Schwester gegenüber. Die erfolgreiche, hochgeachtete Viktoria war seiner bescheidenen Frau von der ersten Begegnung an ein Dorn im Auge. Er bedauerte das, denn er wusste, wie viel er in seinem Leben der tüchtigen, toleranten Schwester zu verdanken hatte. Aber genau das war es, was Melanie nicht verstehen wollte. Sie sah in ihm den Helden, der allen Widrigkeiten trotzte, der Hilfe nicht nötig hatte und die Hilfe einer Frau schon gar nicht. Thomas schwieg, wenn die Sprache auf Viktoria kam, er hielt sich aus diesen Diskussionen, die Melanie oft genug im Kreis der Familie führen wollte, heraus. Er konnte und er wollte sich nicht gegen Viktoria stellen, er liebte sie – natürlich nicht so wie seine angebetete Melli – aber doch genug, um sie immer und überall in Schutz zu nehmen.

Thomas fand es richtig, dass Viktoria ihnen in ihrem Brief von der Reise erzählt hatte, und ehrlicherweise mitteilte, dass sie sehr erfreut wäre, wenn Christian sich ihr anschließen würde, dass sie ihn aber in keiner Weise dazu überreden wollte und ihn auch nicht einladen würde, wenn sie damit rechnen müsste, dass die Eltern nicht damit einverstanden seien.

Thomas spürte genau, wie sich Melanie innerlich verkrampfte. Wie sich ihre Körperhaltung veränderte, dann bekam ihr Gesicht diesen harten Ausdruck, den er gar nicht mochte, und dann wusste er, dass Worte nicht mehr halfen und sie jetzt erst einmal allein mit ihrem Ärger fertig werden musste. Er stand auf und sagte: »Ich schau noch mal nach den Pferden«, und verließ das Haus. Draußen schlug ihm die Kühle letzter Oktobernächte entgegen. Es war dunkel und die dichte Wolkendecke ließ keinen Blick auf Mond oder Sterne zu. Er ging hinüber zum Stall, in dem die tragenden Stuten frei herumliefen. Wärme und Feuchtigkeit schlugen ihm entgegen und der Duft von Heu und Hafer. Eine Petroleumlampe beleuchtete einen kleinen Umkreis neben der Stalltür, die restliche große Halle lag im Dunkel. Einige Tiere hatten sich niedergelegt, die meisten standen mit hängenden Köpfen und dösten. Ein Stallknecht trat neben ihn. »Ich wollte nur sehen, wer hier unterwegs ist, Herr«, bat er um Entschuldigung. Aber Thomas legte ihm beruhigend die Hand auf den Arm. »Schon gut, mein Junge, ich wollte nur noch ein bisschen Pferdewärme schnuppern. Ich störe die Tiere nicht. Hast du in dieser Woche Stallwache?«

»Ja, Herr.«

»Dann leg dich wieder auf deine Pritsche, ich lösche nachher die Lampe. Gute Nacht.«

Ein paar Stuten kamen langsam und witternd auf ihn zu, nahmen seinen vertrauten Geruch wahr und zupften mit weichen Lippen an seiner Joppe, an den Haaren, betasteten mit den Nüstern seinen Hals und schnaubten ihren warmen Atem in seinen Kragen. Einige ließen sich von ihm streicheln. Das ist es, dachte er, das ist es, was ich an solch einem Abend brauche. Frieden und Harmonie, nicht Streit und Missgunst. Er strich den Pferden über die Flanken, klopfte ihnen den Hals und kraulte sie hinter den Ohren, was sie besonders gern hatten. Dann löschte er die Lampe, ging nach draußen und verschloss die Stalltür. Einer der Wachhunde kam auf ihn zu, schmiegte sich an seine Beine und wartete auf eine streichelnde Hand. Thomas klopfte ihm den struppigen Rücken und ging zurück.

Im Verwalterhaus brannte noch Licht. Lissi ist immer noch fleißig, dachte er, sie kann sich in diesen Wochen vor dem Fest kaum vor Bestellungen retten. Und morgen muss sie wieder in aller Frühe raus, um Jette in die Schule zu fahren. Unmutig schüttelte Thomas den Kopf. Wenn sie sich wenigstens diese Fahrt abnehmen ließe, dachte er. Ich würde das Kind gern zur Schule bringen. »Ich will so oft wie möglich mein Mädchen genießen«, hatte sie gesagt, »wenn ich schon die Trennung von den Jungen ertragen muss, will ich, wann immer das möglich ist, mit Henriette zusammen sein. Die Jahre vergehen so schnell und dann kommt auch sie ins Internat und ich bin ganz allein.«

Und während er weiter über den dunklen Hof ging, dachte er an seine Jüngste, die neuerdings oft in Gedanken versunken erschien. So eine nachdenkliche Elisabeth war ihm fremd. Sie ist eine Frau, die immer offen und aufrichtig war, aber in letzter Zeit träumte sie oft vor sich hin, das sah er ganz deutlich. Wo war sie dann mit ihren Gedanken? Hatte diese Veränderung etwas mit der Reise nach Hamburg zu tun? Vorher, auf jeden Fall, hatte er diese Verträumtheit nicht beobachtet. Sehnte sie sich etwa nach der Großstadt, nachdem sie das andersartige Leben dort kennengelernt hatte? Er gönnte seinem Mädchen alles Glück der Welt, aber eine Trennung wünschte er sich weiß Gott nicht. Er musste unbedingt mit Melanie darüber sprechen. Aber nicht jetzt, überlegte er, erst muss das Problem mit Christian ausgestanden sein. Und er beschloss: Wenn sie sich morgen noch immer nicht beruhigt hat, schreibe ich allein in einem Brief nach Hamburg, dass ich mich für den Jungen freue und beiden eine wunderschöne Reise wünsche. Christian muss schließlich wissen, woran er ist und die beiden werden auf unsere Zustimmung warten, auch wenn sie die gar nicht nötig haben. Und wenn noch Zeit genug bleibt, werden wir nach Hamburg fahren und ihnen Lebewohl sagen. Und wenn Melli nicht will, fahre ich allein.

Energisch klopfte er die längst erkaltete Pfeife aus, putzte die Stiefel ab und betrat das Haus. Im Wohnzimmer brannte zwar noch Licht, aber seine Frau war zu Bett gegangen. Er schob den schmiedeeisernen Feuerschutz vor den Kamin, in dem nur noch an wenigen, fast verbrannten Scheiten kleine Flammen züngelten, und löschte die Lampe. Müde und auch leicht verärgert zog er die Stiefel aus, stellte sie in die Abstellkammer und schlich in Socken nach oben. Auf keinen Fall wollte er Melanie wecken, womöglich brach sie noch einmal in Tränen aus.

Auch im Verwalterhaus löschte Elisabeth das Licht in der Werkstatt. Es war ein langer Tag gewesen und ihr tat der Rücken weh. Sie hatte Wolle gefärbt, weil die alten Bestände für die Stickereien in diesem Jahr nicht mehr ausreichten, dann musste einer der beiden Webstühle neu eingestellt werden, weil der Altarbehang in der Michaelis Kirche in Rodenwalde von besonders dicker Qualität sein sollte, und dann hatte sie stundenlang am Zeichenbrett gestanden, weil die Symbole des Kirchenjahres auf eine gleiche Größe gebracht werden mussten, bevor sie auf die verschiedenfarbigen Antependien für die Kanzel der Sankt Johanniskirche von Boizenburg übertragen werden konnten.

Sie streckte sich und machte ein paar Übungen, um die Steifheit aus dem Rücken heraus zu bekommen. Im nächsten Jahr muss ich meine Kunden darum bitten, zeitiger Wünsche für die Festtage zu äußern. Ganz gleich, ob zu Weihnachten, zu Ostern oder zu Pfingsten, es ist immer das Gleiche, die Bestellungen kommen im letzten Augenblick und wir müssten eigentlich Tag und Nacht arbeiten, um fertig zu werden. Sie dachte an ihre Mitarbeiterinnen, die nun wieder wochenlang Überstunden machen und im Dunkeln nach Hause gehen mussten. So sehr sie das Geld auch brauchten, wenn mürrische Männer sie dann zu Hause empfingen, weil das Abendessen nicht pünktlich auf dem Tisch stand, hörte für viele der Spaß an der Arbeit und am Geldverdienen auf.

Elisabeth ging in die Halle, wo Flöckchen, die kleine Hündin, die Henriette zum Geburtstag von einem der Förster bekommen hatte, fröhlich an ihr hochsprang.

»Na, meine Süße, hat man vergessen, dass du noch einmal nach draußen musst?« Sie streichelte den langhaarigen, rostroten kleinen Körper und öffnete die Haustür. »Aber bitte, beeile dich.« Als hätte die Hündin sie verstanden, sauste sie mit fliegenden Ohren in ein nahes Gebüsch und war sofort wieder da. Elisabeth schloss die Haustür, sah in die Kachelöfen der einzelnen Zimmer und ging beruhigt nach oben. Henriette schlief fest und der kleine Langhaardackel rollte sich schnell in dem Körbchen neben dem Kinderbett zusammen. Es war nicht auszuschließen, dass das Flöckchen in der

Nacht das Lager tauschte und morgens im Bett zu finden war, aber Elisabeth drückte ein Auge zu. Hygiene hin oder her, dachte sie, das Kind hat hier überhaupt keine Spielkameraden, soll sie doch mit dem Hund ein bisschen kuscheln.

Elisabeth ging zu Bett. Einen Augenblick noch schaute sie in die Dunkelheit, ließ den Tagesablauf an sich vorüberziehen und schloss die Augen. Dann schlief sie ein. Der Traum von dem wunderschönen Tanz im Wald kam nicht wieder.

Zwei Tage später, sie hatte sich gerade einen Korb voll frischer Eier von der Mamsell geholt, sah sie, wie der Vater auf der Bank neben dem Hauseingang saß und amüsiert den Kopf schüttelte. Sie setzte sich neben ihn. »Worüber lachst du? Hast du gute Nachrichten bekommen?«

Thomas sah sie an. »Das ist der dritte Brief in drei Tagen, der aus Hamburg kommt. So etwas ist in den fünfzig Jahren, die ich nun hier lebe, noch nie vorgekommen.«

»Und wer schreibt dir so oft?«

»Nun, bei den ersten beiden Briefen ging es um die Reise von Viktoria und Christian, aber jetzt hat mir dieser Amerikaner, du weißt schon, Patrizias Sohn, geschrieben.«

»Vater, der Amerikaner heißt Patrick, die Familie sollte ihn endlich beim Namen nennen.«

Verblüfft sah er seine Tochter an. Seit wann verteidigte sie einen fast Fremden?

Elisabeth, die ihn beobachtete, lächelte. »Ist doch wahr, immer redet ihr von diesem sogenannten Amerikaner und tut so, als handele es sich um einen Exoten. Er gehört doch zur Familie. Und was will dieser Patrick nun von dir?«

»Er möchte Pferde von mir kaufen. Zwei Kutschpferde und eins zum Reiten. Und dann, deshalb habe ich gelacht, soll ich ihm ein Ehepaar schicken.«

»Ein Ehepaar?« Jetzt lachte auch Elisabeth, »was denn für ein Ehepaar?«

»Eines, das Haus und Stall für ihn versorgt. Stell dir vor, der Junge will einen eigenen Hausstand gründen. Das Haus hat er schon, nun braucht er Hilfe für den Stall, den Garten und die Wirtschaftsführung. Und das alles lieber heute als morgen. Und wenn einer schon soweit ist, dann steht auch eine Hochzeit ins Haus, denn wozu braucht ein Junggeselle eine so große Villa?«

Er sah nicht, dass Elisabeth ganz blass geworden war und fuhr fort. »Er schreibt, das er bei Viktoria ausgezogen ist, weil ihm der Weg in die Stadt zu weit war, und dass Jessica ihm das Haus besorgt habe. Er schreibt aber auch, dass er im Augenblick viel Ärger mit dem Aufbau einer eigenen Firma habe und deshalb nicht abkömmlich sei. Sonst – hör dir das einmal an – sonst käme ich persönlich nach Rodenhagen, denn neben den Pferden und dem Personal möchte ich auch eine Frau gewinnen, die fortan das Leben mit mir teilt.«

Thomas lachte laut. »Nun bitte ich dich, Lissi, wie kann er ausgerechnet hier eine Frau für's Leben finden?«

Er faltete den Briefbogen zusammen, steckte ihn in die Jackentasche und stand auf. »Da gibt es ein paar ältere Jungfrauen auf den Nachbargütern, der Landrat soll eine sehr hübsche Tochter haben und einer der Doktoren in Hagenow auch. Aber wenn ich an die süßen Geschöpfe denke, die Hamburgs Caféhäuser bevölkern oder über den Jungfernstieg flanieren, dann begreife ich nicht, wie ein weltgewandter Mann ausgerechnet hier auf Brautschau gehen kann. Der muss den Verstand verloren haben.«

Er sah zu seiner Tochter hinüber, die sich abgewandt hatte, und zuckte mit den Schultern. »Er fragt, ob er uns zu Weihnachten besuchen dürfe, bis dahin sei er mit den griesgrämigen Miesmachern im Rathaus fertig und bereit, um eine Frau zu werben; die Pferde aber brauche er schon jetzt.«

Er schüttelte den Kopf. »Komm mit auf die Weide, mein Mädchen, schauen wir mal, was wir ihm schicken können.«

Er hakte sich bei Elisabeth unter und nahm sie einfach mit. Die Kleine, sinnierte er, vergräbt sich viel zu oft in der Werkstatt, die muss auch mal auf andere Gedanken kommen.

»Was meinst du, schicken wir ihm Braune, Füchse oder Rappen?«

»Vater, woher soll ich das wissen. Die Hauptsache ist doch, dass er Pferde hat, die sich an den Großstadtverkehr gewöhnen und nicht vor jedem Automobil in Panik geraten.«

»Und dann das Kutscherehepaar, woher zum Teufel soll ich denn ein Kutscherehepaar nehmen?«

»Ich denke, wir fragen den Oberstallmeister. Der kennt die Pferde am besten und die Kutscher auch. Vielleicht gibt es sogar im Dorf junge Leute, die gern in die Stadt umsiedeln würden. Ich werde auch meine Frauen in der Werkstatt fragen.«

»Es müssen natürlich ehrliche und tüchtige Leute sein, welche, die hier aus der Gegend stammen und ihre Angehörigen hier haben. Das ist immer eine Garantie für Zuverlässigkeit.«

Elisabeth hatte sich wieder gefangen obwohl sie die Bemerkung über die Brautwerbung noch nicht vergessen hatte. Was ging sie überhaupt dieser Patrick an? Er hatte sich in Hamburg nie um sie gekümmert, sie nicht einmal bemerkt, warum sollte sie sich jetzt Gedanken über sein Leben machen? Wenn er hier Pferde kaufen, Dienstpersonal anwerben und auf Brautschau gehen will, dann ist das eine Sache, die mich überhaupt nichts angeht. Ich kann Vater beraten, aber nur, um ihm und nicht um diesem Patrick zu helfen, beschloss sie energisch.

Vor der Tür zum Stallmeisterbüro verabschiedete sie sich. »Ich muss wieder an die Arbeit, Vater. Du wirst schon die richtigen Pferde und die richtigen Leute finden.«

Thomas nickte. »Danke für deine Begleitung, Lissi. Übrigens, ich überlege, ob ich die Pferde nicht selbst nach

Hamburg begleite. Die Eisenbahn kann uns, wie bei anderen Verkäufen auch, einen Transportwagen zur Verfügung stellen, ein Knecht fährt mit ihnen im Waggon und ich mache eine gemütliche Reise im Salonwagen. Vielleicht kommt deine Mutter auch mit, sie könnte sich dann gleich von Christian verabschieden.«

»Er wird also die Reise antreten?«

»Ja, ich habe ihm gestern geschrieben, dass ich mich sehr für ihn freue. Vielleicht ist seine ständige Sehnsucht nach der weiten Welt dann gestillt und er wird ein fröhlicher Mensch hier auf dem Gut.«

»Davon solltest du Mutter überzeugen.«

»Ich arbeite daran, Lissi, drück mir die Daumen.«

»Mach ich, Vater.«

Sie ging über den Hof zu ihrem Haus. Eine Reise nach Hamburg, die wäre auch für mich schön, überlegte sie, aber sie ist leider unmöglich. Ich muss meine Aufträge abarbeiten, daran ändert auch ein Reisetraum nichts.

Pünktlich am nächsten Morgen stand ein Knecht mit der zweirädrigen Gig und mit Ryxleben, dem Fuchswallach, vor der Tür. Elisabeth half ihrer Tochter den Mantel zu schließen und band ihr die Schleife der Haube unter dem Kinn zusammen.

»Hast du alle Bücher und das Butterbrot für die Pause eingesteckt?«

»Alles, Mami. Kann ich schon raus gehen.«

»Ja, aber noch nicht einsteigen. Ich komme sofort nach.« Elisabeth nahm den Schuhhaken und verschloss die Ösen ihrer Stiefeletten, dann zog sie den Mantel an, befestigte ihren Hut an den aufgesteckten Haaren und ging nach draußen. Sie half der Kleinen in die Gig, stieg selbst ein und mit einem fröhlichen ›Auf geht's‹ setzte sich die kleine Kutsche in Bewegung. In flottem Trab ging es vom

Hof, dann durch die Lindenallee und schließlich auf dem Sandweg neben der gepflasterten Straße nach Rodenwalde zur Schule. Elisabeth liebte die Fahrten am frühen Morgen. Sie vertrieben die letzte Müdigkeit und waren zu jeder Jahreszeit und bei jedem Wetter schön.

Zwei Jahre noch musste Henriette an dem Unterricht in der einklassigen Dorfschule teilnehmen, dann hieß es auch für sie, die Mutter, sich von dem letzten der Kinder zu trennen, dann musste auch ihre Jüngste auf ein Internat. Manche Eltern auf den Gütern ließen ihre Kinder durch Hauslehrer unterrichten, aber davon hielt Elisabeth nichts. So schmerzlich die Trennung werden würde, die Kinder mussten soziales Verhalten üben, mussten lernen, sich ein- und unterzuordnen, zu teilen, Verantwortung für andere zu übernehmen und Hilfe zu leisten. Das alles konnten sie sich nur in der Gemeinschaft Gleichaltriger aneignen, und es war oft wichtiger als das Beherrschen fremder Sprachen und mathematischer Formeln. Elisabeth wusste um die Bedeutung, sie selbst hatte diese Erfahrungen im Internat gemacht, in das sie so ungern gegangen war, weil es bedeutete, sich für lange Wochen von den Eltern, den Geschwistern und dem Hof mit all den Leuten, Pferden und Hunden, zu trennen.

Ryxleben, froh aus der Box herauszukommen, legte ein flottes Tempo vor und wenige Minuten vor dem Schulbeginn hielt die Gig vor dem Tor. Henriette verabschiedete sich mit einem Küsschen, sprang hinunter und lief zu den anderen Kindern, die sich vor der Schultür in einer Zweierreihe aufstellten. Ein kurzes Winken noch, dann gingen die Kinder ins Haus und Elisabeth fuhr weiter. Auf dem Rückweg nahm sie täglich zwei Frauen mit, die den ganzen Tag in ihrer Paramentenwerkstatt arbeiteten. Die meisten anderen kamen erst mittags, weil sie den eigenen Haushalt besorgen mussten.

Elftes Kapitel

Viktoria war überaus zufrieden. Alle ihre Pläne entwickelten sich vorteilhaft und der Reise stand nichts mehr im Wege. Anfang Dezember würde die ›Swan-Fairy‹ in See stechen und dann erfüllte sich ihr Kindheitstraum.

Natürlich, ohne Schwierigkeiten war das nicht gegangen und die meisten hatten ihre Kinder gemacht. Sie wollten ihr die Reise ausreden und schließlich ganz einfach verbieten.

»Eine Dame kann nicht allein um die Welt reisen«, hatten sie erklärt.

»Du bist zwar eine fortschrittliche Frau, aber auch für dich gibt es Regeln, an die du dich halten musst.«

Sie hatten auf Gefahren hingewiesen: »Stell dir die Stürme vor, die da draußen herrschen.«

»Dein Schiff könnte einen Mastbruch haben oder der Dampfkessel explodiert.«

»Denk an die Piraten, die überall unterwegs sind, und dann die Männer, mit denen du wochenlang allein auf dem Schiff bist, Matrosen, Mutter, mit denen ist nicht zu spaßen, wenn sie etwas getrunken haben.«

»Erinnere dich doch nur daran, wie unsere Großeltern umgekommen sind. Sie sind mit einem ganz sicheren Schiff gereist und dann ist es kurz vor der amerikanischen Küste gesunken.«

Viktoria hatte sie ausreden lassen, und dann einen Einwand nach dem anderen widerlegt.

»Auf dem Schiff der Großeltern sind Auswanderer im Zwischendeck mitgereist. Vor der Landung musste das

Deck desinfiziert werden, das war Vorschrift, und die Matrosen machten das mit glühendem Teer, dadurch kam es zum Feuer und das Schiff ist brennend gesunken. Und die Stürme? Mein Gott, auch hier gibt es Stürme, und wenn ein Baum auf meine Kutsche fällt, bleibt von mir auch nichts übrig. Und dass gleichzeitig ein Mast bricht und ein Dampfkessel in die Luft fliegt, glaube ich nicht. Unsere Schiffe sind die sichersten der Welt und noch immer heil wiedergekommen. Außerdem ist die ›Swan-Fairy‹ ein Viermaster mit dem Dampfkessel und dem Schornstein mitschiffs, da wird ja wohl im schlimmsten Fall ein Mast übrigbleiben. Und dann die Piraten, auch in einer Stadt wie Hamburg kann man überfallen und ausgeraubt werden, erst vor wenigen Tagen habe ich einen solchen Bericht in der Zeitung gelesen. Nun ja, und was die Matrosen betrifft – ihr vergesst, dass ich ein Leben lang mit Schiffsbesatzungen zu tun hatte. Die Männer arbeiten für mich, sie bekommen ihre Heuer von mir, sie werden sich hüten, mich zu belästigen. Ich fahre mit meinem Schiff, mit meinen Leuten, in meiner Kabine, was wollt ihr eigentlich?«

»Wir wollen, dass du hier bleibst. Mein Schiff, meine Besatzung, meine Kabine – Mutter, du irrst dich, es ist unser Schiff, unsere Besatzung und unsere Kabine. Wir verbieten dir die Reise und wir werden dafür sorgen, dass keines unserer Schiffe dich an Bord nimmt.«

Sprachlos hatte sie ihre Söhne angesehen. Was erlaubten die sich. Natürlich, sie hatten keine Ahnung davon, wie es ist, wenn man alt wird, wenn alle Träume wie Tränen im Sande verlaufen. Sie konnten sich nicht vorstellen wie es ist, wenn der Kopf so voller Pläne ist und der Körper streikt, wenn nur noch der Platz am Fenster bleibt und die Sehnsucht dieses letzte bisschen Leben festzuhalten, zu genießen, anzufüllen mit allem, was das Leben einem alten Menschen noch schenkt. Sie würde ihre Traumreise machen und keiner würde sie daran hindern.

Wütend, weil die Kinder sie so in die Enge trieben, hatte sie mit der Hand auf den Tisch geschlagen und erklärt: »Ich habe euch die Firmen übergeben, ich habe euch zu dem gemacht, was ihr heute seid, aber ich habe mich nie ausgeklammert aus den Unternehmen, die alle meinen Namen tragen. Ich bin bereit, mich zurückzuziehen, aber diese Reise mache ich noch. Sie wird trotz aller Träumerei eine Kontrollreise, eine Besichtigungsreise zu allen überseeischen Firmen und Geschäften sein, die ich gegründet und gefördert habe. Eine Dienstreise sozusagen, meine letzte Aktivität in meiner Firma und die wird mir kein Mensch streitig machen.«

Und sie hatte noch einen Trumpf in der Hand, den sie jetzt ausspielen würde.

»Und wenn ihr denkt, eine Weltreise schickt sich nicht für eine alleinstehende Frau, dann kann ich euch beruhigen. Ich reise nicht allein. Ich habe einen kompetenten, vertrauenswürdigen und ehrbaren Begleiter. Euer Cousin Christian aus Rodenhagen wird mit mir fahren. Er macht die Reise als mein Gesellschafter und als mein Gast mit. Er wird die Kabine neben der meinen bewohnen und mich betreuen. Und außerdem, ob es euch nun passt oder nicht: Ich reise als Eigentümerin auf einem Schiff der Reederei Stelling, auf meinem eigenen Schiff, denn die ›Swan-Fairy‹ gehört mir genauso wie euch, ganz unabhängig davon, wie die Kompetenzen inzwischen verteilt sind.«

Jetzt waren es ihre Kinder, die sie sprachlos anschauten, denn lange waren die Zeiten vorbei, in denen Viktoria so energisch mit ihnen gesprochen und auf ihren Rechten beharrt hatte. Fast hatten sie vergessen, wie entschlossen und unbeirrbar hart diese Mutter sein konnte.

Viktoria lächelte im Geheimen, als sie die Ratlosigkeit in den Augen der Söhne und Töchter erkannte. Es wird höchste Zeit, dass sie noch einmal merken, wer die Prinzipalin in dieser Firma und in dieser Familie ist, dachte sie, mit siebzig gehört man nicht unbedingt zum alten Eisen.

Schließlich nickten sie, einer nach dem anderen.

»Wenn das so ist –«,

»wenn der Christian mitreist –«,

»wenn es nun mal dein Herzenswunsch ist –«.

Na endlich dachte sie, warum nicht gleich ein rücksichtsvolles, friedliches Gespräch?

Sie breitete Atlanten und die Karten mit den Schifffahrtsrouten, die Christian ihr besorgt hatte, auf dem Tisch aus und zeigte auf die rotmarkierten Linien. »Das Schiff bringt zunächst eine Ladung Getreide nach Neapel und Salz nach Aden. Auf dem Weg von Yemen nach Ceylon werden die Laderäume gründlich gereinigt, denn in Colombo laden wir Tee für Boston und Tee ist die empfindlichste Fracht, die man sich denken kann. Aber das wisst ihr besser als ich. In Brasilien will ich mir die Geschäfte mit Schiffszubehör und unsere neuen Segelmachereien ansehen, die Kapitän Habermann und sein Sohn aufgebaut und geführt haben. Dort muss ich auch einen neuen Direktor einstellen. Außerdem laden wir in Sáo Paulo Kaffee und in Recife Zuckerrohrmelasse. Dann geht es nach Boston, wo der Tee erwartet wird und wo wir Baumwolle aufnehmen, die für London bestimmt ist. Den Kaffee bringen wir nach Bremen und das Zuckerrohr für die Rum-Destillation nach Hamburg.«

Aufmerksam hatten Alexander und Christopher, Julia und Jessica die Reiseroute auf den Karten verfolgt und Viktorias Beschreibungen gelauscht.

»Das ist tatsächlich eine Weltreise, Mutter. Und wann bist du zurück?«, wollte Julia wissen.

»Irgendwann im Frühsommer.« Viktoria hob die Schultern: »Der Weg um Südamerika herum ist eben sehr lang. Aber wir umrunden den Erdteil, wenn dort Sommer ist, es wird also keine Probleme mit Winterstürmen am Kap Hoorn geben.«

»Hast du schon mit Kapitän Schuster gesprochen?«

»Nein, Christopher. So eigenmächtig wollte ich nicht handeln. Ich habe mir nur allgemeine Informationen besorgt und möchte, dass du mich begleitest. Du bist der Chef der Reederei Stelling und es ist angebracht, dass du den Kapitän in Kenntnis setzt.«

Julia und Jessica sahen sich an und nickten sich zu. »Wir würden gern die Kabine für dich einrichten. Du bist schließlich kein Handlungsreisender auf Einkaufstour. Wenn du diese Reise machen willst, dann soll sie auch so schön und angenehm wie möglich werden. Liegt die ›Swan-Fairy‹ schon im Hafen?« Jessica sah Christopher an.

»Sie ist seit vier Tagen hier. Ich hoffe, ihr plant keine Umbauten, so viel Zeit haben wir nicht. Das Schiff muss arbeiten, und wenn der Kessel gereinigt und die Inspektion abgeschlossen ist, wird sie Ladung aufnehmen und in See stechen. Das sind Terminfrachten, da muss ein Auftrag in den nächsten übergreifen.«

Viktoria winkte ab. »Ich habe keine Sonderwünsche. Sorgt dafür, dass ich ein bequemes Bett und einen angenehmen Sessel habe, mehr brauche ich nicht.«

Die Töchter entfernten sich und überlegten, womit sie die Kabine wohnlich einrichten könnten. Viktoria hörte, wie sie über Teppiche und Kissen, Bücher, Bilder und Nippes redeten. Lachend rief sie ihnen nach: »Denkt daran, alles muss festgeschraubt werden, nicht, dass mir bei Seegang die Bilder und die Bücher und kleine Porzellanfigürchen um die Ohren fliegen.«

Dann wandte sie sich ihren Söhnen zu und sagte leise: »Ich hoffe, dass ich Christian für die Geschäftsführung in Brasilien gewinnen kann. Das bleibt aber noch unser Geheimnis. Wenn seine Eltern von diesem Plan wüssten, würden sie alles tun, ihn hier zu behalten. Vor allem seine Mutter würde ihn nie gehen lassen.«

»Und wie willst du das machen?«

»Ich werde mich mit ihm unterhalten, wenn wir Europa hinter uns gelassen haben. Ich werde ihm von den interessanten Aufgaben berichten und von der Selbstständigkeit, mit der er arbeiten kann.«

»Und du meinst, er schafft das?«

»Ja. Er ist ein sehr intelligenter junger Mann. Ich habe ihn in den vergangenen Tagen oft beobachtet. Und ich werde ganz langsam während der Reise dazu übergehen, ihn zu unterrichten, einzuführen, ich werde ihm Aufgaben geben, die er lösen muss, und er wird Sprachunterricht bekommen, wenn er zugestimmt hat. Ein Schiffsoffizier ist Portugiese – danach habe ich mich diskret erkundigt – er wird ihn unterrichten.«

»Du hast wohl an alles gedacht, Mutter?«

»Ich habe euch doch gesagt, die Traumreise wird eine Dienstfahrt. Ich bitte euch nur, mit keinem Menschen über diesen Plan zu sprechen.«

»Selbstverständlich. Und du glaubst, Christian macht mit?«

»Der junge Mann besteht nur aus Sehnsucht nach der weiten Welt. Und wenn er gute Arbeit in Brasilien leistet, das müsst ihr dann überprüfen, kann er doch hin und wieder nach Europa kommen und seine Familie besuchen.«

»Das stimmt.« Christopher fragte, ob er rauchen dürfe und steckte sich ein Zigarillo an, während Alexander Gläser aus der Vitrine und den Cognac aus dem antiken Fassadenschrank holte, den seine Mutter zu einer Zimmerbar umfunktioniert hatte. »Ich denke, wir haben jetzt einen Schluck verdient.« Und zu den Schwestern gewandt: »Was wollt ihr trinken?«

»Sherry, wenn welcher da ist. Und worauf trinken wir?«

»Auf Mutters Reise natürlich und dass all ihre Wünsche unterwegs in Erfüllung gehen.«

Ja, Viktoria war überaus zufrieden mit diesem Gespräch. Inzwischen waren ihre Söhne und Töchter nach Hamburg zurückgefahren, die Jungen in die Kontorhäuser, die Mädchen in ihre Büros und sie konnte endlich mit den Vorbereitungen anfangen. Heute Nachmittag würde sie mit Christian die Einzelheiten besprechen und morgen, wenn er seinen Vater traf, würde sie zum Einkaufen in die Stadt fahren. Schließlich brauchte sie für den Aufenthalt in den Tropen geeignete Kleidung. Brendler in der Großen Johannisstraße konnte sie beraten.

Zur gleichen Zeit saß Thomas in der Eisenbahn auf dem Weg nach Hamburg. Er hatte sich diesmal einen Aufenthalt in dem Restaurant-Waggon gegönnt und genoss den Blick auf die vorbeifliegende Landschaft, während ihm auf dem Tisch ein gut gezapftes Bier und ein reichlich belegtes Schinkenbrot serviert wurden.

Er war mit der Abwicklung der kleinen Reise sehr zufrieden. In Brahlstorf stand ein Transportwagen für die Pferde bereit, der an den Personenzug von Berlin nach Hamburg angekoppelt wurde, und nach nur wenigen Minuten konnte die Fahrt fortgesetzt werden. Mit den Pferden im Transporter fuhr Wilhelm, ein zuverlässiger Stallknecht, der in Hamburg Patricks Pferde betreuen würde, bis ein Kutscherehepaar gefunden wurde.

Thomas hatte zwei schöne braune Passer ausgesucht, zwei Pferde, die wie Zwillinge zusammenpassten, obwohl ›Carina‹ eine Stute und ›Chianti‹ ein Wallach waren. Sogar

Elisabeth war mit seiner Wahl zufrieden. Sie, deren Art es sonst gar nicht war, sich um Pferde zu kümmern, hatte diesmal erstaunliches Interesse gezeigt. Die beiden Braunen waren vier Jahre alt, gut eingefahren und würden wohl auch dem Hamburger Verkehr gewachsen sein. Für Patrick selbst hatte er einen Moritzburger Hengst ausgewählt, von dem er sich nur ungern trennte, weil er ein besonders schöner, gut proportionierter Goldfuchs war. Da Wotan aber in der Zucht nicht den erwünschten Erfolg brachte, war er im Gestüt entbehrlich.

In Hamburg erwartete Patrick die Reisenden und die Pferde am Verladebahnhof, wo der Waggon vom Zug abgekoppelt und auf ein Nebengleis gerollt wurde. Patrick war in einer Mietkutsche gekommen, um sie in Empfang zu nehmen. Eine eigene Kutsche wollte er im Beisein von Thomas kaufen, denn sie musste von Größe und Gewicht her zu den Pferden passen. Während der Knecht den Hengst ritt und die Wagenpferde am Zügel führte, fuhren Thomas und Patrick mit der Kutsche vornweg, um den Weg zu zeigen. Patrick war begeistert von den Tieren, die Thomas ihm mitgebracht hatte, und als er hörte, dass die im Geheimen angebetete Elisabeth bei der Auswahl mitgeholfen hatte, fiel es ihm schwer, sich dem Onkel gegenüber nicht zu offenbaren. Aber er hatte beschlossen, erst dann um diese wunderschöne Frau zu werben, wenn seine berufliche Zukunft gesichert sei und die war im Augenblick alles andere als sicher.

Thomas war sehr angetan von dem schönen Haus in dem großen Garten und von der Unterbringung seiner Pferde. Jedes Tier hatte eine große Box und die Kutscherwohnung über dem Stall, zur Zeit zwar nur notdürftig für den Knecht eingerichtet, war richtig komfortabel. Die Einladung von Patrick, bei ihm zu wohnen, lehnte Thomas aber ab. Er hatte Zimmer im »Hamburger Hof« reservieren lassen und wollte vor allem soviel Zeit wie möglich mit seinem Sohn verbringen, für den er ein zweites Zimmer bestellt hatte. Mit dem Scheck von Patrick, den er für seine Pferde bekam, konnte er sich das teure Hotel durchaus leisten und seinem Sohn ein großzügiges Taschengeld für die Seereise mitgeben. Der Junge soll nicht nur vom Geld seiner Tante abhängig sein, hatte er beschlossen. Er soll sich Andenken und Geschenke leisten können, wenn er durch die exotischen Städte streift, die das Schiff anlaufen wird.

Der erste Abend in Hamburg aber gehörte Patrick. Der hatte ihn um eine Aussprache gebeten und zum Essen in ein kleines Restaurant eingeladen, in dem sie ungestört reden konnten.

Thomas wunderte sich zwar, dass Patrick ausgerechnet ihn als Gesprächspartner suchte, schließlich hatte er keine Ahnung von dem Leben seines Neffen hier in der Großstadt und von seinen Zukunftsplänen, vielleicht aber war gerade das der Grund?

Thomas irrte sich nicht. Kaum hatten sie in der ›Klause‹ Platz genommen und das Essen bestellt, als Patrick sagte: »Ich brauche den Rat eines Mannes, dem ich vertrauen kann, der sich nicht plötzlich als Konkurrent erweist und mir meine Ideen wegnimmt.«

»Aber ich bin eine absolute Landratte, wie du weißt. Ich werde dir kaum mit brauchbaren Ratschlägen helfen können«, erwiderte Thomas erschrocken.

»Du bist ein geborener Hamburger, du bist hier aufgewachsen und hast bei deinem Vater gelernt. Ich brauche keine praktischen Ratschläge im Schiffsbau, ich brauche deine Hilfe, um die Mentalität der Hanseaten zu verstehen«, sagte Patrick hilflos.

»Hanseaten sind korrekte und redliche Kaufleute, die stolz auf ihre Ehrbarkeit sind und keine Unmoral dulden.

Sie sind die Herren der Stadt, du hast dich hoffentlich nicht mit ihnen angelegt.«

»Ich weiß es ehrlich gesagt nicht. Bewusst habe ich jedenfalls keine Fehler gemacht.«

»Also, was hast du vor und wo liegen die Schwierigkeiten?«

»Man behandelt mich als Exoten, als Ausländer, dem keine Rechte eingeräumt werden. Ich habe mich in die Bürgerlisten eingetragen, wie es sich gehört, und ich habe reichlich Spendengelder für karitative Zwecke fließen lassen, auch das gehört sich so, wurde mir gesagt. Trotzdem werde ich nicht anerkannt. Ich habe keine Rechte, man macht mir Schwierigkeiten, wo immer es geht. Lebensbedrohende Schwierigkeiten, Thomas.«?

»Wie sehen deine Pläne aus? Vielleicht liegt es daran, dass ein einflussreicher Mann große Konkurrenz befürchtet.«

»Ich baue eine Werft, das ist doch in einer Hafenstadt nichts Außergewöhnliches. Ich habe ein abgelegenes Grundstück erworben, das bis jetzt keiner haben wollte, und ich habe es ohne zu feilschen und zu handeln sofort bezahlt.«

»Und was für Schiffe willst du bauen? Vielleicht sieht man darin eine Konkurrenz?«

»Das ist es ja, was ich nicht verstehe. Kein Mensch außer meiner Mutter und seit gestern Jessica weiß, was ich bauen will. Wie kann man etwas ablehnen, was man gar nicht kennt?«

»Wie sehen denn die Schwierigkeiten aus, die man dir macht?«

»Ein anderer will plötzlich das Grundstück haben, der Makler wollte mir den Scheck zurückgeben, er bedrängte mich regelrecht, das Geld zurückzunehmen. Aber ich bin nicht darauf eingegangen. Dann hat man den Weg, der zum Grundstück führt, zerstört. Der Kutscher, der mich hinbringen sollte, hatte einen schweren Unfall, als wir nichtsahnend diesen Weg benutzten. Er liegt im Krankenhaus, ich bin herausgeflogen, die Kutsche ist kaputt, nur die Pferde sind mit dem Schrecken davon gekommen.«

»Wie ist das passiert?«

»Ich wollte zu meinem Gelände und Vermessungen vornehmen und fuhr mit einer Droschke hinaus. Ein gerader, wenn auch nicht sehr guter Weg, aber man konnte in flottem Trab fahren. Plötzlich und ohne dass man es vorher sehen konnte, zog sich ein breiter, ein Meter tiefer Graben quer über den Weg. Die Pferde sprangen hinüber, die Kutsche krachte in den Graben, der Kutscher wurde eingeklemmt und ich flog in weitem Bogen heraus.«

»Um Gottes willen, du hättest dir das Genick brechen können.«

»Vielleicht wollte man genau das. Ich versuchte den Mann herauszuziehen, aber allein konnte ich es nicht. Ich rannte zur Hauptstraße zurück, um Hilfe zu holen, und anschließend fuhr ich mit ihm in einem Rettungswagen ins Hospital. Um die Pferde kümmerten sich andere Leute. Später bin ich mit einer zweiten Droschke wieder hinaus gefahren. Im Schritttempo diesmal, das kann ich dir sagen. Und dann habe ich festgestellt, dass der gesamte Weg bis hin zu meinem Gelände von acht solchen Gräben durchzogen ist. Der Weg ist unpassierbar, ich muss ein Vermögen investieren, wenn ich ihn befahrbar machen will.«

»Meine Güte, wer zieht denn in einem abgelegenen Gelände sinnlose Gräben durch einen Weg?«

»Ich habe ein paar Leute gefragt, die in der Nähe in einer Kate leben. Sie sagten mir, dass Arbeiter die ganze Nacht hindurch diese Gräben ausgehoben und erklärt hätten, das Gelände solle entwässert werden, damit das Brackwasser angrenzender Grundstücke in die Bucht abfließen könne.«

»Das hört sich nach Intrige an, kann aber durchaus auch einen reellen Grund haben. Und weiter?«

»Ich bin zum Straßenbauamt gegangen und habe mich beschwert. Man hätte mich vor dem Kauf des Grundstückes darauf hinweisen müssen, dass es für Fuhrwerke nicht erreichbar sei. Aber der Mensch hinter seinem Schreibtisch zuckte mit den Schultern und meinte, der Makler hätte das wohl vergessen zu sagen. Vielleicht habe er aber auch Angst gehabt, das Gelände dann nicht verkaufen zu können.«

»Da hat man dich ja hereingelegt! Und nun?«

»Die Geschichte hat noch eine Fortsetzung. Anschließend bin ich zum Makler gegangen und wollte mein Geld zurück haben, ich brauche kein Grundstück, das man nicht erreichen kann, aber nun wollte er das Land nicht mehr. Ein Gebiet, das nicht erreichbar sei, könne auch er nicht gebrauchen. Und von der Entwässerung habe er noch nie etwas gehört. Ich solle mich an den Industriellen Frank Hohlemann wenden, der sei doch ganz wild auf das Land.«

»Wer ist das?«

»Ein bekannter Hamburger Industrieller, der schon beim Verkauf das Grundstück haben wollte und mich mit übelsten Flüchen bedachte, weil ich schneller war als er. Und gerade das macht mich stutzig, denn, wenn dieser Hohlemann seine Hand im Spiel hat, dann behalte ich das Grundstück und wenn ich eine Umgehungsstraße bauen müsste. Dann hat das ganze Gelände einen Wert, von dem ich nichts ahne, der aber andere zu jedem Mittel greifen lässt, um es zu bekommen.«

»Bis hin zum Mord.«

»Bis hin zum Mord«, bestätigte Patrick.

»Ich gebe dir Recht, da steckt mehr dahinter, als wir ahnen. Morgen fahren wir dorthin und ich sehe mir das Gelände an. Und bring die Karte mit, auf der das Gebiet eingezeichnet ist.«

»Danke, Thomas, dass du ›wir‹ gesagt hast, ich hatte so sehr auf deine Hilfe gehofft.«

»Aber du verrätst auch mir nicht, was du auf der Werft bauen willst.«

»Doch, dir vertraue ich, aber die Männer der Familie Brennicke wären neugierig auf meine Idee, deshalb halte ich ihnen gegenüber meinen Mund, bis alles hieb- und stichfest ist. Ich baue die größten Bagger, die es gibt, um die Elbe und den Hafen vor der Versandung zu schützen.«

»Donnerwetter. Ich werde schweigen wie ein Grab, aber ich gratuliere dir, das ist eine großartige Idee.«

Die beiden Männer saßen noch lange zusammen. Sie hatten ihr Essen genossen, Rotwein zu den Wildgerichten getrunken und geredet. Patrick hatte von dem Hauskauf berichtet und Thomas erzählte von Rodenhagen. Patrick unterbrach ihn nicht, er war begierig, alles über das Leben auf dem Gut zu erfahren und Einblicke in das Leben der Elisabeth Landau zu bekommen. Es ging schon auf Mitternacht zu, als sie beschlossen, sich am nächsten Nachmittag zum Kutschenkauf und zur Fahrt an die Billwerder Bucht zu treffen.«

»Wo willst du die Kutsche kaufen?«

»Wir haben einen hervorragenden Fahrzeug-Stellmacher in Wandsbek und ein Sattler für passendes Geschirr und Sattelzeug ist gleich neben an. Viktoria hat sie beide empfohlen. Die Werkstätten gibt es seit Generationen und Viktorias Urteil kann man trauen.«

Nachdem der Wirt eine Droschke herangerufen hatte, ging es durch die kaum noch beleuchteten Straßen zum Jungfernstieg, und als sich Thomas verabschiedet hatte, fuhr Patrick allein weiter in die Heilwigstraße. Ich werde den Vormittag nutzen, um alles über diesen Frank Hohlemann zu erfahren. Der wird mir mein Leben hier in Hamburg nicht durchkreuzen, dachte er, gab dem Kutscher ein reichliches Entgeld und ging in sein Haus. Im Stall war alles ruhig und auch in der Wohnung darüber brannte kein Licht mehr. Obwohl es ihn lockte, die Pferde noch einmal zu sehen, ihren warmen Geruch zu atmen und über die seidigen Felle zu streichen, verzichtete er darauf. Die Tiere hatten einen anstrengenden Transport hinter sich, sie sollten jetzt ihre Ruhe haben.

Zwölftes Kapitel

Patrick bemühte sich, Auskunft über den Unternehmer Frank Hohlemann zu bekommen. Er versuchte es bei der Handelskammer, beim Gewerbe- und Industrieverband und bei der Hafenmeisterei, bei der alle Hafenerweiterungen registriert wurden und die auch den Kauf seines Geländes an der Billwerder Bucht genehmigt hatte. Als er die Besuche und die damit verbundenen Gespräche hinter sich hatte, wusste Patrick lediglich, dass Frank Hohlemann aus dem Rheinland zugezogen war, aber weder mit Handelsgeschäften, noch mit der Hamburger Hafenerweiterung etwas zu tun hatte. Er hatte sich weder in die Bürgerlisten eingetragen, noch Spendengelder gestiftet, galt aber als sehr wohlhabend und bewohnte mit seiner Familie eine feudale Villa am Ufer der Alster im Schwanenwik.

Man riet Patrick, sich mit Industrieverbänden im Umland in Verbindung zu setzen, denn es sei durchaus möglich, dass Unternehmer in Hamburg wohnten, die ihre Firmen außerhalb der Stadtgrenzen betrieben. Erfolg hatte er schließlich bei einem Telefongespräch mit der Zeitung ›Harburger Anzeigen‹, denen der Name Hohlemann durch seine Verkaufsanzeigen vertraut war. Auf die Frage eines Mitarbeiters, wozu er Auskünfte brauche, sagte Patrick: »Ich bin an seinen Waren interessiert. Sie müssen verstehen, dass ich mehr über die Firma erfahren möchte, bevor ich Bestellungen aufgebe. Und da Sie seine Inserate veröffentlichen, scheint mir eine Auskunft über Ihre Zeitung am kompetentesten.«

Der Redakteur gab sich mit der Antwort zufrieden und beteuerte geschmeichelt: »Herr Hohlemann ist ein bekannter Fabrikant und Arbeitgeber. In seinem Werk beschäftigt er mehr als eintausend Arbeiter, da können Sie sich vorstellen, wie bedeutend er für unsere Stadt ist.«

»Das freut mich für Sie und die Harburger Bevölkerung. Wenn Sie mir jetzt noch sagen, was speziell seine Fabrikate sind, kann ich meine Bestellungen beruhigt aufgeben.«

Sein Gesprächspartner am anderen Ende der Leitung war sichtlich angetan von der Bedeutung, die ihm hier zugemessen wurde und erklärte: »Herr Hohlemann fabriziert die besten Waggonräder hier im Norden. Seine Stahlräder werden von der Eisenbahn und von den elektrischen Straßenbahnen gekauft. Die große Waggonfabrik Langenstein in Hamburg hat bis zu ihrer Schließung den ganzen Bestand bei Hohlemann gekauft. Jetzt sucht er andere Kunden.«

Patrick bedankte sich höflich und hängte Sprechapparat und Hörer an die Wand. Waggonräder, überlegte er, warum um alles in der Welt will er mein Grundstück? Es gibt doch genug Gelände, um Stahlräder zu verschiffen, wenn er das vorhat. Die kann er direkt vom Harburger Hafen aus verladen, die muss er doch nicht erst über die Elbe transportieren, wenn er sie verkaufen will. Ich muss mit Thomas darüber reden, vielleicht weiß der eine Lösung.

Unbefriedigt von dem kümmerlichen Erfolg seiner Recherchen kleidete Patrick sich an, nahm einen frischen Kragen aus der Schatulle, die der Wäschebote zusammen mit gewaschenen und gebügelten Hemden am Morgen gebracht hatte, band die Schleife unter dem Bund zusammen und zog Reithose, Stiefel und das Reitjackett an. Dann nahm er seine Geldbörse, die Schlüssel, seine Papiere und die Stadtkarten, die Thomas sehen wollte, streifte den Reitermantel über und ging ins Kutscherhaus. Der Knecht hatte die Pferde geputzt und den Hengst mit dem alten Sattel, den Viktoria ihm als Notbehelf zur Verfügung gestellt hatte, vorgeführt. Sie wollten zusammen zur Stellmacherei in Wandsbek reiten, wo Patrick mit Thomas verabredet war. Während er auf seinem nervös tänzelnden Pferd saß, musste der Knecht, nur mit einer Decke auf dem Rücken von Carina, hinterherreiten und Chianti am Zügel führen. Die Pferde sollten ihre Geschirre in der Sattlerei angepasst bekommen, bevor sie eine neue Kutsche zurück in die Heilwegstraße zogen. Thomas wollte auf einem Mietpferd in die Werkstatt kommen, damit sie später zum Gelände an der Billwerder Bucht reiten konnten.

Beide Männer waren sehr angetan von der Auswahl an Kutschen und fanden bald ein geeignetes Gefährt, das auch zu der Größe der Pferde gut passte. Patrick entschied sich für einen Jagdwagen, der, was nur in Ausnahmefällen üblich war, ein Verdeck hatte. Aber in Anbetracht des Hamburger Wetters war so ein Verdeck unerlässlich. Länger dauerte das Anpassen von Sattel und Geschirren, und als man Trense, Decke und Sattel für Wotan gefunden hatte, überließ man das Ausmessen der Geschirre dem Sattler und die beiden Männer ritten nach Rothenburgsort. Der Stellmacher versprach, dem Knecht einen Gehilfen mitzugeben, damit der in der großen Stadt den Heimweg fand.

Die Reiter bewegten sich in einem gemächlichen Tempo, zum einen, weil sie den Weg nicht kannten, zum anderen, weil Wotan unruhig war und erst an den Hamburger Verkehr, an das Gewimmel auf den Straßen und das Gedränge an den Kreuzungen gewöhnt werden musste.

Klingelnde elektrische Bahnen, Pferdebusse mit lautem Peitschengeknall, hupende Automobile und kreuz und quer fahrende Radfahrer machten die eng bewohnte Gegend unsicher. Dazwischen rannten Kinder und Hunde umher, Frauen unterhielten sich mitten auf der Straße,

Händler mit Umhängetischen boten lautstark ihre Waren an und Handwerker saßen vor ihren Werkstätten und hielten ihre Produkte feil. Es war ein dicht bevölkertes Gebiet mit großen klinkerroten Häusern, mit Fabriken, Geschäften und mit Menschen, denen die Armut von weitem anzusehen war. Patrick, der zum ersten Mal in dieser Gegend war, fühlte sich an New York erinnert, wo es auch diese Stadtviertel gab und wo es Elend in jedem Hause gab.

Als sie schließlich in eine weniger eng besiedelte Gegend kamen, konnten sich sich unterhalten. Thomas erzählte von seinem Gespräch mit Christian, Patrick berichtete von seinen fast erfolglosen Recherchen am Vormittag. Schließlich erreichten sie offenes, von kleinen Bächen oder Kanälen durchzogenes verwildertes Land, sahen in der Ferne ein paar Felder mit Gemüse und Blumen und schließlich, wenn auch noch weit entfernt die Elbe, Hafenbecken und eine Schafherde, die auf einem Deich weidete.

Thomas beobachtete im Stillen seinen Begleiter. Wie er das Pferd behandelte, wie er im Sattel saß, mit ruhigen Händen die Zügel hielt und leise auf den Hengst einsprach, wenn der nervös wurde, das gefiel ihm sehr. Auch sonst machte der junge Mann einen guten Eindruck. Er wirkte stolz, selbstbewusst und zielsicher, zuverlässig und ernsthaft. Und er sah gut aus. Selten hatte Thomas einen Mann gesehen, an dem alles zusammenpasste: die große schlanke Figur, die gerade Haltung, der hocherhobene Kopf, das schmale Gesicht mit der geraden Nase und dem energischen Mund. Der bringt es noch weit, dachte Thomas, der hat eine glänzende Zukunft vor sich. Und dann dachte er an den Brief, den er erhalten hatte: Und ausgerechnet dieser Mann will sich bei uns auf dem Lande eine Frau suchen, wie ist er nur auf diese Idee gekommen? Aber Thomas beschloss, ihn nicht danach zu fragen. Er wollte sich nicht in die Intimsphäre eines fast fremden Mannes drängen. Dann hatten sie die Gegend erreicht, in der Patricks Grundstück lag. Nicht weit weg sah man die Billwerder Bucht. Ein paar Katen im verwilderten Land, ein paar Ziegen, die wie jeden Tag am Unkraut knabberten, zwei Bauern, die in der Ferne pflügten und am Horizont die Kirchtürme der Stadt. Die Reiter verließen die Hauptstraße und bogen auf den ungepflasterten Weg ein. Ein paar Reiher stießen mit empörten Schreien in die Luft. Über den pflügenden Bauern kreisten Scharen von Krähen. Über dem Wasser tummelten sich silbergraue Möwen. Thomas wollte sein Pferd zu einem kleinen Galopp anspornen, der Weg war so verlockend nach dem Gedränge in den verkehrsreichen Straßen, aber Patrick hielt ihn zurück. »Lass das, Thomas, du siehst die Gräben nicht früh genug«, warnte er und so ritten sie im Schritt weiter. Als sie drei Gräben umrundet und festgestellt hatten, dass weder mit einer Kutsche noch mit einem schweren Fuhrwerk hier durchzukommen war, zeigte Patrick nach vorn. »Diese Sträucher dort drüben markieren den Anfang meines Geländes und es reicht bis zu den verkrüppelten Bäumen da hinten.« Thomas spürte, mit welchem Stolz Patrick über sein Grundstück sprach, aber er verstand ihn nicht.

»So ein abgelegenes Land, warum willst du ausgerechnet diese Wildnis haben?«, fragte er nüchtern.

»Schau nach rechts, Thomas, forderte ihn Patrick lachend auf.

»Ja, ich sehe, und was willst du damit sagen?«

»Ich baue eine Werft und ich brauche Wasser. Mein Land reicht bis an die Bucht und die hat direkten Zugang zur Elbe«, der kleine Triumph in den Worten blieb dem Älteren nicht verborgen.

»Ja, natürlich, aber ich habe dich gleich gewarnt, ich bin eine richtige Landratte. Klar, dass ein Schiffsbauer auch Wasser braucht.«

»Aber wir wissen immer noch nicht, weshalb dieser Hohlemann das Grundstück haben will, er verarbeitet Stahl in Harburg.«

»Zeig mir bitte die Karte.« Die Männer stiegen ab und während Thomas die Karte auseinanderfaltete, hielt Patrick die Pferde. Thomas brauchte einen Augenblick, bis er die Karte in die richtige Richtung gebracht und das eingezeichnete Gelände von Patrick gefunden hatte. Eine Weile verglich er die Zeichnung mit dem Geländepanorama, drehte sich um, verglich beides aus einer anderen Perspektive, sah wieder Patrick an, nickte und sagte schließlich: »Ich weiß, weshalb er so scharf auf das Grundstück ist. Ein paar hundert Meter von hier entfernt wird ein neuer Verladebahnhof für Güterwagen gebaut. Hier ist die Stelle durch gestrichelte Linien eingezeichnet und gleich dahinter ist die Bahnstrecke nach Berlin.« Er hielt Patrick die Karte hin. »So wie du Wasser für die Schiffe brauchst, braucht der Hohlemann Eisenbahnstrecken für den Verkauf seiner Räder. Ist doch klar, bis hierher bringt er sie mit Hafenschuten, und von hier aus ist es ein Katzensprung zum Verladebahnhof.« Patrick sah ihn sprachlos an. »Dass du das herausgefunden hast. Aber er hat doch in Harburg einen Bahnhof.«

»Aber keinen, dessen Gleise nach Osten führen. Preußen, Polen, Rußland, die Länder rings um die Ostsee, der ganze Osten ist im Aufbruch und wird Eisenbahnlinien bauen und Räder brauchen. Räder, die dieser Hohlemann fabriziert.«

Patrick nickte. »Unglaublich, aber du hast Recht.«

Thomas faltete die Karte zusammen und sah sich noch einmal das Gelände an. »Ich frage mich nur, weshalb er ausgerechnet dieses Stück haben will, die Bucht ist doch groß genug.«

»Wenn du Recht hast mit der Eisenbahnanbindung, dann ist das hier die kürzeste Entfernung und das Land mit der besten Bodenbeschaffenheit. Rechts und links steht man im reinsten Sumpf, da lassen sich keine Gebäude erstellen oder Schienen verlegen. Ich habe mich umgesehen, bevor ich mich für dieses Stück Land entschieden habe. Ich müsste die Sümpfe mühsam trocken legen, und es hätte mich um Jahre zurückgeworfen.«

»Dann kannst du damit rechnen, dass dieser Hohlemann genauso denkt und dass er dir das Leben zur Hölle macht, wenn du nicht nachgibst.«

»Auf keinen Fall gebe ich nach. Er hätte das Gelände ja haben können, aber vor lauter Feilschen kam er nicht zum Kaufen. Da war ich eben schneller. Aber, Thomas, du hast mich auf eine ganz besondere Idee gebracht.«

»Auf welche Idee?«

»Ich verlege selbst Schienen und dann können alle meine schweren Materialtransporte über die Bahn bis hier vor meine Tür gebracht werden und ich spare den mühsamen Transport mit den Pferdefuhrwerken quer durch Hamburg.«

Thomas schlug ihm lachend auf die Schulter. »Wozu so ein alter Onkel doch gut ist. Bravo, mein Junge, du wirst durch die Hölle marschieren, aber dein Weg geht steil nach oben. Ich möchte nicht in deiner Haut stecken, aber als ich Mitte dreißig war, hätte ich auch diesen Mut gehabt.«

Während die beiden sich unterhielten, kamen zwei Männer näher, die schon eine ganze Weile bei den Katen gestanden und sie beobachtet hatten. Sie nahmen ihre schmuddeligen Mützen ab, spuckten den Kautabak aus und sahen Patrick, den sie vom Kauf her kannten, neugierig an. »Was wird'n das hier, wenn's fertig is, Herr?«

»Ich baue eine Werft.«

»Und der annere Mann, der rotgesichtige Dicke?«

»Der hat hier nichts zu suchen.«

»Aber er hat die Gräben ziehn lassn und gesagt, wir solln verschwinden, unsre Hütten stehn ihm im Weg und Typen wie uns kann er nich brauchen.«

»Dieser Mann hat hier nichts zu sagen. Der Grund und Boden gehört mir und ich bestimme, wer hier wohnt und wer nicht.«

»Na, wenn das man stimmt, wir wohn schon so lange hier und wenn wir weg müssn, wissn wir nich wohin mit unseren Ziegen und mit den Frauen.«

»Bevor das Gelände nicht vermessen ist, kann ich nicht sagen, ob die Häuser stehen bleiben oder nicht. Wenn sie aber abgerissen werden müssen, baue ich Ihnen neue Häuser. Das verspreche ich. Sie könnten mir aber auch einen Gefallen tun.«

»Und was is das?«

»Sie könnten als Wächter für mich arbeiten. Passen Sie gut auf mein Grundstück auf und melden sie mir, wenn jemand das betritt. Hier hat keiner etwas zu suchen.«

»Und wenn der Dicke mit 'ner ganzen Mannschaft antanzt?«

»Dann müssen Sie mich benachrichtigen. Ich gebe Ihnen meine Adresse und einer von Ihnen muss sofort kommen. Derjenige kann eine Mietkutsche nehmen, damit es schneller geht, ich bezahle sie dann.«

»Das wird nichts, für Leute wie uns, fährt keine Droschke, auch nich, wenn wir sagen, der Herr bezahlts.«

»Dann gebe ich Ihnen jetzt etwas Geld. Heben Sie es für den Fall auf, dass Sie nachts zu mir kommen müssen, tagsüber bin ich fast immer hier.«

Patrick riss eine Ecke seiner Landkarte ab, schrieb seine Adresse darauf und gab es den Männern. Die sahen sich hilflos an. »Keiner von uns kann lesn, Herr.«

»Dann geben Sie dem Kutscher den Zettel, er findet dann den Weg. Ich hoffe natürlich, es passiert nichts, aber ich bin beruhigt, wenn ich weiß, Sie achten auf mein Land. Und wenn Sie gute Wächter sind, stelle ich Sie fest ein und Sie bekommen Lohn dafür.«

»Sie könn sich drauf verlassn, Herr.« Sie steckten Zettel und Geld ein, setzten ihre Mützen wieder auf und gingen zurück zu den Katen, neben denen die Frauen inzwischen die Ziegen zusammengetrieben und mit dem Melken angefangen hatten.

Thomas nickte seinem Neffen zu. »Du hast eine gute Hand für Menschen. Die werden für dich durch's Feuer gehen, darauf kannst du dich verlassen.«

Patrick lachte. »Male bloß nicht den Teufel an die Wand. Ich hoffe, es wird niemals dazu kommen.«

Die beiden Männer bestiegen ihre Pferde und machten sich auf den Rückweg. »Das mit dem Geld fand ich allerdings ein bisschen leichtsinnig, hoffentlich verjubeln sie es nicht.«

Patrick schüttelte den Kopf. »Das werden sie nicht. Gerade mit dem Geld will ich von Anfang an Vertrauen zwischen uns aufbauen.« Wie wichtig dieses Vertrauen noch sein sollte, ahnte an diesem Abend niemand.

Es war schon dunkel, als sie die Innenstadt erreichten. Ein Stück waren sie am Hafen entlang geritten und Thomas hatte sich noch einmal nach den geplanten Baggern erkundigt.

»Wie bist du eigentlich auf die Idee gekommen?«

»Ich habe von Viktorias Fenster aus gesehen, dass man englische Bagger einsetzt, um den Fluss zu vertiefen. Das heißt, die Stadt hat keine eigenen und muss für die englischen eine Menge Geld ausgeben. Außerdem sind sie viel zu klein. Ich habe in New York welche gesehen, die sind dreimal so groß.«

»Und die Elbe muss immer ausgebaggert werden?«

»Ja, immer. Im Augenblick ist sie zwischen fünf und sechs Meter tief, das ist kein Maß für große Schiffe und die werden von Jahr zu Jahr noch größer. Wenn Hamburg ein Überseehafen sein und bleiben will, muss man die Elbe mindestes zwölf bis dreizehn Meter tief ausbaggern und das immer, Tag und Nacht, Jahr um Jahr. Und nicht nur den Fluss, sondern das ganze Hafengebiet. Ich fürchte, ich kann gar nicht so viele Bagger bauen, wie gebraucht werden, aber ich mache einen Anfang.«

Die beiden Reiter hatten den Mietstall erreicht, in dem Thomas das Pferd zurückgeben musste. Patrick fragte: »Wie lange bist du noch in der Stadt?«

»Ich fahre morgen Nachmittag zurück.«

»Sehen wir uns noch einmal?«

Der Ältere schüttelte den Kopf. »Die Stunden heute Abend und morgen Vormittag gehören meinem Jungen und Viktoria muss ich auch noch meine Aufwartung machen. Und dann wird es Zeit, dass ich mich zu Hause wieder sehen lasse. Aber ich komme zum Abreisetag von Viktoria und Christian wieder her. Dann bringe ich meine Frau und vielleicht auch meine Tochter mit. Ich habe den Eindruck, dass es Elisabeth in Hamburg sehr gut gefallen hat. Manchmal träumt sie mit offenen Augen davon, das sehe ich ganz deutlich. Und wir beide werden zu Weihnachten Zeit zum Schwatzen haben. Ich rechne fest mit deinem Besuch.«

»Ich freue mich darauf, ich werde gern kommen. Aber bitte schicke mir vorher noch ein Ehepaar, das meine Pferde und mein Haus versorgt und eingearbeitet ist, bevor ich reise.«

»Darauf kannst du dich verlassen, denn ich brauche meinen Knecht bald zurück. Wenn die Winterstürme mit dickem Schnee kommen, müssen die Pferde in die Ställe, dann wird jede Hand zum Füttern und Putzen und Ausmisten gebraucht.«

Patrick war ebenfalls abgestiegen und reichte seinem Onkel die Hand. »Ich danke dir für deine Hilfe.« Thomas umarmte ihn herzlich. »Du bist ein feiner Kerl, du wirst deinen Weg gehen, da habe ich gar keine Sorge.«

Patrick stieg auf und verließ den Hof des Mietstalles. Ein letztes Winken, dann hatte ihn die Dunkelheit aufgenommen. Im Schritt ritt er nach Hause.

Im Stall brannte Licht. Er sattelte den Hengst ab und brachte ihn in die Box, um ihn fressen zu lassen. Der Knecht konnte ihn später versorgen. Dann ging er in die Remise und bewunderte seine neue Kutsche. Ein herrlicher Wagen, dachte er und sah im Geiste, wie er mit Elisabeth an seiner Seite durch die Straßen, an der großen Alster entlang und durch die neuen Parkanlagen fuhr, die städtische Gärtner überall planten und anpflanzten.

Gegen drei Uhr morgens wurde er wach, weil er die Pferde wiehern und gegen die Boxenbretter treten hörte. Noch während er sich in größter Eile anzog, klopfte es heftig an die Haustür. Er eilte durch die Halle und stand gleich darauf dem blassen, kaum bekleideten Knecht gegenüber, der frierend und noch mit der Schlafmütze auf dem Kopf zitternd vor ihm stand.

»Herr, die Pferde waren so unruhig, da bin ich schnell runter in den Stall gerannt. Dann wieherten sie in Panik und schlugen um sich. Ich sah in der Dunkelheit einen Mann durch die Stallgasse rennen, aber bevor ich Licht machen konnte, war er durch die Remise fortgelaufen.

Die beiden Männer rannten zum Stall, wo sich die Pferde langsam wieder beruhigten. Sie kontrollierten den Stall, die Remise, den Heuboden und die Futterkammer, aber da war kein Mensch mehr. Und dann fand Patrick in einer Ecke von Wotans Box das Stilett. Es lag, vom Stroh fast verdeckt, direkt neben der Krippe. Patrick rief den Knecht und gemeinsam untersuchten sie den aufgebrachten Hengst, konnten aber keine Verletzung feststellen. Patrick klopfte ihm beruhigend den Hals und die Flanken. »Auf dich hatte man es also abgesehen. Hast dich gut gewehrt, mein Junge, hast das richtig gut gemacht.«

»Wer tut denn so etwas, Herr, wer will denn diesem schönen Pferd was tun?«

Patrick zuckte mit den Schultern und strich sich müde die Haare hinter die Ohren. »Ein skrupelloser Mensch, mein Junge, nur der ist dazu fähig. Morgen kaufe ich einen Hund, den größten und schärfsten, damit unser Stall Tag und Nacht bewacht wird. Du gehst jetzt wieder schlafen, ich bleibe hier bei den Pferden bis zur Morgenfütterung dann kannst du dich um sie kümmern.«

Der Knecht schüttelte den Kopf. »Es ist meine Arbeit, die Pferde zu bewachen. Ich setze mich dort hinten aufs Stroh und passe auf.«

»Auf gar keinen Fall, mein Junge. Diesmal ist das meine Aufgabe. Ich gehe nur kurz ins Haus und zieh mich fertig an, dann kannst du dich wieder hinlegen.«

Zehn Minuten später saß Patrick auf einem Strohbund, das Stilett und seinen amerikanischen Revolver neben sich. Was ihn mehr beunruhigte als der versuchte Anschlag auf seine Pferde, war die Tatsache, dass Thomas davon erfahren würde. Selbst wenn er schwieg, der entsetzte Knecht, würde von dieser Nacht berichten. Und dann war es eine Frage, ob Thomas dulden würde, dass er seine Tochter umwarb. Kein Vater gab sein Kind gern in ein Haus, in dem man mit Überfällen rechnen musste. Heute waren es die unschuldigen Tiere, die man verletzen oder gar umbringen wollte, wann bedrohte der Hass die Menschen?

Dreizehntes Kapitel

Michael Stelling saß am Fenster seines Ateliers und sah nach draußen. Weit reichte der Blick nicht, denn stürmischer Novemberregen fegte über die Außenalster, peitschte die biegsamen Äste der Trauerweiden und heulte im Kamin, so dass es schwierig war, ein Feuer anzumachen. Michael hatte die Beine auf einen Hocker gelegt und mit einem Schottenplaid zugedeckt. In letzter Zeit hatte er ständig eiskalte Hände und Füße. Die kalten Füße störten ihn nicht sonderlich, aber die Hände waren kaum noch in der Lage, den Pinsel zu halten, und das ängstigte ihn. Was sollte aus ihm werden, wenn er nicht mehr malen konnte? Wenn er überhaupt kein Ziel, keine Aufgabe mehr hatte?«

Frieda, die seit zwanzig Jahren täglich kam und ihm den Haushalt führte, stellte das Tablett mit seinem Abendessen auf den kleinen Tisch neben dem Sessel und verabschiedete sich. Pünktlich um acht Uhr ging sie nach Hause. Daran konnten weder seine Bedürfnisse noch irgendein Wetter etwas ändern. Zehn Stunden sind genug für einen Einpersonen-Haushalt, hatte sie damals, als er sie einstellte, erklärt, und er musste sich damit abfinden, denn zuverlässiges Personal bei geringem Lohn war schwer zu finden. Angewidert sah Michael auf das Tablett. Eine Tasse mit heißer Bouillon, die inzwischen kalt war, ein paar Schnittchen mit hauchdünn geschnittenem Schinken und etwas Käse – das war sein kärgliches Abendessen. Und dabei hätte er so gern ein kleines, warmes, mit Liebe zubereitetes Mahl zu sich genommen: Eine appetitanregende Vorspeise, ein duftendes Hauptgericht, ein süßes Dessert und einen kleinen Mokka zum Abschluss, das wäre sein Wunsch gewesen. Aber Frieda weigerte sich, zweimal am Tag für eine einzige Person warm zu kochen. Sie hätte keine Lust und keine Zeit, erklärte sie energisch, abends noch einmal am Herd zu stehen, Geschirr abzuwaschen und die Küche zu putzen. Sie habe einen Mann zu Hause, für den sie abends noch kochen müsse, und das reiche ihr.

Verärgert und deprimiert stand Michael auf, brachte das Tablett nach draußen in die Halle, wo sie es morgen früh finden würde und ging zu seiner bescheidenen, nur mit wenigen Flaschen ausgestatteten Vitrine, um sich seinen abendlichen Aperitif einzuschenken. Der macht auch satt, dachte er, und soviel braucht ein alter Magen schließlich nicht mehr.

Draußen war es dunkel geworden. Michael zog die Vorhänge vor die beiden Fenster und sah zu seinen letzten Bildern hinüber, die nun auch schon wieder seit Wochen in der Ecke standen und langsam verstaubten. Kein Mensch fragte mehr nach seinen Werken – wann hatte überhaupt einmal jemand danach gefragt? Michael dachte dankbar an Viktoria, die ihm das eine oder andere Landschaftsbild abgekauft hatte, und an Julia, die nicht müde wurde, seine Bilder in ihrem Gartensaal aufzuhängen und zum Verkauf anzubieten, aber auch das war nun schon lange nicht mehr passiert. Entweder hatte sie keine Dichterlesungen veranstaltet oder sie wurde die Bilder nicht los und wagte nicht, ihm das zu gestehen. Er griff nach einem seiner geliebten Kunstbücher aus Italien und setzte sich wieder. Und während er kleine Schlucke seines Aperitifs genoss und in dem Band blätterte, kamen die Erinnerungen an die glücklichste Zeit seines Lebens zurück.

Natürlich, auch dort war damals nicht alles Sonnenschein. Venedig zum Beispiel war bei seinem ersten Besuch eine große Enttäuschung! Mit welchen Erwartungen war er dort hingereist, wie groß war die Freude, den alten Lehrer wiederzusehen, der ihn wie einen Sohn in seinem winzigen Appartement aufnahm. Aber auch in Venedig war Spätherbst, als er dort ankam, und von sommerfroher Farbenpracht war kaum noch etwas übrig. Nass und alles durchdringend zogen die Nebel fast täglich von der Lagune herein, kalte Winterwinde kamen von den Karnischen Alpen herunter, mindestens einmal in der Woche schwappte die Adria über und setzte die Fußwege und Plätze unter Wasser. Und ungemütlich war es. Die beiden kleinen, feuchten Zimmer waren kaum zu heizen, die Sommerkleidung, die er mitgebracht hatte, weil er dachte, im ewigen Sonnenschein zu reisen, wärmte nicht. Schließlich verließen Michael und sein Lehrer das winterliche Venedig und suchten die Sonne und die Wärme auf der anderen Seite des Apennin. Aber auch Florenz war winterlich kalt und als sie die Museen, die Uffizien und die bedeutendsten Paläste besichtigt hatten, gab es keinen Grund mehr, den unfreundlichen Winter dort zu ertragen.

Sie zogen weiter nach Rom: Es regnete, dann nach Neapel, wo es wieder regnete, und schließlich nach Sorrent. Hier endlich konnten sie Wärme und frühlingshaftes Wetter genießen.

Sie blieben ein ganzes Jahr in Amalfi, malten die immergünen Berghänge mit den Zitronenbäumen, die Küste mit dem blauen Meer und den zahllosen weißen Palazzi, die am Ufer standen. Sie malten die blühenden Wiesen auf den Almen hoch über dem Meer und die üppigen Märkte mit der überwältigenden Pracht aufgetürmter Obstberge, liebevoll ausgelegter Fische in allen Farben und immergrünen Kräutersträußen. Sie tranken mit den Augen die Farbenpracht und mit den Lippen die köstlichen Weine, sie verkauften die Bilder an andenkenhungrige Reisende und genossen die Freiheit und das ›dolce far niente‹ der Italiener. Das war die Lebensart, die ihnen gefiel – so lange, bis das Geld zur Neige ging. Sie mussten mehr und härter arbeiten, wenn sie vom Verkauf ihrer Bilder leben wollten, und nach einem Jahr verließen sie das Paradies, wie sie diesen Küstenabschnitt nannten, und machten sich auf, um in nördlichere Regionen zurückzukehren, diesmal den Sommer im Gepäck.

In Rom trafen sie auf andere Maler, die sich auf der Piazza Navona und auf der Spanischen Treppe versammelten, sie durchstreiften mit ihnen die Pineta an der Küste, das alte Ostia Antica, die Gassen vom Trastevere und die Via Appia mit den uralten Holzscheiben als Belag und den herrlichen Palazzi in den angrenzenden Gärten. Bei diesen Streifzügen entdeckte Michael sein Talent für die Porträtmalerei und machte sich sogar einen Namen mit den Ölbildern extravaganter Römerinnen. Nach mehreren Jahren am Ufer des Tiber packte Michael seine Sachen und reiste zusammen mit zwei jungen Künstlern in die Toskana. Sein alter Lehrer wollte in Rom bleiben. Michael ließ ihn ungern zurück, wusste aber, dass er sich von ihm trennen musste, wenn er noch eine Chance haben wollte, sich in der Kunst weiter zu entwickeln. Der alte Mann hemmte ihn, die jungen Männer förderten ihn, das spürte er genau.

Auch nach Venedig kehrte er nach Jahren noch einmal zurück. Diesmal im Sommer und die Stadt glänzte in rötlichen und gelben, in ockerbraunen und cremeweißen Farben. Golden glänzten die Kuppeln der Kirchen, die Löwen auf dem Markusplatz und die Ornamente an der Rialtobrücke. Hier begann er Häuser, Brücken, Gassen und Gondeln zu malen, und wieder waren es die Touristen, die sein Überleben sicherten. Er verkaufte im Sommer so viele Bilder, dass er im Winter davon leben konnte, und lernte so viele Freunde kennen, dass er auch in der ungemütlichsten Jahreszeit nie allein war. Er teilte sein Zimmer, seinen Wein, sein Brot mit ihnen, aber niemals sein Bett. Er war, trotz aller Freunde, ein einsamer Mensch und die Einsamkeit war ihm treu geblieben bis heute, bis in dieses alte Sommerhaus am Alsterufer.

Michael stand auf, stellte das Buch in das Regal zurück, füllte sein Glas noch einmal, löschte das Licht und ging hinüber in sein Schlafzimmer. Damals hatte er den Raum mit Thomas geteilt; wie oft hatten sie in den Betten gelegen und Pläne gemacht. Thomas hatte von der Rennreiterei geträumt und er von der Italienreise, von der er als bekannter und berühmter Maler zurückkommen wollte. Und was war daraus geworden? Thomas hatte den Traum vom Rennreiten vergessen müssen, aber er hatte das Gut und Pferde und eine große Familie. Und er selbst? Die italienische Reise war wunderbar, wenn auch oft hart, wenn es ums Überleben ging, aber was war davon geblieben? Kein Ruhm, niemand kannte ihn, und hätte Viktoria nicht vor Jahren für ihn einen Fonds angelegt, von dem er zehren konnte, hätte sie ihm nicht das alte, kleine Haus zur Verfügung gestellt, wäre er ein alter, heimatloser Mann, der am Hungertuch nagte. Nein, er machte sich nichts vor, er hatte auf der ganzen Linie versagt, sein Leben und seine Träume hingegeben für ein paar unbeschwerte Jahre, für ein paar Erinnerungen, aber er bereute nichts, und wollte keinen Tag davon missen.

Er lag im Bett und rieb die kalten Hände und hatte Angst. Da war niemand, der ihn tröstete, der ihm die Angst nahm, der ihm nahe war. Verdammt einsam, so ein Leben, dachte er und wusste doch, dass er allein die Schuld daran hatte. Er war kein geselliger Mann, keiner, der mit Humor und Wissen glänzte, keiner, der es anderen leicht machte, ihm näher zu kommen. Er war ein Mann, der sich nicht öffnen konnte, und das hatte zu dieser Einsamkeit geführt.

Als es am nächsten Morgen klingelte, hatte er gerade sein Frühstück beendet und Frieda, die die Tür geöffnet hatte, fragte, ob er bereit sei, einen Herrn zu begrüßen, der sich als Patrick Stelling vorgestellt habe.

Erstaunt stand Michael auf. Das muss der Sohn von Patrizia sein, dachte er und wischte sich sorgfältig den gepflegten Kaiser-Wilhem-Bart ab, den er sich zugelegt hatte, als der Kaiser 1895 anlässlich der Eröffnung des Kanals zwischen Nord- und Ostsee die Hansestadt besuchte.

Michael erinnerte sich, er hatte Patrick beim Geburtstagsessen von Viktoria gesehen, aber da er sehr entfernt von ihm gesessen hatte, war das Bild des jungen Mannes unklar in seinem Gedächtnis verhaftet.

»Führen Sie ihn bitte in mein Atelier, Frieda, ich komme gleich nach.« Er schaute kurz in den Spiegel, strich das immer noch volle weiße Haar zurück und straffte die Weste über dem etwas füllig gewordenen Bauch. Freudig erregt betrat er sein Atelier, Besuch war eine Seltenheit in seinem Tageslauf. Mit ausgestreckten Händen ging er auf den jungen Mann zu, der überrascht von dem herzlichen Empfang, lächelte und dem alten Mann entgegenkam.

»Was verschafft mir die Freude, lieber Patrick?«

»Ich bitte um Entschuldigung für meinen frühen Besuch, zu dem ich mich nicht einmal angemeldet habe. Aber ich suchte vergeblich deine Telefonnummer.«

»Ich besitze kein Telefon. Weißt du, diese neumodischen Geräte verwirren mich und ich würde jedesmal erschrecken, wenn so ein Apparat klingelt. Und wer soll mich schon anrufen?«

»Nun, ich, wenn ich eine Nummer von dir hätte«, lachte Patrick.

»Ich freue mich auch ohne Anmeldung. Was darf ich dir anbieten, womit kann ich dir helfen?«

Patrick sah sich in dem gemütlichen, ziemlich unaufgeräumten Zimmer um. Dann entdeckte er die abgestellten Bilder in der Ecke, die Farbtuben, zwei Stative und die Gläser mit den Pinseln. »Ist das dein Atelier?«

»Ja, du musst das Durcheinander entschuldigen, aber eine Frau zum Putzen lasse ich nur sehr ungern hier herein. Wenn sie fertig ist, finde ich nichts mehr wieder.«

Patrick nickte. »Diese Erfahrung habe ich auch schon gemacht.«

Er ging durch den Raum und blieb vor den Bildern, von denen nur die Rückseiten zu sehen waren, stehen. »Ich wollte dich fragen, ob ich Bilder bei dir erwerben kann. Ich habe ein Haus gekauft und ich möchte es gern etwas ausschmücken.«

»Wie kommst du gerade auf mich? Ich male kaum noch. An was hattest du denn gedacht?«

»Ich habe Gemälde von dir bei Viktoria gesehen, die haben mich sehr beeindruckt und angesprochen.«

»Du meinst die Landschaften?«

»Ja, sie drücken soviel Ruhe aus, einen so großen Frieden, ich würde gern etwas in meinem Haus haben, was mich so zum Träumen verleitet wie diese Bilder.«

»Es ist lange her, dass ich diese Art von Bildern gemalt habe. Aber ich kann dir zeigen, was ich noch hier stehen habe. Sie verkaufen sich nicht gut in Hamburg. Hier hat man gern die liebe Verwandtschaft und nach Möglichkeit in Lebensgröße und in Öl an der Wand.«

Patrick nickte amüsiert. Ihm gefiel dieser alte Mann, der mit leicht bissigem Humor aussprach, was Patrick dachte. »Das ist mir auch schon aufgefallen. Keine Halle, kein Treppenaufgang, kein Festsaal, keine Galerie ohne die würdig blickenden Ahnen mit Halskrause, Zylinder, Biedermeierhäubchen oder Reifrock; die einen mit dicken Büchern, die anderen mit zierlichen Sträußchen in den Händen. Nein, diese Art von Gemälden schwebt mir nicht vor.«

Michael nahm die Bilder aus der Ecke, blies den Staub ab und drehte sie leicht verlegen um. »Etwas verstaubt, wenn man keine Putzfrau an die Werke lässt«, sagte er schulterzuckend und stellte die Bilder nebeneinander an die Wand.

Verblüfft schaute Patrick auf die stimmungsvollen Bilder. Einige in strahlend bunten, fast grellen Farben, die Lust und Freude und Sommer verkörperten, andere in sanften, graugrünen Tönen, die von Melancholie und Träumen zeugten, eine dritte Art hatte Tiere im Mittelpunkt: spielende Hengste auf der Weide, eine Schafherde in der Heide, Schwäne am Alsterufer und dann ganz andere Bilder, Bilder, die nur den Himmel als Motiv hatten: drohende Wolken, zerrissenes Licht, eine strahlende Sonne am Morgen, eine Gewitterwand, die alles zu zerstören schien.

Nachdenklich ging Patrick von einem Bild zum anderen. »Sie sind der Ausdruck deines Lebens, nicht wahr?«

Der alte Mann nickte. »Sie drücken ziemlich genau das aus, was ich in den Augenblicken des Malens empfand. Deshalb sind sie auch nicht zum Verkauf geeignet. Ich weiß das und trotzdem habe ich immer wieder meine eigenen Stimmungen festhalten müssen. Wie ein Zwang war das, aber ich konnte mich nicht dagegen wehren und hinterher war ich wie befreit.«

Die Spiegel einer Seele, dachte Patrick. Er spürte, wie Michael ihn beobachtete: ängstlich vor der Kritik, hoffnungsvoll, einen Käufer gefunden zu haben, besorgt, sich von den Bildern trennen zu müssen. Patrick legte dem Onkel die Hand auf die Schulter. »Komm, setzen wir uns. Ich muss mit diesen Eindrücken fertig werden, sie sind nicht leicht zu bewältigen.« Er wusste aus den Erzählungen in der Familie, wie sehr der alte Mann auf einen späten Erfolg hoffte und wie nötig er ihn hatte – nicht unbedingt aus finanziellen Gründen – vielmehr aus emotionalen.

Patrick war beeindruckt von den Bildern, auch wenn sie nicht alle den Erwartungen entsprachen, die er an einen Erwerb knüpfte. Die bunten Bilder, alles italienische Motive, sagten ihm wenig, außer der Freude, die sich darin ausdrückte. Ihm gefielen die ruhigen Landschaftsbilder besser, sie entsprachen seinem eigenen Empfinden eher. Auch die Beobachtungen der Wolken und der Tiere sagten ihm zu, aber erwerben wollte er sie alle. Sein Haus war groß genug, um Raum für alle Empfindungen des alten Malers zu finden.

Er nickte ihm zu. »Bist du gefühlsmäßig bereit, dich von deinen Bildern zu trennen, Michael?«

»Das heißt, du willst einige kaufen?«

»Ich möchte sie alle. Die fröhlichen und die traurigen, die bedrohlichen und die erwartungsvollen. Du bist ein wunderbarer Maler, Michael, einer, der nicht zögert, seine Gefühle einzubringen. Das ist es, was mir am meisten gefällt und das ist es auch, was mir helfen wird, mit eigenen Stimmungen umzugehen.«

»Du und Stimmungen? Ein junger Mann mit Stimmungen, es fällt mir schwer, das zu glauben.«

»Michael, was weißt du von mir? Die äußere Schale sagt gar nichts aus. Man muss sich schon sehr gut kennen, um den anderen zu verstehen.«

»Das weiß keiner so gut wie ich.«

Der alte Mann sah den jungen erwartungsvoll an. »Es bedeutet also, dass dir meine Bilder zusagen.«

»Ja, alle, ich lasse sie morgen holen. Und dann möchte ich, dass du mit zu mir kommst, damit wir die geeignetsten Plätze für sie finden, allein kann ich das nicht.«

Patrick hatte sehr schnell begriffen, schon, als Michael ihn mit kalten Händen begrüßte, wie vereinsamt der Mann war, der hier in seinem Sommerhaus saß und vor sich hingrübelte. Er würde ihm helfen, den alten Elan wiederzufinden, dann konnten diese Hände noch wundervolle Bilder schaffen. Er setzte sich ihm gegenüber. »Jetzt würde ich gern einen Cognac trinken und dann erzählst du mir von deiner Familie, sie sind mir alle so fremd.«

Und Michael begann zu erzählen, von der Kindheit und den Geschwistern, von der Eltern und dem großen Feuer, vom Wiederaufbau und von der kleinen Viktoria, die einfach die Geschicke der Familie in die Hände genommen hatte.

Später bat er seine Haushälterin, für zwei Personen zu kochen und als sie beim dritten Cognac waren, bat er seinen Gast, aus seinem Leben und von seinen Plänen zu erzählen.

Noch nie hatte Patrick mit soviel Offenheit und soviel Ehrlichkeit aus seinem Leben berichtet. Die Enttäuschung, den Vater nicht gekannt zu haben, die Einsamkeit vieler Jungenjahre, in denen er von den Kameraden geschnitten wurde, weil er eben diesen Vater nicht vorweisen konnte. Probleme die er mit keinem Menschen teilen konnte, und die Angst vor dem eigenen Mut, denn nichts wäre schlimmer gewesen, als die Mutter und den unbekannten Vater zu enttäuschen. Endlich der Durchbruch im Beruf, als er anerkannt wurde, als man seine Arbeit schätzte und er gute Chancen für die Zukunft sah. Und dann der Entschluss der Mutter, nach Hamburg zurückzukehren. Der Verzicht auf alle persönlichen Pläne und der Neuanfang hier, der ihm so verdammt schwer gemacht wurde.

»Weißt du, ich musste Hunde kaufen, um meinen Besitz zu schützen, ich musste Wächter einstellen, um mein Land zu verteidigen.«

»Das hört sich nach Krieg an. Und wie ist der ausgegangen?«

»Er tobt noch, aber ich gewinne ihn. Zweihundert Arbeiter verlegen Schienen zu meinem Grundstück, und wenn die liegen, werden sie mit dem Bau der Werft anfangen. Es wird vielleicht bis zum Frühjahr dauern, aber es geht voran, denn es wird Tag und Nacht gearbeitet. Ich habe einen Bauleiter, der hat seine Mannschaft aus Lüneburg geholt, die haben mit Hamburger Intrigen zum Glück nichts zu tun. Inzwischen ist die Trasse fast fertig, aber es gibt auch bewaffnete Wächter, die neben den Arbeitern stehen und für deren Sicherheit sorgen.«

Frieda rief mit dem Gong zum Essen. Patrick schaute auf die Uhr. »Gut, dass ich diese elektrische Bahn benutzt habe, die jetzt regelmäßig im Mittelweg verkehrt. Ein Pferd vor der Tür hätte mich längst zum Aufbruch gezwungen.«

Frieda, die sehr wohl sah, dass da ein wichtiger Gast zu Besuch gekommen war, hatte sich mit dem Essen selbst übertroffen und eine mit Maronen gefüllte Wildente auf Rotkraut zubereitet.

Nach dem Essen fragte Patrick, wie Michael den kommenden Weihnachtsabend verbringen würde. Thomas habe ihn nach Rodenhagen eingeladen und es wäre doch bestimmt möglich, gemeinsam dorthin zu reisen. Im Geheimen hoffte er, Michael zu einem Porträt von Elisabeth überreden zu können. Aber der wehrte ab.

»Julia hat mich gebeten, wieder mit ihr zu feiern. Ich bin in jedem Jahr bei ihr. Sie lädt Heiligabend arbeitslose und mittellose Künstler ein und bewirtet sie. Einzige Bedingung, jeder muss etwas zur Unterhaltung beitragen. Nach der Andacht treten Sänger auf, Gedichte werden vorgetragen, man liest aus der Weihnachtsgeschichte und erzählt Geschichten aus der Jugendzeit. Ich muss von Weihnachtsabenden in Italien berichten und ihr helfen, dass die

Unterhaltung nicht in Wehmut umschlägt. Dann gibt es ein wunderbares Festessen und um Mitternacht gehen wir alle zur Christmesse in die St.-Johannis-Kirche zwischen Rotherbaum und Mittelweg.«

»Eine schöne Tradition, die Julia da pflegt.«

»Julia ist eine feine Frau, ich mag sie am liebsten aus der ganzen Verwandtschaft, das heißt, die Rodenhager Familie kenne ich kaum.«

»Warst du mal dort? Wie schaut's da aus?«

»Eine wunderschöne Gegend. Sanfte Hügel, kleine Seen, viel Wald und unendliche Wiesen, auf denen Thomas seine Pferde laufen lässt. Aber mich zieht es nicht sonderlich nach dort, die Melanie, seine Frau, ist eine schwierige Person. Thomas liebt sie abgöttisch und sie klebt an ihm wie eine Klette. Jeder Fremde stört sie in hohem Maße und das lässt sie den Besucher spüren. Ich war nach meiner Rückkehr aus Italien nur einmal dort.«

»Trotzdem, würdest du mich im Sommer einmal begleiten? Ich möchte gern ein paar Landschaftsbilder von dort, wenn es so schön ist, wie du sagst.«

Mit den Bildern wollte er Elisabeth eine Freude machen. Wenn sie als seine Frau in seinem Haus lebte, sollte sie die Heimat nicht vermissen, ja, und für sein Arbeitszimmer wollte er ein Porträt von ihr, selbst dann, wenn sie sich immer in seiner Nähe aufhielte.

Draußen wurde es dunkel. Patrick dachte an seine Arbeiter, die er heute nicht gesehen hatte, aber nach den ersten Worten mit Michael wusste er, dass dieser Besuch hier wichtiger war als eine Besichtigung der Baustelle. Er wusste, er hatte einen Freund gefunden und einem alten Mann neuen Lebensmut geschenkt. Er zog seinen Mantel an, nahm seinen Hut, die Handschuhe und den Stock mit dem silbernen Pferdekopf. Mit einer kleinen Verbeugung zu Frieda hin, die ihm die Kleidung reichte, bedanke er sich höflich für das vortreffliche Essen und zu Michael gewandt sagte er. »Ich schicke morgen die Kutsche vorbei, um dich und die Bilder zu holen. Welche Zeit wäre dir recht?«

»Der Vormittag, dann ist das Licht am besten. Ich werde einen Rahmenmacher bestellen, der dann, wenn er die Bilder und die Zimmer gesehen hat, die Farben und die Hölzer aussuchen und die Rahmen ausmessen und herstellen kann. Von schweren, goldkarätigen Umrandungen halte ich nicht viel. Die Rahmen müssen sich der Leichtigkeit des Bildes, seinem Inhalt und seinem Ausdruck anpassen. Ich kenne da einen meisterhaften Künstler, einen von Julias Weihnachtsgästen übrigens, du wirst begeistert sein.«

Patrick lachte. »An Rahmen habe ich überhaupt nicht gedacht. Wunderbar, dass du mir hilfst. Dann bis morgen, die Kutsche steht um zehn Uhr vor deiner Tür.«

Ein kräftiger Händedruck und Michael war wieder allein. Seine Hände waren warm geworden an diesem Tag und in seinem Herzen wusste er, dass er nie mehr allein sein würde, so lange es diesen Patrick in seiner Nähe gab.

Vierzehntes Kapitel

Die erste Woche im Dezember stand ganz im Zeichen von Viktorias Abreise. Die alte Dame legte großen Wert darauf, sich von der gesamten Familie zu verabschieden und wollte das auf unbeschwerte, vergnügte Art tun.

»Ich habe zwar nur eine Weltreise vor, und man kann das Ende schon heute absehen, dennoch möchte ich den Start mit einem Familienfest antreten. Und Christian schließt sich meinen Wünschen an.« In diesem Sinne hatte sie Einladungen verschickt und ihre Kinder mit Familien, die Geschwister und deren Familien und Kapitän Schuster von der ›Swan-Fairy‹ zu sich an die Elbchaussee eingeladen. Die Hamburger Verwandtschaft wohnte zwar in den eigenen Häusern, aber Thomas war mit seiner Frau und mit seiner Tochter zu Gast bei Viktoria.

Melanie hatte sich zwar gegen die Einladung gewehrt, schob sie doch der Schwägerin die Schuld an ihrer Trauer und an ihren Tränen über den Abschied von ihrem geliebten Sohn zu, konnte sich aber dem Angebot nicht entziehen, wollte sie bis zum letzten Augenblick in der Nähe von Christian sein, der seit zwei Wochen in der Villa an der Elbe wohnte.

Viktoria plante am Abend vor der Abfahrt einen Ball in ihrem Haus, damit die jungen Leute endlich wieder einmal Gelegenheit zum Tanzen hatten und wollte dann nach einem gemeinsamen Frühstück am nächsten Morgen an Bord gehen. Die Einkäufe waren getätigt und die Koffer gepackt. Wenn der letzte Gast das Haus verlassen hatte, würde sie die Villa schließen. Das Personal wurde mit einer großzügigen Vergütung entlassen, die Pferde bekamen in Klein Flottbek bei Bauer Kuhnert ihr verdientes Gnadenbrot und William, der Butler, wollte die letzten Lebensjahre bei seinem Bruder in England verbringen.

Mein Haus ist wohl bestellt, dachte Viktoria und freute sich auf ihre Gäste.

Als erstes kamen Thomas mit seiner Frau und seiner Tochter. Der Sohn hatte in Rodenhagen bleiben müssen, weil ein paar wertvolle Stuten fohlen würden und er Bernhard, den Stallmeister, nicht mit der Verantwortung allein lassen wollte. Umso mehr freute sich Viktoria, dass Elisabeth mitgekommen war. Sie wusste um das besonders innige Verhältnis zwischen Christian und seiner Schwester und auch, dass Elisabeth im Augenblick Tag und Nacht arbeitete, um die ganz speziellen Weihnachtsbestellungen pünktlich abliefern zu können.

Viktoria zeigte ihren Gästen persönlich die Zimmer und bat sie, wenn sie sich erfrischt hätten, zu sich in den Wintergarten, wo sie mit Christian die anderen Gäste empfangen wollte.

Nach und nach trafen sie alle ein: Julia mit ihrem Mann, Alexander mit seiner Frau und seinen Töchtern, Jessica mit ihrem Mann, aber ohne Kind, da der Sohn mit Mumps im Bett lag, Christopher mit seiner Frau und zum Schluss, kurz nach dem Kapitän, traf Patrick ein. Er hatte seine Mutter mitgebracht und Michael abgeholt.

Viktoria begrüßte ihre Gäste mit einigen wohl überlegten Worten, denn sie wollte, bevor das Fest begann und niemand mehr zuhörte, ihren Dank aussprechen.

»Ihr müsst nicht befürchten, dass euch jetzt eine lange Rede bevorsteht, ich habe nur wenige Sätze, die ich loswerden möchte, solange wir alle hier zusammen sind. Ich möchte euch vor allem und überaus herzlich danken, dass ihr zu meinem Abschied gekommen seid. Aber nicht nur dafür, sondern mehr noch für alle die Jahre, die ihr mich ertragen und geduldet habt. Das war nicht immer leicht, denn, und das müsst ihr einer alten Frau verzeihen, ich habe mich zu lange und immer wieder in euer Leben eingemischt. Aber nun habt ihr Ruhe vor mir. Nicht nur im nächsten halben Jahr, sondern für immer. Wenn ich zurückkomme, werde ich mich auf meinen Ruhestand besinnen und in keiner Weise mehr in das Stelling-Imperium eingreifen. Ich denke, ich habe diesen Ruhestand nun verdient und kann die Arbeit, die Verantwortung, die Pflichten und auch die Probleme anderen überlassen. Ich verabschiede mich hiermit von einer sechsundfünfzigjährigen Aufgabe, die mir viel Freude aber auch viel Angst bereitet hat. Wenn ich wieder hier bin, schreibe ich meine Memoiren, und wenn ich auf mein Leben zurückblicke, wird das eine endlos lange Geschichte, in der ihr alle eine Hauptrolle spielt. Ich werde diese Geschichte allerdings nicht hier in meinem kleinen Büro schreiben, denn dieses Haus verlasse ich morgen für immer. Alexander als mein ältester Sohn wird in Zukunft mit seiner Familie hier leben, denn diese Villa, die mir als Heim lieb und vertraut geworden ist, ist ein Brennicke-Haus. Ich aber will zurückkehren in das Haus der Stellings am Mittelweg. Julia hat die oberste Etage für mich eingerichtet und ich denke, dort gehöre ich hin. Das war es, was ich euch sagen wollte und nun lasst uns feiern. Ich danke euch.«

Ihren Worten folgte Stille. Niemand applaudierte, keiner sagte etwas. Sie waren beeindruckt und betroffen, aber auch erleichtert. Dann endlich traten sie vor, einer nach dem anderen, umarmten zärtlich und wortlos die Prinzipalin der Großfamilie und traten wieder zurück.

Patrick hatte im Hintergrund gewartet. Er wusste, dass er nicht in den engsten Kreis dieser Familie gehörte, und zögerte, sich die Gefühle der anderen zueigen zu machen. Schließlich trat auch er vor, küsste seine Tante auf beide Wangen und wünschte ihr viel Glück für ihre Reise, einen Grund, ihr zu danken, wusste er nicht. Sein Interesse galt einer anderen Frau. Endlich war er dieser wunderbaren Elisabeth Landau nahe. Nur wenige Schritte von ihm entfernt stand sie bei ihrer Familie, still, bescheiden, zurückhaltend und wunderschön in dem cremeweißen Kleid aus Seidensamt, das er vom letzten Ball her kannte. Diesmal würde er sie nicht mit anderen teilen, diesmal würde er auf sie zugehen, sie in seine Arme nehmen, sie einfach entführen.

Patrick zuckte zusammen, als ihm jemand die Hand auf die Schulter legte. Hinter ihm stand Julia und nickte ihm zu.

»Lass sie nicht wieder fort, Patrick.«

Er lächelte. »Darauf kannst du dich verlassen«, und ging zu der jungen Frau hinüber, die sich mit Viktoria unterhielt.

»Ist es gestattet, dich als meine Tischdame zum Essen zu führen?«

Sie lächelte ihn überrascht an. »Ja gern, wenn Tante Viktoria nicht eine Tischordnung festgelegt hat.«

Patrick drehte sich zu Viktoria um und erklärte: »Dann würde ich dich bitten, diese Ordnung meinetwegen zu ändern.«

Viktoria lachte. »Nein, nein, jeder kann Platz nehmen, wo er will. Ihr sollt heute Abend Spaß haben. Nichts soll formell sein. Setzt euch nur, wohin ihr wollt.« Amüsiert sah sie den jungen Leuten nach. »Welch ein wunderschönes Paar«, dachte sie, »schade, dass sie miteinander verwandt sind.« Dann klatschte sie in die Hände und bat zu Tisch in das große Speisezimmer.

Frieda hatte sich selbst übertroffen. Mit Hilfe der Mamsell und dem Küchenmädchen hatte sie ein fünfgängiges Menü gezaubert, an das die Gäste noch lange denken würden. Sie hatte sich an die Jahreszeit gehalten und servierte Gerichte, die den Dezemberwochen entsprachen. Da gab es als erstes Vorgericht eine Rebhuhnsuppe mit Perlgraupen und feinen Gemüsen, dann servierte sie Karpfenfilets auf Kräuterklößchen, als Hauptgericht hatte sie eine Hirschkeule auf Steinpilzen in Burgunderwein angerichtet und als Nachspeise, Waldbeerenpüree mit heißer Vanillesoße. Abschließend kam eine delikate Käseplatte auf den Tisch.

Frieda beobachtete von der Anrichte aus, wie gut den Gästen ihr Essen schmeckte und freute sich, der gnädigen Frau zum Abschluss ihres langen Dienstes in diesem Hause ein so gelungenes Menü bereitet zu haben. Sie wird noch oft an mich denken, die gnädige Frau, wenn sie auf diesem Frachter mit den Künsten eines Seemannskochs vorlieb nehmen muss, dachte sie und wischte sich ein paar Tränen aus den Augen.

Patrick widmete sich ganz seiner Tischdame. Wie wohlerzogen und elegant sie mit dem Besteck hantiert, dachte er, wie zaghaft sie zulangt und die kleinen Bissen zum Munde führt. Er hätte ihr den Arm um die Schultern legen und sie einfach hinaus aus diesem Zimmer mit den vielen Menschen führen mögen, aber er wusste, dass das unmöglich war. Zuerst fiel ihm die Unterhaltung mit ihr schwer, als er aber hörte, wie ungezwungen sie sich mit ihrem Gegenüber unterhielt, griff er in das Gespräch ein und besaß bald die ungeteilte Aufmerksamkeit seiner Tischdame.

»Ich bin so froh, dass wir uns endlich kennen lernen. Im Oktober warst du der Mittelpunkt so vieler Menschen, dass es mir einfach nicht gelingen wollte, in deine Nähe zu gelangen.«

»Hast du es denn versucht?«, lächelnd sah sie ihn an und nickte. »Es stimmt, es waren so viele Leute auf den Festlichkeiten, dass man kaum Luft bekam.«

»Ich hätte so gern mit dir getanzt, im Konzert und im Theater neben dir gesessen, aber die Plätze waren immer besetzt und die Tänze auch reserviert, Elisabeth.«

»Bitte, sag doch Lissi zu mir, das korrekte ›Elisabeth‹ der alten Leute ist viel zu steif für mich.«

»Danke, mit dem größten Vergnügen. Demnach bist du eine Frau, die keinen großen Wert auf alte Regeln legt.«

»Nein, ganz und gar nicht. Diesen Stil habe ich abgelegt, als ich nach Rodenhagen zurückkehrte. In Schwerin, in der Garnison war es anders, da wurde sehr auf Korrektheiten geachtet, aber jetzt, bei uns auf dem Lande, kann man Steifheit abschütteln wie eine zu eng gewordene Haut.«

»Wirst du heute mit mir tanzen, wenn ich sehr artig darum bitte?«

Mit glänzenden Augen lächelte sie ihn an. »Mit dem größten Vergnügen, aber du wirst dich beeilen müssen, es gibt hier einige Herren, die sich gern im Dreivierteltakt mit mir drehen würden.«

»Ich werde alle Tänze mit dir tanzen, sag einfach, du bist besetzt, von jetzt an bis ans Ende der Welt.« Sie lachten beide herzlich und Patrick dachte: Sie hat keine Ahnung, wie ernst ich das meine.

Er machte wahr, was er gesagt hatte, wich keinen Schritt von ihrer Seite und tanzte zu jeder Musik und in jedem Takt mit ihr. Viktoria hatte vier Studenten engagiert, die sich ein Taschengeld verdienen wollten und die Christopher empfohlen hatte, weil sie nicht nur die alten, steifen Weisen älterer Musiker im Repertoire hatten, sondern moderne Melodien spielten.

Patrick genoss die Tänze in vollen Zügen. Gern hätte er die zierliche, schlanke Gestalt fester in die Arme genommen, an sich gepresst und nie mehr losgelassen, aber er war ein korrekter Tänzer, achtete auf einen ritterlichen Abstand und genoss das wunderbare Gefühl, wenigstens mit seiner linken Hand das Spiel ihres Körpers und die Wärme ihrer Haut durch den dünnen Stoff ihres samtseidigen Kleides zu spüren. In den Pausen erzählte er von seinem Leben in Amerika, sie berichtete vom Gut und ihrer Arbeit und gemeinsam freuten sie sich auf die Weihnachtszeit, wenn er als Gast auf Rodenhagen weilen würde.

Es war weit nach Mitternacht, als er sah, wie die alten Leute mit der Müdigkeit kämpften. »Ich muss mich verabschieden«, sagte er bedauernd, »aber meine Mutter und Onkel Michael sind müde, es wird Zeit, dass ich sie heimbringe. Wir sehen uns ja morgen am Hafen.«

Sie nickte und lächelte. »Ich freue mich darauf.« Sie reichte ihm die Hand zum Abschied und das Letzte, was er von ihr wahrnahm, war dieser bezaubernde, einzigartige Duft ihrer Haut und ein Hauch von Wildblütenparfum. Nie wieder werde ich diesen Duft vergessen, dachte er und ließ die Kutsche vorfahren.

Wie schnell er diesen Duft vergessen sollte, ahnte er in diesem Augenblick nicht. Nur sechs Stunden später kämpfte er an gegen den beißenden, ätzenden Gestank von verbranntem Holz und verkohlten Leichen. Das war der Geruch, der ein Leben lang an ihm haftete.

Patrick hatte seine Mutter ins Amalienstift gebracht und bis an ihre Zimmertür begleitet, dann fuhr er mit Michael in den Harvestehuder Weg, danach erst ließ er sich selbst nach Hause bringen. Ein heftiger Sturm war aufgekommen und die Bäume, an der Straßenrändern ächzten unter den Böen. Die Pferde waren unruhig und drängten zum Stall, aber Erich war ein guter Kutscher mit viel Verstand für die Pferde und hielt sie ruhig, wenn sie an den Zügeln zerrten. Patrick war sehr zufrieden mit den Leuten, die ihm Thomas geschickt hatte. Im Spreewald hatte Thomas das Ehepaar gefunden, als er auf einem Gutshof Remonten kaufte und jemanden brauchte, der ihm half, die Pferde zu verladen und nach Rodenhagen zu begleiten. Selma und Erich, ein Ehepaar aus der Nachbarschaft, die öfter auf dem Gut aushalfen, erzählten ihm, dass sie sich gern verändern würden, und Thomas dachte gleich an Patrick.

Er nahm die beiden zur Probe mit nach Rodenhagen, und als er den Eindruck hatte, fleißige und zuverlässige Leute gefunden zu haben, schickte er die beiden nach Hamburg. Vorher hatte er den beiden Fahrkarten gekauft und sie an den Zug nach Hamburg gebracht. Wenige Stunden später standen sie bei Patrick vor der Tür, jeder einen Strohkoffer in der Hand und zwischen sich einen Reisekorb aus Weidengeflecht. Das war vor zwei Wochen, und seitdem fühlte Patrick sich in seinem Hause wohl. Selma hielt seine Zimmer und seine Kleidung in Ordnung und kochte hervorragend und Erich kam gut mit den Pferden und mit den beiden Wachhunden aus, die Patrick angeschafft hatte. Er hatte sich für zwei graue Riesenschnauzer entschieden, die mit ihrer enormen Größe und dem tiefen Knurren jedem Angst einflößten, der unbefugt das Grundstück betrat.

Endlich hatten sie die Heilwigstraße und das Grundstück erreicht. Patrick stieg aus, öffnete und verschloss das Tor und bedeutete Erich, zum Stall zu fahren, weil er die letzten Meter laufen wollte. Erstaunt stellte er fest, dass überall im Haus noch Licht brannte. Als er die Tür öffnete, kam ihm Selma vor Aufregung zitternd entgegen.

»Gott sei Dank, dass Sie da sind, Herr, hier ist ein Brief für Sie.« Sie reichte ihm einen Zettel. »Ein Bote von der Baustelle ist hier gewesen und gleich wieder zurückgefahren. Hier bitte, lesen Sie. Ihre Reitkleidung habe ich schon zurechtgelegt.«

Patrick entzifferte im Schein der Haustürlampe den Zettel und was er las, raubte ihm den Atem. ›Kommen Sie schnell her, ein Feuer hat alle Baracken zerstört und Tote gab es auch.‹ Unterschrieben hatte Ernst Jensen, sein Baumeister.

Patrick rannte in sein Zimmer, um sich umzuziehen, und rief Selma zu: »Sagen Sie Ihrem Mann, er soll den Hengst satteln, ich muss sofort weg.«

Zehn Minuten später saß er auf dem Pferd. Während Erich das Tor öffnete, rief Patrick ihm zu: »Holen Sie morgen früh um zehn meine Mutter und meinen Onkel ab und bringen Sie die beiden zum Hafen. Mich müssen Sie bei den Verwandten entschuldigen. Sagen Sie, es hat einen Unfall auf der Baustelle gegeben.« Dann galoppierte er davon, dass die Eisen Funken aus den Steinen schlugen. Da er den Weg längst auswendig kannte, wagte er trotz der Dunkelheit in vollem Galopp durch die Straßen zu jagen. Nur an größeren und unübersichtlichen Kreuzungen parierte er durch, beruhigte den Hengst, kreuzte die Straßen und stürmte weiter. Der Wind peitschte ihm den Regen ins Gesicht, der Sturm zerrte an seiner Kleidung und Wotan jagte weiter mit angelegten Ohren und sprang über manches Hindernis, das Patrick in der Dunkelheit gar nicht gesehen hatte. Vor sich beobachtete er einen Feuerschein, der sich in den niedrigen Wolken spiegelte, und dann hatte er sein Grundstück erreicht. Aufgeregte Arbeiter rannten in Panik umher, die Reste der Baracken brannten noch lichterloh und Männer von der Feuerwehr mit ihren Wagen und Schläuchen liefen hin und her und schrien sich Befehle zu. Patrick band den Hengst an einen Grenzpfahl seines Grundstücks und suchte den Bauleiter und den Brandmeister.

Ätzender Gestank lag in der Luft, vom Sturm in Schwaden hin und her getrieben und Patrick wusste, das war nicht nur der Geruch von Holz und Stoff, das war der

Gestank von verkohltem Fleisch. Ihm wurde übel, aber er riss sich zusammen, und dann hatte er die beiden Männer erreicht, die zusammen mit einigen Arbeitern versuchten, zwischen den verkohlten Brettern etwas herauszuziehen, was einem Lumpenbündel glich, aber wohl ein Mensch gewesen war.

»Mein Gott, Jensen, was ist hier passiert?«

Die Männer richteten sich auf und Ernst Jensen kam zu ihm.

»Chef, es ist alles verbrannt. Ein paar meiner Männer sind tot. Sie waren nicht schnell genug. Es ist entsetzlich.« Er rieb sich Tränen aus dem Gesicht.

»Aber woher kam das Feuer, hat der Sturm einen Kanonenofen zur Explosion gebracht? Haben die Männer zu stark geheizt?«

Patrick hatte zum Baubeginn vier große neue Baracken als Wohnunterkünfte für den Bautrupp aus Lüneburg errichten lassen. Er hatte sie mit Eisenöfen, Betten, Bänken und Tischen und sogar mit Spinden ausgestattet. Die Leute sollten sich wohl fühlen, wenn sie mit ihrem Tagewerk fertig waren. Fünfzig Männer schliefen in einer Baracke, vier standen auf seinem Grundstück, in jeder Ecke einer. Dazu gab es die Küchenbaracke, Latrinen und Badehäuser, ein Luxus, den die wenigsten Männer von anderen Baustellen her kannten. Aber Patrick war der Meinung zufriedene Arbeiter sind gute Arbeiter und hatte Recht behalten. Jetzt stand er mit brennenden Augen und einem Tuch um Mund und Nase gewickelt vor den Trümmern.

Jensen erklärte: »An überheizte Öfen haben wir zuerst auch gedacht, aber der Brandmeister sagt, es sei Sabotage. Vier entfernt stehende Baracken können nicht zur gleichen Zeit Feuer fangen. Und seine Männer haben Reste von Lumpen gefunden, die unter die Ecken der Baracken geschoben waren und als Anzünder gedient hätten. Meine Arbeiter sind außer sich, Chef. Dreizehn werden vermisst.«

Der Brandmeister kam hinzu. »Wenn es hell ist, sehen wir mehr. Aber eins steht jetzt schon fest, die Feuer sind gelegt und zur gleichen Zeit entzündet worden. An dieser Katastrophe ist kein Kanonenofen schuld und auch kein Sturm. Das ist einwandfrei Sabotage. Ich habe die Polizei schon unterrichtet.«

Patrick schüttelte sich entsetzt. Er dachte an die Gräben, die ihm fast das Genick gebrochen hätten, an den Pferdemörder – mussten jetzt fremde, unschuldige Menschen daran glauben?

Und dann musste er sich doch übergeben. Er lief ein paar Schritte in die Dunkelheit und würgte das Entsetzen aus seinem Körper. Zurück blieb dieser beißende, ätzende Gestank nach verbranntem Holz und verkohlten Leichen, den er sein Leben lang nicht mehr los werden sollte.

Elisabeth hatte in dieser Nacht lange wach gelegen. Mit großer Freude dachte sie an die vergangenen Stunden, an die heiteren Plaudereien mit Patrick. Sie hatten sich witzige Anekdoten aus ihrem Leben erzählt, aktuelle Ereignisse der Familie diskutiert, die anderen Gäste amüsiert beobachtet und sich ausgiebig von dem köstlichen Essen genommen. Elisabeth dachte an die verhaltenen Berührungen beim Tanzen, an das Prickeln auf der Haut, als sie seine Hand auf ihrem Rücken spürte, und an das Gefühl, auf Wolken zu schweben, wenn er sie mit seinen Augen lange ansah. In den Pausen hatten sie Champagner getrunken, Pläne für die Weihnachtstage gemacht und sich gefreut, am nächsten Tag noch einmal, wenn auch nur kurz, zusammen zu sein.

Elisabeth machte Licht und sah auf die Uhr. Fast fünf, dachte sie, zu spät zum Schlafen, zu früh zum Aufstehen.

Sie legte sich wieder zurück und überlegte: Wie ist es möglich, solche Gefühle zu entwickeln? Ich kenne diesen Mann kaum, es war unser erster Abend, unser erstes Gespräch, unsere erste Berührung, und es war doch so vertraut. Nichts war fremd, und nichts war bedrohlich. Fühlt er genauso oder bilde ich mir das alles nur ein? Mal sehen, überlegte sie, wie er sich morgen gibt. Dann hatte er, genau wie ich, eine Nacht lang Zeit, um über die Begegnung nachzudenken. Vielleicht ist er erfreut, mich wiederzusehen, vielleicht ist er erschrocken über die Gefühle, die uns überrascht haben. Ich muss das nächste Treffen abwarten, dann bin ich klüger.

Schließlich stand sie auf. Langsam kam das Morgenlicht in das Zimmer. Sorgfältig suchte sie ihre Garderobe zusammen: die cremeweiße Bluse mit den Plauener Spitzen am Hals, das malvenfarbene Kostüm mit dem langen, engen Rock, der nur hinten in dichte Falten gelegt war, mit der engtaillierten Jacke und dem passenden Hut. Der dicke Wintermantel würde zwar ihr hübsches Kostüm verdecken, aber vielleicht ergab sich ja doch noch ein längeres Zusammensein, wenn Patrick später die Einladung ihres Vaters zu einem kleinen Dinner annehmen sollte.

Unten in der Halle wurde es laut. Das Personal verabschiedete sich von der Hausherrin. Dann gingen auch Elisabeths Eltern hinunter, die Mutter mit verweinten Augen. Der Vater hatte sie in der Nacht immer wieder zu trösten versucht. Elisabeth zog die Stiefeletten aus schwarzem Lackleder an, setzte den Hut auf, nahm den Muff und ging ebenfalls nach unten. Das Gepäck von Victoria und Christian war gestern an Bord des Schiffes gebracht worden. Die Reisetaschen der anderen wurden jetzt hinten auf dem Gepäckträger der Kutsche festgeschnallt. Thomas, Melanie und Elisabeth waren ja nur mit leichtem Gepäck aus Rodenhagen angereist.

Dicke schwarze Wolken lagen über der Elbniederung und vom gegenüberliegenden Ufer war nichts zu sehen. Hin und wieder zerriss ein Nebelhorn die Stille. Der Sturm der vergangenen Nacht hatte nachgelassen. Langsam und majestätisch rollte die Kutsche ein letztes Mal die Einfahrt hinauf und durch das Tor. Viktoria drehte sich nicht um. Sie hatte längst Abschied von diesem Haus und von diesem Lebensabschnitt genommen.

Dann ging es in flottem Tempo durch die Stadt und zum Hafen. Die Pferde griffen kräftig aus, viel zu selten waren sie in letzter Zeit angespannt worden. Der Kutscher knallte mit der Peitsche. Er würde nicht mehr in die Villa zurückkehren. Der neue Herr brachte seine eigenen Angestellten, Kutscher und Pferde mit. Er würde im Anschluss an diese Fahrt die Pferde zum Bauern Kuhnert bringen und freute sich auf die gemütliche Küche bei der Bäuerin, die ihm ein warmes Essen versprochen hatte. Dann würde er ein Bierchen mit dem alten Kuhnert trinken und vielleicht auch einen selbstgebrannten Korn und danach würde er sich eine neue Arbeit als hochherrschaftlicher Kutscher suchen. Die Herrin hatte ihm ein vorzügliches Zeugnis ausgestellt.

Sie hatten den Hafen erreicht. Groß und majestätisch lag die ›Swan-Fairy‹ an der Kaimauer. Eines der größten Schiffe der Reederei Stelling und mit den vier Segelmasten und dem Schornstein in der Mitte war sie einer der schnellsten Frachter im Hafen. Der Kutscher lenkte die Pferde bis vor die Gangway und auch die anderen Kutschen kamen näher: die Brennickes mit ihren Familien, Julia allein, weil ihr Mann eine Reise nach Lübeck antreten musste, und Jessica mit ihrem Mann. Auch Patricks Kutsche rollte heran, aber Elisabeth konnte nur Patrizia und Michael sehen. Wo ist Patrick, dachte sie enttäuscht? Vielleicht kommt er mit dem Reitpferd, überlegte sie und stieg ebenfalls aus.

Gleichzeitig hörte sie, wie der Kutscher zu Viktoria sagte: »Der gnädige Herr lässt sich entschuldigen. Es hat in der Nacht einen Unfall auf der Baustelle gegeben und er ist sofort hinausgeritten. Ich soll Sie grüßen und Ihnen seine besten Wünsche für die Reise übermitteln.« Als Viktoria mehr wissen wollte, zuckte Erich mit den Schultern. »Einzelheiten sind mir nicht bekannt, gnädige Frau.«

Viktoria drehte sich zu den anderen um. »Wir wollen hoffen, dass nichts Ernsthaftes passiert ist. Aber nun lasst uns Abschied nehmen und bitte ohne Tränen und Emotionen. In einem halben Jahr sind wir zurück.« Man umarmte sich, es gab Küsse und doch ein paar Tränen, dann reichte Christian seiner Tante den Arm und geleitete sie die Gangway hinauf. Ein letztes Winken, dann waren sie nicht mehr zu sehen. Und kein Mensch auf dem kalten Kai an diesem grauen Dezembermorgen ahnte, welches Ende diese Reise nehmen würde.

Thomas, die schluchzende Melanie am Arm, versuchte, die Verwandten zu einem Dinner im neuen Ratsweinkeller, der, so hatte Thomas erfahren, eine hervorragende Küche, ein ausgezeichnetes Ambiente und die besten Weine der Stadt anbot, zu überreden. Der Zug nach Berlin ging erst gegen sechzehn Uhr und so könnte man das vor einem Jahr fertig gestellte Rathaus besichtigen und danach gemeinsam speisen. Aber sie lehnten alle ab. Die einen rief die Arbeit ins Kontor, die anderen in den eigenen Haushalt, Patrizia machte sich große Sorgen um den Sohn und wollte allein sein und Michael hatte beschlossen, bei Patrizia zu bleiben, bis sie mehr über den Unfall wussten.

Elisabeth war sehr niedergeschlagen, sie wusste aber auch, dass Patrick sich um seine Männer kümmern musste.

Fünfzehntes Kapitel

Michael beschloss, seine Schwester an diesem Tag nicht allein zu lassen. Er sah, dass sie sehr beunruhigt war und bat sie, mit ihm in den Harvestehuder Weg zu kommen.

»Wir können dort gemeinsam auf Patrick oder auf eine Nachricht von ihm warten.«

Patrizia nickte. »Es ist so gar nicht seine Art, zu einem fest vereinbarten Treffen nicht zu kommen. Da muss etwas Schreckliches passiert sein.«

Michael bat den Kutscher, nicht nach Sankt Georg zu fahren, sondern zu seinem Haus in Harvestehude. Er wollte sich nicht in dem kleinen, spärlich möblierten Zimmer von Patrizia aufhalten, wo er wahrscheinlich noch die Besuche von Mitschwestern ertragen müsste. Sicher kamen sie aus Mitleid, Angst oder Neugier, um Näheres zu erfahren.

Erich wendete und lenkte die Pferde über den Holstenwall und am Dammtor vorbei in den Mittelweg und dann die Alte Rabenstraße hinunter bis zur Alster. Als die Pferde vor dem Gartentor standen, half er den alten Herrschaften beim Aussteigen und versicherte ihnen, sie sofort zu benachrichtigen, wenn er eine Botschaft von Patrick bekäme oder den gnädigen Herrn zu ihnen zu schicken, sobald er zurück sei.

Einen Augenblick sahen die beiden der Kutsche nach, dann gingen sie ins Haus, wo ihnen wohlige Wärme entgegenschlug.

Frieda hatte gut eingeheizt. Jetzt kam sie ihnen entgegen und nahm ihnen die Mäntel ab. Es roch nach Bienenwachs und Bohnenkraut und Michael lief das Wasser im Mund zusammen.

»Meine Schwester bleibt erst einmal hier. Wird das Essen für uns drei reichen?«

»Selbstverständlich, Herr Stelling.« Was Frieda nicht sagte, war die Tatsache, dass sie immer sehr reichlich kochte, damit sie abends genug für ihren Mann mit nach Hause nehmen konnte. Sie hatte keine Lust zweimal zu kochen und hatte längst damit begonnen, ihren Mann aus der Küche des Herrn Stelling zu versorgen.

Michael führte Patrizia in sein Atelier. »Komm hier herein, es ist mein liebster Raum. Hier habe ich alles, was ich brauche, den warmen Kamin, die schöne Aussicht, Möbel, in die ich mich hineingelebt habe, und meinen Arbeitsplatz.«

»Möbel, in die du dich hineingelebt hast? Kann man sich in Möbel hineinleben?« Sie sah ihn belustigt an.

»Natürlich kann man das. Schau meinen alten Ohrensessel an. Du glaubst gar nicht, wie ungemütlich der war, als ich ihn bekam. Steif und kalt und die ganze Polsterung hart und unbequem. Und jetzt, es gibt kein angenehmeres Stück als diesen Sessel. Jessica hat ihn mir geschenkt und hätte ich nicht befürchtet, sie furchtbar zu kränken, wenn ich ihn nicht benutzte, habe ich mich eben in ihn hineingelebt.«

»Gibt es mein Zimmer oben im Dachgeschoss noch?« Patrizia sah sich um und nahm in einem anderen Sessel vor dem Kamin Platz.

»Dein Zimmer gibt es noch. Ich glaube, es ist unverändert, aber ich benutze es nie. Willst du es sehen?«

»Vielleicht später. Jetzt bin ich froh, dass ich sitzen kann. Wo hast du deine Bilder versteckt? Malst du nicht mehr?«

»Patrick hat mir alle Bilder abgekauft. Er hat ein großes Haus und viele kahle Wände. Kennst du die Villa in der Heilwigstraße?«

»Ja, Patrick hat sie mir gezeigt. Aber bis auf zwei Zimmer mit alten Möbeln von Viktoria war sie noch leer. Erzähle mir von deiner Arbeit.«

»Ich habe vieles ausprobiert und nie den richtigen Weg gefunden. Dieses Suchen spürt man in meinen Bildern, und da ich nie zufrieden war, war ich eben immer auf der Suche.«

»Aber deine Bilder müssen gut sein, sonst hätte Patrick sie nicht gekauft.«

Michael lächelte und schüttelte den Kopf. »Du hast einen wunderbaren Sohn, Patrizia, aber bis heute weiß ich nicht, ob er sie gekauft hat, weil sie ihm gefielen oder weil er Mitleid mit mir hatte.«

»Oh, nein«, winkte Patrizia entschieden ab, »mein Sohn ist ein sehr kritischer Mann, und wenn es um Geld geht, sind Gefühle für ihn zweitrangig. Er würde niemals Bilder kaufen, die ihm nicht gefallen.«

Michael sah sie nachdenklich an. »Wenn ich dich so vor mir sehe, möchte ich am liebsten wieder mit der Porträtmalerei anfangen. Du hast ein so ausdrucksvolles Gesicht, dein ganzes Leben spiegelt sich darin.«

Patrizia hob abwehrend beide Hände. »Nein, lieber nicht, Brüderchen, wer weiß, was du da alles siehst und ausgräbst und dann auf die Leinwand bringst. Lass mir meine kleinen Geheimnisse.«

»Aber das ist ja der Reiz der Porträtmalerei. Man darf das Wesen eines Menschen einfangen, das Äußere durchschauen und das darunter Verborgene herausfinden. Eine Zeit lang hatte ich sogar Erfolg damit. Damals in Rom war ich ein gesuchter Porträtmaler, aber dann hatte ich die Gelegenheit, mit Freunden weiter zu reisen, und die Landschaft der schönen Toscana zog mich in ihren Bann. Felder mit roten Mohnblumen, mit gelben Sonnenblumen mit blauem Flachs – umgeben von Zypressen, du kannst dir nicht vorstellen, wie schön das ist und wie verlockend für einen Maler.«

»Bist du zufrieden mit deinem Leben, so wie es verlaufen ist?«

»Ich weiß es nicht. Ich denke manchmal, ich habe vieles versäumt, ich habe es einfach nicht gefunden.«

»Was zum Beispiel hast du gesucht und nicht gefunden?«

»Menschen zum Liebhaben, ein Zuhause, eine ernsthafte Aufgabe, eine gerade Lebenslinie, ein Ziel.«

»Und das alles hast du nicht?«

»Nein, ich war immer allein, ich war und bin überall nur Gast und ich lebe ziellos vor mich hin. Selbst jetzt, mit beinahe achtzig Jahren weiß ich nicht, wo es langgeht, ich bin immer und überall auf der Durchreise.«

»Das ist eine traurige Einstellung, Michael. Aber die starke Hand, die dir zeigte, wo es langgeht, hast du abgeschüttelt, erinnerst du dich? Vater kannte ein Ziel für dich, du hast es abgelehnt. Du hattest immer das, was du wolltest, warum beklagst du dich jetzt?«

»Ach, Patrizia, ich beklage mich nicht, ich bin unzufrieden mit mir selbst und ich weiß nicht, was ich ändern könnte.«

»Bleib, wie du bist, denn du bist ein sehr liebenswerter Mensch, Michael. Und jetzt gehe ich und schau mir mein altes Zimmer an.«

Michael sah ihr nach. Sie hat sich überhaupt nicht verändert, dachte er. Sie ist noch immer diese ruhige, zufriedene Frau, die es so gut versteht, andere zu trösten. Dabei ist sie gradlinig und ehrlich, sie redet nicht um Dinge herum, die gesagt werden müssen und scheut sich nicht, unangenehme

Probleme anzusprechen. Es wäre gut gewesen, in ihrer Nähe alt zu werden, mein Leben hätte unter ihrem Einfluss einen anderen Verlauf genommen, aber damals, als wir uns trennten, weil jeder ein anderes Ziel hatte, waren wir so auf die Gegenwart fixiert, dass die Zukunft noch keine Rolle spielte.

Patrizia stand an der Tür und sah in ihr altes Zimmer, das kaum größer war als ihre jetzige Stube. Damals war es ihr groß und komfortabel erschienen, weil es ihr ganz persönliches Zimmer war, jetzt sah sie, wie klein und bescheiden es in Wirklichkeit war. Wie oft hatte sie an dem winzigen Fenster gestanden und voller Sehnsucht über das Wasser hinweg zum anderen Ufer gesehen. Dort hinüber zog es sie, dahin wollte sie, da wartete das Leben auf sie, ein Leben voller Arbeit in Armut. War sie zufrieden mit diesem Leben oder plagten sie auch die Zweifel, die der Bruder hatte? Sie schüttelte den Kopf. Mir hat das Leben alles gegeben, viel mehr, als ich es mir erträumt habe, dachte sie dankbar. Auf meinem Weg durfte ich meiner großen Liebe begegnen und seither begleitet mich mein wunderbarer Sohn auf diesem Weg.

Langsam schloss sie die Tür und ging wieder nach unten. In der Halle kam ihr Frieda entgegen. »Ich habe das Essen aufgetragen, gnädige Frau, würden Sie bitte dem gnädigen Herrn Bescheid sagen?«

»Natürlich und danke schön.«

Nachdem Michael einen leichten Burgunder aus dem Keller geholt hatte, nahmen sie Platz. Frieda hatte einen kräftigen Bohneneintopf mit Kalbsschulter zubereitet und getoastete Brotscheiben dick mit Butter bestrichen. Es schmeckte ausgezeichnet und war genau das richtige Essen für diesen kalten Dezembertag. »Ich wünschte, Patrick käme und könnte mit uns essen«, sagte Michael, »er wird richtig durchgefroren sein. Unten am Hafen ist es noch viel ungemütlicher als hier oben in der Stadt.«

»Wenn ich nur endlich wüsste, was passiert ist. Hoffentlich geht es ihm gut.«

»Mach dir keine Sorgen, Schwester, dein Sohn ist ein sehr umsichtiger Mann. Und er wird uns so schnell wie möglich Bescheid geben.«

Aber an diesem Tag warteten die beiden alten Leute vergeblich auf eine Nachricht.

Als morgens gegen sieben Uhr die Dämmerung langsam einen Überblick auf das Baugelände an der Billwerder Bucht gestattete, wurde das ganze Ausmaß der Katastrophe sichtbar. Die Feuer waren gelöscht, alles war verbrannt, schwarz verkohlte Balken lagen überall herum. An einigen Stellen, dort, wo das Holz feucht war, schwelten noch kleine Brände. Ihre grauen Rauchwolken verwehten mit dem Wind. Noch in der Nacht war eine Barkasse mit Polizisten gekommen, die den Brand untersuchen sollten. Jetzt war das Boot in die Stadt zurückgefahren, um Wolldecken für die Arbeiter zu holen, die frierend, erschöpft und verstört am Rande der Baustelle hockten, nur mit der Unterwäsche bekleidet, mit der sie am Abend in ihre Betten gegangen waren. Stundenlang hatten sie geholfen, Freunde zu retten und Feuer zu löschen. Jetzt waren sie am Rande eines Zusammenbruchs, nicht nur, weil sie alles verloren hatten und völlig entkräftet waren, sondern weil sie nun feststellten, wie viele ihrer Kameraden in den Flammen umgekommen waren. Dreizehn Männer fehlten, einen Wachposten fand die Polizei erschlagen am Ufer.

Die Polizisten begannen, kaum dass es hell genug war, mit der Untersuchung. Sie verhörten zunächst die Wachposten, von denen aber nur einer eine brauchbare Aussage machen konnte.

»Ich habe Männer rennen gesehen, aber es war zu dunkel, um sie zu erkennen. Ich wollte hinter ihnen herlaufen, aber im gleichen Augenblick, als ich sah, dass ein anderer Wachmann die Verfolgung übernommen hatte, brach das Feuer in allen vier Baracken zur gleichen Zeit aus und ein furchtbares Geschrei fing an. Da bin ich zu den Baracken gerannt, um zu helfen. Alle Türen waren von außen verrammelt. Ich riss die Bretter weg und öffnete die Türen, meine Kollegen haben es bei den anderen Baracken genauso gemacht, das konnte ich in dem Feuerschein erkennen. Gleichzeitig hörte ich, wie ein Boot davonruderte. Die Männer in dem Boot riefen sich Kommandos zu. Der erschlagene Wachmann war mein Freund, der hinter ihnen hergejagt ist.« Er schluchzte und wischte sich Tränen aus dem Gesicht.

Patrick und Bauleiter Jensen waren bei den Verhören dabei. Die Arbeiter berichteten übereinstimmend, dass das Feuer in allen Baracken in vier Ecken gleichzeitig begonnen hätte. Und dann seien die Türen verschlossen gewesen und sie seien in Panik geraten und hätten um Hilfe geschrien.

Die Polizisten machten sich eifrig Notizen. Einer schüttelte den Kopf: »Die müssen ja mit einer ganzen Kompanie hier gewesen sein, wenn alle Feuer gleichzeitig entzündet wurden. Ich verstehe nicht, dass die Wachen das nicht gemerkt haben.«

Jensen nahm seine Leute in Schutz. »Es war eine sehr stürmische Nacht. Da brechen Äste von Bäumen, da knarrt das Holz der Baracken, der Regen peitscht den Leuten um die Ohren, Schiffssirenen dröhnen und die Ladebäume, die nachts Schiffe entladen, kreischen und quietschen. Da kommt ein Krach zum anderen und dann diese absolute Dunkelheit hier auf dem Gelände, da kann sich eine ganze Bande von Verbrechern anschleichen.«

Dann wurde Patrick ins Verhör genommen. Ob er Feinde habe, ob er Warnungen bekommen hätte, ob er einen bestimmten Verdacht habe.

Patrick überlegte sich die Antworten sehr genau. Er sagte nichts von seinem Verdacht, aber er berichtete von der zerstörten Zufahrt, von dem Mordversuch an seinem Pferd, von einigen kleinen Sabotageversuchen an seinem Baumaterial und dass immer wieder Männer auftauchten, die ihm die Arbeiter abwerben wollten. Da aber der ganze Trupp geschlossen aus Lüneburg gekommen sei, habe sich kein Mann abwerben lassen.

Als sie ihn nach seinen Versicherungen und nach seinen finanziellen Verhältnissen fragten, hob er abwehrend die Hände: »Ich bitte Sie, meine Herren, wenn Sie hier an einen versuchten Versicherungsbetrug denken, irren Sie sich gewaltig. So etwas habe ich nicht nötig. Auskunft über meine finanziellen Verhältnisse und über meinen Verdacht werde ich Ihnen geben, wenn Ihre Ermittlungen fortgeschritten sind. Vorher kann und will ich keinen Namen nennen.«

Inzwischen war das Polizeiboot zurück. Zwei Helfer begannen mit dem Verteilen von Decken, Tee und Broten. Mit der Barkasse war ein Polizeioffizier gekommen, der sich von den Ermittlungen berichten ließ und das Grundstück besichtigte. Auch die Leiche des erschlagenen Wachmannes sah er an. Von den anderen verbrannten Arbeitern waren nur noch verkohlte Reste geborgen worden. Jensen trat in einem unbeobachteten Augenblick zu Patrick und flüsterte: »Wir haben in letzter Zeit wiederholt Drohungen bekommen, soll ich das erwähnen?«

»Mensch, Jensen, warum haben Sie mir davon nichts gesagt?«

»Ich wollte Sie nicht noch mehr belasten, Sie haben doch schon genug um die Ohren.«

»Was waren das für Drohungen?«

»Anonyme Briefe.«

»Und was haben Sie damit gemacht?«

»Ich hab' sie verbrannt, damit sie nicht in falsche Hände gelangen und dann habe ich die Wachen verdoppelt und mit Waffen versorgt.«

»Sie müssen das sagen. Hier muss absolute Offenheit herrschen. Fängt man erst mit dem Versteckspiel an, ist das Vertrauen schon verloren.«

Der Offizier kam auf sie zu, stellte sich vor: »Ich bin Hauptmann Bremberg«, und bat Patrick um ein Gespräch. Jensen entfernte sich. »Sagen Sie den Polizisten, was Sie mir erzählten«, rief Patrick ihm nach und wandte sich an den Offizier. »Sie haben Fragen an mich?«

»Weniger Fragen als die Feststellung, dass sie einen handfesten Feind in dieser Stadt haben, der nicht einmal vor mehrfachem Mord zurückschreckt. Ich bitte um vollständige Offenheit, nur so ist eine Zusammenarbeit möglich.«

»Ich habe einen Feind, das ist doch sehr deutlich geworden, aber ich möchte keinen Verdacht äußern und keinen Namen nennen, bevor keine Beweise vorliegen.«

»Ich habe mich in diesen ersten Morgenstunden im Rathaus und bei den Behörden umgehört, sonst wäre ich längst hier draußen, und ich habe allerlei erfahren. Wenn Sie also zögern, einen Namen zu nennen, ich zögere nicht. Sie haben Frank Hohlemann, den Industriellen aus Harburg im Verdacht, der dieses Grundstück haben will.«

»Den Namen haben Sie genannt.«

»Seien Sie nicht so kleinlich, Herr Stelling. Wir müssen hier einen vierzehnfachen Mord aufklären.«

»Ich bin nicht kleinlich, ich bin vorsichtig und möchte mir keine Verleumdungsklage einhandeln.«

»Sie sind Amerikaner?«

»Mit einer Hamburger Mutter aus bester Familie und einem amerikanischen, aristokratischen Vater aus der allerobersten Gesellschaft. Ich protze sonst nicht mit meiner

Herkunft, aber es scheint mir angebracht, hier einige Vermutungen zu widerlegen, zum Beispiel die Andeutung eines Versicherungsbetruges, das ist nämlich nicht mein Stil, Herr Bremberg.«

»Sie sind zu empfindlich, Herr Stelling. Kein Mensch zweifelt an Ihrer absoluten Glaubwürdigkeit. Sie sind ein Mann, den ich gern zum Freund hätte, aber das ändert nichts daran, dass wir diese Sabotage und auch die vorausgegangenen Fälle, aufklären müssen. Und das können wir nur gemeinsam.«

Der Offizier streckte die Hand aus. »Einverstanden?«

Patrick schlug ein. »Einverstanden – und danke für das, was Sie über einen Freund gesagt haben. Ich empfinde genau so.«

»Dann lassen Sie uns mit der Arbeit anfangen. Erzählen Sie mir von Ihrer ersten Begegnung mit Hohlemann bis zum heutigen Tag alles, was sie wissen, vermuten, denken – einfach alles.«

Die beiden Männer setzten sich in die Kajüte der Barkasse und besprachen die Tragödie und was dazu geführt hatte.

Später kam Ernst Jensen dazu.

»Entschuldigen Sie die Störung, aber ich muss wissen, was mit den Männern wird. Sie frieren, sie haben Hunger und sie sind total verstört. Sie wollen nach Hause und sie wollen auch nicht mehr hier arbeiten.«

Bremberg stand auf. »Besprechen Sie alles in Ruhe, ich muss mich mal um meine Männer kümmern.«

Patrick rieb sich müde die Augen. Diese Nacht hat ihn um Jahre altern lassen, dachte Jensen und setzte sich ihm gegenüber.

»Was schlagen Sie vor, Jensen? Wollen Sie auch gehen?«

»Nein, ich bleibe. Die Polizei wird die Schweine schon erwischen und dann haben wir vielleicht Ruhe.«

»Vielleicht, Jensen, nur vielleicht.«

»Ach was, ich vertraue der Hamburger Polizei. Aber wir brauchen einen neuen Bautrupp. In Lüneburg werde ich keine Männer mehr finden, so eine Katastrophe spricht sich wie ein Lauffeuer herum. Ich muss mich woanders umsehen. Vielleicht in Mölln oder Ratzeburg. Ich finde schon Leute. Ich bin bekannt als guter Bauführer und Ihre Bezahlung ist bestens. Aber erst einmal brauchen wir neue Unterkünfte und die können wir nicht bauen, solange die Saboteure frei herumlaufen.«

»Was schlagen Sie vor?«

»Ich bringe meine Leute jetzt nach Lüneburg. Die Polizei ist mit den Verhören fertig und die Feuerwehr organisiert den Transport. Mit dem Wiederaufbau fangen wir im Januar an. Jetzt kommt Weihnachten, da wollen die Männer sowieso lieber zu Hause sein und dann müssen wir sehen, wie weit die Polizei mit ihren Ermittlungen ist.«

»Ich möchte den Männern den Lohn bis zum Jahresende und ein sehr großzügiges Abfindungsgeld geben. Und alles, was sie verloren haben, will ich ihnen natürlich ersetzen. Wie machen wir das? Ich kann hier im Augenblick nicht weg und das Bankhaus wird auch schon geschlossen sein.«

»Ich bringe die Männer jetzt nach Hause und notiere mir Namen und Anschriften, auch von den Toten, wenn's recht ist.«

»Selbstverständlich, und wenn sie Familien haben, werde ich mich um die kümmern.«

»Ich könnte dann zurückkommen und Ihnen die Liste geben und dann wäre es vielleicht eine schöne Geste, wenn Sie noch vor Weihnachten nach Lüneburg kommen und das Geld auszahlen könnten.«

»Das ist eine großartige Idee. So werden wir es machen. Was ist mit der Bestattung der Toten?«

»Sie sollten zu Hause im Kreise ihrer Familien bestattet werden. Vielleicht könnte eine Beerdigung ja an dem Tag stattfinden, an dem Sie kommen?«

»Ich könnte in vier Tagen dort sein. Bereiten Sie bitte alles vor.«

Die Familien Stelling, Brennicke, Hansen und Bertin ahnten nichts von der Tragödie an der Billwerder Bucht. Sie waren verärgert über das Desinteresse Patricks am Abschied von ihrer Mutter und nahmen es ihm übel, dass er nur seinen Kutscher mit ein paar höflichen Grüßen geschickt hatte. Sie würden sich sehr überlegen, ob sie ihn während der Weihnachtstage einladen würden. Nur Elisabeth Landau nahm ihn im Stillen in Schutz. Sie spürte, dass etwas Furchtbares geschehen sein musste, sonst hätte er niemals versäumt, sie zu sehen. Seine Worte, seine kleinen Berührungen, die hatten mehr versprochen als ein viel zu kurzes Zusammensein ohne rechten Abschied. Sobald ich zu Hause bin, überlegte sie, werde ich ihm schreiben. Einen kurzen Gruß natürlich nur, nahm sie sich vor, aber deutlich genug, damit er sieht, dass ich, was immer auch geschehen sein mag, auf seiner Seite stehe. Und sie begann noch während der Bahnreise darüber nachzudenken, was sie ihm schreiben wollte!

Sechzehntes Kapitel

Etwa zur gleichen Zeit, in der Polizeihauptmann Thorsten Bremberg mit Patrick Stelling sprach, löste sich die ›Swan-Fairy‹ vom Kai im Grasbrookhafen. Die Maschine im Mittelteil des Schiffes arbeitete mit halber Kraft. Grauer Rauch wirbelte aus dem Schornstein, dann schrillte die Schiffssirene und zeigte die Abfahrt an. Viktoria trat von der Reling zurück. Genug gewinkt, dachte sie, ein wichtiger Teil des Lebens ist vorbei, mit dieser Reise fängt ein neuer Abschnitt an.

Sie dachte an ihren Kindheitstraum von der Fahrt im Bug des eigenen Schiffes, und der sollte endlich Wahrheit werden. Sie bat Christian, sich um das Handgepäck zu kümmern, »und dann möchte ich für eine Weile allein hier oben sein, Christian. Du verstehst mich hoffentlich, es ist ein Abschiednehmen und ich möchte ungestört sein.«

»Selbstverständlich, Tante Viktoria, ich bin in meiner Kajüte, wenn du mich suchst.«

»Lass das Wort ›Tante‹ bitte weg, es macht mich älter, als ich mich fühle«.

Der junge Mann lächelte. »Wie du willst«, dann ging er unter Deck. Viktoria sah sich um, würde man es als skurril ansehen, wenn sie sich da vorn in die Bugspitze stellte? Die Offiziere waren auf der Brücke, die anderen Passagiere – zehn außer ihr und Christian waren mit an Bord – hatten bereits ihre Kajüten aufgesucht und die Matrosen waren mit dem Ablegen des Schiffes beschäftigt. Viktoria zuckte mit den Schultern, sollen sie denken, was sie wollen.

Der Wasserstreifen zwischen Schiff und Kaimauer wurde breiter. Sie sah nach Osten hinüber, wo ein Mastenwald den Binnenschiff-Hafen markierte, dann hinunter auf das Treiben am Ufer. Wie immer, wenn ein Schiff ablegte, herrschte geschäftiges Gewimmel: Gepäckträger schoben leere Karren fort, Hafenarbeiter schleppten Seile und Trosse, Säcke und Werkzeug, die Hufe schwerer Zugpferde klapperten über die Steine. Möwen kreischten in Schwärmen über dem Schiff. – Ein Abschied, den sie hundertmal und öfter vom Ufer aus beobachtet hatte, wenn ihre Schiffe in See stachen, ein Abschied, den sie zum ersten Mal vom Bord eines Schiffes aus erlebte. Langsam glitt die ›Swan-Fairy‹ durch Seitenarme der Elbe und durch mehrere Hafenbecken.

Viktoria ging bis ganz nach vorn in die äußerste Spitze im Bug, wo die ›Schwanen-Fee‹ ihren Platz hatte. Das Schiff erreichte die Elbe und glitt in das schnellere Fahrwasser. Rechts am Ufer sah Viktoria die Hügel von St. Pauli, dann Oevelgönne, den kleinen Ort mit den Lotsen- und Kapitänshäusern, danach kam der Elbhang mit den Villen der wohlhabenden Kaufleute und Reeder, und dann sah sie die weiße Villa oben im Park, das Zuhause der Brennickes, von dem sie sich nun verabschiedete. Sie beugte sich vor und strich über die Gallionsfigur, die, nicht mehr wie früher über dem Klüverbaum schwebte, sondern als Namensgeberin im Bug aufgestellt war und mit ausgebreiteten Armen den Wind einzufangen schien. Sie liebte diese ›Schwanenfee‹ mit den gespreizten Flügeln, die golden glänzend den Weg nach vorn zum Meer hin zeigte.

Ein leichter Sturm zerrte an ihrem Mantel und riss ihr fast den Hut vom Kopf. Hastig zog sie den Schleier herunter und band ihn unter dem Kinn fest. Sie hatte Mühe, in dem frischen Fahrtwind aufrecht zu stehen, hielt sich mit einer Hand am Schwanenflügel fest und winkte mit der freien Hand ihrem zurückbleibenden Haus zu, obwohl dort niemand mehr war, der den Gruß erwidern konnte. Energisch drehte sie sich wieder in die Fahrtrichtung und flüsterte: »Nun bring mich auf die andere Seite des Horizontes, kleine Fee. Lange genug hab ich darauf gewartet.«

An Finkenwerder am linken Ufer ging es vorbei und Viktoria dachte einen Moment lang an die Fischer, die sie so oft morgens beobachtet hatte, wenn sie vom nächtlichen Fang heimkehrten. Dann zog die ›Swan-Fairy‹ an Blankenese vorbei, später ließ das Schiff Schulau und Wedel und Stade hinter sich und dann, schon weit entfernt, weil der Fluss breiter und mächtiger wurde, sah sie noch den Kirchturm von Glückstadt.

Jetzt schmeckte Viktoria auch das Salz des Meeres. Die Matrosen setzten die ersten Segel, der Wind wurde heftiger. Das Schiff passierte Cuxhaven, der Lotse ging von Bord und Viktoria erblickte in der Ferne Schiffe und Baukrähne, die dabei waren, einen Tiefseehafen in die Elbmündung zu bauen, weil das Elbe-Fahrwasser zu flach für die großen Schnelldampfer aus Übersee wurde. Sie schüttelte den Kopf. Wie so oft ist Hamburg mit vielem zu spät dran, dachte sie, denn während in Cuxhaven, dieser Hamburger Enklave direkt an der Küste, noch eifrig geplant und gebaut wurde, hatte Bremen mit Bremerhaven längst seinen Tiefwasserhafen in Betrieb genommen. Der ewige Wettstreit zwischen den beiden Hansestädten, dachte sie und zuckte die Schultern. Ihr Problem war das nun nicht mehr, aber ihre Söhne mussten sich etwas einfallen lassen, wollten sie größere Schiffe in Betrieb nehmen, um mit der Konkurrenz Schritt zu halten.

Sie verließ die Bugspitze und suchte Schutz unter Deck. Kapitän Schuster, der sie von der Brücke aus beobachtet hatte, kam ihr nach. Hier unten war der Lärm der Dampfmaschine, die die Schiffsschrauben jetzt mit voller Kraft antrieb, sehr viel größer als unter freiem Himmel und

Schuster musste schreien, um sich verständlich zu machen. »Ich werde Ihnen den Weg zum Salon und zu den Kajüten zeigen, gnädige Frau. Der Wohnbereich befindet sich im Heck. Dort gibt es einen zweiten Niedergang, Sie brauchen nicht durch den Maschinenraum zu gehen.« Nach einigen Metern öffnete er eine Tür. »Hier ist der Salon, in dem auch gegessen wird. Rechts und links davon befinden sich die Kajüten für Passagiere und Schiffsoffiziere. Die Matrosen haben ihre Kojen vorn im Bug.« Er schloss die Tür und der Lärm war nur noch gedämpft zu hören. »Sobald wir alle Segel setzen können, brauchen wir die Maschine nicht mehr, dann ist es angenehm ruhig.«

»Ich weiß, Kapitän Schuster, aber ich habe absichtlich diesen Frachter gewählt und kein Luxusschiff, ich bin nicht sehr anspruchsvoll. Ich werde mich schnell eingewöhnen.«

Der Kapitän zeigte ihr den holzgetäfelten Salon, der sich längs im Schiff befand. Von seinen Seitenwänden gingen die Türen in die Kajüten ab. Der große Tisch in der Mitte war fest eingebaut, rechts und links von ihm standen, ebenfalls gut befestigt, zweisitzige Polsterbänke mit verstellbaren Lehnen, die nach vorn und nach hinten geklappt werden konnten, je nach Bedarf, ob die Gäste essen oder sich unterhalten wollten. Ihnen gegenüber standen an der Wand ebenfalls fest montierte Polsterbänke zwischen den Kabinentüren, so dass auf kleinstem Raum viel Platz für Konversation war. Viktoria nickte. »Eine sehr praktische Einrichtung. Ich erinnere mich an die Diskussionen, die geführt wurden, als es um diese Ausstattung ging. Und wo finde ich nun meine Kajüte?«

Schuster ging nach vorn bis zur Schmalseite des Salons. »Hier links befindet sich Ihre Kajüte. Sie ist größer als die Räume an den Seiten. Aber ich dachte, etwas mehr Luxus steht der Eignerin des Schiffes zu. Rechts von ihnen wohnt Herr Stelling, links schließt sich meine Kajüte an.«

»Danke für die Führung, Kapitän, ich werde jetzt erst einmal mein Domizil in Augenschein nehmen.«

Der Offizier verbeugte sich. »Lassen Sie mich wissen, wenn Sie etwas brauchen.«

Manfred Schuster verließ den Salon durch die zweite Tür und stieg über die Treppe nach oben. Es wurde schon dunkel. Dezember, dachte er, nur gut, dass wir bald in sommerliche Gewässer kommen. Spätestens im östlichen Mittelmeer können sich die Passagiere im Freien aufhalten, sind nicht mehr auf die engen Räumlichkeiten unter Deck angewiesen und meist hebt sich dann auch die allgemeine Stimmung. Er hatte so seine Erfahrungen. Dass die Reederin selbst mit ihm reisen wollte, hatte ihn ganz schön aus der Fassung gebracht. Was erwartete sie von einem Schiff, das beinahe jeden zweiten großen Hafen anlief, das keineswegs an eleganten Piers anlegte, sondern immer an den Kais mit den Frachthallen, mit den lauten Ladekrähnen, den schreienden Hafenarbeitern und dem Schmutz stinkender Hafenanlagen in brakigem Wasser? In Gedanken daran schüttelte er den Kopf. Aber es war nun mal ihr Wunsch, mit diesem Schiff zu reisen, und die Mannschaft war gewohnt, Passagiere zu befördern. Seinen Männern war Fracht natürlich lieber. Da brauchte man keine Rücksicht zu nehmen.

Viktoria sah ihm kurz nach, dann drehte sich sich um und betrat ihre Kajüte. Einen Augenblick lang war sie erschrocken, als sie sah, wie klein der Raum war, dann ging sie entschlossen hinein. Zwei winzige Bullaugen spendeten letztes Tageslicht. Wasser spritzte an ihnen hoch. Sie sind also kaum über der Wasserlinie, dachte sie und bedauerte, dass man sie deshalb nicht öffnen konnte. Doch dann lächelte sie: Sei nicht so anspruchsvoll, wenn du frische Luft brauchst, gehst du nach oben, da gibt es mehr als genug!

Auf dem Tisch stand eine Petroleumlampe. Sie entzündete den Docht und sah sich um. Auch hier war der ganze Raum mit Teakholz getäfelt. Das machte ihn warm und wohnlich. Das Bett sah breit und bequem aus, ganz so, wie sie es gewünscht hatte. Eine fein bestickte Tagesdecke in rötlichen Farben war darüber ausgebreitet. Die Farben wiederholten sich in kleinen Vorhängen vor den Bullaugen und in zahllosen Kissen, die im ganzen Raum verteilt waren. Meine Töchter haben das veranlasst, dachte sie dankbar, und sah weiter umher. Ein Strauß goldgelber Winterastern, ein Korb mit frischem Obst, ein Ständer voller Zeitschriften, neue Bücher auf einem Regal, die durch Querleisten vor dem Herunterfallen geschützt waren – Viktoria lächelte: Sie haben wirklich an alles gedacht! Sie öffnete die Schranktür, ihre Garderobe hing wohl geordnet auf den Bügeln, die Wäsche war in den Schubladen verteilt. Sie wusste, es war die letzte Arbeit der Mamsell, die gestern mit dem Kutscher zusammen ihren Schrankkoffer aufs Schiff gebracht und mit sorgsamen Händen die Sachen eingeräumt hatte.

Auf dem kleinen Tisch lag eine, wie es in der Überschrift hieß, ›Termin-Übersicht für die Kajütengesellschaft‹ mit den Zeiten, in denen gegessen wurde und in denen das Badezimmer benutzt werden konnte. Aber danach brauche ich mich Gott sei Dank nicht zu richten. Meine Kajüte besitzt eine eigene kleine Dusche mit Waschbecken und Toilette, es ist der einzige Komfort, auf dem ich vom ersten Tag der Reiseplanung an bestanden habe.

Sie sah auf ihre Armbanduhr, das Abschiedsgeschenk ihrer Kinder, die das kleine Werk extra in der Schweiz bestellt hatten und eine solche moderne Uhr am Arm für den absoluten Luxus einer Dame von Welt hielten, wie sie betont hatten. Viktoria lächelte, als sie an die angespannten Gesichter ihrer Kinder dachte, die ein so großes Geheimnis um ihr Geschenk gemacht hatten. Aber sie freute sich wirklich darüber, obwohl es etwas gewöhnungsbedürftig war, mit dem kleinen Werk nicht irgendwo anzustoßen und es dadurch zu beschädigen. Sie sah noch einmal auf die Zeiger: Gleich fünf Uhr, dachte sie, ob man hier einen Tee bekommt? Sie las die Liste durch. Richtig, ›17 Uhr Teatime‹ stand da sehr vornehm. Dann werde ich mich umziehen und die anderen Passagiere begrüßen. Dass keiner von ihnen die Schiffseignerin in ihr sehen sollte, war mit Kapitän Schuster besprochen.

Viktoria legte ihr Reisekostüm ab und schlüpfte in ein bequemes Nachmittagskleid. Daran muss ich mich auch erst gewöhnen, dass es hier keine Mamsell gibt, die mir in die Garderobe hilft. Da ist nun niemand mehr, der das Korselett schnürt, die Falten ordnet, Schleifen bindet, Haken und Ösen schließt und mein Haar frisiert. Viktoria seufzte: Ich werde mich daran gewöhnen. Es wird höchste Zeit, wieder mehr Selbstständigkeit zu praktizieren, ich bin früher auch allein zurechtgekommen. Und wenn ich wieder in Hamburg bin und im Haus am Mittelweg wohne, muss ich auch allein fertig werden, da ist gar kein Platz für zusätzliche Angestellte. Also kann ich gleich mit dem Üben anfangen.

Im Salon wartete Christian auf sie. Er ging auf und ab und zeigte auf die Gemälde zwischen den Kajütentüren. »Sie haben alle die Signatur von Onkel Michael«, erklärte er anerkennend, »und sie passen wunderbar hierher. In diesem fensterlosen Raum mitten im Schiff zeigen sie uns die schönsten Landschaften.« Viktoria stellte sich überrascht zu ihm. »Wie schön, da fühlt man sich in die Hügel der Toscana, an die Küste von Amalfi, auf die Insel Capri oder an die Lagune von Venedig versetzt.«

»Hier drüben ist ein Stück Außen-Alster mit den Parkanlagen zu sehen und dort der Blick über die Elbe von deinem Haus aus.«

Viktoria war hocherfreut. Damals als Michael zurückkam, ohne einen Pfennig Geld und sehr deprimiert, weil er so erfolglos war, hatte sie ihre Kinder gebeten, Bilder von ihm zu kaufen und aufzuhängen, wann immer es eine Gelegenheit dafür gab. Christopher hatte ihre Bitte respektiert und die Schiffe der Stelling-Reederei, in denen Passagiere reisten, mit Bildern des Malers geschmückt. Sie würde ihm sehr für diese Geste danken, wenn sie wieder in Hamburg war.

Die anderen Passagiere kamen nach und nach in den Salon. Man begrüßte sich, stellte sich vor und unterhielt sich. Pünktlich um fünf Uhr kamen zwei Matrosen in weißen Jacken und servierten Tee und kleines Gebäck. Sie benahmen sich sehr korrekt und wohlerzogen und man merkte, dass es nicht ihr erster Auftritt vor Passagieren war. Dankbar setzten sich alle an den Tisch und genossen die kleine Erfrischung.

Viktoria war die einzige Frau an Bord. Die mitreisenden Herren waren geschäftlich unterwegs, vier verließen bereits in England das Schiff, zwei reisten bis Neapel, in Aden verließ ein Passagier und in Colombo noch einer die ›Swan-Fairy‹. Die letzten beiden gingen in Sáo Paulo und in Recife an Land. Aber bereits in England kamen zwei Ehepaare an Bord, die ihre Geschäfte in Indien tätigten und auch in den anderen Häfen hatten Reisende Kajüten bestellt.

Viktoria freute sich darauf, interessante Leute kennen zu lernen. Sie war ein extrovertierter Mensch, der gern Bekanntschaften schloss und mit freundlicher Offenheit Anteil am Leben anderer nahm. Und Menschen, die in andere Länder reisten, mussten mit Sicherheit faszinierend sein. So unterhielt sie sich auch an diesem ersten Abend angeregt und amüsiert und war höchst zufrieden mit dem Beginn dieser Reise.

Später kam Kapitän Schuster, der seinen Gästen die Wetteraussichten erklärte, sie vor einer stürmischen Kanaldurchfahrt warnte, die ihnen morgen bevorstand, sie aber gleichzeitig beruhigte, denn die ›Swan-Fairy‹ sei ein wunderbares und absolut seetüchtiges Schiff, mit dem er jetzt seine achte Weltumrundung startete.

Die Glocken der neuen St.-Johannis-Kirche hatten gerade die elfte Stunde eingeläutet, als vor dem Haus im Harvesterhuder Weg eine Kutsche hielt. Michael stand leise auf, um Patrizia nicht zu stören, die, die Füße auf eine gepolsterte Fußbank gelegt, im Sessel eingeschlafen war. Schnell ging er nach draußen, bevor der späte Gast den Türklopfer betätigte. Im Vorgarten stand Erich, der Kutscher aus der Heilwigstraße, zog den Zylinder und entschuldigte sich für die späte Störung.

»Aber ich hatte Ihnen versprochen, Sie zu benachrichtigen, wenn Herr Stelling nach Hause kommt. Vor einer halben Stunde ist er eingetroffen. Er ist sehr erschöpft und sehr betroffen und bat mich, Ihnen zu sagen, dass er auf der Baustelle alles so weit wie möglich geregelt habe und dass erst im Januar weiter gearbeitet wird. Sie möchten sich bitte keine Sorgen machen.«

»Aber was ist überhaupt passiert? Wir wissen gar nichts und das beunruhigt uns sehr.«

Erich sah sich um, als befürchte er Lauscher, dann flüsterte er: »Man hat die Schlafbaracken der Bauarbeiter angezündet und zugesperrt. Vierzehn Männer sind umgekommen. Aber das sagen Sie bitte nicht der gnädigen Frau, Herr Stelling hat das extra betont. Sie soll keine Einzelheiten erfahren. Er kommt morgen Vormittag her, um Ihnen alles persönlich zu sagen. Die Polizei geht von Sabotage aus.«

»Ja, mein Gott, wer tut denn so etwas? Aber kommen Sie erst einmal herein, wir müssen ja nicht hier im Garten stehen.«

»Nein danke, ich möchte die Pferde nicht ohne Aufsicht lassen.

Herr Stelling sagt, es gebe einen Hinweis auf Brandstiftung und die Polizei hat auch schon einen Verdacht.«

»Und wer könnte so etwas Grauenhaftes machen?«

»Über die Ermittlungen im Einzelnen bin ich nicht informiert.

Aber der gnädige Herr wird Ihnen morgen bestimmt mehr sagen können. Er hat mich außerdem gebeten, seine Mutter in das Amalien-Stift zu fahren, wenn sie das jetzt noch möchte.«

»Dann muss ich sie wecken und fragen. Sie ist in meinem Sessel eingeschlafen und wird nicht so unbequem die Nacht verbringen wollen. Sie kann natürlich auch hier im Gästezimmer nächtigen. Ich werde sie fragen, einen Augenblick bitte.«

Michael ging ins Haus und weckte vorsichtig seine Schwester.

»Patrizia, es ist alles in Ordnung, Patrick ist zu Hause und hat den Kutscher geschickt, falls du zurück nach St. Georg fahren möchtest.«

»Was ist denn geschehen, was hat der Mann erzählt?«

»Es gab ein Feuer, doch jetzt ist alles gelöscht, aber Patrick ist sehr erschöpft und schmutzig und konnte in diesem Zustand nicht selbst herkommen.«

»Das verstehe ich. Der arme Junge, viel Glück hat er mit seinem Unternehmen hier wirklich nicht. Hoffentlich regelt sich bald alles zum Guten.«

»Der Kutscher möchte wissen, ob er dich ins Amalien-Stift fahren soll.«

»Ich würde lieber bei dir übernachten, wenn es möglich ist. Dann kann Patrick morgen hierher kommen und uns beiden Bericht erstatten. Wird das gehen?«

»Selbstverständlich. Dann schicke ich jetzt den Erich

nach Hause, der wird auch froh sein, wenn er und die Pferde endlich ausruhen können.«

Michael gab dem Kutscher Bescheid, gab ihm Grüße für Patrick mit und bat: »Bitte sagen Sie Herrn Stelling, wir erwarten ihn morgen hier im Hause. Und er soll bei der Berichterstattung vorsichtig sein, die gnädige Frau weiß nur etwas von einem Feuer.«

»Natürlich, ich richte alles aus. Gute Nacht.« Und während Michael zutiefst betroffen zurück ins Haus ging, entfernte sich die Kutsche auf dem Weg die Alster entlang nach Norden.

Patrick kam am nächsten Morgen. Er sah noch immer erschöpft und übermüdet aus und Patrizia erschrak, als sie das angespannte Gesicht sah, in dem von der Unbeschwertheit vergangener Jahre auf einmal nichts mehr zu erkennen war.

»Mein lieber Junge, du hast hier bereits schwere Zeiten gehabt. Wirst du deine Pläne von dem Baggerbau aufgeben?«

»Niemals, Mutter.« Er versuchte zu lächeln und nahm sie in die Arme. »Du solltest mich besser kennen. Rückschläge bestärken mich nur in meinem Vorhaben. Jetzt machen wir eine Weihnachtspause und dann geht es zügig in die Endphase. Sieh mal«, versuchte er unbeschwert zu sein. »Die Bahnverbindung ist beinahe fertig, das Land für die Werft ist planiert, der Zufahrtsweg fast repariert, und alles andere schaffen wir auch noch!«

»Du hast einen Feind, der dir diese Schäden zufügt, stimmt das?«

»Ja. Ein Mann, der dieses Grundstück auch haben wollte, aber zu spät kam. Nun ist er wütend.«

»Dann nimmt der Ärger nie ein Ende!«

»Doch, man musste ihn nur auf frischer Tat ertappen.«

Michael schaltete sich ein. »Hat die Polizei einen Verdacht?«

»Ja. Die Ermittlungen ergeben zwar, das dieser Fabrikant Frank Hohlemann zur Zeit des Feuers nicht in Hamburg war, er ist auf einer Geschäftsreise in Skandinavien, aber er hat den Auftrag dazu gegeben.«

»Dann hat er auch das Feuer nicht selbst gelegt.«

»Nein, das kann einer allein auch gar nicht, außerdem ist er ein Mann, der sich niemals selbst die Hände schmutzig machen würde. Er hat natürlich seine Leute für solche Schandtaten.«

»Und die werden schön den Mund halten.«

»Ja, seine Arbeiter würden für ihn durchs Feuer gehen. Aber er hat einen großen Fehler gemacht.«

»Was für einen Fehler?« mischte sich Patrizia ein.

»Er hat nicht seine Leute beauftragt, er wollte in seiner eigenen Firma nicht erpressbar sein, und so warb er einen Trupp Saboteure aus Altona an.«

»Das weiß die Polizei schon?« Michael musste sich setzen, das war alles zuviel für ihn. Und auch Patrizia sah sehr mitgenommen aus. Er zog sie neben sich auf das kleine Sofa, während Patrick, sichtlich erregt auf und ab ging.

»Die Polizei ist außerordentlich tüchtig. Sie haben einen Mann aufgegriffen, der mit dem Anschlag prahlte und außerdem unzufrieden mit der Bezahlung war. Sie haben ihn mit auf die Wache auf St. Pauli genommen und gestern Abend noch hat er alles verraten.«

»Und dieser Hohlemann?«

»Auf ihn wartet ein Haftbefehl, sobald er Hamburger Boden betritt. Die Polizei ist auch aus anderen Gründen nicht gut auf ihn zu sprechen. Es gibt da Vorfälle, die auf sein Konto gehen, die man ihm bis jetzt aber nicht nachweisen konnte.«

»Und das alles hat man dir erzählt?«

»Der leitende Polizeihauptmann ist ein sehr sympathischer Mann, wir haben uns sofort verstanden, und ich denke, wenn der Fall erledigt ist, könnten wir sogar Freunde werden.«

»Ja, wenn der Fall erledigt ist. Und wann wird das sein? Ich habe Angst um dich, mein Junge. Erst die zerstörte Straße, dann die Hunde, um Pferde und Haus zu schützen, jetzt dieses Feuer, was muss noch alles passieren, bevor Frieden für dich eintritt?« Jetzt weinte sie.

»Mutter«, Patrick kniete vor ihr nieder und wärmte ihre eiskalten Hände. Es ist vorbei! Wirklich! Du musst keine Angst mehr haben. Wir werden nie wieder etwas von diesem Teufel hören.« Wenn ich doch nur selbst an meine Worte glauben könnte, dachte er. »Jetzt kommen erst einmal die Weihnachtsferien, die Arbeiter wollen die Festtage bei ihren Familien verbringen und im Januar geht es dann sofort weiter. Das Holz für neue Baracken habe ich schon bestellt.«

Michael beobachtete seinen Neffen. Wieviel Mut dazu gehört, sich so zu beherrschen, wie gut er seinen Kummer und seine Sorgen versteckt, dachte der alte Mann, wie besorgt er um seine Mutter ist. Es muss wunderbar sein, einen solchen Sohn zu haben.

Er stand auf. »Ich denke, auf den Schrecken hin trinken wir jetzt einen kleinen Aperitif, danach werde ich Frieda bitten, uns das Essen zu servieren, und dann bestelle ich eine Mietkutsche und bringe Patrizia zurück. Du wirst noch viel erledigen müssen.«

Patrick nickte. Wie gut, dass keiner ahnt, was mir alles noch bevorsteht: weitere Verhöre und Gegenüberstellungen, die finanziellen Transaktionen, die Beerdigung, die Besuche bei den Angehörigen der Toten und bei den geschädigten Arbeitern, die gestern die Heimreise angetreten hatten.

Siebzehntes Kapitel

Alle Zeitungen, und nicht nur in Hamburg, sondern auch im ganzen Umland, in Lüneburg und Lübeck, in Harburg und Ratzeburg, ja sogar in Bremen und Berlin, berichteten über den Brandanschlag in Hamburg und über die vorsätzlichen Morde an dreizehn Lüneburger Bauarbeitern und einem Wachmann. Fotografen mit ihren kastenförmigen Rollfilm-Kameras stocherten stundenlang in den verkohlten Überresten, um noch irgendwelche Sensationen aufzudecken und sensationshungrige Bürger spazierten, mit Picknick und Decken ausgerüstet, auf dem Gelände herum. Der Sabotage-Akt war Gesprächsstoff in der ganzen Stadt und die Familien Brennicke und Stelling versammelten sich im Kontorhaus am Dovenfleet, um zu beraten, wie man Patrick Stelling helfen und diesen Wirbel um ihre angesehenen Namen beenden könne. Hanseaten standen nicht gern im Mittelpunkt unangenehmer Situationen, Hanseaten wirkten lieber in der Stille und von dort aus mit Macht und Autorität!

Alle Familienmitglieder boten spontan und übereifrig dem Cousin Hilfe an und entschuldigten sich insgeheim für ihre unrühmlichen Gedanken, als er zur Verabschiedung der Mutter nicht zum Hafen kam.

Christopher bot ihm finanzielle Unterstützung an, Alexander wollte als Fürsprecher seine Interessen im Rathaus vertreten, Julia und ihr Mann luden ihn ein, erst einmal bei ihnen zu wohnen, bis er den Schrecken überwunden hätte, Jessica bot ihm andere Grundstücke und ihr Mann fachmännischen Rat an. Aber Patrick lehnte alle Angebote höflich und dankend ab.

»An Geld fehlt es mir nicht, das Grundstück behalte ich auf jeden Fall, meine Interessen werde ich vor dem Rat der Stadt selbstverständlich allein vertreten und an mein neues Haus habe ich mich gewöhnt«, erklärte er bei dem Familientreffen. »Ihr müsst mich bitte verstehen, aber wenn ich in dieser Stadt und bei diesen Menschen Fuß fassen will, muss ich mit allen Problemen selbst fertig werden. Ich möchte nicht arrogant erscheinen, aber ich werde mit dieser Situation, das müsst ihr mir glauben, allein fertig.«

Und da er wusste, dass sie um den untadeligen Ruf der Familien besorgt waren, fügte er hinzu: »Es tut mir leid, dass die Namen Stelling und Brennicke auf diese Art und Weise überall bekannt wurden, aber ich werde dafür sorgen, dass wir alle aus dieser Situation ehrenvoll hervorgehen. Mein Ziel ist es, durch den Bau von riesigen Baggern die Elbe zu vertiefen und damit aus Hamburg eine Welt-Hafenstadt zu machen. Diese Bagger werden die Namen Brennicke und Stelling tragen. Und je mehr Bagger ich baue, umso mehr werde ich die Namen eurer Kinder hinzuziehen, wenn ihr das gestattet.«

Mit diesen Worten weihte er die Familie zum ersten Mal in seine Pläne ein. Atemlose Stille war die Folge.

»Du willst die Elbe für Tiefseeschiffe passierbar machen?«

»Du willst die Bagger wirklich nach uns benennen?«

»Deshalb willst du unbedingt das Grundstück an der Billwerder Bucht behalten, jetzt verstehe ich das endlich.«

»Wie bist du nur auf diese grandiose Idee gekommen?«

»Du kannst natürlich mit jeder Unterstützung von uns rechnen.«

»Vergiss nicht, wir sind eine Familie, die wie Pech und Schwefel zusammenhält.«

Die Fragen überschlugen sich und Patrick hob beschwichtigend die Hände. »Die Schwierigkeit mit der Elbversandung habe ich am ersten Tag meines Aufenthaltes in Hamburg gesehen. Von Viktorias Villa aus. Ich kenne die Probleme aus New York, über London und andere Hafenstädte, die nicht direkt am Meer liegen, habe ich Berichte gelesen. Und, Bagger zu bauen, und zwar riesige, leistungsfähige Bagger, liegt für einen Schiffsbauer wie mich doch auf der Hand.«

Das einzig annehmbare Angebot kam für ihn aus Rodenhagen. Thomas hatte ihm geschrieben, wie sehr sich die Familie auf seinen Besuch freuen und wie glücklich sie sich schätzen würden, ihm zu zeigen, wie wundervoll und traditionsreich die Familie auf dem Gut dieses Fest feiern würde. Und wenn er seine Mutter mitbringen wollte, wäre das eine große Ehre für sie alle.

Das war die Nachricht, auf die Patrick wartete, denn er hatte sehr wohl bemerkt, wie schnell und wie konsequent sich die Familie zurückzog, weil er am Abschied von Viktoria nicht teilgenommen hatte.

Patrick wäre gern allein nach Rodenhagen gefahren, er hatte dort so seine Pläne mit dem Alleinsein zu zweit, denn er hoffte auf ereignisreiche Stunden mit Elisabeth, er wusste aber auch, dass er die Einladung an seine Mutter weitergeben musste. So ritt er wenige Tage vor dem Fest zum Amalien-Stift, um mit ihr die Reise zu besprechen. Aber Patrizia winkte ab.

»Es ist sehr nett von dir, dass du mich nicht allein in Hamburg lassen willst und dass mein Bruder mich eingeladen hat. Aber ich habe andere Verpflichtungen.«

»Was meinst du damit, Mutter?«

»Hier ist es üblich, dass unsere Schwestern, wenn sie das Fest nicht in den eigenen Familien feiern, ehrenamtliche Aufgaben übernehmen und bei Festen in Altenheimen und Kinderheimen helfen. Ich habe meine Hilfe Julia angeboten.«

»Julia? Weshalb braucht sie Hilfe?«

»Im Haus am Mittelweg ist es Tradition, zum Weihnachtsfest alleinstehende Künstler einzuladen. Man feiert den Heiligen Abend im wunderschönen Gartensaal. Musiker geben ein kleines Konzert, Literaten lesen aus ihren Werken, Maler dekorieren den Saal und schmücken den Baum. Und ich werde bei der Organisation helfen und die Hausfrau in allen Belangen unterstützen, denn am ersten Feiertag gibt es außerdem ein Mittagessen für alle. Du siehst, ich kann gar nicht fort.«

»Davon hatte ich keine Ahnung Das ist ja eine wunderschöne Art, das Fest zu begehen. Wann habt ihr das besprochen?«

»Michael hat das erwähnt und anschließend kam Julia und bat mich um Hilfe. So ist das gekommen.«

»Da kann ich dich natürlich nicht zu einer Reise überreden, das sehe ich ein. Aber ich könnte Julia vielleicht auch noch helfen, indem ich Selma bitte, ihr zur Hand zu gehen und Erich mit der Kutsche zur Verfügung stelle. Alleinstehende Künstler haben selten Pferd und Wagen und Weihnachten wird es schwer sein, eine Mietkutsche zu bekommen. Erich könnte sie abholen und wieder heimbringen. Aber ich muss natürlich erst mit den beiden reden, vielleicht haben sie andere Pläne.«

Patrizia nickte und stand auf. »Eine sehr schöne Idee, Patrick, aber fahre du jetzt erst einmal nach Rodenhagen und schau dich dort gut um. Es ist ein schönes Anwesen mit liebenswerten und interessanten Menschen.« Sie sah ihn augenzwinkernd an, »besonders die Damen dort sind sehr beachtenswert.«

Sie strich ihm über die Wange. »Mütter haben einen sechsten Sinn, weißt du?«

»Du machst mich richtig verlegen.«

»Eine Mutter darf das. Und nun reite heim, packe deine Sachen und und komm erholt und entspannt und vor allem glücklich im Januar zurück.«

Patrick umarmte seine Mutter und verließ das kleine Zimmer mit dem schönen Blick über die Alster und zum alten Sommersitz der Stellings. Wie gut, dachte er, dass sie so ein liebevolles Verhältnis zu ihrem Bruder Michael hat und in den Familien gern gesehen ist. Sie ist wirklich zu Hause angekommen.

Selma und Erich waren begeistert von der Idee, im Mittelweg-Haus zu helfen. »Wir hatten ein bisschen Angst, Weihnachten hier ganz allein zu sein. Wir kennen doch niemanden in dieser Stadt. Ja, wir würden schrecklich gern da mitmachen. Die gnädige Frau kann auf uns zählen, sie braucht uns nur ihre Anweisungen zu geben.«

Am nächsten Tag reiste Patrick nach Rodenhagen. Er hatte mit Julia gesprochen, hatte mit Thomas telefoniert und wusste, dass er in Brahlstorf abgeholt wurde. Er genoss die Reise mit dem Zug und nahm sich vor, nicht einen einzigen Gedanken an die zurückliegenden Wochen zu verschwenden. Er sah aus dem Fenster und beobachtete, wie die Stadt mit ihren Vororten, ihren Schornsteinen und Schrebergärten zurückblieb, das Land etwas hügeliger wurde, als sie die Elbe-Niederung verließen und langsam ein winterliches Kleid anlegte. Im milden Hamburg gab es noch keinen Schnee, aber je weiter sie sich von der Stadt entfernten, um so dicker wurde die weiße Pracht. Der Zug dampfte durch Wälder mit dicken Schneepolstern auf den Ästen, stampfte durch weiße Ebenen und durch Dörfer, die mit dicken Rauchwolken warme Stuben versprachen.

In Schwarzenbek, in Büchen und in der Nähe von Boizenburg hielt der Zug, dann musste sich Patrick fertig machen. Tief verschneit lag die kleine Bahnstation an den Geleisen. Patrick sprang vom Trittbrett, einen Bahnsteig gab es hier nicht, nahm seinen Koffer und die Reisetasche aus dem Waggon und ging, bis über die Knöchel im Schnee versunken, auf den Vorplatz. Dann sah er den Kutscher und den Pferdeschlitten.

»Ich konnte die Pferde nicht allein lassen, sonst hätte ich Ihnen gern geholfen, aber diese schnaubende Lokomotive mit den fremden Geräuschen mögen die Tiere gar nicht«, entschuldigte er sich.

»Macht nichts«, lachte Patrick, »es ist schön, dass Sie mich mit dem Schlitten abholen, das ist die richtige Einstimmung auf die winterlichen Weihnachtstage.« Er schnallte seinen Koffer hinten auf den Gepäckträger, während der Kutscher immer noch die Pferde beruhigte, dann nahm er im Schlitten Platz, bedeckte die Beine mit der bereitliegenden Pelzdecke und nickte dem Kutscher zu. »Ich bin so weit.« Der sprach noch einmal mit den Pferden, ergriff die Zügel und sprang mit einem Satz auf den Kutschbock. Im gleichen Augenblick zogen der Pferde an und dann ging es im Galopp davon. Lachend sah der Mann zurück. »Die sind froh, dass sie hier wegkommen, die konnte ich wirklich keinen Augenblick loslassen.«

Kleine Glöckchen am Geschirr begleiteten das Gespann durch den verschneiten Wald. Hin und wieder sah man Wild zwischen entfernten Bäumen stehen. Ab und zu huschte ein Hase über den Weg. Die Tiere haben gar keine Angst vor uns, dachte Patrick. Sie riechen die Pferde und nicht die Menschen, deshalb laufen sie auch nicht fort. Langsam beruhigten sich die Pferde und fielen in einen rhythmischen Trab. Dann blieb der Wald zurück und die großen Weideflächen, die das Gut umgaben, wurden sichtbar. Weit entfernt sah Patrick eine Pferdeherde, Männer trieben sie zusammen, Peitschen knallten und die Pferde vor dem Schlitten wurden wieder unruhig. Der Kutscher packte die Zügel fester und rief Patrick zu: »Die Weidepferde werden in den Stall getrieben, sie finden hier draußen kein Futter mehr.«

Dann kam Rodenhagen in Sicht. Das erste, was Patrick sah, waren Rauchwolken, die aus Schornsteinen in den Himmel qualmten, dann tauchten verschneite Dächer hinter weißen Hügeln auf, und dann sah er die ganze Hofanlage.

Der Kutscher hatte Mühe, das Gespann vor dem Herrenhaus anzuhalten. Die Pferde drängten in den Stall und die Kufen waren glatt geschliffen. »Mit dem Bremsen ist das so eine Sache beim Schlitten«, lachte der Kutscher, sprang ab und lief nach vorn, um die Pferde zu halten. Patrick stieg aus und öffnete die Schnallen der Gurte, die seinen Koffer gehalten hatten. Aus dem Haus kam ein Stubenmädchen und gleich darauf ein Mann in einer grünen Gärtnerschürze, der seinen Koffer und die Reisetasche ins Haus trug. Das Mädchen bat ihn mit einem Knicks ins Haus und gleich darauf stand er Melanie gegenüber, die die Treppe herunterkam und sich dabei noch die Haare zurechtsteckte.

»Meine Güte, ihr seid schneller hier, als wir erwartet haben. Die Pferde spielten wohl verrückt?«

Patrick lachte, küsste ihr die Hand und nickte. »Erst mochten sie die Eisenbahn nicht und dann wollten sie in den Stall. Der Mann hatte seine Mühe.«

»Das glaube ich gern. Außerdem ist es ihre erste Schlittenfahrt in diesem Jahr, denn genügend Schnee haben wir erst seit zwei Tagen. Aber nun komm herein, leg ab und und fühl dich wie zu Hause. Wir haben uns alle auf deinen Besuch gefreut.«

Melanie bedeutete dem Mädchen, ihrem Gast Mantel und Hut abzunehmen und ging voraus. Im Salon brannte gemütliches Kaminfeuer. »Was möchtest du trinken? Etwas zum Wärmen – das kann nicht schaden.«

»Ich nehme gern einen Cognac, aber nur, wenn du mir Gesellschaft leistest.«

Melanie kam mit zwei Gläsern und einer Flasche zurück. »Bitte bediene dich, aber für mich wenig und nur ausnahmsweise, weil ich den Hausherrn vertreten muss, der ist noch auf den Weiden unterwegs.«

»Wir haben eine Pferdeherde gesehen, die zusammengetrieben wurde.«

»Ja, ein Teil der Tiere muss in den Stall. Sie stehen auf sehr entfernten Weiden und es ist zu mühsam, das Futter so weit zu transportieren. Die Tiere, die näher am Stall stehen, bleiben auch im Winter draußen, es sei denn, der Frost wird zu stark und wir können sie nicht mehr tränken.«

Melanie trat ans Fenster und zeigte in den Garten. »Schade, dass du ihn nicht im Sommer gesehen hast, da war er das reinste Farbenmeer. Und dann der See im Hintergrund – jetzt ist alles eine weiße Fläche und der gefrorene See unterscheidet sich nicht von den Weiden und dem Garten. Ich habe dich übrigens in dem linken Flügel dort einquartiert. Da bist du ganz ungestört. Es ist Christians Wohnung, er wäre sicher einverstanden. Rechts in dem Flügel lebt Bernhard mit seiner Familie. Das alte Haus hier, das eigentliche Gutshaus, bewohnen Thomas und ich. Wir haben hier unten Wände entfernt, um größere Räume zu bekommen und vieles modernisiert. Dadurch haben wir nun wenige, dafür aber große Zimmer. Aber die Mahlzeiten nehmen wir hier gemeinsam ein. Bis auf Elisabeth. Sie wohnt mit ihren Kindern im Verwalterhaus und kommt nur zu besonderen Anlässen zum Essen herüber und zum Feiern natürlich, oder wenn wir einen Familienrat abhalten.«

Dann zeigte sie ihm das Haus und führte ihn in den Anbau, wo sein Koffer bereits ausgepackt und die Kleidung in den Schrank geräumt war.

»Danke«, Patrick war erfreut über die Fürsorge, die er spürte und enttäuscht, als er hörte, wie selten Elisabeth sich in diesem Hause aufhielt. Da musste er sich etwas einfallen lassen, um sie öfter zu treffen. Als hätte Melanie seine Gedanken gelesen, sagte sie: »Heute Abend werden Elisabeth und die kleine Jette mit uns essen. Lissi hat zwar noch furchtbar viel zu tun mit den Weihnachtsbestellungen und arbeitet fast Tag und Nacht, aber für heute hat sie zugesagt. Und jetzt lasse ich dich allein. Wir essen um sieben Uhr, wenn es dir recht ist und es geht bei uns ganz leger zu.«

»Danke, Melanie. Ich bin pünktlich im Speisezimmer.« Er lehnte es ab, wie ein kleines Kind die älteren Verwandten als Onkel und Tante zu benennen. Aus dem Alter bin ich heraus, dachte er. Wenn jemand Wert darauf legt, muss er mir das sagen, aber ich kann mir nicht vorstellen, dass dieser hübschen Frau das Wort ›Tante‹ zusagt. Dann sah er der Hausherrin nach, die sehr aufrecht und sehr selbstbewusst in ihrem moosgrünen Wollkleid mit fein drapierten Falten über ihrem Gesäßkissen und dem Chignon, zu dem sie ihre blonden Haare aufgesteckt trug, hinausging.

Während es in dem kleinen Wohnzimmer gemütlich warm war und das Feuer im Kachelofen leise vor sich hinknisterte, war es in dem anschließenden Schlafzimmer eisig kalt. Ich werde nachts die Tür offen lassen, überlegte Patrick, ganz so frostig muss ich es nicht haben. Er kratzte ein wenig an den Eisblumen der zugefrorenen Fensterscheiben und sah durch den Spalt nach draußen. Vom Wirtschaftshof herüber hörte er Stimmen, ab und zu wieherte ein Pferd, haushohe Stalltüren wurden an Schienen auf- und zugeschoben, große, mit Heu beladene und von schweren Arbeitspferden gezogene Karren fuhren in die Richtung der Weiden und zwei Knechte pumpten Wasser in einen fahrbaren Tank, den kurz darauf ebenfalls zwei Kaltblüter zu den Weiden zogen. Abendarbeit auf dem Gutshof, sagte er sich, ab morgen werde ich mich daran beteiligen. Körperliche Arbeit wird mir gut tun und lenkt mich von dem Hamburger Desaster ab. Gut, dass ich die Reitkleidung mitgebracht habe. Beim Umgang mit Pferden sind die Stiefel mit den verstärkten Spitzen unverzichtbar. Jetzt aber werde ich mich umziehen und für das Abendessen fertig machen.

Und dann sah er im letzten Tageslicht Elisabeth über den Hof kommen.

Umziehen kann ich mich später, dachte er und lief durch die Wohnung, den kleinen Flur entlang der das Haupthaus mit dem Anbau verband und gelangte in die Halle und an die schwere Eichentür, gerade als Elisabeth vor dem Haus den Schnee von den Schuhen klopfte. Mit Schwung öffnete er die Tür und lächelte in das verblüffte Gesicht seiner Cousine. »Komm herein, Lissi, ich sah dich kommen und wollte dir die Plagerei mit der schweren Tür abnehmen.«

Sie reichte ihm die Hand. »Danke, hattest du eine gute Reise? Wie geht es dir?«

»Jetzt sehr gut. Ich freue mich, dass ich hier bin und ich hoffe natürlich, du hast etwas Zeit für mich. Ich habe mich so auf diesen Besuch gefreut.«

»Ich habe Zeit für dich. Aber erst in zwei Tagen. Morgen muss ich noch kräftig arbeiten und übermorgen bin ich den ganzen Tag unterwegs, um die Arbeiten abzuliefern.«

»So lange kann ich nicht warten. Darf ich dich begleiten, wenn du unterwegs bist?«

»Ja, gern, besonders bei den Fahrten im Schnee.«

»Dann ist das also abgemacht.«

Sie nickte. »Und jetzt muss ich das Abendessen absagen. Wir haben noch so viel zu tun, dass wir Überstunden machen müssen, da kann ich die Frauen nicht allein in der Werkstatt sitzen lassen, um hier fröhlich zu speisen.« Als sie sah, wie enttäuscht er war, schlug sie vor: »Du kannst ja für einen Augenblick mit in mein Haus kommen und ansehen, was wir machen, dann wirst du verstehen, dass ich noch Zeit für die Weihnachtsarbeiten brauche.«

»Ich verstehe dich ja. Ich komme gern mit. Meine Mutter hat mir von deiner Arbeit erzählt.«

»Gut, ich sage nur der Mamsell, dass sie nicht für mich einzudecken braucht und entschuldige mich bei meiner Mutter, dann können wir hinübergehen.«

Während Elisabeth im Haus unterwegs war, holte Patrick seinen Mantel und zog seine Stiefel an. Dann verließen sie das Haus und eilten durch den Schnee. Ein unangenehmer Wind war aufgekommen, trieb Schneewehen zusammen und Elisabeth zog die Kapuze ihres Umhangs über den Kopf. »Hoffentlich wird es nicht noch kälter, dann müssen alle Pferde hereingeholt werden.«

»Ist denn in den Ställen genügend Platz?« Sie mussten schreien, um sich zu verständigen. »Ja, natürlich, aber es ist ein Notbehelf und wird Vater gar nicht gefallen. Die Pferde sollen ja abgehärtet werden und ein dickes Fell bekommen. Wenn sie alle drin sind, wird es so warm, dass sie mit dem dicken Fell schwitzen und das kann zu Krankheiten führen. Da muss man furchtbar aufpassen, um die richtige Entscheidung zu fällen.«

Sie hatten das abseitsliegende Verwalterhaus erreicht. Irgendwo hörte Patrick ein Klavierspiel. »Das ist Henriette, sie übt, wann immer sie Zeit hat. Morgen gibt es in der Schule Ferien und zur Feier des Tages ein kleines Fest. Da muss sie etwas vorspielen.«

Patrick begleitete Elisabeth in die Werkstatt, begrüßte die Frauen, die über ihre Arbeit gebeugt noch fleißig stickten und nähten, dabei fröhlich plauderten und sich nicht stören ließen.

»Du musst entschuldigen, Patrick, aber ich muss wieder an die Arbeit. Schau dich ein bisschen um und dann wirst du zum Abendessen gehen müssen. Mutter ist die Pünktlichkeit in Person.«

»Darf ich Henriette guten Abend sagen?«

»Lieber nicht. Sie müsste das Spiel unterbrechen und das würde ihr nicht gefallen. Du kannst sie morgen früh sehen. Ich bringe sie kurz vor acht zur Schule, da kannst du mitfahren, wenn du willst.«

»Mit Vergnügen. Begleitest du mich jetzt wenigstens noch zur Haustür?«

»Aber ja.« Sie gab ein paar Anweisungen und ging mit ihm hinaus.

»Es tut mir Leid, dass ich so wenig Zeit habe, Patrick.«

»Reicht die Zeit, dich um einen Kuss zu bitten?«

Sie lächelte. »Ich denke ja, das wird möglich sein.«

Zärtlich nahm er sie in seine Arme. »Lissi, du glaubst nicht, wie ich auf diesen Augenblick gewartet habe. Und nie wusste ich, ob du mir erlauben würdest, dich in meine Arme zu nehmen.«

Ohne eine Sekunde nachzudenken, legte sie ihm die Hände auf die Schultern und ihre Lippen trafen sich, trennten sich, berührten sich wieder, leidenschaftlicher als beim ersten Mal, trennten sich und trafen sich, begierig und beglückt, und in der Art, wie sie sich begegneten, ineinander verloren, lag fast Verzweiflung – als bliebe ihnen nicht genug Zeit, um das Glück auszuschöpfen. Atemlos trennten sie sich dann, und ohne ein Wort zu sagen drehte Lissi sich um und ging in die Werkstatt zurück.

Achtzehntes Kapitel

Patrick hatte tief und fest geschlafen. Bereits am Abend, beim Zubettgehen hatte er gespürt, wie Unbehaglichkeiten und Probleme, die sein Leben in den letzten Wochen so belastet hatten, von ihm abfielen und einem Wohlbefinden Platz machten, wie er es schon lange nicht mehr empfunden hatte. Die beglückende Gewissheit, dass Lissi seinen Gefühlen nicht abgeneigt gegenüberstand, die Freude auf die kommenden gemeinsamen Stunden und Tage, alles hatte dazu beigetragen, dieses Wohlbehagen zu erzeugen.

An diesem Morgen würde er Lissi begleiten, wenn sie die kleine Henriette zur Schule brachte und ihre Näherinnen abholte. Später würde er mit Thomas und Bernhard unterwegs sein, um mit den Knechten zusammen die Pferde auf der Weide zu versorgen und nachmittags war dann die Weihnachtsfeier in der Schule, zu der er Lissi wieder begleiten würde.

Patrick sah aus dem Fenster, die Eisblumen an den Scheiben waren geschmolzen, weil das Wohnzimmer seine Wärme über Nacht auch in den Schlafraum abgegeben hatte. Aber was er draußen sah, ließ ihn erschrecken: Neuer Schnee war nicht gefallen, doch der stürmische Wind hatte hohe Schneewehen aufgetürmt, und wenn er auf den Straßen ebenso gewütet hatte wie hier auf dem Hof, dann bekamen sie Probleme mit der Fahrt.

Er zog sich warm an, frühstückte kurz und ging auf den Hof, um sich zu informieren, ob sie überhaupt nach

Rodenwalde fahren konnten. Draußen war ein Knecht mit dem Schneepflug unterwegs. Patrick blieb erstaunt vor der Haustür stehen, ein solches Gefährt hatte er noch nie gesehen. An der Spitze war die Deichsel für die Zugpferde befestigt und auf dem sehr breiten Querbalken stand der Knecht, umgeben von schweren Säcken, die wohl als Gewichte dienten. Zwei massige Kaltblüter zogen diesen Pflug und kämpften sich mit Erfolg durch den Schnee. Vor dem Verwalterhaus stand der Schlitten mit dem Gespann, das ihn gestern abgeholt hatte. Er lief über den Hofplatz und klopfte und als Lissi öffnete, sah er sie fragend an. »Können wir bei den Schneeverhältnissen überhaupt fahren?«

Sie nickte. »Wir müssen. Aber ich habe den großen Schlitten mit dem Kutscher bestellt. Normalerweise fahre ich mit dem Einspänner und allein, aber das wage ich heute nicht. Der Schneepflug fährt jetzt raus auf die Straße und wir werden gleich danach starten. Dann, denke ich, kommen wir durch.« Hinter ihr kam Henriette und sagte wohlerzogen ›Guten Morgen‹ und dann drängelte sie. »Mami, wir müssen los. Ich darf nicht zu spät kommen.«

»Natürlich, wir fahren jetzt auch. Setz dich in den Schlitten und deck dich zu. Wo ist dein Koffer?«

Als Patrick erstaunt nach dem Koffer griff, erklärte die Kleine: »Da drinnen sind meine Lackschuhe und mein Konzertkleid, ich muss doch heute Nachmittag gut aussehen.«

»Das ist richtig, und ich freue mich schon sehr auf das Konzert.«

Patrick schnürte das Köfferchen hinten auf dem Schlitten fest, dann nahmen sie, mit Henriette in der Mitte, Platz, deckten die Beine mit dicken Decken zu und ab ging die Fahrt. Sehr schnell hatten sie den Schneepflug eingeholt und dann ging es nur noch im Schritt weiter. Henriette wurde ungeduldig. Lissi schaute immer wieder auf die Uhr und der Kutscher versuchte vergeblich, den Pflug zu überholen. Doch die aufgetürmten Schneewehen waren zu hoch. Patrick versuchte zu trösten. »Heute ist niemand pünktlich in der Schule, Henriette.«

»Doch, die meisten wohnen im Dorf und müssen nur ein kleines Stück laufen.« Sie war den Tränen nahe.

»Aber alle wissen, wie die Straßen aussehen, da wird jeder entschuldigt, der ein bisschen später kommt«, versuchte Patrick sie zu beruhigen.

Sie kamen durch einen Teil des Rodenhagener Forstes und hier war die Straße so gut befahrbar, dass sogar die schweren Arbeitspferde in Trab fielen. Endlich tauchten die ersten Häuser auf. Die Dorfstraße war bereits geräumt und es ging zügig weiter. Vom Kirchturm schlug es gerade acht, als der Schlitten vor der Schule hielt. Patrick nahm das Köfferchen, Lissi brachte Henriette zur Tür und gab den Koffer ab und ein glückliches kleines Mädchen verschwand Hand in Hand mit anderen Kindern im Klassenraum.

»Puh, gerade noch geschafft.« Lissi sah auf die Uhr. »Henriette ist die Perfektion in Person. Sie hätte es mir sehr verübelt, wenn sie zu spät gekommen wäre.«

Patrick ergriff ihre Hand. »Wir hatten nicht einmal Zeit, uns ›Guten Morgen‹ zu wünschen. Also hole ich das jetzt nach.« Dann streifte er ihr den Handschuh ab und küsste ihre Finger, jeden Finger einzeln.

Sie holten vier Näherinnen ab und es wurde so eng im Schlitten, dass Patrick sich vorn zum Kutscher setzte. Auf der geräumten Straße kam man jetzt schneller vorwärts und wenig später verließen die Frauen vor dem Verwalterhaus den Schlitten und Patrick fuhr mit hinüber zum Wirtschaftshof, um Thomas und Bernhard zu begrüßen. Die

Fahrt nach Rodenwalde hatte er sich romantischer vorgestellt, aber vor Winterstürmen musste die Romantik kapitulieren.

Knechte luden Hafersäcke und Heu auf einen Lastschlitten. Patrick sah sich suchend um: »Wo ist dein Sohn, Thomas?«

»Bernhard ist heute früh nach Potsdam aufgebrochen. Hoffentlich ist er durchgekommen, er holt die vier Jungen aus dem Internat ab. Sie haben ab morgen Ferien und kommen nach Hause. Du musst jetzt für ihn einspringen.«

»Das mach ich gern.« Die beiden Männer setzten sich auf den Schlittenrand, zwei Knechte saßen vorn auf einem Heuballen und dirigierten die Pferde und dann ging es über die weißen Flächen hinaus zu den Weiden, auf denen noch etwa sechzig Pferde standen. Wiehernd, hungrig und in ausgelassenen Sprüngen kamen sie zum Gatter, bäumten sich auf, schlugen spielend mit den Hufen und bissen sich übermütig gegenseitig in die Flanken. Thomas lachte. Die wissen vor Übermut nicht wohin mit ihren Kräften. Patrick bewunderte die Füchse, Rappen, Braunen und Schimmel, die ein prächtiges Bild abgaben.

»Liegen sie nachts im Schnee oder wo halten sie sich auf?«

»Komm mit.«

Einer der Knechte öffnete das Gatter, während der andere die freilaufenden Pferde zurückscheuchte und Thomas hindurchfuhr. Dann sprangen alle wieder auf den Schlitten und nach zweihundert Metern tauchte in einer Mulde ein sehr großer Schuppen auf, der an drei Seiten geschlossen und nur zur windgeschützten Seite hin offen war.

»Hier haben die Pferde eine Futter- und Schlafstelle«, erklärte Thomas, »aber es gibt immer welche, die draußen bleiben. Sie drehen dem Wind ihren Schweif zu und dösen im Stehen.«

Die Knechte verteilten Heu in zahlreichen Raufen und Hafer in die Krippen. Nach anfänglichem Gedränge hatte jedes Pferd seine Futterstelle gefunden. Patrick sah sich um. Nicht weit vom Schuppen entfernt zog ein schmaler Bach seinen Weg durch die Weiden. Thomas hatte Patrick beobachtet. »Wenn der zufriert, müssen wir diese Pferde auch hereinholen. Gut möglich, dass das schon morgen der Fall ist. Es sieht nach viel Frost und auch nach neuem Schnee aus.«

»Woran merkst du das?«

»Der Wind hat nachgelassen und kommt jetzt aus dem Osten und die Wolken sind dicker und schwerer geworden. Wir haben hier schon das Festlandklima von Russland her, heiße Sommer und kalte Winter. Wenn man so lange hier wohnt wie ich, dann kennt man sich mit dem Klima aus.«

»Habt ihr sehr unter der Kälte zu leiden?«

»Nein, wir bereiten uns darauf vor. Wir haben genug Holz zum Heizen und genug Vorräte für Menschen und Tiere, um wochenlang auszuhalten, wenn die Straßen dicht sind. Aber es gibt sehr viel mehr Arbeit. Wenn die Pferde auf den Weiden sind, braucht man sich kaum um sie zu kümmern. Ein paar Kontrollritte jeden Tag und viermal im Jahr kommen Schmiede, um die Hufe zu kürzen, das ist alles. Wenn sie aber im Stall sind, kannst du dir vorstellen, was das bedeutet. Obwohl sie Freilaufställe haben, muss täglich ausgemistet, gefüttert und geputzt werden. Draußen übernimmt die Natur die Fellpflege, die Pferde wälzen sich im Gras und im Bach, sie werden vom Regen gepeitscht und von der Sonne getrocknet, drinnen müssen wir uns darum kümmern. Im Winter brauche ich immer zusätzliche Arbeitskräfte, aber die Bauern sind froh, wenn sie ein paar Mark verdienen können und kommen gern.«

»Ich bewundere dich.«

»Die besten Ideen hat Bernhard eingebracht. Nach dem Abitur hat er eine landwirtschaftliche Schule besucht und sehr viel über moderne Viehhaltung gelernt. Ich bin froh, dass er sich so sehr für die Pferdezucht interessiert. Seinen ältesten Sohn Johannes, der ist jetzt sechzehn, schicken wir nach dem Schulabschluss nach Moritzburg, ins beste Gestüt weit und breit.«

»Wird er das wollen?«

»Er hat schon lange nichts anderes als Pferde im Kopf. Das hat er von mir«, lachte Thomas und zog seine Pfeife aus der Tasche.

»Komm, setzen wir uns auf den Schlitten, die Knechte schauen sich die Pferde an, so lange sie ruhig stehen und Hafer fressen. Ab und zu gibt es Verletzungen, die müssen bei dem Frost sofort behandelt werden.«

Die Männer sahen schweigend in die Schneelandschaft. Dann fragte Thomas: »Bist du mit Selma und Erich zufrieden?«

»Sehr, ich danke dir für die Vermittlung.«

»Nichts für ungut«, brummte Thomas erfreut. Dann fragte er weiter: »Du hast dir ein sehr großes Haus gekauft, hat mir Jessica erzählt.«

»Ich möchte einmal eine große Familie haben, da braucht man Platz.«

»Und? Hast du da schon bestimmte Vorstellungen? Ich habe gehört, du bist auf Brautsuche.«

Patrick antwortete nicht sofort. Wurde das ein Verhör? Sollte er hier auf dem Rand eines Lastschlittens sitzend bei mindestens zehn Grad Kälte um die Hand von Elisabeth anhalten? So unromantisch hatte er sich das eigentlich nicht vorgestellt.

»Ich suche nicht, Thomas. Ich habe die Frau schon gefunden. Und nun werbe ich um sie, und wenn sie einverstanden ist, werde ich, wie es sich gehört, bei ihren Eltern um ihre Hand anhalten.«

Thomas nickte bedächtig und paffte schmunzelnd an seiner Pfeife. »Das hab ich mir fast so gedacht.« Dann stand er auf. »Komm, die Jungs sind fertig. Wir müssen zurück. In den anderen Ställen wartet viel Arbeit auf uns.« Er rieb sich den Rücken und stöhnte leicht. »Das verflixte Rheuma, im Winter wird es in jedem Jahr schlimmer.«

»Soll ich dir den Rücken massieren?«

»Das hilft nichts. Vor dem Mittagessen nehme ich ein Kräuterbad, dann gehts wieder.«

Nach der Mittagsmahlzeit, Lissi war zum Erstaunen ihrer Eltern zum Essen herübergekommen, machten sich die Großeltern, die Mutter und Patrick fertig, um zu Henriettes Schulfeier nach Rodenwalde zu fahren. Man wollte kurz nach drei Uhr starten, um pünktlich um vier in der Aula zu sein. Lissi wollte beim Ankleiden noch Hand anlegen und Melanie legte großen Wert auf einen schönen Platz in den vordersten Reihen.

Es wurde ein sehr schöner Nachmittag, Henriette spielte fehlerfrei und mit großer Hingabe die alten, bekannten Weihnachtslieder ›Stille Nacht …‹ und ›Kommet ihr Hirten …‹, was mit langem Applaus belohnt wurde, und Lissi verdrängte alle Gedanken an die Arbeit in der Werkstatt, die liegen bleiben musste, bis sie wieder zurück war. Ich werde die Nacht durcharbeiten und Patrick bitten, meine Näherinnen abends zurückzufahren. Sie warf ihm einen kurzen Blick zu. Er hatte auf sehr geschickte Weise verstanden, den Stuhl neben ihr zu besetzen, und war dabei den Eltern zuvorgekommen, die sie sonst immer in ihre Mitte nahmen.

Später ging es in flottem Trab und mit klingenden Glöckchen durch den Winterabend nach Hause. Melanie hatte zu Ehren ihrer begabten Enkeltochter ein kleines Festessen vorbereiten lassen und die Kleine saß mit glühenden Wangen glücklich auf ihrem Ehrenplatz neben dem Großvater. Patrick genoss die Familienatmosphäre sehr, so etwas kannte er überhaupt nicht. Er war einerseits glücklich, andererseits enttäuscht, denn leider gab es keinen einzigen Augenblick, den er mit Lissi allein verbringen konnte. Und morgen kamen auch noch ihre Söhne nach Hause.

Wann immer Patrick in dieser Nacht aufstand und aus dem Fenster schaute, sah er Licht in der Werkstatt. Zwei Näherinnen hatte er am Abend mit dem Schlitten zurück ins Dorf gebracht, aber zwei andere hatten sich bereit erklärt, die Nacht über durchzuarbeiten, damit am nächstem Tag alle Bestellungen ausgeliefert werden konnten. Lissi wollte zeitig aufbrechen und war dankbar, dass er bereit war, den Schlitten zu fahren. Sie mochte den Vater nicht um Hilfe bitten, denn der brauchte seine Kutscher und Knechte dringend in den Ställen und allein wagte sie sich nicht auf die entfernteren Straßen, von denen sie nicht wusste, in welchem Zustand sie waren.

Wie vereinbart fuhr Patrick um sieben Uhr vor. Es war noch finster und im Schein der Haustürlampe brachten Lissi und die beiden Arbeiterinnen die behutsam gebügelten und verpackten Tücher, Stolen, Behänge und Altardecken heraus und verstauten sie sorgfältig im Schlitten. Dann nahmen die drei Frauen Platz und Patrick brachte zuerst die beiden Näherinnen heim. Dann setzte sich Lissi zu ihm auf den Kutscherbock, breitete eine Landkarte auf ihrem Schoß aus und dirigierte ihn zu den Kirchen, Klöstern und Pfarrhäusern, in denen sie ihre Arbeiten abliefern musste. Es war eine ungemütliche, kalte und oft auch gefährliche Tour, weil die Straßen zum Teil nicht geräumt oder spiegelglatt gefroren waren. Einige Male kam der Schlitten ins Schleudern, mehrfach rutschten die Pferde aus. Nicht ein einziges Mal konnte er die Hände von den Zügeln lösen, um einen Arm um Lissi zu legen oder um ihr über die kalten Wangen zu streicheln. Nein, mit Romantik hatte auch diese Schlittenfahrt absolut nichts zu tun. Und als sie am Nachmittag wieder in Rodenhagen eintrafen, war seine Begleiterin so müde, dass er Angst hatte, sie fiele vom Kutschbock. Vorsichtig hielt er an, sprang ab, half ihr beim Aussteigen und führte sie behutsam ins Haus. Anja, das Hausmädchen, nahm sie ihm ab. Drinnen hörte er Kinder lachen, die Jungen waren also eingetroffen. Dann musste er wieder nach draußen und die Pferde versorgen. Lissi sah er an diesem Tag nicht mehr.

Erst am nächsten Morgen traf er sie wieder. Er war hinüber gegangen, um sich nach ihrem Befinden zu erkundigen. Sie kam ihm im Salon entgegen, entschuldigte sich für ihren ›verschlafenen Zustand‹, wie sie es nannte, und dankte ihm für die Fahrt. Und dann kamen Richard und Friedrich und schoben sich zwischen ihn und die Mutter und Patrick wusste im gleichen Augenblick, dass da eine Mauer emporwuchs, die er allein kaum überwinden konnte.

Im Herrenhaus liefen die Weihnachtsvorbereitungen in vollen Zügen. Aus der Küche kamen die herrlichsten Düfte, die Wohnräume wurden mit Tannengrün dekoriert, Mistelzweige wurden über den Türen aufgehängt und am Morgen des Heiligen Abends gingen die Jungen mit ihrem Erzieher in den Wald, um die von Thomas ausgesuchte Tanne zu fällen und ins Haus zu bringen. Patrick beobachtete den Erzieher, der anscheinend immer in den Ferien nach Hodenhagen kam, um die Jungen zu beschäftigen, ihr Wissen zu prüfen und dafür zu sorgen, dass sie die gute Internatserziehung nicht vergaßen.

Thomas, der sah, wie erstaunt Patrick darüber war, sagte: »Weißt du, vier Jungen geraten schnell außer Rand und

Band. Die Frauen werden damit nicht fertig und wir Männer haben jetzt keine Zeit, uns um die Jungen zu kümmern. Der Tobias Böbling ist ein armer, elternloser Student. Er verdient sich durch diese Ferienarbeit ein paar Mark, hat ein gemütliches Zuhause bei uns und sorgt dafür, dass die Jungen schöne Ferien haben. Er gängelt sie nicht, im Gegenteil, er entwickelt mit ihnen die interessantesten Spiele, sorgt mit ständig neuen Ideen für Abwechslung und wir können beruhigt unsere Arbeit verrichten. So ist allen geholfen, den Müttern, uns Männern, dem Tobias und den Jungen.«

Patrick lachte. »So wie du das sagst, muss ich das wohl glauben. Gibt es feste Zeiten, in denen die Jungen bei dem Erzieher sind?«

»Ja natürlich, weshalb?«

Patrick zögerte etwas, dann sagte er: »Ich würde gern eine Schlittenfahrt mit deiner Tochter machen, aber wenn möglich ohne die Kinder.«

Thomas sah ihn skeptisch an. »Eine Schlittenfahrt, so, so, und ohne Kinder.« Dann grinste er: »Na klar, das lässt sich machen. Sag wann du fahren willst und ich halte dir den Rücken frei.«

»Heute Nachmittag?«

»Gut, die Kinder schmücken den Weihnachtsbaum in der Halle und ich passe auf, dass sie beschäftigt sind, bis ihr weg seid. Aber achte auf das Wetter, es gibt heute noch Schnee.«

Es wurde eine schöne, harmonische Fahrt, jedenfalls am Anfang. Sie hatten den kleinen Einspänner-Schlitten gewählt, weil sie darin gemütlich nebeneinander sitzen konnten, und fuhren durch die ausgedehnten Wälder des Gutes. Ryxleben, ausgeruht und begierig auf Bewegung, legte ein gleichmäßiges Tempo vor und Patrick hatte alle Möglichkeiten, Lissi zu umarmen.

Sie legte ihren Kopf an seine Schulter. Welch ein herrliches Gefühl der Geborgenheit, dachte sie, so müsste es immer sein.

Patrick strich zärtlich über ihr Gesicht. »Wie geht es dir?«

»Du machst mich glücklich und ängstlich. Aber ich genieße es, in deiner Nähe zu sein.«

»Ängstlich Lissi? Wie kannst du in meiner Nähe Angst empfinden?«

»Ich weiß es nicht, ich weiß überhaupt nichts von dir. Du bist ein sehr selbstbewusster Mann, vielleicht bist du einfach zu stark für mich. Ich ordne mich nicht gern unter, ich habe gelernt, allein mit meinem Leben fertig zu werden, und nun kommst du und bringst mich ganz durcheinander.«

»Wir sind so selten allein, Lissi«, klagte er. »Wir haben doch gar keine Chance, uns kennen zu lernen.«

»Hattest du mehr erwartet? Patrick, sei nicht ungeduldig.« Ihre Stimme zitterte ein wenig. »Ich bin so froh, dass du da bist. Aber mehr kannst du nicht erwarten. Ich brauche Zeit, wir brauchen beide Zeit.«

»Lissi, in zehn Tagen bin ich schon wieder in Hamburg. Zeit habe ich leider nicht.« Sie sah ihn an. Zugegeben, sie hatte sich zurückgezogen, der Kuss an jenem ersten Abend hatte sie überrascht, hatte sie beglückt aber auch erschreckt. Es war alles so schnell gegangen. Es tat ihr nicht leid, dass sie seinen Kuss mit so einem Gücksgefühl erwidert hatte, aber danach war sie zur Besinnung gekommen und hatte nachgedacht und diese Gedanken waren nicht besonders glücklich gewesen. Und, um ehrlich sich selbst gegenüber zu sein, sie hatte sogar Angst vor diesen Gedanken. Sollte sie sich noch einmal binden? Sie kannte diesen Mann doch kaum. Sie musste Rücksicht auf ihre Kinder nehmen, die hier ihr Heim hatten, sie musste an ihre

Eltern denken, an die Familien. Patrick und sie waren eng verwandt. Was konnte das für Folgen haben? Hatte er daran gedacht oder setzte er sich über solche Bedenken hinweg? Sie kannte ihn wirklich wenig, zu wenig!

Patrick hatte sie beobachtet. Er verhielt sich ganz still, er wusste, dass sie diese Zeit zum Nachdenken brauchte. Was für ihn längst selbstverständlich war, kam für sie überraschend, erschreckend überraschend, daran musste er denken. Er hielt sie nur fest. Sie suchte Geborgenheit, das spürte er und wenigstens die konnte er ihr geben, in seinem Arm, hier im Schlitten, in diesem Winterwald.

Hin und wieder krachte ein unter der Schneelast gebrochener Ast herunter und das Pferd machte einen erschrockenen Satz. Ein paar Krähen beschimpften sich mit lautem Geschrei. Dann war es wieder ganz still.

Patrick war ganz ruhig, als er schließlich sagte: »Elisabeth Landau, ich liebe dich. Vom ersten Augenblick an wusste ich, dass wir zusammengehören. Ich möchte dich sehr herzlich bitten, meine Frau zu werden.«

Lissi löste sich aus seinem Arm und sah ihn ernst an. »Ich danke dir für dein Vertrauen und für die Liebe, die du mir entgegenbringst, aber ich kann dir heute keine Antwort geben. Es ist mir nicht möglich, aus dem Gefühl heraus zu handeln. Ich habe Verantwortung und Verpflichtungen, das musst du mir zubilligen. Aber ich kann dir versichern, dass ich dich sehr gern habe.«

Patrick zeigte nicht, dass er tief enttäuscht war. Dass sie Verpflichtungen und Verantwortung hatte, wusste und akzeptierte er, dass sie diese aber über ihre Gefühle stellte, konnte er nicht begreifen. »Was kann ich tun, um dir zu helfen?«

»Lass mir etwas Zeit. Bitte.«

Resigniert hob er die Schultern. »Zeit, Lissi, ist das Einzige, was ich nicht habe. Ich möchte dich jetzt und hier und sofort und nicht in fernen Tagen. Ich brauche dich so sehr, auch ich brauche einen Menschen, dem ich meinen Kopf auf die Schulter legen kann, wenn ich nicht weiter weiß. Du denkst, ich bin stark und ahnst gar nicht, wie einsam und schwach ich oft bin. Nimm dir die Zeit, die du brauchst, um deine Gefühle zu erkennen, aber dann gib mir Bescheid, und zwar bevor ich verzweifelt bin.«

Er wendete den Schlitten. Dicke Wolken waren aufgezogen und im Wald wurde es dunkel. Die ersten Flocken fielen. Thomas hatte Recht behalten. Als sie das Gut erreichten, schneite es so stark, dass Thomas die Fahrt zum Weihnachtsgottesdienst in der Kirche von Rodenwalde absagte. Es war nicht der einzige Grund, der den Weihnachtsabend anders ausfallen ließ, als Patrick gedacht hatte. Auch aus seinem wunderbaren Abend, an dem er um die Hand von Elisabeth anhalten wollte und den er als Verlobungsabend geplant hatte, wurde nichts.

Nachts um drei Uhr sollte das Unglück über Rodenhagen hereinbrechen.

Neunzehntes Kapitel

Die Festvorbereitungen im Haus am Mittelweg waren in vollem Gange, als Erich und Selma eintrafen. Während Selma direkt in die Küche ging, um der Köchin bei den Essensvorbereitungen zu helfen, ließ sich Erich die Anschriften der Künstler geben, die er abholen sollte. Zuerst mussten die Maler gefahren werden, denn sie sollten, ehe die anderen Gäste eintrafen, das Haus und den Gartensaal festlich dekorieren; grüne Tannenzweige, rote Seidenbänder und Bienenwachskerzen lagen bereit. Dann kamen die Musiker an die Reihe, sie brauchten, bevor sie auftraten, Zeit, ihre Instrumente zu stimmen, denn zwischen der kalten Fahrt mit fast frostigen Graden und dem Aufenthalt im warmen Saal verzogen sich die Saiten der Streichinstrumente sehr. Zum Schluss würden die Literaten gefahren, sie brauchten nur Manuskripte ihrer lyrischen Gedichte und Prosawerke zu transportieren.

Erich ließ sich vom Hausherrn einen Stadtplan geben und zeichnete die Strecken ein, die er fahren musste, denn sehr gut kannte er sich in der großen Stadt noch nicht aus.

Bankier Bertin war sehr dankbar, dass ihm Erich das ›Einsammeln der Künstler‹, wie er es nannte, abnahm. In den vergangenen Jahren war er es gewesen, der Mietkutschen besorgen und die minderbemittelten Künstler in den Mittelweg bringen lassen musste. Eine Aufgabe, die ihn erheblich in seiner geliebten Ruhe störte, denn Johannes Bertin war ein langsamer Typ, der es gern gemütlich hatte. Aber es war die einzige Aufgabe, um die ihn seine Frau zu Weihnachten bat, und er konnte sie nicht ablehnen. Heute nun war dieser Erich gekommen und Johannes konnte sich behäbig mit Brille und Buch in ein Zimmer der oberen Etage zurückziehen, wo man vom Trubel der Vorbereitungen nichts hörte und nicht so schnell gefunden wurde.

Mit einem Seufzer der Erleichterung setzte er sich in einen Sessel am Fenster, wo er trotz des düsteren Dezembertages noch gutes Licht zum Lesen und einen vorteilhaften Ausblick zum Geschehen auf der Straße besaß. Er hatte weiß Gott genügend geleistet, um seiner geliebten Julia einen erfolgreichen Tag zu garantieren, denn er hatte den größten Teil des Festes über seine Bank finanziert. Allerdings hatte er, wie in jedem Jahr, einen kräftigen Mitfinanzier. Er lehnte sich an die Scheibe, um jenen Teil des Mittelwegs sehen zu können, in dem sein Nachbar, Moritz Warburg, im Haus Nummer 17 residierte. Moritz von der Warburg-Bank war sein väterlicher Freund, der ihm in den vergangenen Jahren viel über Bankgeschäfte gesagt und ihn immer wieder mit guten Ratschlägen bedacht hatte. Dass sie beinahe Tür an Tür wohnten, vertiefte die Freundschaft zwischen der älteren, kinderreichen Familie und seinem Heim, in dem es leider keine eigenen Kinder gab.

Nachdenklich strich er über seinen Bart und richtete die Brille wieder, die sich beim Hinaussehen an der Fensterscheibe verschoben hatte. Vielleicht lag es an ihm und seiner Unlust zu jeder Art von körperlicher Betätigung, dass ihnen Kinder versagt blieben, vielleicht aber auch an Julias Betriebsamkeit, die im Unterschied zu ihm ständig in Bewegung war. Ihr Literatur-Zirkel beanspruchte sie von morgens bis abends und füllte sie so aus, dass er nun in Ruhe seine Beschaulichkeit genießen konnte.

Im Haus wurde es lebhafter. Berthold Wenninger, der Spirituosenhändler aus der Fehlandtstraße, war vorgefahren und brachte Kartons durch den Souterrain-Eingang in die Vorratskammern. Die beiden Lohndiener trafen ein, jeder mit einem Köfferchen, in dem sie ihre Livreen aufbewahrten. Dann kamen die Söhne vom Feinkostgeschäft Joseph Jacob mit einem Karren voller Delikatessen, die sie unter weißen Tüchern verborgen hielten, das Geschäft war ja schräg gegenüber und der Weg nicht weit. Und dann kam schon Erich mit den ersten Künstlern in der Kutsche. Der Mann am Fenster nickte zustimmend, die Maler gingen also ans Werk.

Johannes zuckte zusammen, er war wohl etwas eingeschlafen in dem gemütlichen Sessel im warmen Zimmer, denn plötzlich hörte er kurze Klavierfragmente, nach denen andere Musiker ihre Instrumente stimmten. Und wunderbare Bratendüfte zogen durch das Treppenhaus bis zu ihm ins Zimmer. Er sah auf seine Uhr. Fast vier, Zeit für einen kleinen Aperitif, dachte er und stand auf. Langsam ging er nach unten, schlich auf leisen Sohlen – niemand sollte denken, er stünde für eine Arbeit zur Verfügung – in den kleinen Salon, der für Fremde tabu war, und schenkte sich einen trockenen Sherry ein. Der erste Schluck war so kräftig, dass das Glas fast leer war. Es lohnt sich nicht, ein beinahe leeres Glas mit nach oben zu nehmen, überlegte er und goss sich noch einmal ein. Dann schlich er wieder hinauf. Aber diesmal war das Glück nicht auf seiner Seite. Aus der Nebentür des Gartensaals kam Julia, sah ihn, lachte fröhlich, nahm das Glas und erklärte: »Genau diesen Muntermacher kann ich jetzt gebrauchen.«

In der kleinen Eingangshalle waren Michael und Patrizia eingetroffen. »Sei so lieb und kümmere dich um die beiden«, bat Julia ihn, »sie sollen nicht arbeiten, sie sollen ein paar schöne Stunden haben. Am besten, du nimmst sie mit nach oben. Und auch Gläser und die Sherryflasche, damit es gemütlich wird.«

Draußen begann es zu schneien.

Selma fand sich in der Küche sofort zurecht. Sie durfte in alle Schränke und in die Vorratskammern schauen, um zu sehen, wo alles untergebracht war, und dann ließ ihr Anni, die Köchin, freie Hand. Julia hatte bestimmt, dass Selma ein heimisches Gericht aus dem Spreewald den Gästen kochen durfte und Anni beschränkte sich auf Hamburger Köstlichkeiten. So hantierten die Frauen seit dem frühen Nachmittag Seite an Seite und das Ergebnis zog als verlockender Duft durch das Haus. Selma hatte sich für zwei gebratene Ochsenzungen entschieden, die zwei Stunden kochen mussten, bevor sie in Scheiben geschnitten und mit gut gewürztem Ei und Semmelmehl paniert gebraten wurden. Dazu gab es eine bunte Gemüseplatte mit allem, was der Dezember-Markt anbot.

Anni dagegen hatte Wild bestellt und mit einer gespickten Hirschkeule den Backofen gefüllt. Diesen großen Braten hatte sie vom Händler marinieren lassen. Sie reichte dazu süß-sauer eingelegte Birnenhälften mit Zimt und mit Zucker gelierte Waldbeeren. Für die Vorgerichte und die Nachspeisen sorgten die Jacob-Söhne mit ihrem Karren voller Köstlichkeiten.

Julia rechnete mit etwa dreißig Gästen. Ganz genau ließ sich die Anzahl nie vorhersagen, manchmal wurde jemand krank oder war im Laufe des Jahres fortgezogen, oder aber ein Künstler hatte unerwarteten Besuch bekommen, den er am Heiligen Abend nicht allein lassen mochte. Da brauchte die Hausfrau schon Erfahrung und eine Menge Fingerspitzengefühl, um alle Probleme zu bewältigen. Aber

Julia verstand es, mit Menschen umzugehen, ein herzliches Willkommen hier, wenn plötzlich drei Menschen mehr in der Haustür standen, ein Bedauern da, wenn sie eine Absage erreichte, am wichtigsten für sie war eine harmonische Stimmung mit angemessenem Ernst, wenn das Weihnachts-Evangelium vorgetragen wurde. Seit Julia wusste, dass der Pastor von St. Johannis Witwer war, wurde er regelmäßig eingeladen und kam zwischen seinen Gottesdiensten zur Andacht und zum Essen in das Stelling-Haus. Der Weg war nicht weit, sodass er es schaffte, zu Fuß hin und her zu gehen und trotzdem im Gotteshaus und im Mittelweg pünktlich zu sein. Als Erich die letzten Gäste gefahren hatte, wendete er und fuhr nach Hause. Er musste sich um die Hunde kümmern, die das Grundstück bewachten, Futter für sie bereitstellen, im Haus nach dem Rechten sehen und die Pferde füttern. Dann würde er Carina und Chianti in einem Mietstall nahe am Mittelweg unterstellen und selbst am Fest teilnehmen, bevor er die Gäste nachts wieder in ihre Wohnungen fuhr.

Die beiden Riesenschnauzer begrüßten ihn freudig, sprangen an ihm hoch, als er das Tor öffnete und tobten um die Kutsche herum, als er zum Stall fuhr und die Pferde ausspannte. In der Villa war alles in Ordnung: Die Fenster waren geschlossen, die Türen verriegelt, und auch in Stall und Remise und in seiner Wohnung darüber war alles, wie es sein sollte. Erich atmete tief ein. Anscheinend hatten die Anschläge auf seinen Herrn wirklich aufgehört, nachdem die Polizei sich so energisch einsetzte. Er wusste auch, dass alle paar Stunden zwei berittene Polizisten durch diese Straßen patrouillierten – nicht unbedingt meines Herren wegen, grinste er, sondern weil das hier eine sehr feine Gegend mit reichen Leuten ist, und da zahlt sich ein bisschen Sondereinsatz immer aus. Schließlich ist es üblich, dass die Wohlhabenden zu festlichen Anlässen sehr großzügig Spenden verteilten und davon wollte auch die Polizei profitieren.

Die Gäste saßen an zwei langen Tischen, die mit feinstem Leinen, mit Tannengrün und Kerzen geschmückt waren. Durch das große Fenster sah man den Schnee, der langsam seine weiße Decke über Rasen, Bäume und Büsche legte. Der meterhohe Christbaum in der Ecke neben der Doppeltür glänzte im Schmuck seiner Kugeln und Kerzen. Nach alter Familientradition hatte Julia ihn am Vormittag persönlich geschmückt. Für sie kamen nur silberne und weiße Farben an den Baum, wie sie es von der Mutter gelernt hatte. Einen Augenblick dachte sie an Viktoria und die vielen schönen Weihnachtsfeste, die die Familie im Haus an der Elbe gefeiert hatte. Wo mag die Mutter jetzt sein? Ich muss unbedingt Alexander fragen, wo das Schiff jetzt unterwegs ist, dachte sie und begrüßte neue Gäste.

Die musikalischen und literarischen Darbietungen waren pietätvoll und talentiert und die Speisen delikat. Patrizia half ihrer Nichte, Gespräche einzufädeln, wenn Pausen eintraten, Johannes sorgte mit Hilfe von Michael für stets gefüllte Gläser, wobei Eierpunsch, Rumpunsch und Römischer Punsch die begehrtesten Getränke waren und die Lohndiener servierten nach dem Essen Weihnachtsgebäck, das Anni seit Wochen vorbereitet hatte.

Den Höhepunkt des Festes bildete die Bescherung. Moritz Warburg hatte die Geschenke finanziert, seine Frau Charlotte und Julia hatten sie gemeinsam ausgewählt, verpackt und mit Namensschildern versehen. Da gab es Bücher, Partituren und Theater-Eintrittskarten, aber auch warme Handschuhe und Schals, guten Wein und kleine Zigarrenkästchen. Im Laufe der Jahre kannte Julia ihre Gäste und deren Vorlieben und so konnte jeder ein

Geschenk erwarten, das seinen geheimen Wünschen entsprach.

Kurz nach Mitternacht verabschiedeten sich die ersten Gäste. Der Hausherr begleitete sie die verschneiten Stufen hinunter, damit keiner hinfiel, und Erich holte die Kutsche aus dem Mietstall und brachte die müden, aber glücklichen Besucher in ihre Wohnungen, die oft nur aus einem kaum beheizbaren Zimmer bestanden.

Als letzte brachte er Michael und Patrizia in das Haus am Alsterufer, wo Patrizia übernachten wollte, dann fuhr er mit Selma zurück in die Heilwig-Straße. Sie waren sich einig: »Einen schöneren Weihnachtsabend haben wir noch nie erlebt.«

»Wie harmonisch die Stimmung war«, »wie gut das Essen schmeckte«, »wie schön die Gedichte sich anhörten«, »und wie wunderbar die Musiker gespielt haben.«

Zu Hause angekommen, hatten sie endlich Zeit, ihre Geschenke auszupacken. Erich wurde mit einem eleganten dunkelblauen Kutschermantel überrascht, der zu seiner Freude zwölf echte Messingknöpfe hatte, und Selma packte einen Wintermantel mit Krimmerbesatz und passendem Muff aus. Die beiden waren sprachlos. Noch nie in ihrem Leben waren sie so reich beschenkt worden.

Die Glocken der katholischen Kirche aus St. Georg läuteten von Ferne über die Alster. Die Gläubigen wurden bereits zur ersten Morgenmesse gerufen, als Erich und Selma endlich müde und glücklich unter die dicken Federbetten in ihrem zu kalten Zimmer über der Remise schlüpften.

Erich war fast eingeschlafen, als er sich entsetzt aufrichtete. »Wo sind die Hunde? Wir haben die Hunde nicht gesehen und nicht gehört. Verdammt, wo sind die Hunde?«, dachte er erschrocken und stand auf, nahm Hose und Hemd, die

Unterwäsche hatte er der Kälte wegen anbehalten und schlich nach draußen, um Selma nicht zu wecken. Hastig zog er sich an, stieg in die Stiefel, zündete eine Petroleumlampe an und lief nach unten. Im Stall war alles ruhig. Die drei Pferde hatten sich niedergelegt und hoben nur die Köpfe, als er in ihre Boxen leuchtete. Leise rief er die Hunde. Alles blieb ruhig. Auch in der Remise kein Laut. Dann lief er zum Haus hinüber, wo es ein Schlupfloch für sie gab, durchsuchte jeden Raum vom Keller bis zum Boden, rief, lockte und überlegte verzweifelt: Als wir kamen, war das große Einfahrtstor fest geschlossen, genauso, wie ich es hinterlassen habe. Aber egal, wo die Hunde sich aufhielten, sobald sie die Kutsche hörten, kamen sie angestürmt. Freuten sich, bellten, tobten um uns herum. Verdammt, wo waren sie heute Nacht? Dann begann er das Grundstück abzusuchen. Er leuchtete unter jeden Strauch, suchte hinter jedem Gebüsch, kontrollierte die entferntesten Ecken und die Uferböschung. Nichts. Dann kam Selma, sie hatte sein Rufen gehört und war besorgt aufgestanden.

»Was ist denn los, Erich?«

»Die Hunde sind weg.«

»Wie ist das möglich, hattest du das Tor nicht richtig geschlossen?«

»Natürlich habe ich das Tor verschlossen. Ich weiß doch, wie wichtig das ist.«

»Und jetzt? Hast du das Haus gründlich durchsucht?«

»In allen Ecken bin ich herumgekrochen, nichts! Nicht die Spur von einem Hund.«

»Vielleicht sind sie durch den Fluss geschwommen, sehr breit ist die Alster hier noch nicht.«

»Um Himmels willen, was sollten sie bei dieser Kälte im Wasser und am anderen Ufer?«

»Vielleicht gibt's irgendwo da drüben eine läufige Hündin, dann sind Rüden nicht mehr zu halten.«

»Lass uns noch einmal zum Ufer gehen. Ich habe zwar jeden Meter abgesucht, aber vielleicht finden wir doch noch Spuren.«

Aber der Schnee hatte alles zugedeckt und auch auf das Rufen hin rührte sich nichts am anderen Ufer.

»Was machen wir?« Selma sah ihren Mann ängstlich und ratlos an.

»Wir müssen warten, bis es hell wird, dann suchen wir noch einmal und dann muss ich den Verlust bei der Polizei melden und den Herrn benachrichtigen, denn wenn die Hunde wirklich verschwunden sind, bedeutet das nichts Gutes.«

Selma schluchzte. »Der arme Herr, wann soll dieser Krieg denn enden?«

»Jetzt komm erst mal herein, wir müssen heizen, damit es in der Küche warm wird. Dann kochst du uns einen starken Kaffee und ich füttere die Pferde, die sind inzwischen auch verstört und unruhig.«

»Beeile dich, ich habe Angst.«

Sie tranken gerade die ersten Schlucke, als sie Stimmen und das Schnauben von Pferden auf dem Hof hörten. Dann wurde kräftig an die Tür geklopft. Erschrocken öffnete Erich. Trotz der Dunkelheit konnte er zwei Polizisten erkennen. Einer stand auf dem Hof und hielt die Pferde, der andere stand an der Tür, korrekt gekleidet in seiner strammen Uniform mit Ledergürtel und Schulterriemen. Er sah schmuck aus mit seiner Pickelhaube auf dem Kopf, als er sich autoritätsbewußt über den Schnurrbart strich und sich gerade aufrichtete.

»Ich wollte nur melden, wir haben Ihre Hunde gefunden.«

»Und? Wo sind sie? Geht's ihnen gut? Ich suche schon die halbe Nacht nach ihnen.«

»Ist eine lange Geschichte«, rief der andere vom Hof herüber.

Selma war hinzugekommen und bat: »Kommen Sie doch erst mal herein, ich habe frischen Kaffee, der tut gut bei der Kälte.«

Die Polizisten nickten, Erich zeigte ihnen, wo sie im Stall die Pferde anbinden konnten, dann kamen sie herein, setzten ihre Pickelhauben ab und legten sie auf die Bank neben der Spüle. Schließlich setzten sich alle vier um den Küchentisch und Selma schenkte Kaffee ein und stellte Plätzchen dazu.

»Wir haben unseren Kontrollritt um Mitternacht gemacht und wunderten uns schon, dass die Hunde nicht ans Tor kommen, das tun sie nämlich immer. Aber dann sahen wir, da lag einer am Tor hinter einem Gebüsch und winselte. Aufstehen konnte der nicht mehr. Und den zweiten fanden wir dann im Stall, der hatte sich im Stroh verkrochen. Beiden ging es sehr schlecht. Wir wussten nicht, was wir machen sollten, die Viecher sind zu schwer, um sie auf dem Arm mitzunehmen und hier war keiner zu Hause. Da ist mein Kollege losgeritten zu einem Tierdoktor und hat ihm die Lage erzählt. Na, und dann ist der Doktor mit seinem Wagen mit hergekommen und hat gesagt, beide Hunde hätten wohl Gift gefressen. Aber sie lebten noch und er könnte ihnen vielleicht den Magen auspumpen. Dann haben wir die Hunde auf seinen Wagen gelegt – die waren ganz schön schwer und beißen wollten sie auch und wir mussten ihnen die Schnauzen zubinden. Und dann sagte der Doktor, er könnte sie nicht allein behandeln, wir sollten mitkommen. Haben wir dann auch gemacht. Na ja und nach zwei Stunden waren die Viecher gerettet. Jetzt liegen sie beim Tierdoktor in einer Kammer und lassen keinen an sich heran und der Doktor sagt, es sei wohl Rattengift gewesen. Aber weil wir so schnell waren, konnten wir sie retten. Nun sollen Sie sie abholen.«

»Aber wie konnten sie Rattengift fressen?« Erich schüttelte entsetzt den Kopf.

»Das wissen wir auch nicht. Manche Leute hier in der Gegend legen Gift aus, weil es in der Flussnähe nur so von Ratten wimmelt, und wenn's kalt ist, kommen sie in die Häuser. Kann also sein, die Hunde haben Rattengift gefunden und gefressen oder sie haben tote Ratten gefunden.«

»Oder aber jemand wollte Ihre Hunde vergiften und hat ihnen vergiftetes Fleisch über den Zaun geworfen«, rief der andere dazwischen. »Das passiert sehr oft, wenn Nachbarn fremde Hunde nicht leiden mögen.«

Aber eine Erklärung fanden sie nicht. Es war eine ungute Geschichte mit einem doch noch guten Ende. Selma hatte neuen Kaffee gekocht, Erich hatte eine Flasche Rum auf den Tisch gestellt und als die Geschichte erzählt war, servierte Selma Butterstullen nach Spreewälder Art mit Bratenresten und Käse und sauren Gurken. Nachdem die Männer kräftig zugelangt hatten, erklärten sie Erich den Weg zum Tierdoktor, man bedankte sich gegenseitig für die Hilfe bei der Hundesuche und für das nahrhafte Nachtmahl und die beiden ritten wieder ab.

»Um sechs Uhr haben wir unsere Nachtschicht beendet, vorher müssen wir noch die Meldung schreiben, es wird also Zeit, in die Wache zurückzureiten.«

»Und wundern Sie sich nicht, wie es beim Tierdoktor aussieht, ist alles ziemlich heruntergekommen, aber Ihre Hunde hat der gerettet. Und wenn Sie noch eine Flasche Rum haben, nehmen Sie die mit, es war verdammt kalt heut Nacht und wir haben ihn aus dem Bett geholt«, rief der andere, als sie schon auf den Pferden saßen und vom Grundstück ritten.

Erich winkte ihnen nach, er hatte verstanden. Dann lief er in den Stall, um die Pferde vor den Kastenwagen zu spannen, mit dem er sonst Futter holte. Er wollte keine Minute verlieren und die Hunde sofort abholen. Hinten an den Wagen band er Wotan, den Hengst seines Herrn. Er wagte nicht, das Pferd allein und unbewacht im Stall zu lassen. Außerdem brauchte Wotan Bewegung, er stand nun schon den vierten Tag in der Box und Patrick Stelling hatte ihm extra aufgetragen, das Pferd zu bewegen. Nur, reiten mochte er den kräftigen Braunen nicht, ihm war der viel zu temperamentvoll.

Selma holte die dicken Mäntel und für sich ein Umschlagtuch und brachte beides in den Stall. Als Erich sah, dass sie ihn begleiten wollte, hob er abwehrend die Hände.

»Du, mein Liebes, bleibst hier. Es ist zu kalt und zu weit, ich kann das bestens allein erledigen.«

Aber Selma schüttelte energisch den Kopf. »Ich komme mit. Du brauchst mich, um die schweren Tiere zu tragen, denn wenn sie beißen, kann kein Fremder sie anfassen …«

»Sie wurden schon einmal transportiert und es ging gut …« Aber Selma ließ sich nicht unterbrechen. »Da waren sie von Schmerzen geplagt und hilflos, und, wie du gehört hast, muss man damit rechnen, dass der Doktor dir nicht helfen kann, weil er vielleicht wieder schläft oder dem Alkohol zugesprochen hat. Du braucht gar nichts zu sagen, ich komme mit.«

Erich, der eigentlich ganz froh war, nicht allein fahren zu müssen, nickte schließlich. »Na gut. Aber vergiss die Flasche mit dem Rum nicht und sperre alle Türen gut ab.«

»Ist alles erledigt.«

Er half seiner Frau auf den hohen, unbequemen Kutschbock, gab ihr noch eine Decke zum Umhängen und führte die Pferde bis nach draußen auf die Straße. Dann verschloss er das Tor besonders sorgfältig und stieg auf. Das

Schneetreiben hatte zugenommen und unter den eisenbeschlagenen Hufen der Pferde bildeten sich immer wieder Eisklumpen, die sich zwar nach einiger Zeit wieder lösten, aber die Tiere sehr behinderten und keine schnelle Gangart erlaubten.

»Hätte ich mehr Zeit gehabt«, erklärte er seiner Frau, »hätte ich die Eisen abgenommen, aber ich denke, es ist wichtiger, dass wir die Hunde holen und so schnell wie möglich heimkommen.« Selma nickte. Sie war froh, hier bei ihrem Mann zu sitzen. Mochte es auch kalt und unbequem sein, sie hatte Angst, allein auf diesem Grundstück zu bleiben. Gestehen würde sie das natürlich nicht.

Sie fuhren eine lange Strecke an der Alster entlang nach Norden, dann überquerten sie beim Winterhuder Fährhaus den Fluss und folgten ihm auf der anderen Seite, so, wie die Polizisten den Weg beschrieben hatten. Je weiter sie in die Außenbezirke der Stadt kamen, umso dichter wurde das Schneetreiben, umso einsamer die Gegend.

»Hoffentlich sind wir bald da. Wenn ich um 12 Uhr die Künstler wieder zum Essen in den Mittelweg fahren muss, wird das ganz schön anstrengend für die Pferde. Nach der verkorksten Nacht brauchen sie unbedingt ein paar Stunden Ruhe und dann will ich auch vor der nächsten Fahrt die Eisen abnehmen.«

Selma nickte. »Ich muss auch so schnell wie möglich in das Mittelweg-Haus, ich muss doch in der Küche helfen. Die rechnen mit mir.«

»Und ich muss den Herrn Stelling in Rodenhagen benachrichtigen. Aber ich weiß nicht, wie man das mit dem Telefonieren macht. Ich werde den Herrn Bertin bitten müssen, mir zu helfen.«

»Meinst du, wir müssen ihn sofort benachrichtigen? Lass ihn doch Weihnachten in Ruhe dort feiern, hier kann er nichts machen.«

»Nein, nein«, wehrte Erich ab, »der muss wissen, was passiert ist, die Verantwortung übernehme ich nicht allein.«

»Wir könnten die Bertins fragen, dann haben wir nicht allein die Verantwortung.«

»Das ist eine gute Idee, so werden wir's machen.«

Es wurde langsam hell. Sie hatten den schmalen Weg erreicht, der von der Straße in ein unwirtliches Gelände abbog und an dessen Ende ein einsames Gehöft durch den Flockenwirbel zu erkennen war: Ein kleines Haus, ein zerbrochener Zaun, ein paar Schuppen. »Da muss es sein.« Erich zeigte mit der Peitsche in die Richtung und trieb die Pferde an.

»Aus dem Schornstein kommt Rauch, der Doktor scheint nicht mehr zu schlafen.«

Sie erreichten den Hof und Erich hielt vor der Haustür. Ein alter Mann mit Bettmütze und abgetragenem Morgenmantel öffnete.

»Hallo, haben Sie sich verirrt?«

»Guten Morgen, wir wollen die Hunde holen. Die Polizei hat uns den Weg beschrieben.«

»Na, das wird auch Zeit. Die beiden Köter sind die reinsten Teufel. Jetzt, wo es ihnen besser geht, darf man nicht mal in die Nähe der Kammer kommen. Wie werden Sie denn mit denen fertig?«

»Sie kennen uns von Anfang an.« Selma zeigte auf die eingewickelte Flasche. »Wir haben Ihnen etwas mitgebracht. Ein kleines Dankeschön. Die Rechnung bezahlt unser Herr, wenn er wieder in Hamburg ist.«

Erich stieg ab und half seiner Frau herunter. »Wie geht's denn den Hunden?«

»Keine Ahnung, sie lassen mich ja nicht in die Kammer. Aber nach dem Knurren zu urteilen sind sie ganz munter. Sehr schwach natürlich, aber beißen können die garantiert.«

Erich ließ sich zu der Kammer führen, Selma folgte ihm und der Doktor zog sich in sein Zimmer zurück. Sicher ist sicher, dachte er und verschloss die Tür von innen.

Selma folgte ihrem Mann und sprach vom Flur aus beruhigend auf die Hunde ein, die sofort ihr Knurren einstellten und winselten. Dann öffnete Erich die Tür. Die Schnauzer lagen eng beieinander und hoben die Köpfe. Leise klopften die Ruten auf den Boden.

»Na, ihr beiden, wie geht's denn so?« Die Hunde sahen elend aus. Das schöne silbergraue Fell war stumpf, die Körper eingefallen, man konnte die Rippen zählen. Die Augen waren glanzlos. Selma war entsetzt. »Mein Gott, was ist denn mit den Hunden passiert. Vor ein paar Stunden waren sie gesund und wohlgenährt und nun schau diese elenden Kreaturen an.« Sie beugte sich nieder und streichelte die Tiere, die zu schwach waren, um aufzustehen. »Baffo, Pieper, was hat man euch angetan?«

»Komm, Selma, fass mit an, damit wir sie auf den Wagen bekommen.«

Sie trugen einen Hund nach dem anderen hinaus und legten sie nahe beieinander auf den Wagen. Es war deutlich zu spüren, das die beiden Tiere die Nähe des anderen suchten. Selma deckte sie mit ihrer Decke zu und dann lenkte Erich das Gespann heimwärts. Erst kurz vor der Einfahrt fragte Selma leise: »Meinst du, wir sollten diese Arbeit behalten?«

Patrick Stelling war in Rodenhagen nicht zu erreichen. Der schwere Wintersturm hatte die telefonischen Überlandleitungen zwischen Lauenburg und Schwerin zerstört.

Zwanzigstes Kapitel

Der Flockenwirbel vom Nachmittag hatte sich im Laufe des Abends zu einem schweren Schneesturm entwickelt. Der Wind heulte in den Kaminen, zerrte an den Dächern, pfiff durch Tür- und Fensterritzen und drückte sogar Schnee unter der dicken Eingangstür hindurch, so dass ein leichter grauer Schleier die roten Dielenfliesen bedeckte. Immer wieder stand Thomas auf und ging unruhig im Salon hin und her. Die Feier mit dem Gesinde war vorbei, das Weihnachtsessen verzehrt, die Kinder hatten Gedichte vorgetragen, die Familie die alten, bekannten Weihnachtslieder gesungen, und dann fand die Bescherung statt. Alles sollte so sein, wie in jedem Jahr, doch diesmal war alles anders. Unruhe und Besorgnis prägten die festlichen Stunden.

Gegen zehn Uhr erklärte Thomas: »Ich möchte unseren feierlichen Abend beenden. Es tut mir sehr Leid, aber ihr spürt alle, dass uns dieses Wetter Angst macht. Ich schlage vor, dass die Frauen und die Kinder zu Bett gehen und dass wir Männer uns um Haus und Hof kümmern. Elisabeth, ihr könnt hier schlafen, Bernhard, du kontrollierst ständig das Haus, ich gehe hinüber zu den Ställen und du Patrick könntest, wenn es dir recht ist, die Scheunen, die Remise und die Futterschuppen übernehmen. Die Kutscher, die Knechte und die Stallburschen brauche ich, um die Pferde ruhig zu halten.«

Patrick nickte. »Selbstverständlich helfe ich.«

Elisabeth schüttelte den Kopf. »Ich bleibe nicht hier, wir

gehen ins Verwalterhaus, da muss ich auch nach dem Rechten schauen.«

Melanie wollte sie zurückhalten, aber Elisabeth ließ sich nicht beirren. »Ich habe drüben Feuer in den Kachelöfen, damit es warm ist, wenn wir zurückkommen, die muss ich im Auge behalten.«

Thomas nickte ihr zu. »Ist gut, Lissi, aber komm herüber, wenn du beunruhigt bist.«

Nach und nach verließen alle den mit soviel Liebe festlich geschmückten Raum. Weihnachten war in den Hintergrund gerückt. Patrick holte sich seinen warmen Mantel und tauschte die Lackschuhe gegen Winterstiefel. »Ich begleite Elisabeth und die Kinder, dann gehe ich zu den Scheunen.«

Die vier Jungen wollten sich nicht so einfach abschieben lassen. »Wir wollen auch helfen, wir sind doch keine Kleinkinder«, und auch Tobias Böbling stellte sich zur Verfügung. Aber Thomas wehrte ab. »Ich möchte, dass ihr Jungen euch um die Mütter kümmert, und Sie, Tobias, könnten Bernhard helfen, das weitläufige Haus zu beobachten.«

Melanie war sehr ängstlich. »Hast du bestimmte Befürchtungen, Thomas, was könnte denn passieren, wir haben doch in jedem Jahr ein paar Winterstürme, und immer ging alles gut.«

»Löscht die Feuer in den offenen Kaminen und achtet auf die Kachelöfen. Verschließt die Fenster mit den Holzläden und passt auf, dass keine der Außentüren aufspringt. Legt Kerzen und Streichhölzer zurecht und stellt gefüllte Wassereimer bereit. Ich weiß nicht, ob etwas passiert, aber ich möchte gerüstet sein. Dieser Sturm ist anders, ich spüre das schon den ganzen Tag, aber erklären kann ich es nicht.«

Die, die nach draußen mussten, zogen sich warm an, dann verabschiedeten sich alle und jeder ging seinen Weg.

Thomas hatte kaum die Tür geöffnet, als ein Schwall eisiger Luft, begleitet von einer dicken Schneewehe, in die Diele fegte. Elisabeth nahm ihre Söhne an die Hand, Patrick Henriette auf den Arm und dann versuchte jeder, sich dem Sturm entgegen zu stemmen und über den Hof zu laufen. Atemlos erreichten die fünf das Verwalterhaus. Alle schüttelten den Schnee von der Kleidung und Patrick setzte Henriette in der Halle ab. Er wollte noch ein paar tröstende Worte mit Elisabeth wechseln, aber die Söhne nahmen die Mutter in die Mitte, nickten ihm zu, sagten »danke schön« und drängten sie in den Wohnraum. »Komm ins Warme, Mami, sonst erkältest du dich.«

Um drei Uhr morgens explodierte ein Eisenofen im Gesindehaus. Der Sturm fauchte in den Schornstein und blockierte den Abzug. Die Funken setzen in rasender Geschwindigkeit den Boden, die Möbel, das ganze langgestreckte Fachwerkhaus in Brand. Und dann erfasste der Sturm das brennende Reetdach, hob es ab und schleuderte es gegen den großen Stall, in dem mehr als hundert Pferde standen. In diesem Augenblick erst bemerkten die Männer, die damit beschäftigt waren, die verstörten Tiere zu beruhigen, die Katastrophe. Aber da war es bereits zu spät. Der Dachstuhl über dem Heuboden brannte sofort.

Die Männer, allen voran Thomas, rissen die Tore auf und trieben unter herabstürzenden Dachbalken hindurch die Pferde nach draußen. Dann fing der zweite Stall Feuer und dann der letzte mit den dreißig tragenden Stuten.

Patrick, von den Schreien der Menschen und der Tiere alarmiert, rannte nach draußen, um zu helfen und sah, wie der Sturm die Funken auf ihn zutrieb und in Sekundenschnelle die Holzschuppen, die er schützen sollte, in ein Feuermeer verwandelte. Und bevor er einen einzigen klaren Gedanken fassen konnte, erkannte er, in welcher

Gefahr sich Lissi und die Kinder befanden. Der Sturm peitschte die Funken direkt in das Reetdach des Fachwerkhauses. Und im gleichen Augenblick stand das ganze Dach in Flammen.

Patrick stürmte über den Hof, riss die Haustür auf und hörte Lissi und die Kinder schreien. Sie waren aus den Betten gesprungen und an die Fenster gelaufen, um zu sehen, was auf dem Hof passierte und nun brannte über ihnen das Dach und unter ihnen bereits die Treppe – der einzige Fluchtweg. Ohne zu überlegen rannte Patrick durch die Halle, sprang auf die brennenden, zusammenbrechenden Stufen, zog sich am Geländer nach oben und erreichte den oberen Flur in dem Augenblick, in dem die Treppe unter ihm zusammenbrach. Er drängte die Frau und die Kinder in eines der Zimmer, riss ein Fenster auf und schrie: »Raus, sofort springen.«

Als die Jungen zögerten und sich in einer Ecke zu verstecken suchten, schrie er Elisabeth an. »Los, spring zuerst, dann kommen sie nach.«

Als sie ihn wie gelähmt ansah, erklärte er: »Unten liegt mindestens ein halber Meter Schnee, ihr landet weich. Und so hoch ist es doch nicht von hier aus.«

Aber Elisabeth schüttelte entsetzt den Kopf. »Ich kann doch nicht springen, wenn die Kinder noch hier oben sind.«

Hinter ihnen krachte ein Teil des Daches herunter und setzte auch den oberen Flur in Brand. Da nahm Patrick den älteren Jungen, stelle ihn auf das Fensterbrett und gab ihm einen Stoß. Dann packte er den jüngeren und auch er sprang seinem Bruder hinterher.

»Los, jetzt spring, Lissi, deine Söhne sind unten, die brauchen dich jetzt. Henriette bringe ich mit.«

Elisabeth beugte sich aus dem Fenster und sprang beherzt. Patrick nahm das kleine Mädchen auf den Arm, das sich ganz ruhig verhalten hatte und ihn mit großen Augen ansah. »Du brauchst keine Angst zu haben. Wir fliegen jetzt wie ein Vogel hinterher.« Und dann sprang er mit dem Kind, das die kleinen Arme eng und vertrauensvoll um seinen Hals geschlungen hatte, in die Tiefe.

Zitternd vor Kälte standen die Jungen barfuß und nur mit ihren Nachthemden bekleidet im Schnee. Elisabeth hatte einen hauchdünnen Morgenmantel an. Patrick riss sich den Mantel herunter und hüllte sie darin ein, dann zog er die Smokingjacke aus und warf sie den Jungen zu: »Da, hängt sie euch um und dann schnell hinüber ins Herrenhaus.« Dann nahm er sein Hemd und wickelte es um die kleine Jette.

»Schnell, macht schnell und lauft zum Haus«, drängte er die verstörten Jungen.

Elisabeth nahm beide an die Hand und zog sie mit sich. Sie hatten etwa die Hälfte des Weges zurückgelegt, als ihnen vom Haus her zwei Mägde und Melanie mit Decken entgegenrannten und sie einhüllten. Dann endlich hatten sie das schützende Haus erreicht. Da der Sturm das Feuer in die entgegengesetzte Richtung trieb, fühlten sie sich hier sicher.

Patrick wartete, bis alle versorgt waren, zog sich wieder an und lief zu den brennenden Ställen. Die Männer versuchten, die Pferde auf eine abgelegene Weide zu treiben, um sie vor dem Funkenflug zu schützen, aber die verstörten Tiere drängten immer wieder zurück und wollten in ihre Ställe. Meterhoch stoben die Flammen in den nächtlichen Himmel.

Von Ferne hörte man das Bimmeln näherkommender Schlitten, die freiwillige Feuerwehr aus Rodenwalde rückte an, der Feuerschein hatte sie alarmiert. Aber zu löschen gab es nichts mehr und auch das Löschwasser fehlte, der Teich war seit Tagen zugefroren. Ein paar der Männer kontrollierten mit Bernhard zusammen das Herrenhaus, um sicher zu sein, dass nirgendwo Funken eingedrungen waren, die anderen rissen die glühenden Balken der abgebrannten Gebäude auseinander, um jeden kleinsten Brandherd mit Schaufeln und Feuerklatschen auszuschlagen und mit Schnee zu bedecken, denn der Sturm würde weiter wüten und immer neue Feuer entfachen, wenn er neue Nahrung fand. Gegen Morgen endlich verlöschte das Feuer von allein. Es gab nichts mehr, was brennen konnte. Neben dem Herrenhaus war nur die Remise mit den Kutschen, mit den vier Arbeitspferden, die hier standen, und mit der Stallmeisterwohnung im Dachgeschoss unversehrt geblieben.

Die große Pferdeherde galoppierte in einem riesigen Kreis auf der Weide. In ihrer Mitte standen die tragenden Stuten im Schutz der anderen. Es war ein anrührendes Bild. Angeführt von den Hengsten, hatte die Herde sie in die Mitte genommen.

Patrick sah Thomas allein am Zaun stehen. Zu Tode erschöpft blickte der alte Mann auf die Pferde. Patrick zögerte, dann ging er doch hinüber, stellte sich neben ihn und legte ihm den Arm um die Schulter. Thomas seufzte tief. »Ich habe nicht die geringste Ahnung, wie es weitergehen soll.«

Patrick nickte. »Wir finden einen Weg. Sind Menschen oder Pferde zu Schaden gekommen?«

»Nein, Gott sei Dank.«

»Welch ein Glück. Alles andere kann man ersetzen. Ich habe auf meiner Werft eine ähnliche Katastrophe erlebt, aber da gab es Tote und die werden mich ein Leben lang verfolgen.«

»Ich weiß«, nickte der Alte, dann bat er: »Würdest du mich jetzt noch ein paar Minuten allein lassen?«

»Ungern.«

»Bitte. Ich muss jetzt wie ein alter Hund meine Wunden lecken. Nachher bin ich wieder ansprechbar.«

Patrick nickte. Er verstand nur zu gut, was der alte Freund durchmachte. Er ging hinüber zu den anderen Männern, die zwischen den verkohlten Resten des Gesindehauses nach Überbleibseln suchten.

Langsam wurde es hell. Der Sturm ließ nach. Der Flockenfall wurde sanfter. Die Feuerwehr rückte ab. Der Klang ihrer Bimmeln wurde leiser, dann verstummte er ganz. Vom Haus herüber kam Bernhard. Blass und übernächtigt schaute er in die Runde. Dann sah er seinen Vater am Weidezaun. Als er zu ihm gehen wollte, hielt Patrick ihn zurück. »Lass ihn noch einen Moment allein. Er kommt gleich, er braucht ein paar Minuten, um mit dem Unglück fertig zu werden.«

»Aber wir haben keine Zeit. Wir müssen uns sofort um die Pferde kümmern, das weiß er doch.«

»Was hast du vor?«

»Wir müssen die ganze Herde ins Dorf treiben und dort bei den Bauern unterstellen.«

Patrick schüttelte zweifelnd den Kopf. »Dreihundert Pferde? Wie stellst du dir das vor?«

»Alle rücken zusammen. Das muss gehen, eine andere Möglichkeit gibt es nicht. Und unsere Knechte müssen die Bauern auch unterbringen.«

»Und die Nachbargüter?«

»Die sind viel zu weit entfernt, auf einem langen Weg bricht uns die Herde auseinander.«

Thomas kam durch den tiefen Schnee zurück. Er taumelte und Patrick hatte Angst, dass er hinfallen könnte, wagte aber nicht, ihn zu stützen. Ein helfender Arm hätte ihn seelisch mehr verletzen können als ein Sturz. Der alte Mann sah seinen Sohn an. »Was denkst du?«

Bernhard erklärte seinen Plan und Thomas nickte. »Ist die einzige Möglichkeit. Teile die Männer ein. Zum Glück tragen die Hengste ihre Halfter, man kann sie also führen. Die Männer sollen die Hengste nehmen, die anderen Pferde kommen dann nach.«

Bernhard gab seine Anweisungen und teilte die Männer ein. Dann erklärte er: »Ich reite jetzt los und sage den Bauern Bescheid, damit sie Platz schaffen.« Er sah zur Remise hinüber, die im Windschatten stand. »Gott sei Dank ist die stehen geblieben. Sonst hätten wir auch noch die Pferdegeschirre und die Sättel verloren.«

Minuten später war Bernhard aufgebrochen und kämpfte sich durch Schneewehen, die seinem Pferd bis zur Brust reichten. Die Knechte versuchten, die Hengste einzufangen, was nicht ganz einfach war. Als Thomas sich anschickte, mit auf die Weide zu laufen, vertrat ihm Patrick den Weg.

»Bleib hier, Thomas, das ist eine Arbeit für jüngere Männer. Die Einteilung kann dein Stallmeister übernehmen. Dich bringe ich jetzt ins Haus. Du musst unbedingt etwas Heißes trinken und die nassen Sachen wechseln. Wenn die Herde aufbricht, bist du gestärkt und kannst dich wieder darum kümmern.«

»Du hast vielleicht Recht«, nickte der Alte. »Ich werde mich beeilen.«

Aber Patrick hatte nicht vor, ihn noch einmal hinaus in die Kälte zu lassen. Er wusste, wenn Melanie ihn sah, war der Mann gut aufgehoben. Dass Thomas kurz vor einem Zusammenbruch stand, würde sie sofort erkennen.

Melanie, von Natur aus eine ängstliche Frau, wuchs über sich selbst hinaus, wenn die Not am größten war. Sie nahm Thomas in die Arme, streichelte sein müdes Gesicht, hatte ihn wenige Minuten später zu Bett gebracht und mit heißem Grog versorgt. Danach organisierte sie mit Hilfe ihrer

Schwiegertochter Corinna und der Mamsell das ganze Haus neu.

»Herr Böbling, Sie beziehen mit den vier Jungen das ehemalige Kinderzimmer im Anbau von Bernhard.«

»Patrick, du wirst Christians Anbau mit anderen Arbeitern teilen müssen.«

»Elisabeth, du schläfst mit Henriette oben bei uns. Dich und Corinna möchte ich bitten, alle Schränke und auch die alten Truhen auf dem Speicher nach brauchbaren Kleidungsstücken zu durchsuchen.«

Dann schickte sie die Mamsell und eine Magd durch das ganze Haus, um nach Matratzen, Decken und Kissen zu suchen. Und dann gab sie der Köchin den Auftrag, heißen Kaffee und Kakao zu kochen, ein gutes Frühstück zu servieren und anschließend einen großen Eintopf zu kochen, damit alle, die durchgefroren und müde zurückkamen, ein nahrhaftes Essen vorgesetzt bekamen.

Langsam wich das Entsetzen aus den Augen der Betroffenen, man wandte sich den nächstliegenden Aufgaben zu und begann zu begreifen, dass man – bis auf Haus und Remise – alles verloren hatte, dass aber weder Menschen noch Tiere zu Schaden gekommen waren.

Als Melanie mit Henriette in die Küche ging, um bei den Essensvorbereitungen zu helfen, blieben Elisabeth und Patrick allein zurück. Lissi, die inzwischen ein Kleid ihrer Mutter trug und die blonden, nach Rauch und Asche stinkenden Haare zu einem Zopf geflochten hatte, ging auf Patrick zu und reichte ihm beide Hände. »Du hast uns das Leben gerettet, Patrick, ich danke dir von ganzem Herzen, ich werde nie vergessen, dass du dein Leben eingesetzt hast, um uns zu helfen.« Dann nahm sie sein Gesicht in ihre Hände, stellte sich auf die Zehenspitzen und küsste ihn zärtlich auf beide Wangen. »Danke, Patrick.«

Er nahm ihre Hände in die seinen. »Vergiss, was gewesen ist. Du brauchst mir nicht für eine Selbstverständlichkeit zu danken. Wie könnte ich mit ansehen, das Liebste, was ich habe, zu verlieren?«

»Das Liebste, was du hast –«, flüsterte sie, »und dabei habe ich dich so enttäuscht.«

»Du kennst mich nicht, Lissi«, noch immer hielt er ihre Hände, »so schnell gebe ich nicht auf. Aber wenn du jetzt auf die Idee kommen solltest, wegen der Katastrophe oder wegen der Dankbarkeit zu mir zu kommen, dann sage ich nein.«

»Patrick, ich …«

Er unterbrach sie. »Ganz gleich, was du jetzt sagen willst, Lissi, wenn du in meine Arme möchtest, dann, weil es dein tiefster, innigster Wunsch ist und nicht ein Dankeschön. Und glaube mir, ich spüre das ganz genau.«

Er sah sie sehr ernst an. »Sei um Gottes willen ehrlich zu uns beiden.«

Sie setzte sich und wischte ein paar Tränen aus den Augen.

»Nicht weinen, Lissi.«

Sie schüttelte betrübt den Kopf. »Ich bin nicht in der Lage, jetzt ernsthaft zu überlegen oder zu antworten oder zu entscheiden. Ich habe alles verloren, ich weiß überhaupt nicht, wie es weitergehen soll. Wo bin ich? Wer bin ich?« Aus ihren Worten klang tiefste Verzweiflung. »Ich hatte mein Leben fest im Griff. Ich war eine verantwortungsvolle Mutter und eine Frau, die wusste, was sie wollte. Und nun?«

»Lissi, alles, was man mit Geld erledigen kann, braucht dir keinen Kummer zu bereiten, das lässt sich im Lauf der Zeit erledigen. Aber eine Herzensentscheidung sollte fallen, ohne zu überlegen, ohne zu prüfen, ohne ein Für und Wider abzuwägen. Glaube mir, ich sage das nicht leichtfertig, sondern ich sage das, weil es so ist. Ich habe Erfahrung im Umgang mit Geld und mit menschlichen Verlusten. Sieh mal, ich hatte einen wunderbaren Vater, den ich nie kennen lernen durfte, der mir nur genügend Geld hinterließ, um Erinnerungen, Verluste, fehlende Zuneigung und die so sehr ersehnte Liebe zwischen Vater und Sohn zu überwinden. Das hat Narben hinterlassen, glaube mir, Lissi, schmerzvolle Erinnerungen, die mein ganzes bisheriges Leben auch geprägt haben, weil ich nicht begreifen wollte, dass man Liebe durch Geld ersetzen könnte. Er aber hat es gewusst. Er konnte sich mir nicht offenbaren, auf gar keinen Fall, aber er hat mir geholfen, weil ich durch sein Vermögen mit meinem Leben fertig werden konnte.«

»Aber ich habe so vieles verloren, was man mit Geld nicht ersetzen kann.«

»Was meinst du damit? Was könnte schlimmer sein als der Verlust von Liebe?«

»All meine Erinnerungen. Auch die an meinen Mann. Seine Uniformen, seine Waffen, Bilder und Briefe von ihm, sein Testanzug, wenn er Automobile prüfte, die Montur, in der er gestorben ist – meine Söhne werden entsetzt sein, wenn sie das einmal begreifen.«

»Lissi, Erinnerungen sind gut und wichtig, sie können aber auch zu einer schweren Last werden. Vielleicht war ein Feuer nötig, um dich zu befreien, um dich für ein neues Leben zu öffnen?«

Unglücklich schüttelte sie den Kopf. »Und wenn ich dieses Bedürfnis gar nicht habe? Verzeih mir, Patrick, wenn ich so ehrlich bin, aber ich war glücklich und zufrieden mit dem Leben, das ich hier führte – bis du gekommen bist, da bin ich ganz ehrlich.« Sie sah ihn mit Augen an, in denen noch immer Verzweiflung stand. »Du hast mich aufgewühlt, mein Leben in Frage gestellt, Gefühle geweckt, die ich längst vergessen hatte. Du hast mein Leben auf den

Kopf gestellt und ich habe die Balance verloren.« Sie neigte den Kopf und verbarg ihr Gesicht in den Händen.

Patrick löste diese Hände und sah sie liebevoll an. »Ich helfe dir, die Balance wiederzufinden. Lissi, ich gebe dir die Zeit dafür – wenn auch ungern – aber ich gebe sie dir, damit du in aller Ruhe deinen Weg finden kannst. Meine Liebe ist groß genug, um dich nicht zu drängen, ich will dich glücklich sehen, nur darauf kommt es mir an. Erlaubst du mir, dich zu küssen?«

Sie sah ihn stumm an, dann nickte sie. Patrick nahm ihr Gesicht in seine Hände und küsste sie sehr zärtlich – auf beide Augen. »Nicht mehr weinen, mein Liebes, nie mehr, bitte.

Vor dem Haus wurde es laut. Männer kamen und standen unbeholfen in der Halle herum, bis Melanie sie ins Speisezimmer zum Frühstück führte. Nach und nach trafen sie ein, hungrig, müde, durchgefroren und nass von dem hohen Schnee, durch den sie sich kämpfen mussten. Die Pferde waren in Ställen, Scheunen und Schuppen untergebracht, zehn von den Stallknechten konnten bei Bauern wohnen, die restlichen hofften nun auf Hilfe vom Arbeitgeber. Wie das eben so üblich war: Sie setzten ihr Leben für den Herrn ein und der Herr sorgte für sie.

Auf einer Bank lagen abgelegte Kleidungsstücke von Thomas, Christian und Bernhard, die Melanie in jedem Herbst sammelte, von den Mägden reinigen und flicken ließ und zum Winteranfang zur Armenhilfe der Kirche von Rodenwalde brachte. In diesem Jahr war ihr der frühe Wintereinbruch dazwischengekommen, nun lagen die Joppen, Hosen, Mäntel, Hemden und Schuhe bereit für die Männer, die in dieser Nacht alles verloren hatten.

Einundzwanzigstes Kapitel

Patrick wäre am liebsten am Tage nach der Katastrophe zurück nach Hamburg gefahren – nicht weil er sich den Folgen des Unglücks, das die Familien getroffen hatte, entziehen wollte, sondern weil es im Hause eng und ungemütlich geworden war und er den Eindruck hatte, als Gast den anderen Platz wegzunehmen. Die Menschen saßen dicht beieinander, es gab keinen Raum mehr, um auszuweichen oder allein zu sein. Es gab nur ein Thema und das war die ungewisse Zukunft und es gab nur noch diese verzweifelte Stimmung voller Angst und Sorgen. Patrick war hergekommen, um eigene Probleme zu vergessen, um Abstand zu gewinnen von den Feindseligkeiten, mit denen er in Hamburg zu kämpfen hatte. Weiß Gott, ich habe mir unter diesen Weihnachtstagen etwas anderes vorgestellt, dachte er. Es tut mir Leid, dass solch ein Unglück über Rodenhagen hereingebrochen ist, und wenn ich helfen kann, will ich es gern tun, aber ich hätte auch gern Zeit für Gefühle, Zeit für Gespräche, Zeit für Elisabeth gehabt. Ihretwegen bin ich hergekommen, nur ihretwegen, und was habe ich erreicht?

Dass er dennoch in Rodenhagen blieb, hing mit seinem Geschäft zusammen.

Als der Schnee auf den Straßen soweit geräumt war, dass man reiten konnte, war er jeden Tag unterwegs, um in den Sägemühlen und Holzhandlungen soviel Bauholz zu kaufen, wie er bekommen konnte. Er bezahlte gut und die Händler wie die Fuhrunternehmer waren froh, in diesen harten Winterwochen Arbeit und Geld zu bekommen. Sie brachten ihm die Ware bis nach Boizenburg, wo Flussschiffe die Fracht übernahmen und zu seiner Baustelle an der Billwerder Bucht transportierten.

Dann aber, am ersten Tag des Jahres 1899 kehrte er nach Hamburg zurück. Am Abend vorher war es zu einem langen Gespräch zwischen ihm und Thomas gekommen, der sich nur langsam von seinem Schwächeanfall erholte. Sie setzten sich nach dem Abendessen zusammen in die kleine Kammer, die Patrick in dieser Woche als Schlaf- und Wohnraum benutzte, weil sie der einzige Platz war, an dem sie allein und ungestört miteinander reden konnten.

Thomas bewunderte seinen Neffen, der so energisch und unbeirrbar seinen Weg ging und nie sein Ziel aus den Augen verlor.

»Ich wünschte, ich wäre noch einmal so jung wie du, dann hätte ich auch keine Angst vor einem neuen Anfang. Aber jetzt, in meinen Alter mit dem Rheuma in allen Gliedern fällt mir ein Neuanfang verdammt schwer.«

Patrick schüttelte den Kopf. »Du musst gar nicht mehr neu anfangen, Thomas, überlass die Arbeit deinem Sohn, der brennt doch darauf zu beweisen, was er kann.«

Aber der Alte schüttelte den Kopf. »Wo denkst du hin, ich kann doch nicht die Hände in den Schoß legen und zuschauen, wenn er dann Dummheiten macht.«

»Wie soll es denn jetzt überhaupt weitergehen? Habt ihr schon Pläne gemacht?«

»Wir müssen nach Schwerin, dort ist unsere Feuerversicherung. Aber wenn ich an die Reise denke, jetzt im Winter, dann graust mich davor.«

»Wie kommt man überhaupt von hier aus nach Schwerin?«

»Man kann in Hagenow-Land die Eisenbahn besteigen. Die Strecke teilt sich dann später, eine Schiene führt nach

Berlin und die andere nach Schwerin. Aber allein der Weg nach Hagenow ist bei diesem Wetter zum Fürchten.«

Patrick legte dem alten Mann die Hand auf die Schulter. »Lass den Bernhard allein reisen. Er ist ein selbstbewusster, erwachsener Mann, du musst ihn nicht mehr am Zügel führen. Er wird dir beweisen, dass er dieser Aufgabe gewachsen ist. Besprich alles mit ihm und dann lass ihn allein verhandeln.«

»Ich weiß nicht, ob ich das kann, in Schwerin muss man ein Fingerspitzengefühl entwickeln, es hängt so viel davon ab.«

»Aber irgendwann musst du ihn loslassen. Mach's lieber jetzt, wo du noch eingreifen kannst, wenn er dich braucht. Denk doch mal an dich selbst. Wie ich gehört habe, warst du noch verdammt jung, als Viktoria dich mit dem Gut allein ließ. Gerade mal halb so alt wie dein Sohn.«

»Damals war das Gut nur ein heruntergekommenes Herrenhaus mit etwas Land drum herum. Was glaubst du, wie ich geschuftet habe, um hier etwas aufzubauen.«

»Und du meinst, dein Sohn könnte nicht die Ärmel aufkrempeln und arbeiten? Er hat doch längst bewiesen, was er kann. Du hast es mir selbst erzählt.«

»Na ja, mit Pferden kann er umgehen und auch die Zuchterfolge gehen zum großen Teil auf seine Erfahrung während seiner Ausbildung zurück, das stimmt schon. Aber Verhandlungen mit Behörden oder Versicherungen, ich weiß nicht, die habe ich bis jetzt immer allein geführt.« Thomas holte seine Pfeife und den Tabaksbeutel aus der Tasche und stopfte behutsam die goldgelben Fäden in den Pfeifenkopf, drückte mit dem Finger nach, zündete den Tabak an, drückte noch einmal nach und nickte zufrieden, als die ersten Wölkchen zur Kammerdecke schwebten. »Recht hast du schon, es hängt bloß so viel davon ab, dass er keine Fehler macht.«

»Lass ihn mal gewähren, er wird's schon richtig machen. Wie wollt ihr vorgehen, wenn die Versicherung zahlt?«

Nachdenklich sah der Alte durch das Fenster in die Nacht. »Zuerst brauchen wir neue Ställe, damit die Pferde heimkommen können. Doch bauen können wir nur, wenn der Schnee fort ist.«

»Aber ihr könnt alles vorbereiten, Material heranschaffen, Pläne zeichnen, einen Baumeister engagieren – da gibt es jede Menge Arbeit, bevor man mit dem Bauen anfängt. Mir geht's in Hamburg genauso.«

»Du warst viel unterwegs in den letzten Tagen.«

»Ja, auch ich habe Material herangeschafft. Sobald ich in Hamburg bin, geht's los.«

»Sag mal, Patrick, du wolltest auch nach einer Frau suchen, ganz unter uns, hast du Erfolg gehabt?«

»Nein.«

»Was?« Thomas stand auf und starrte ihn ungläubig an. »Aber warum denn nicht? Ich dachte, du hast erreicht, was du wolltest?«

»Mir kam der Wintersturm dazwischen, Thomas. Die Frau und ich, wir hatten keine Zeit mehr füreinander, keine Gelegenheit zum Sprechen, keine Möglichkeit, allein zu sein. Der äußere Rahmen muss schon stimmen, wenn man einer Frau den Hof machen will.«

»Und jetzt, wie geht es weiter?«

»Ich werde es später noch einmal versuchen. So schnell gebe ich nicht auf.«

»Na gut, du wirst wissen, was zu tun ist, aber manchmal muss ein Mann auch mal richtig deutlich werden. Eine Frau muss man nicht immer nur mit Samthandschuhen anfassen. Meine Lissi ist so eine Frau, die hin und wieder eine starke Hand braucht.«

Patrick zuckte zusammen, als er den Namen hörte, aber Thomas redete gleich weiter: »Glaub nur nicht, dass mir das verborgen geblieben wäre. Lissi hat ihren eigenen Kopf, die weiß, was sie will. Junge, da darfst du nicht zu rücksichtsvoll sein, wenn du was erreichen willst. Ich glaube, du bist zu vorsichtig. Lass dich nicht von einer Verbindung mit ihr abhalten, ich habe nichts dagegen.«

»Du wärst also einverstanden?«

»Aber ja und Melanie auch, obwohl sie wieder todunglücklich sein wird, wenn Lissi mit den Kindern hier wegzieht. Was wird denn nun?«

»Ich habe ihr gesagt, sie soll sich in Ruhe entscheiden. Sie soll sich ganz sicher sein und vor allen Dingen nicht denken, sie müsste das aus Dankbarkeit tun, weil ich sie und ihre Kinder aus dem Feuer geholt habe. Aus Dankbarkeit oder weil es vielleicht am Vernünftigsten wäre, mein Angebot anzunehmen, da sie hier alles verloren hat – oh nein, so will ich sie nicht, für mich zählt nur ihre absolute Zuneigung.«

»Mann, das war eine lange Rede. Kann ich etwas für dich tun?«

»Nein, Thomas, danke, lass uns einfach Zeit, ich schaff' das dann schon.«

»Und morgen fährst du zurück?«

»Ja, ich werde in Hamburg gebraucht.«

Elf Wochen waren seit dem Gespräch vergangen, elf Wochen, in denen Patricks Baumeister Ernst Jensen einen neuen Arbeitstrupp mit Männern aus Wedel zusammengestellt, die neuen Wohnbaracken errichtet und mit dem Bau des ersten großen Trockendocks an der Billwerder Bucht begonnen hatte. Das Holz aus Mecklenburg kam pünktlich, Stahlplatten wurden in einer Eisengießerei in Harburg gefertigt und die Werkzeuge lieferte eine Werkzeugmacherei in Wandsbek. Patrick erwarb zwei der neumodischen elektrischen Kaikräne, die auf Schienen rollend nicht so anfällig waren wie die allgemein benutzten Dampfkräne, seine Materialschiffe schneller entluden und die Arbeiter spürbar entlasteten. Er stellte Ingenieure und Maschinenbauer ein, hatte einen Schuppen als Büro und Planungszentrum eingerichtet und verhandelte intensiv mit der Hafenmeisterei, dem Schifffahrtsamt und der Lotsenvereinigung, die am besten über die Untiefen und Sandbänke in der Elbe Bescheid wussten.

Es waren friedliche, arbeitsreiche Wochen, in denen es keine weiteren Zwischenfälle mit Frank Hohlemann gab. Wochen, in denen Polizeihauptmann Bremberg und Patrick Stelling Freunde wurden. Nur dieses Rätsel wer die Hunde vergiftet hatte, wurde nicht gelöst. Die beiden Tiere hatten sich aber davon vollkommen erholt. Selma und Erich entschieden sich zu bleiben, und Patrick war überaus dankbar dafür.

Thomas hatte zwei Briefe geschrieben und erzählt, dass Bernhard in Schwerin gewesen sei und die Verhandlungen mit der Feuerversicherung sehr gut und zum Nutzen von Rodenhagen geführt habe und dass der Schnee so weit weggetaut sei, dass man die Fundamente der Ställe nun bauen könne. Er schrieb auch, dass ein neues Gesindehaus fast fertig sei und dass die Jungen wieder im Internat in Potsdam weilten. Und er schrieb, dass im Hause wieder Ruhe eingekehrt sei, dass die Gästezimmer frei wären und dass man sich über liebe Besucher sehr freuen würde.

Patrick schmunzelte, als er das las: Diese kleinen, versteckten Hinweise tun mir gut, dachte er, aber noch lieber wäre mir freilich, sie kämen von Lissi, aber die lässt einfach nichts von sich hören.

Er spürte, wie sich seine Sehnsucht verringerte, wie sich immer neue Aufgaben, Eindrücke und Erlebnisse zwischen ihn und Lissi schoben und wie er allmählich nach Gründen suchte, eine Reise hinauszuschieben. Und außerdem, konnte er die Werft in dieser Bauphase mit all den speziellen Einzelheiten, die nur er kannte, nicht ohne Aufsicht lassen.

Die Freundschaft mit Thorsten Bremberg genoss Patrick. Er lernte Hamburger kennen, die nichts mit Handelshäusern und Reedereien zu tun hatten: Ärzte, Juristen, Pastoren, Gelehrte und Künstler, die ihm ein ganz neues Gesicht der Stadt zeigten. Er besuchte Theateraufführungen, Vorträge und Konzerte, er ging, wenn es die Zeit erlaubte, zu Pferderennen und Ruderwettkämpfen. Er besuchte Museen und einmal auch die Reeperbahn in der Nachbarstadt Altona, die sich von der Straße der Reepschläger – der Taumacher – zu einer Vergnügungsmeile entwickelte und auf dem Spielbudenplatz Schaustellern erlaubte, Vorstellungen zu zeigen, die in der streng protestantischen Hansestadt Hamburg nicht zu sehen waren.

Und Patrick lernte andere Frauen kennen: Die Frauen und die Töchter neuer Freunde, er wurde Künstlerinnen vorgestellt und diskutierte mit Frauen, die man Blaustrümpfe nannte, weil sie gelehrt, aber oft sehr unweiblich waren und gegen die Vorherrschaft der Männer ankämpften.

Da gab es elegante, reiche, unabhängige und vor allem sehr gutaussehende Frauen, die nicht verhehlten, dass ihnen dieser attraktive, etwas geheimnisvolle, aber vermögende Mann, der aus der Neuen Welt hierher gekommen war, durchaus gefiel. Und so dauerte es gar nicht lange und Patrick wurde mit Einladungen überhäuft. Mit Einladungen auf handgeschöpftem Büttenpapier aus vornehmen Häusern und auch mit zwielichtigen Einladungen aus weniger vornehmen Häusern.

Michael, der schon lange Patricks Vertrauter und auch sein Berater war, wenn es um hanseatische Belange ging, amüsierte sich köstlich. Vor allem war er froh, zu sehen, dass

Patrick langsam die deprimierte Stimmung ablegte, mit der er aus Rodenhagen zurückgekommen war, und nun kleinen, fröhlichen, auch amourösen Abenteuern gegenüber nicht unbedingt abgeneigt schien.

Als er einmal sehr diskret mit Patrizia darüber sprach, lächelte sie nur: »Es wird höchste Zeit, dass der Junge lernt, sich zu amüsieren. Er ist wie sein Vater, immer ernst und pflichtbewusst. Als der ein einziges Mal sein Herz sprechen ließ, wurde das, wie du weißt, zu einem Problem für uns alle.« Aber sie lächelte glücklich bei diesen Worten und Michael stand auf, umarmte die alte Frau und flüsterte: »Ein wundervolles Problem, liebe Schwester.«

Patrick, im Grunde seines Herzens ein loyaler, unbestechlicher, ehrenhafter Mann, kämpfte eine Weile mit seinem Treuegefühl Elisabeth gegenüber, dann ließ er seinen Wünschen freien Lauf und genoss das Leben mit allem, was es ihm bot. Zu diesen Angeboten gehörte auch Regina Mörius, die bildhübsche Tochter eines Justiziars, der ihm in juristischen Fragen zur Seite stand und ihn gern in sein Haus einlud.

Regina, eine hochgewachsene Frau mit dunklem Lockenkopf und einem fröhlichen Lachen, war gerade zwanzig Jahre alt und in die Gesellschaft eingeführt worden. Ihr größter Wunsch war es, bei einem Verlag zu arbeiten, der sich mit der Geschichte der Hansestadt befasste und dort ein grandioses Buch zu schreiben und zu veröffentlichen. Da aber Verlagsarbeit für Frauen ungewöhnlich war und die Hansestadt keine Universität besaß, um Geschichte zu studieren, arbeitete Regina unter falschem Namen für das ›Hammaburger Blatt‹, einer Wochenzeitung, die sich der Geschichte der Stadt von der Hammaburg bis zur Gegenwart widmete. Sie hoffte, eines Tages einen Verlag zu finden, der modern und fortschrittlich genug war, auch einer

Frau eine Chance einzuräumen. Und was Regina sich vornahm, das setzte sie auch durch.

Vier Tage vor Ostern erhielt Patrick drei verschiedene Nachrichten. Die erste kam mit einem Kurier der Polizei. Der Kriminalpolizeidirektor teilte ihm in einem kurzen, inoffiziellen Schreiben mit, dass die französische Polizei auf Grund der grenzüberschreitenden Fahndung den Industriellen Frank Hohlemann gefunden habe. Er sei während einer Bärenjagdveranstaltung in den Pyrenäen erschossen worden. Es werde noch geprüft, ob ein Jagdunfall oder ein Attentat vorliege. Der in Frankreich untergetauchte Hamburger habe in der Fremde viele Feinde gehabt.

Das zweite Schreiben wurde ihm durch einen Boten der Stelling-Reederei überbracht. Patrick hatte plötzlich ein ungutes Gefühl, als er den Umschlag öffnete und setzte sich auf einen Stuhl in seinem karg eingerichteten Büro.

Die Mitteilung war nicht lang.

»Lieber Patrick, ich habe die traurige Pflicht, dich von einem Unglück zu unterrichten, das unsere Mutter, Frau Viktoria Stelling, und unseren Cousin Christian Stelling, betrifft. Wie ein Kapitän unserer Reederei mitteilte, wurde das Schiff, mit dem unsere Mutter und unser Cousin gereist sind, die ›Swan Fairy‹, in der Straße von Malakka von schwerbewaffneten Piraten aufgebracht, geplündert und versenkt. Unser Kapitän hat den Vorgang aus der Ferne beobachtet, konnte aber nicht eingreifen, da er keine Waffen an Bord hatte. Nachdem die Piraten sich entfernt hatten, habe man, zusammen mit anderen Schiffen, bis in die Nacht hinein nach Überlebenden gesucht. Leider vergeblich. Die Kapitäne von den an der Suche beteiligten Schiffen haben die Aussagen schriftlich bestätigt.

Wir bitten dich, an der Familien-Trauerfeier am Sonnabend vor Ostern um fünfzehn Uhr in der Hauptkirche St. Katharinen, der unsere Mutter sich stets sehr verbunden fühlte, teilzunehmen.

Im Namen aller Trauernden
dein Cousin Christoph Stelling«

Patrick war tief betroffen. Er kannte Viktoria kaum persönlich, alles aber, was von ihr erzählt wurde, zeigte sie als eine mutige, energische, gerechte Großhandelsprinzipalin und eine liebevolle, wunderbare Mutter.

Patrick bekundete in einem Schreiben seine tiefempfundene Trauer und Anteilnahme und schickte Ernst Jensen persönlich in das Haus der Stelling-Reederei, um den Kondolenzbrief abzugeben. Selbst hinzureiten, hielt er für unangemessen, die Familie wollte sicherlich mit ihrer Trauer allein sein, um mit dieser furchtbaren Nachricht fertig zu werden.

Die dritte Nachricht wartete am Abend in seinem Haus. In der Zinnschale, die für seine Post reserviert war, lag ein weißer Umschlag mit der feinen, kultivierten Handschrift einer Frau und dem Absender ›Rodenhagen‹. Elisabeth hatte geschrieben.

Aber Patrick war noch nicht bereit, diesen Brief zu öffnen. Er musste erst einmal mit der Trauerbotschaft und dem Kummer, den auch seine Mutter nun erlebte, fertig werden. Nachdem Jensen mit seinem Kondolenzschreiben zum Dovenfleet unterwegs war, sattelte Patrick Wotan und ritt zum Amalien-Stift, um Patrizia beizustehen. Er fand sie in ihrem Zimmer ruhig am Fenster sitzend, mit dem letzten Brief ihrer Schwester in den Händen. Als Patrick eintrat, lächelte sie ihn unter Tränen an und zeigte auf das Schreiben.

»Ich habe diesen Brief von ihr vor vierzehn Tagen

erhalten. Sie hat ihn in Ceylon einem heimwärtsfahrenden Schiff mitgegeben. Sie war so glücklich. Schau hier, sie schreibt: ›Ein Lebenstraum ist in Erfüllung gegangen! Ich bin so dankbar, dass ich diese Reise noch erleben darf.‹

Weißt du, ich bin entsetzlich traurig, dass sie auf so furchtbare Weise gestorben ist, aber ich bin auch unendlich dankbar, dass sich ihr Lebenstraum erfüllt hat.«

Patrick nahm die alte Frau in die Arme. »Ich weiß, was du fühlst, Mutter, Viktorias Tod ist ein unbeschreiblicher Verlust für die Familie und für die Unternehmen. Sie war der Mittelpunkt der Familie und das Zentrum der Macht. Nichts wird mehr so sein wie vorher. Sie hat wie ein Schutzgeist über euch gewacht, jetzt müsst ihr allein fertig werden. Ihre Kinder werden vieles ändern, was sie verhindert hat. Das kann im positiven Sinne geschehen und auch im negativen, aber einmal würde diese Zeit kommen, das wusste sie selbst und sie hat mit Treuhandfonds und letzten Verfügungen vorgesorgt.«

»Das hat sie wirklich. Michael und ich, wir dürfen uns auch nach ihrem Tode geborgen fühlen.«

Patrick überlegte einen Augenblick. »Was glaubst du, wie wird Michael mit dem Verlust fertig?«

»Ich weiß es nicht, er ist zuviel allein.«

»Möchtest du zu ihm fahren?«

»Es wäre vielleicht gut für uns beide, gemeinsam zu trauern.«

»Ich bringe dich hin. Ich werde von eurem Büro aus Erich anrufen, er kann in einer halben Stunde mit der Kutsche hier sein, dann bringen wir dich in den Harvestehuder Weg.«

»Das wäre sehr lieb von dir. Ich werde ein paar Kleidungsstücke einpacken, während du telefonierst, und ich werde mich auf einen längeren Aufenthalt einstellen.

Michael war so abhängig von Viktoria, er braucht wirklichen Trost und Beistand.«

Jetzt wusste Patrick die beiden alten Menschen vereint in ihrer Trauer und wandte sich wieder dem Brief in seiner Hand zu.

Elisabeth schrieb:

»Verehrter Cousin, lieber Patrick!
Verzeih mir, dass du so lange auf eine Nachricht von mir warten musstest. Aber du hast mir Zeit zugestanden und ich habe sie mir genommen. Für eine Entscheidung, wie du sie wünscht, braucht man diese Zeit, denn eine Antwort sollte ehrlich sein und von Herzen kommen.

Dein Antrag ehrt mich sehr und ich weiß, welche neuen Lebenschancen du mir auf so großzügige Art anbietest. Mein Leben und das meiner Kinder würde in einem ganz neuen und sicherlich auch sehr großzügigen Rahmen stattfinden.

Glaube mir, ich habe deine Worte sehr gründlich erwogen, jedes Für und Wider geprüft – und dann habe ich festgestellt, dass all meine Überlegungen nach einer anfänglichen Verwirrung vom Kopf, vom Verstand her kamen, dass an all diesen Gedanken niemals mein Herz beteiligt war. Das bedeutet, ich kann keine Zuneigung und leider keinerlei Liebesgefühle für dich empfinden. Deshalb hier meine ehrliche Antwort: Ich danke dir für deinen wunderbaren Antrag, für deine von dir für mich empfundene Liebe, die mich sehr ehrt, aber ich kann sie nicht erwidern und muss deinen Antrag ablehnen.

Ich hoffe und wünsche mir, dass sich durch meinen Brief nichts an unseren freundschaftlichen Gefühlen ändert, dass wir in Zuneigung und Vertrautheit einander begegnen können und im gegenseitigen Verstehen eine Basis für eine gute Freundschaft finden.

Es grüßt dich deine Cousine Elisabeth Landau.

Patrick faltete den Brief zusammen. Zu seinem Erstaunen stellte er fest, dass er weder enttäuscht noch betroffen war. Zu lange hatte er um diese Frau geworben und auf eine Antwort gewartet. Hätte sie ihm Liebe entgegengebracht, so wie er ihr, hätte sie keine Minute gezögert, ihm damals zu antworten. Er würde ihr auch in Zukunft in Freundschaft begegnen, aber sein Herz würde nicht mehr schneller schlagen bei ihrem Anblick.

Sie würden sich in wenigen Tagen sehen, wenn die Trauer um ihren Bruder und um Viktoria sie zusammenführte. Er bedauerte, dass es ein so leidvoller Anlass war, der zu diesem Treffen führte, aber sie würden wie Freunde einander begegnen.

Zweiundzwanzigstes Kapitel

Geruhsam spazierte der Justiziar Doktor Friedrich Mörius im letzten Schein der untergehenden Sonne die Böttgerstraße entlang. Wie an jedem Abend, wenn die Kanzlei geschlossen war, ging er an der Alster längs bis zur Krugkoppelbrücke, trank einen Schoppen Wein in einem der Wirtshäuser, die sich in der Gegend angesiedelt hatten, und kehrte dann gemächlichen Schrittes nach Hause zurück.

Im Gegensatz zu den Kaufleuten, Reedern, Bürgermeistern und Geldaristokraten, die in vornehmen Villen und Palais an den Ufern von Elbe und Alster residierten, wohnte er, wie viele Juristen, Professoren, Ärzte, Senatoren und andere bedeutende Amtsinhaber in den Wohnungen großer Etagenhäuser, die seit einiger Zeit überall gebaut wurden. Bei der Wahl einer neuen Wohnung, denn in der engbebauten Poststraße mochte die Familie nicht mehr leben, hatte er das bevorzugte Wohnquartier in den Straßen zwischen Alsterufer und Grindelallee gewählt, denn der Bauzwang, der in der zweiten Hälfte des 19. Jahrhunderts in dieser Gegend nur Häuser für eine Familie zuließ, war aufgehoben und großzügige Etagenhäuser mit vier und mehr Stockwerken wuchsen auf dem ehemaligen Klosterland.

Friedrich Mörius sah sich zufrieden um. Es war eine gute Gegend und es waren schöne, imposante Häuser, die hier entstanden. Die Architekten ließen beim Bau ihrer Phantasie freien Lauf. So entstanden Straßenzüge mit Häusern, die beeindruckende Barockfassaden oder Vorderseiten im Renaissancestil besaßen, die mit Säulen, wundervollen Stuckornamenten, Balkonen, Nischen, Erkern und sogar mit Putten und lebensgroßen Engeln verziert waren. Dezent zurückversetzt waren sie von der belebten Straße aus durch kleine, gepflegte Vorgärten zu erreichen. Im Hintergrund der Prachtbauten zwischen Mittelweg und Alsterufer siedelten sich Handwerksbetriebe, Lebensmittelhändler und Werkstätten an. Hier ließen die Herrschaften ihre Dienstboten wohnen, hier gab es die Remisen und Pferdeställe der Reichen. Hier entstand auf ehemaligem Gärtnereigelände die Ansiedlung Pöseldorf.

Friedrich Mörius war zufrieden mit der Wahl seines Domizils. Seine weniger bemittelten Klienten konnten, wenn sie nicht sowieso in Pöseldorf lebten, die Kanzlei mit der regelmäßig im Mittelweg verkehrenden elektrischen Straßenbahn Nummer 19 oder mit dem Alsterdampfer erreichen, seine wohlhabenden Klienten wohnten sozusagen um die Ecke. Er strich sich über den gepflegten Vollbart, ließ seinen Spazierstock mit dem silbernen Knauf übermütig kreisen und grüßte höflich entgegenkommende Spaziergänger.

Dann tauchte vor Friedrich Mörius das imposante, lindgrün gestrichene Etagenhaus mit den weißen Stuckverzierungen auf, in dem er wohnte und arbeitete. Wie andere wohlhabende Mieter hatte er im gleichen Haus die Wohnung und die Büros. Das Erdgeschoss, in dem seine Kanzlei drei Räume einnahm, teilte er sich mit zwei Arztpraxen und zwei Architekten, die hier ihre Studios hatten. Die erste Etage, in zwei große Einheiten aufgeteilt, bewohnte er zusammen mit einer Professorenfamilie. Das Entree mit der weitschwingenden Treppe und dem geräumigen Vestibül auf allen vier Etagen garantierte jedem Bewohner größtmögliche ungestörte Eigenständigkeit. Suchte man keine Nachbarschaft, hatte man keine.

Aber wir sind eine aufgeschlossene kleine Familie, wir haben gern Menschen um uns, dachte er zufrieden. Wir haben eine Menge Freunde und jeder Besucher ist willkommen.

Dann dachte er an seine hübsche, wohlgeratene Tochter und lächelte. Sie ist der Mittelpunkt der Familie und wird von uns viel zu sehr geliebt und verwöhnt. Er schüttelte den Kopf, während er die Stufen zu seiner Wohnung hinaufging. Erstaunlich, aber sie hat unter dieser Erziehung keinen Schaden genommen, dachte er, sie hat sich zu einer geradlinigen, selbstbewussten, fleißigen jungen Frau entwickelt. Sie ist eben meine Tochter, dachte er stolz.

Er schloss die mit Buntglasscheiben verzierte Wohnungstür auf, legte Handschuhe, Stock und den beigen Panamahut ab, zog den taillierten, zweireihiggeknöpften Sommermantel aus und klopfte den Staub aus den hellen Beinkleidern. Den Stimmen nach zu urteilen waren Irene und Regina im Salon.

Wohlerzogen klopfte er an, wartete aber nicht auf ein ›Herein‹, sondern öffnete sogleich die Tür und begrüßte mit Herzlichkeit seine Frau und seine Tochter. Stilgefühl und Lebensart wurden im Hause Mörius sehr hoch gehalten und er wäre nie auf die Idee gekommen, unangemeldet ein Zimmer zu betreten. Regina stand auf und umarmte den Vater. Irene lächelte ihn über den Handkuss hinweg an. »Hattest du einen schönen Spaziergang? Hast du Bekannte getroffen?«

»Niemanden. Das war auch gut, so konnte ich über meine Arbeit nachdenken und überlegen, wie ich diesen Patrick Stelling dazu bewegen kann, ein weiteres Grundstück an der Billwerder Bucht zu erwerben.«

»Und, will er das nicht? Wer ist dieser Herr Stelling?«, fragte Irene.

»Hanseatischer Uradel sozusagen. Einer von den Stellings mit den Großhandelshäusern, Reedereien, Immobiliengeschäften und eine kulturelle Institution gehört auch dazu. Er selbst ist aber in Amerika geboren. Etwas unklare Verhältnisse, aber steinreich. Hatte allerdings eine Menge Rückschläge mit seiner Werft zu verkraften.«

»Ich habe schon von ihm gehört«, unterbrach ihn Regina, »die Frauen sollen sich um ihn reißen.«

Irene schüttelte den Kopf. »Das hat nichts zu bedeuten, Frauen reißen sich um alles und um jeden, sobald Geld im Spiele ist. Und du hast Probleme mit diesem Klienten? Will er deinen Rat nicht befolgen?«

»Ach, ich komme gar nicht dazu, mit ihm darüber zu sprechen. Immer ist er in Eile, und dabei wäre es so wichtig.«

»Weshalb?« fragte Regina interessiert.

»Die ganze Gegend wird zur Hafenerweiterung herangezogen, bald gibt es keinen Meter freies Gelände dort.«

»Sieht er das denn nicht selbst?«

»Er rennt mit Scheuklappen durch die Gegend. Er hat nur die Fertigstellung seiner ersten beiden Bagger im Kopf, die in einer Woche zu Wasser gelassen werden.«

Irene nickte. »Das muss man doch verstehen, wenn er so lange und hart daran gearbeitet hat und viele Rückschläge einstecken musste. Lass ihm doch Zeit bis nach dem Stapellauf. Dann wird er dir zuhören.«

»Dann ist es zu spät. Ich habe beim Hafenerweiterungsamt Pläne gesehen, nach denen das ganze Land schon fest eingeplant ist. Wenn er nicht in den nächsten drei Tagen zugreift, ist das Gebiet für ihn verloren.«

Dann muss man ihn also dazu bringen, heute oder morgen mit dir zu sprechen.«

»Du sagst es.«

»Wir könnten ihn doch einladen«, schlug Regina vor. »Ich habe gehört, er soll ein sehr attraktiver Mann sein. Wir geben ein kleines Abendessen, laden noch ein paar Leute ein und du bekommst deine Zeit, mit ihm zu reden.«

»Aber Kind«, unterbrach sie die Mutter, »so kurzfristig kann man doch niemanden einladen.«

»Lass mich nur machen, Mutter. Ich habe ein paar nette Leute an der Hand, die kommen sofort und ihm schreibst du ein reizendes Billet, dem er nicht widerstehen kann, entschuldigst dich für die verspätete Einladung und bittest ihn für morgen Abend hierher. Du wirst schon die richtigen Worte finden.«

Der Justiziar zuckte mit den Schultern. »Mir soll es recht sein. Manche Menschen muss man anscheinend zu ihrem Glück zwingen.«

Wie wahr seine Worte waren, ahnte an diesem Abend niemand in der Familie Mörius.

In den letzten Tagen vor dem ersten Stapellauf arbeitete Patrick Stelling vom Morgengrauen bis in die späte Nacht.

Als er an diesem Abend nach Hause kam, war es fast zwölf Uhr. Aber Selma und Erich, die tagsüber wenig von ihm sahen, waren auch um diese Zeit bereit, ihrem Herrn zu Diensten zu sein. Erich wartete jeden Abend am Tor, um ihm Wotan abzunehmen und Selma hatte immer ein Essen für ihn bereit.

Müde stieg Patrick vom Pferd, klopfte seinem Hengst dankbar den Hals, begrüßte die beiden Hunde und übergab Erich die Zügel. Im Entree legte er den Reitermantel ab und zog die Stiefel aus, dann begab er sich zum Waschen in sein Zimmer, zog sich den Hausmantel an und ging hinüber zum Essen. Mit einem müden Blick registrierte er die angesammelte Post in der Zinnschale. Für sie hatte er in diesen Tagen weiß Gott keine Zeit.

Selma hatte eine Platte mit gebratenen Fleischscheiben für ihn vorbereitet, dazu gab es geröstete Kartoffeln und eine Schüssel mit Gemüse. Sie wusste, dass ihr Herr eigentlich zu müde zum Essen war, und sorgte dafür, dass er ein schnelles, leichtes Gericht vorfand und ungestört essen konnte. Diesmal aber lag neben seinem Gedeck ein cremefarbener Umschlag aus elegantem Büttenpapier mit der Aufschrift: ›Eilt sehr‹.

Als Patrick Selma fragend ansah, zuckte sie die Schultern. »Verzeihung, aber ein berittener Bote hat den Brief am späten Nachmittag gebracht und ausdrücklich darum gebeten, Ihnen das Kuvert heute noch auszuhändigen.«

Leicht verärgert öffnete Patrick den Umschlag und entnahm ihm eine dezent duftende Karte.

»Sehr verehrter Herr Stelling!
Es wäre mir eine große Freude, Sie am morgigen Abend um 21 Uhr zu einem kleinen Dinner bei uns begrüßen zu dürfen.

Wir planen die Gründung eines ›Automobil-Clubs‹, und da uns bekannt ist, mit welch großer Leidenschaft Sie die Entwicklung auf diesem Gebiet beobachten, möchten wir Sie sehr herzlich bitten, diesem Ereignis beizuwohnen und uns mit Ihren Wissen behilflich zu sein.

Verzeihen Sie die kurzfristige Planung, aber andere Mitläufer bemühen sich, uns zuvorzukommen, was wir unbedingt vermeiden möchten. Wir, das sind meine Familie und Freunde, hoffen inständig auf Ihre Hilfe und erwarten Sie mit großer Ungeduld.

Mit Hochachtung grüßt Sie, Irene Mörius.

Patrick war mehr als überrascht. Mörius? Das war der Name seines juristischen Beraters. Wie kam seine Frau auf die Idee, ihn als Automobilfachmann zu betrachten? Vor

Wochen hatten er und Doktor Mörius einmal über die wachsende Zahl der lauten, knatternden, stinkenden Automobile auf den Straßen gesprochen und die Vorzüge und Nachteile eines solchen Fahrzeuges erörtert, aber er besaß weder Wissen noch Erfahrung über diese Vehikel, die den Reitern und Pferden das Leben auf den Straßen schwer machten. Ich bin eher geneigt, einen Club gegen diese Fahrzeuge zu gründen. Andererseits ist es vielleicht ganz lehrreich, wirkliche Fachleute darüber reden zu hören. Man sagte ja, diesen Automobilisten gehöre die Zukunft, was ich mir allerdings nicht vorstellen kann, dachte er. Hm, morgen Abend. Und ich habe noch so viel auf der Werft zu tun. Wäre der Grund für diese Einladung ein anderer, ich würde sie ohne nachzudenken ablehnen – aber Automobile? Da steckt vielleicht mehr dahinter, als es auf den ersten Blick den Anschein hatte, überlegte er. Ein, zwei Stunden könnte ich dafür opfern! Er verfasste ein kurzes Antwortbillet mit der Zusage und bat Erich, das Kuvert am kommenden Morgen in die Böttgerstraße zu bringen.

Voller Ungeduld erwartete Regina am nächsten Tag eine Antwort. Als sie den Eltern die Idee mit dem Automobilclub erzählte, schüttelte der Vater konsterniert den Kopf.

»Mädchen, wie kommst du denn auf diese Idee? Kein Mensch interessiert sich für einen Automobilclub. Und Herr Stelling ganz bestimmt nicht, der hat nur seine Bagger im Kopf.«

»Warte es ab, Vater, du kennst meine Freunde nicht. Unter den jungen Leuten gibt es seit Monaten nur ein Thema und das sind Automobile.«

»Meine Güte, vor Wochen habe ich einmal mit Herrn Stelling über diese stinkenden Krachmacher gesprochen, da hatte ich den Eindruck, er möchte alles andere, nur diese Automobile nicht auf unseren Straßen. Und nun willst du ihn zu einem Clubmitglied machen?«

»Das ist doch völlig egal, Vater, Hauptsache ist doch, er ist neugierig und kommt her. Dann kannst du dein Gespräch mit ihm führen.«

Irene lachte. »Ich habe dir gleich gesagt, verlass dich auf deine Tochter. Ich finde die Idee genial und im Übrigen könnten wir wirklich so einen Club gründen.«

Friedrich Mörius schüttelte noch immer verblüfft den Kopf. »Meine Frauen –«, dann lachte er und erklärte: »Also gut, ich mache mit, aber dann bekommt die Sache auch einen ganz offiziellen Charakter, mit Protokoll und Unterschriften und was ihr dann macht, wenn ich mich mit Stelling zurückgezogen habe, ist eure Sache.«

Die Wohnung der Familie Mörius bestand aus sechs Zimmern und einem Wirtschaftstrakt in dem sich die Küche, eine begehbare Speisekammer und ein Pausenraum für die Angestellten befanden. Außer der Köchin und dem Dienstmädchen, die beide im nahen Brodersweg wohnten, gab es nur noch eine Zugehfrau für die Putzarbeiten, und, wenn Bedarf war, einen Lohndiener. Die Wirtschaftsräume erreichte man über einen Hintereingang des Hauses, über den auch die Lieferanten Einlass fanden. So war die Familie ungestört.

Die drei großen, durch Glasschiebetüren miteinander verbundenen Wohnräume gingen nach Süden und zur Straße hinaus, die drei Schlafzimmer – Irene und Friedrich schliefen getrennt, da die unpassende Angewohnheit des nächtlichen Schnarchens ihres Ehemannes Irene den Schlaf raubte – gingen nach Norden und man sah auf Hinterhöfe, auf die Dächer kleiner Häuser, ein paar Bäume und das Gewirr der Pöseldorfer Gassen.

Das Schönste der drei Zimmer bewohnte Regina. Nicht, weil es größer war als die anderen Zimmer oder eine bessere Aussicht hatte, sondern weil es mit viel Geschmack und sehr individuell eingerichtet war. Die junge Frau, eine begeisterte Sportlerin und Meisterin im Tennisclub und beim Reitsport, hielt nichts von Plüsch und Pomp. Sie liebte nüchterne, klare Linien, nützliche, praktische Möbel und einfache Formen. Die mit großen bunten Blüten verzierten Gardinen vor den Fenstern ihrer Eltern, die immer zugezogen waren und den wenig schönen Ausblick verbergen sollten, lehnte sie ab. Sie wollte frische Luft, offene Fenster und höchstens leichten Tüll vor den Scheiben, um abends lästige Insekten fernzuhalten.

Jetzt stand sie an einem der geöffneten Fenster und sah hinaus auf die Hinterhofzufahrt, über die Boten und Lieferanten kamen, weil sie hier ihre Pferde anbinden konnten. Gleich ist es elf Uhr, dachte sie. Es wird langsam Zeit für eine Antwort, wenn ich meine Freunde noch erreichen will, bevor sie ihren Tag verplanen. Sie hatte eine Namensliste mit den Nummern der Telefonapparate geschrieben, um sofort anzurufen, wenn eine Zusage von diesem Herrn Stelling kommen sollte. Ausgewählt hatte sie drei Freundinnen und drei Sportkameraden, von denen sie wusste, dass sie Neuerungen gegenüber aufgeschlossen waren und hinter jeder Idee, die von ihr kam, ein interessantes Abenteuer erwarteten.

Dann beobachtete sie einen fremden Reiter, der in die Zufahrt einbog und sein Pferd an einem gusseisernen Pfosten mit Ring und Pferdekopf festmachte – irgendein Mitbewohner des Hauses hatte solche Pfosten in der Bourbon-Street von New Orleans gesehen und so originell befunden, dass er sie nachmachen ließ.

Regina ging voller Ungeduld auf die Diele, um zu sehen, ob Luise eine Nachricht für die Familie brachte.

Und tatsächlich, das Mädchen kam mit einem Kuvert in der Hand aus dem Wirtschaftstrakt und reichte ihr den

Umschlag. »Ein Brief für die gnädige Frau«, sagte sie mit einem Knicks.

»Danke, ich weiß Bescheid.« Regina ging in ihr Zimmer, öffnete den Umschlag und las die kurze Zusage. Dann begann sie ihre Freunde zu benachrichtigen. Wie sie erwartet hatte, waren alle begeistert von der Einladung und wollten wissen, was für einen Anlass es dafür gab. Aber Regina erklärte lachend: »Lasst euch überraschen, nur so viel verrate ich: Ihr werdet staunen, mit wem ich euch bekannt mache.«

Danach rief sie die Firma Weinberg an, die bei ähnlichen Anlässen die Familie Mörius mit einem kompletten Menü, den dazugehörenden Getränken und dem notwendigen Lohndiener versorgte. Anschließend besprach sie mit der Köchin, was später am Abend gereicht werden sollte, aß ein Stückchen vom Brathuhn, das Luise ihr servierte und rief in der Gärtnerei an, damit man einen dezenten Tischschmuck lieferte. Aprikofarbene Blüten mit passenden Kerzen wollte sie. Die Kerzen aber auf keinen Fall in Augenhöhe, »sonst kann keiner sein Gegenüber ansehen«, erklärte sie.

Als alles organisiert war, ging sie zu ihrem Kleiderschrank und überlegte, wie sie sich für den Abend ankleiden sollte. Es ist angenehm warm, ich werde ein leichtes Sommerkleid wählen, dachte sie. Wer weiß, wie lange dieses schöne Wetter noch anhält, dann kommen die kühlen Herbsttage und dann kann ich die Sommergarderobe einmotten. Also nütze ich diesen Abend noch einmal für mein schönstes Kleid. Sie nahm das cremefarbene Seidenkleid aus dem Schrank und legte es auf's Bett. Luise muss es aufbügeln, stellte sie fest und klingelte nach dem Mädchen.

»Bitte richten Sie mir das Kleid«, bat sie, »und kontrollieren Sie auch die dazugehörenden Seidenschuhe und die Stola. Was wird meine Mutter anziehen?«

»Ich weiß es noch nicht, die gnädige Frau ist in der Stadt und kommt erst gegen vier Uhr zurück.«

»Dann sagen Sie ihr, was ich anziehe, damit sie sich anders kleidet.«

Die beiden Frauen achteten sehr sorgfältig auf ihre Garderobe. Es galt als ungeschickt und fantasielos, wenn die Damen einer Familie nicht unterschiedlich gekleidet waren.

Regina war sehr zufrieden, dass die Mutter noch in der Stadt weilte, so hatte sie als erste die Wahl mit dem Kleid und die Mutter musste sich nach ihr richten. Und Regina wusste sehr gut, was zu ihr passte und was nicht. Ihr dunkles Haar würde ein wunderbarer Kontrast zu dem hellen Kleid sein und die schmale Taille betonte ihre graziöse Figur. Obwohl Regina sehr groß war, hatte sie doch etwas sehr Reizvolles. Sie hielt nichts von diesen Kissen, die das Gesäß vergrößerten, und auch den Busen wollte sie so natürlich zeigen, wie er war. Sie galt als ein sportlicher Typ, schlank, durchtrainiert und feingliedrig, sie fühlte sich wohl in ihrem Körper. Zu gern hätte sie mehr von ihren langen Beinen gezeigt, aber schon die Tatsache, dass ihr Rocksaum die Knöchel frei ließ, galt als povokant und die Mütter ihrer Freundinnen rümpften die Nasen, wenn sie sie so sahen. Regina lächelte und drehte sich mit hoch erhobenem Rock vor ihrem Spiegel. Über meine Vorzüge redet keiner, dachte sie, nicht über meinen ausgezeichneten Schulabschluss, nicht über meine talentierten Artikel in der Zeitung und nicht über meine Siege auf dem Tennisplatz. Wenn ich aber in Hosen und Stiefeln und im Herrensitz reite, dann zerreißen sich alle die Mäuler. Sie zuckte die Schultern und summte ihr Lieblingslied vom ›Ännchen von Tarau‹ vor sich hin und wählte die Wäsche für den Abend aus der Kommode. Dann bat sie Luise: »Wecken Sie mich bitte um sieben Uhr«, und legte sich hin, um am Abend frisch und ausgeruht zu sein. Sie träumte noch ein wenig, überlegte, wie dieser Herr Stelling wohl aussehen mochte, wenn alle so ein Getue um ihn machten, und schlief ein.

Wie sie ihn sich vorgestellt hatte, wusste sie später nicht mehr. Während die Männer sich um ihren Vater scharten und im Herrenzimmer diskutierten, stand sie mit ihren Freundinnen im Salon und scherzte, als er eintrat. Mit einem gutaussehenden Mann hatte sie gerechnet, nicht aber mit einem Mann von solcher Präsenz. Und daran war nicht seine Größe schuld, sondern seine Ausstrahlung. Er trat ein und der Salon war voll. Nichts und niemand mehr zählte neben diesem Mann. Er ist umwerfend, dachte Regina, er raubt mir die Luft zum Atmen.

Sie zwang sich zu einem Lächeln, als sie auf ihn zuging und reichte ihm die Hand. »Ich freue mich, dass Sie kommen konnten.«

Er bedankte sich für die Einladung. Seine Hand war kühl und kräftig, sie fühlte sich gut an. Dann machte sie ihn mit ihrer Mutter bekannt. Eine kleine Verbeugung, ein hingehauchter Handkuss für die Dame des Hauses, ein höfliches Lächeln für die anderen Damen, dann begleitete Irene ihn hinüber zu den Herren und stellte ihn vor. Kaum hatte er das Zimmer verlassen, bestürmten die Freundinnen Regina. »Du hättest uns sagen müssen, dass dieser Mann kommt.«

»Hätte ich gewusst, wen du erwartest …«

»Wie konntest du verschweigen, dass …«

»Ich hätte meine Coiffeuse bestellt … ,«

»… und ich ein anderes Kleid gewählt.«

Regina hob beruhigend beide Hände. »Ich bitte euch. Jetzt ist er da, ihr könnt ihn erobern.« Ganz für sich allein aber dachte sie, den gebe ich nicht her. Nie mehr! Der gehört mir!

Luise öffnete die Schiebetüren und bat nach nebenan

zum Essen. Im Speisezimmer war der Tisch für zehn Personen gedeckt. Die Sitzordnung hatte Irene bestimmt. Der Lohndiener servierte ein Tomatenconsommé, später einen gefüllten Kalbsbraten und zum Nachtisch Himbeerschaum mit Vanilleeis. Für Regina hätte es alles geben können, sie schmeckte gar nichts. Sie saß Patrick Stelling gegenüber, den ihre Mutter für sich als Tischherren ausgewählt hatte. Sie hörte die Fetzen irgendwelcher Gespräche, die sich um Automobile drehten, sie vernahm das Lachen über einen Scherz, sie wusste, dass ihr die Röte ins Gesicht steigen würde, sobald sie den Blick hob, und beschloss, allerhöchstens bis zum Blumengebinde in der Mitte des Tisches zu schauen. Und dann sah sie mitten hinein in die dunkelbraunen Augen, die sie nicht mehr entkommen ließen. Aber Regina war nicht die Einzige, die diese Begegnung um die Fassung brachte.

Vom ersten Augenblick an war Patrick fasziniert von der Würde und von dem Liebreiz, den diese junge Frau ausstrahlte. Er kannte sie noch gar nicht, hatte keine Ahnung, wer sie war, doch bevor er ihren Namen hörte, wusste er, dass sie es war, die in sein Leben treten würde.

Höflich begrüßte er die Gastgeber, die anderen Gäste, bereitwillig beantwortete er Fragen, beteiligte sich an Diskussionen und teilte seine Meinung mit, immer aber sah er die junge Frau vor sich, die als Tochter des Hauses einen überwältigenden Eindruck auf ihn machte.

Dann ging man zu Tisch. Er hatte die Ehre, die Dame des Hauses zu begleiten, und wusste, welch großen Wert die alten Hanseaten auf Stil und Tradition legten. Er gab sich Mühe zu zeigen, dass er sehr wohl wusste, was von einem Tischherrn erwartet wurde. Er war gesprächig, setzte hin und wieder etwas Humor ein, bediente seine Tischdame mit großer Höflichkeit und ließ keine Sekunde sein bezauberndes Gegenüber aus den Augen.

Wie zu erwarten war, drehten sich die Gespräche fast ausschließlich um Automobile und Patrick erkannte, wie groß die Begeisterung bei den jungen Männern war. Sie träumten von weiten Reisen, mutigen Rennen und waghalsigen Manövern. Obwohl er ein moderner Mann und Neuerungen gegenüber durchaus aufgeschlossen war, konnte er sich nicht für Automobile interessieren. Er dachte auch an den Offizier Landau, den Mann von Elisabeth, der sich in einem solchen Fahrzeug den Hals gebrochen und eine Frau mit drei kleinen Kindern alleingelassen hatte.

Dann wurde die Tafel aufgehoben, die Herren begaben sich in das Zimmer des Hausherrn, der Getränke und Zigarren anbot und die Gäste bat, sich auf die Gründung eines Automobilclubs zu konzentrieren. Die Damen versammelten sich im Salon, wo Kaffee und Gebäck gereicht wurden und wo man schließlich die Möbel zur Seite stellte, um Platz für das Tanzen zu schaffen, sobald die Männer mit ihrer Clubgründung fertig waren.

Regina überlief ein wohliger Schauer, wenn sie an einen Tanz in den Armen von Patrick Stelling dachte. Patrick aber hatte kaum noch Zeit, an Regina zu denken, denn während die Herren ihre Statuten besprachen, nahm Friedrich Mörius ihn zur Seite und erklärte: »Ich bin froh, mit Ihnen reden zu können, Sie sind in letzter Zeit so beschäftigt, dass ich keine Möglichkeit fand, in Ihre Nähe zu kommen.«

»Aber ich bitte Sie, Doktor Mörius, für Sie bin ich immer zu sprechen.«

Der ältere Mann lächelte und schüttelte den Kopf: »Sie ahnen gar nicht, wie sehr Sie abgeblockt werden.«

Patrick bemühte sich um Verständnis. »Wir hatten in letzter Zeit unglaublich viel zu tun. Ich bitte um Verzeihung.«

»Das brauchen Sie nicht, ich weiß, wie hart Sie arbeiten. Aber ich muss Ihnen unbedingt etwas sagen und ich sah keine andere Möglichkeit als diese Einladung.«

»Meine Güte, um was geht es denn? Ich denke, Sie wollen einen Club gründen.«

»Das auch, aber was ich wirklich will, ist Ihnen zu sagen, Sie müssen sich bis morgen Mittag entscheiden, wenn Sie Ihr Grundstück an der Billwerder Bucht vergrößern wollen. Morgen um sechzehn Uhr tritt der Plan zur Hafenerweiterung in Kraft und damit sind alle Grundstücke konfisziert.«

»Donnerwetter, davon hatte ich keine Ahnung. Was machen wir denn nun, natürlich muss ich mich vergrößern.«

»Wenn Sie wollen, kümmere ich mich darum. Aber ich brauche dazu natürlich Ihre Anweisung.«

»Die haben Sie natürlich. Muss etwas Schriftliches vorliegen?«

»Ja, selbstverständlich. Ich bin zwar Ihr Berater, das weiß man auch im Rathaus, aber bei einem so wichtigen Anlass ist ein Schriftstück unbedingt notwendig.«

»Wir können das sofort machen, die Banküberweisung erledige ich morgen.«

»Ich habe alles vorbereitet.« Und während Friedrich Mörius zum Schreibtisch ging und ihm eine Akte entnahm, die Patrick nur noch unterschreiben musste, waren die anderen Gäste bereits im Salon, wo der Lohndiener gegen ein Extrageld bereit war, ständig das Grammophon aufzuziehen, damit die jungen Leute tanzen konnten.

Patrick wusste, dass er verloren war, wenn er Regina in den Arm nahm und Regina ahnte, dass es um sie geschehen war, wenn sie seinen Körper berührte. Aber zunächst kam es nicht dazu. Sie musste ihren Gästen den Vortritt lassen und mit den Sportfreunden aus dem Tennisclub und dem

Reitverein vorlieb nehmen. Auch der Vater forderte sie auf, während die Mutter beinahe zu jeder zweiten Melodie mit Patrick tanzte.

Als er, wie er meinte, seine Pflicht getan und mit allen Damen getanzt hatte, ging er auf Regina zu. Beinahe erschrocken trat sie einen Schritt zurück. Er nahm ihre Hand und sie entdeckte eine leichte Belustigung in seinem Blick. »Warum weichen Sie vor mir zurück?«

Sie wusste keine Antwort und schüttelte nur den Kopf.

»Kommen Sie, versuchen wir's.« Und ehe sie sich versah, hatte er die Arme um sie gelegt und drehte sich mit ihr im Takt der Musik. »Ich wusste, dass es wundervoll wäre, mit Ihnen zu tanzen, aber ich fürchtete schon, wir kämen nie dazu.«

Regina hatte sich wieder gefangen. »Sie sind ein sehr begehrter Tänzer, Herr Stelling.«

»Nicht doch«, flüsterte er in ihr Haar. »Ich bin Patrick, einfach nur Patrick.«

»Dann bin ich Regina«, lächelte sie zurück und sah ihm in die Augen. Wieviel Wärme sich darin spiegelt, war das erste, was sie dachte, als sie ihren Blick voller Zärtlichkeit erwidert sah. Später, es war der dritte oder vierte Tanz und sie hatten sich durch die anderen nicht trennen lassen, fragte er: »Würden Sie mir die Ehre erweisen, einen meiner Bagger zu taufen, wenn ich ihn in der nächsten Woche zu Wasser lasse?«

Sie nickte. »Ja, sehr gern. Haben Sie denn schon einen Namen?«

»Ja, ich muss ein Versprechen einlösen. Der erste wird den Namen ›Stelling‹ tragen, der zweite, den meine Mutter taufen soll, wird den Namen ›Brennicke‹ tragen.

»Ein Versprechen?«

»Ich habe die beiden Familiennamen durch unglückliche Umstände beinahe in Verruf gebracht und habe versprochen, dass ich diese unglücklichen Verstrickungen, an denen ich keine Schuld hatte, die aber die Namen in den Schmutz zogen, wieder in Ordnung bringe. Nun sollen sie der Stadt und der Schifffahrt dienen und hoffentlich lange an das Ansehen der alten Familien erinnern.«

»Ich weiß, ich habe davon gehört und auch, dass Sie ein ehrenhafter Mann seien. So stand es wörtlich in der Zeitung, für die ich arbeite.«

»Danke, dass Sie das gesagt haben«, erwiderte er und berührte ganz leicht ihr Haar mit seinen Lippen. »Ich werde Ihnen und Ihren Eltern eine formelle Einladung und zum genauen Termin eine Kutsche schicken. Ich freue mich, Sie wiederzusehen, Regina.«

Die Musik schwieg und als sie zum Grammophon hinübersahen, stellten sie fest, dass der Lohndiener seine Arbeit eingestellt hatte und die ersten Gäste sich verabschiedeten. Die Stimmung war glänzend, alle hatten sich gut unterhalten und der Club war gegründet. Ohne Patrick allerdings.

Er war der letzte, der ging, und da die Kutsche auf ihn wartete, fragte er höflich, ob er die eine oder andere Dame mitnehmen könnte. Alle nahmen sein Angebot an, und als Regina Minuten später aus dem Fenster sah, konnte sie eine übervolle Kalesche beobachten, die sich in flottem Trab zur Alster hin entfernte.

Dreiundzwanzigstes Kapitel

Regina, von Natur aus eine Langschläferin, hatte heute viel vor. Sie war schon auf den Beinen, bevor Luise ihr ein Bad richten konnte und telefonierte bereits nach einer Mietdroschke, bevor die Köchin ihr das Frühstück servierte. Sie bestellte einen Einspänner mit Kutscher, denn sie wollte in die Altstadt mit ihren kleinen Gassen, in die man mit einer großen Kutsche nicht überall hineingelangte.

Regina wusste, dass sie heute viel zu erledigen hatte, denn, wollte sie als Taufpatin des ersten Baggers von Patrick Stelling auftreten, dann sollte das in dem besten Rahmen geschehen, den sie vertreten konnte. Sie brauchte zu diesem Zweck eine komplett neue Garderobe und sie wusste auch schon, wie sie aussehen wollte. Sie würde nicht nur die Eltern und die anderen Gäste verblüffen, sie würde ganz neue Akzente setzen.

Man soll nicht mit der Mode laufen oder einem Trend hinterherrennen, man muss persönlich Mode machen, dann klappt es auch mit der Anerkennung, überlegte sie und ging hinunter auf die Straße, um auf den Wagen zu warten. Zum Glück verfügte sie über eigene finanzielle Mittel, sodass sie niemanden um Geld bitten und kleinliche Fragen beantworten musste. Sie wusste genau, die Mutter würde nie die Garderobe billigen, die sie vorhatte zu kaufen.

Ihre Großmutter, die Kommerzienrätin Mörius, eine moderne, fortschrittliche Frau, die es aber nie geschafft hatte, sich mit ihren Wünschen und Vorstellungen durchzusetzen, bewunderte ihre Enkelin, die sich vom Leben nahm, was sie wollte. Die entschlossen genug war, mit ihrem vorzüglichen Schulabschluss sich öffentlich um Arbeit zu bewerben, und jetzt Artikel schrieb, die sich zwar mit der Historie der Stadt befassten, aber auch sehr energisch mit Missständen der Gegenwart umgingen. In Regina sah die alte Dame die Frau, die sie gern gewesen wäre, aber damals war die Zeit nicht reif dafür und so unterstützte sie die Enkelin mit Geld, über das sie, dank ihres verstorbenen Mannes – Gott hab ihn selig – in ausreichendem Maße verfügte. Sie hatte Regina ein Konto eingerichtet, auf dem immer genügend Geld zur Verfügung war.

Endlich kam die kleine Kutsche. Regina stieg ein und erklärte dem Kutscher, wo sie überall Besorgungen machen wollte. Ihr erster Besuch galt dem Gewandhaus der Tuchhändler in der Johannisstraße, wo sie weißen, weichfließenden Leinenstoff erstand. Dann besuchte sie die Knopfmacherei im Großen Burstah, für die sie einen ganz besonderen Auftrag hatte. Der Meister, fasziniert von der Idee, ließ sich genau aufzeichnen, wie die Knöpfe auszusehen hatten, und versprach, sie bereits am nächsten Tag bei der Schneiderin abzuliefern. Anschließend fuhr Regina zu ihrer Schneiderin, die seit vielen Jahren die Garderobe für die Frauen der Familie Mörius anfertigte. Aber als sie ihren Wunsch erklärte, schlug die entsetzt die Hände zusammen. »Ausgeschlossen, Fräulein Regina, Ihre Mutter verzeiht mir nie, wenn ich ein solches Gewand für Sie nähe. Sie würden aussehen wie ein Mann, das geht nicht.«

»Unsinn«, winkte Regina ab. »Sie nähen mir ein wunderschönes modernes Kostüm, nur statt des Rockes wird der Unterteil ein Hosenrock. Was soll daran falsch sein?«

»Aber so etwas tragen Damen nicht. Die Hamburger Gesellschaft weiß genau, was modern ist und was nicht.«

»Die Hamburger Gesellschaft interessiert mich nicht. Ich laufe keiner Mode nach, sondern ich mache mir meine Mode selbst. Und was könnte im windigen Hafen praktischer sein als ein Hosenrock? Man wird Ihnen die Tür einlaufen und diese Kleidung bestellen.«

Als sie ihren Wunsch bei der Schneiderin durchgesetzt hatte, ließ sie sich zur Modistin fahren, aber die lehnte ihren Wunsch nach einer speziell gearbeiteten Mütze rundweg ab.

»Ein solches Gebilde fertige ich nicht. Warum nehmen Sie nicht einen dieser schönen weit schwingenden Spitzenhüte?

Das sind Hüte, wie sie Damen heute tragen, aber doch nicht ein Gebilde, wie es Ihnen vorschwebt. Dafür müssen Sie zu einem Hutmacher für Herren gehen. Vielleicht finden Sie einen, der so ausgefallene Hütchen macht.«

Also suchte Regina den Hutmacher ihres Vaters auf, der sich bereit erklärte, ihren Wunsch in die Tat umzusetzen. Bei der Modistin allerdings würde sie nie wieder einen Hut bestellen. Anschließend fuhr sie zum Schuhmacher, zum Taschenmacher und zuletzt bestellte sie Handschuhe – passend zu Schuhen und Tasche. Dass ihre Wünsche als absolut dringend zu behandeln seien, machte sie zur Bedingung.

Drei Tage später war es so weit. Die Einladung war gekommen, die Kutsche stand vor der Tür und die Herrschaften machten sich bereit, an die Billwerder Bucht zur Taufe der ersten beiden Stelling-Bagger zu fahren. Es war ein warmer, sonniger Spätsommertag mit einerleichten Brise von der entfernten See her und mit vielen festlich gekleideten Gästen die sich das Spektakel nicht entgehen lassen wollten. Neben den geladenen Zuschauern waren viele Honoratioren der Stadt und der Hafenbehörden gekommen, denn es hatte sich längst herumgesprochen, dass hier ein Ereignis stattfand, das der Stadt, dem Hafen und der gesamten Schifffahrt von großem Nutzen sein würde. Endlich war man nicht mehr abhängig von englischen Baggern, die für teures Geld ausgeliehen werden mussten und jederzeit wieder abgerufen werden konnten, endlich hatte die Hafenbehörde ihre eigenen Maschinen, die zudem mehr als das Doppelte der geliehenen Bagger leisten würden.

Die Werft war mit bunten Fahnen, das breite Einfahrtstor mit Girlanden und die Bagger selbst mit riesigen, farbenfrohen Bändern und Wimpel geschmückt. Die Arbeiter hatten alle die gleichen, neuen dunkelblauen Arbeitsanzüge mit roten Paspeln an und die Ingenieure trugen dunkelblaue Anzüge mit weißem Besatz.

Es war eine überaus festliche Gesellschaft, die sich auf dem Werftgelände eingefunden hatte. Eine Blaskapelle spielte, es gab Bier und Schmalzbrote für das Volk, so viel jeder wollte, und in einem Festzelt stand ein reichhaltiges Büfett für geladene Gäste bereit. Friedrich und Irene Mörius hätten sehr glücklich sein können, zu diesem auserwählten Kreis zu gehören, wäre nicht Regina gewesen, die ihre Mutter in einen Schockzustand versetzt hatte, als man gemeinsam die Kutsche besteigen wollte. Die Eltern hatten nichts von der Kleidung ihrer Tochter gewusst und sahen sie zum ersten Mal, als man die Straße betrat. Während Irene ein zartgraues Kleid mit altrosa Spitzen, mit passendem Hut und Sonnenschirm trug, kam Regina in einem schlichten Matrosenanzug. Messingknöpfe zierten die Jacke und auf jedem der Knöpfe, die außerordentlich fein gearbeitet waren, das musste man anerkennen, war ein Anker mit den Buchstaben P und S rechts und links davon eingraviert. Den gleichen Knopf trug sie am Rand eines Hütchens, das eher mit einem Schiff als mit der angemessenen Kopfbekleidung einer Dame vergleichbar war. Und dann der

Rock, der kein Rock, sondern eine Hose war. Friedrich Mörius konnte nur sehr mühsam ein lautes Lachen unterdrücken. Im gefiel seine Tochter, er hatte sich mit ihren Launen und Ideen abgefunden, aber das entsetzte Gesicht seiner Frau ließ ihn schweigen. Es war so typisch für seine Tochter, aus der Rolle zu fallen, dass er daran überhaupt nichts Anstößiges mehr fand. Außerdem sah sie hinreißend aus. Aber Irene, wie konnte er sie nur beruhigen?

Nun, er brauchte auf jeden Fall die ganze Dauer der Fahrt dafür! Und während dieser Fahrt beobachtete er seine beiden Frauen genau. Irene kämpfte nicht nur mit der Enttäuschung über das Aussehen ihrer Tochter, sie kämpfte auch mit dem großen, weitschwingenden Hut und mit dem spitzenreichen Sonnenschirm, in dem sich ständig die Meeresbrise verfing.

Lautstarke Marschmusik empfing die Besucher am Hafenrand. Es wimmelte nur so von Menschen auf dem Werftgelände. Arbeiter und ihre Familien, Nachbarn mit Kind und Kegel, Hamburger, die von dem Ereignis in der Zeitung gelesen hatten und nun einen Spaziergang zur Billwerder Bucht unternahmen, um den ersten Stapellauf eines Elbebaggers mitzuerleben.

Patrick, umgeben von zahlreichen Gästen, unter ihnen die Familien Stelling und Brennicke, die, bis auf die Rodenhagener, vollzählig gekommen waren, löste sich aus der fröhlichen Runde, um den Damen Mörius aus der Kutsche zu helfen. Als er Regina die Hand reichte, verschlug es ihm fast den Atem. Sie sah bezaubernd aus. Diese kecke, weiße Mütze auf dem kastanienbraunen Haar stand ihr einfach großartig. Dann sah er den Knopf an der Seite dieser Mütze der – es war nicht zu fassen – seine Initialen trug. Und dann entdeckte er diese gleichen wunderschön gravierten Messingknöpfe mit dem Stockanker und den

Anfangsbuchstaben seines Namens rechts und links vom Ankerschaft als doppelreihigen Verschluss ihrer eleganten, uniformähnlichen Kostümjacke. Es war ein einzigartiges Kompliment an ihn und seine Arbeit und er beschloss ganz spontan, diesen Anker mit seinen Initialen zu seinem Firmenwappen zu machen. Zu gern hätte er dieses lange, schlanke Mädchen in seine Arme genommen, um sie nie wieder loszulassen. Aber er musste sich seinen Gästen widmen und machte sie untereinander bekannt. Wenig später zog die Musikkapelle im schneidigen Marschschritt hinunter zu den Docks, wo die beiden geschmückten Bagger darauf warteten, zu Wasser gelassen zu werden.

Patrick hatte den Arm um die Schultern seiner Mutter gelegt und geleitete die alte Dame vorsichtig über den unebenen Boden, ängstlich bemüht, sie vor dem Stolpern zu bewahren. Familie Mörius hatte sich in den langen Zug der Schaulustigen eingereiht.

Als man die riesigen Schuppen mit den haushohen, seltsam aussehenden Schiffen erreicht hatte, winkte Patrick die zweite Taufpatin an seine andere Seite und gab den Befehl, die großen Tore zu öffnen, die das Hafenwasser bis jetzt von den Geräten getrennt hatten. Sofort füllte sich der Boden der Schuppen mit Wasser und bald umspülten erste kleine Wellen die Schiffsböden. Arbeiter versammelten sich mit Äxten und Hämmern zu beiden Seiten der Schiffe, um die Haltebolzen loszuschlagen, sobald die Schiffe getauft waren.

Patrick geleitete seine Mutter und nach ihr Regina auf ein geschmücktes Podest, das zwischen den Baggern errichtet war, und bat um Ruhe. In wenigen ergreifenden Worten dankte er den Arbeitern und Ingenieuren, gedachte der Toten und Verletzten, drückte seinen Dank den Behörden und Ämtern gegenüber aus und bat dann die Musikanten um einen Tusch. Dann hob Patrizia die Flasche Champagner und taufte den ersten Bagger mit den Worten: »Mit Gottes Segen sollst du dein Werk tun zum Nutzen der Stadt, des Flusses und der Schiffe, damit sie ungefährdet unseren Hafen erreichen. Ich taufe dich auf den Namen ›Irmgard Brennicke‹.« Dann warf sie die Flasche gegen den Schiffsrumpf, wo sie schäumend zersplitterte.

Regina, nun doch etwas aufgeregt, denn Patrick stand jetzt hinter ihr, und als sie die Flasche ergriff, legte er seine Hand auf ihre Schulter, rief mit lauter, fröhlicher Stimme: »Tu deine Arbeit zum Wohl unserer Stadt, sichere den Weg, den die Schiffe nehmen auf der Reise in die Welt und auf dem Weg in ihren Hafen. Sorge du dafür, dass sie immer eine Handbreit Wasser unter dem Kiel haben. Ich taufe dich auf den Namen ›Viktoria Stelling‹.«

An dem Druck der Hand auf ihrer Schulter spürte sie, dass sie die richtigen Worte gewählt hatte. Dann schleuderte sie die Flasche gegen die Bordwand und drehte sich lachend zu Patrick um. »Geschafft«, flüsterte sie, »und toi, toi, toi!« Zum Takt der Marschmusik schlugen die Arbeiter Bolzen, Verstrebungen, Pflöcke, Zapfen und Seile los und langsam, beinahe würdevoll, glitten die schweren Bagger, begleitet vom Jubel der Zuschauer, über die eingeseiften Holzschienen ins Wasser. Vier Schlepper nahmen sie in Empfang und langsam glitt der Konvoi aus der Bucht in die Elbe und dann flussabwärts zu den Liegeplätzen, wo sie mit ihrer Arbeit beginnen sollten.

Für alle, die seit vielen Monaten auf diesen Augenblick hin gearbeitet hatten, begann nun das Fest, und alle, die als Zuschauer gekommen waren, durften daran teilnehmen. Im Mittelpunkt stand Patrick, der von allen Seiten Glückwünsche entgegennahm, die nächsten Pläne bekanntgeben und ehrenvolle Reden über sich ergehen lassen musste. Er genoss die Anerkennung und war stolz auf das, was er trotz so vieler Widrigkeiten geschafft hatte, aber viel lieber wäre er dem ganzen Trubel mit Regina an seiner Seite entflohen und in der Stille des späten Nachmittags untergetaucht. Aber er hatte kaum Gelegenheit, die junge Frau zu sehen, die in ihrem weißen Kostüm mit dem weit schwingenden Hosenrock überall Aufsehen erregte und lachend den Namen ihrer Schneiderin bekannt gab, denn sie hatte tatsächlich mit sicherem Gespür den Modetrend der nächsten Zeit erkannt.

Langsam lichteten sich die Besuchermengen, leicht erheitert von dem Freibier. Zuschauer mit Kindern machten sich auf den Heimweg, die Ehrengäste winkten ihre Kutschen herbei und verabschiedeten sich und auch Friedrich Mörius drängte zur Abfahrt.

»Man muss wissen, wann ein Fest beendet ist«, flüsterte er seiner Frau ins Ohr und sah sich nach seiner Tochter um, die von jungen Leuten umlagert, etwas abseits stand. Dann suchte er die Kutsche, die sie hergebracht hatte. Patrick, ein sehr aufmerksamer Gastgeber, der alles beobachtete, winkte den Kutscher heran und ging hinüber zu Regina, mit der er nicht ein einziges Wort hatte wechseln können.

»Ich fürchte, Ihre Eltern planen die Rückfahrt. Es tut mir Leid, dass ich überhaupt keine Zeit für Sie hatte«, sagte er enttäuscht und sah sie bittend an. »Wann können wir uns wiedersehen?« Regina, die die gleiche Enttäuschung empfand, aber auch wusste, dass man Herren gegenüber nicht zu nachgiebig sein durfte und dass es nicht schicklich war, sich einfach irgendwo mit einem Mann zu treffen, erklärte: »Ich bin nachmittags oft im Tennisclub am Rothenbaum, vielleicht trifft man sich dort einmal?«

»Ich werde das Clubgelände nicht mehr aus den Augen verlieren«, erklärte Patrick lächelnd und fügte dann ernsthaft hinzu: »Sie haben mir heute ein wunderbares Geschenk gemacht.« Und als sie ihn fragend ansah: »Erlauben Sie mir, die Gravur auf dem Messingknopf an Ihrem kleinen Hut als mein zukünftiges Wappen zu betrachten? Ich suche seit Monaten nach einem Motiv, heute habe ich es gefunden.« Ohne zu zögern nahm Regina ihre Mütze ab, löste den Knopf und legte ihn in die ausgestreckte Hand. »Es ist mir eine Ehre.« Und dann flüsterte sie: »Ich denke, dass ich morgen Nachmittag gegen drei Uhr auf dem Tennisplatz sein werde.«

Patrick war pünktlich. Er band seinen Hengst an einen der Haltepfosten, die dafür bestimmt waren, und ging hinein, um auf der großen Anlage nach Regina Ausschau zu halten. Sie trainierte mit einem Tennislehrer und Patrick, im Verborgenen stehend, war fasziniert von der Schnelligkeit, von der Gelenkigkeit und von der Grazie, mit der sie spielte. Am liebsten hätte er ununterbrochen applaudiert, aber er wusste, dass sie das stören würde und hielt sich zurück. Umso mehr genoss er die Bewegungen, diese Sinnlichkeit. Er wusste, niemals würde sie sich ihm so zeigen, ohne dass er mit ihr leben würde. Und er wusste auch, dass er alles tun würde, dies zu erreichen.

Als die Trainingsstunde beendet war, zeigte sich Patrick. Er ging mit ihr bis zu den Umkleidekabinen, wartete, bis sie sich umgezogen hatte, und begleitete sie in das kleine Restaurant, wo er ihr eine kühle Limonade bestellte. Sie bedankte sich, nahm ein paar Schlucke und fächelte sich mit ihrem Spitzentuch etwas Abkühlung zu. »Das Spiel in diesen langen Röcken ist einfach zu unbequem und viel zu heiß. Am liebsten würde ich den Rock bis auf ein Minimum abschneiden, aber ich fürchte, dann bekomme ich Platzverbot«, lachte sie und nahm noch einen Schluck.

Patrick, der wusste, dass er die Zeit nutzen musste, die er in ihrer Gegenwart verbrachte, wurde ernst. Es entsprach nicht der Vorschrift, eine junge Dame allein zu treffen, selbst eine moderne Frau wie Regina war an Traditionen gebunden, und wenn er sie wiedersehen wollte, musste er sich etwas einfallen lassen. Leise, denn rund herum waren alle Tische besetzt und viele Gäste winkten im Vorbeigehen Regina zu, fragte er: »Ich möchte Sie gern wiedersehen, wo wäre das möglich?«

Sie überlegte einen Augenblick, dann erklärte sie: »Es ist schwierig für mich, allein auszugehen, und wenn, das sehen Sie selbst, bin ich umgeben von Leuten, die mich genau beobachten.«

»Ich könnte Einladungen bei Freunden arrangieren, würden Sie kommen?«

»Vielleicht? Es käme auf die Gastgeber an.« Plötzlich lachte sie laut und herzhaft. »Was für eine verschrobene Welt! Ich schlage vor, wir pfeifen auf Sitte und Tradition und tun genau das, was wir wollen.«

»Bitte«, schmunzelte Patrick, »was schlagen Sie vor.«

»Wir könnten ausreiten, eine Landpartie mit der Kutsche machen, in Museen gehen, Konzerte besuchen, durch die Stadt flanieren und im Winter können wir Schlittschuh laufen und Theater aufsuchen.«

Jetzt lachte Patrick laut auf, ergriff ihre Hand und schüttelte den Kopf. »Mein Gott, der Winter, bis dahin hätte ich ganz andere Vorstellungen von unserem Beisammensein.«

Sie ging auf seinen Scherz ein. »Darf ich fragen, um welche Vorstellungen es sich dabei handelt?«

Ernst geworden, sah er sie lange an. »Darüber möchte ich nicht an diesem Tisch auf dieser überfüllten Terrasse in diesem vollen Tennisclub-Restaurant mit Ihnen sprechen.«

»Dann sollten wir vielleicht den Ort wechseln?«

Er nickte. »Entschuldigen Sie mich einen Augenblick. Ich werde mit meinem Kutscher telefonieren, er kann uns in einer halben Stunde eine Kutsche bringen und mein Pferd nach Hause reiten. Wäre Ihnen das recht?«

»Sie meinen im Sinne von ›dann pfeifen wir darauf‹?«

»Genau das meine ich.«

Während er aufstand, um das Telefongespräch zu führen, saß sie nachdenklich an ihrem Tisch. Sie wusste, dass sie nun mit dem Feuer spielte. Dass aus einer Laune heraus Ernst geworden war. Aber war es nicht genau das, was sie wollte? Sie hatte überdeutlich gezeigt, wie wichtig dieser Mann für sie war und er hatte es sofort erkannt. Sie dachte, wie aufgeregt sie war, sobald sie ihn sah. Es ist nicht nur das gute Aussehen, das mich fasziniert, diese Augen, wenn er mich ansieht, es ist nicht dieses weiche Haar, das ihm immer wieder ins Gesicht fällt, weil es eigentlich für einen Mann zu lang ist und das ihm doch soviel Charme schenkt, und es ist auch nicht dieser Körper, der Schutz und Wärme verspricht. Es ist ganz einfach seine Präsenz, diese Ausstrahlung, dieses Charisma oder wie immer man es nennen mag, das mich in seiner Nähe so unruhig werden lässt.

Dann kam er zurück und sie sah, wie die Blicke aller Frauen ihm folgten und dachte fröhlich: Ihr dürft schauen, aber mir gehört er.

Patrick setzte sich wieder. »Der Kutscher kommt in wenigen Minuten. Ich habe den Einspänner, die kleine Gig, bestellt, dann sind wir ungestört.«

»Und wohin werden wir fahren?«

»In das Sierichsche Gehölz. Es ist ein privates Jagdrevier nördlich von Winterhude, aber da jetzt keine Jagdzeit ist, darf man dort unterwegs sein.«

Wenig später tauchten sie ein in die grüne Fülle des Waldes, in dem kaum Menschen zu sehen waren. Patrick lenkte die Stute mit einer Hand, die andere hatte er auf Reginas Hände gelegt, die still und verträumt neben ihm saß. Es war das erste Mal, dass sie allein mit einem Mann unterwegs war, und es war wunderbar. Als er begann, ihr Haar zu streicheln, schmiegte sie sich hinein in diese Hand und sah ihn glücklich an. Langsam brachte er das Pferd zum Stehen, beugte sich zu ihr hinunter und forschte mit den Augen nach ihrem Einverständnis. Den Blick in ihre Augen versenkt, strich er mit zärtlichen Lippen über ihren Mund. Es war nur ein Hauch von einem Kuss, ein zärtliches Streicheln, mehr nicht, aber Regina versank in diese Berührung wie in einen weichen, fließenden Nebel, der sie alles vergessen ließ. Er hielt sie, als wolle er mit ihr davonfliegen, und ihr schwindelte, so sanft war diese erste Berührung. Dann löste er sich von ihren Lippen und begann mit Zärtlichkeit ihr Gesicht mit seinem Mund zu erforschen. Und unter den liebevollen Berührungen durchlief ein Zittern ihren Körper, bis sie sich seufzend gegen ihn presste. Der zweite Kuss war inniger, intensiver und forderte ihre ganze Hingabe. Mit leisem Stöhnen öffnete sie die Lippen, umfasste mit beiden Händen seinen Kopf und streichelte sein Haar. Endlich durfte sie es spüren, berühren, den Duft nach Wärme und Sonne atmen, der ihn umgab.

Für Patrick war diese Begegnung die Erfüllung aller Träume. Sie in seinen Armen zu halten, zu spüren, wie sehr sie nach ihm verlangte, war das wunderbarste Gefühl, das er sich vorstellen konnte. Irgendwann würde er sie ganz besitzen, das wusste er, aber für heute waren diese Küsse genug. Er wollte behutsam vorgehen, sie nicht erschrecken, denn er spürte genau, dass er der erste Mann war, der sie so hingebungsvoll küssen durfte. Er verweilte auf ihren Lippen, er genoss jeden Atemzug und dann löste er sich sanft, strich ihr zärtlich über das gerötete Gesicht und sah sie liebevoll an. »Regina, würdest du meine Frau werden?«

Sie konnte nicht sprechen, sie war viel zu aufgewühlt, aber sie nickte heftig und ihre Augen leuchteten vor Glück.

»Dann werde ich morgen deine Eltern um deine Hand bitten.«

Vierundzwanzigstes Kapitel

Patrick Stelling und Regina Mörius hatten beschlossen, im Dezember 1899 zu heiraten. Obwohl Irene Mörius eine mindesten halbjährige Verlobungszeit ihrer Tochter begrüßt hätte – so war es nun einmal Tradition in gutbürgerlichen Familien – war sie doch sehr glücklich über die Verbindung zum hanseatischen Uradel, in den ihre Tochter einheiratete und akzeptierte den Wunsch der Verlobten.

Patrick und Regina, die nach ihrem Ausflug in das Sierichsche Gehölz nie wieder Gelegenheit hatten, allein zu sein, sehnten den Tag der Hochzeit herbei, denn nachdem Patrick um die Hand der Tochter angehalten hatte, ließ die Mutter Regina nicht mehr aus den Augen. Besuchte Patrick seine Verlobte, ließ sie das junge Paar zwar ab und zu allein im Zimmer, aber die Tür musste immer geöffnet bleiben, und holte der junge Mann seine zukünftige Frau zu einer Spazierfahrt ab, ergab es sich stets, dass Frau Irene in der gleichen Gegend Besorgungen zu machen hatte. Und Festivitäten, wie etwa Theaterbesuche, Konzertveranstaltungen oder Zirkusvorstellungen, wurden nur im Familienkreis besucht. Von Reginas Idee, auf Tradition und Anstand zu ›pfeifen‹, war nichts mehr übrig geblieben.

Zum Glück gab es für die Verlobten soviel zu tun, dass ihnen kaum Zeit blieb, einander zu vermissen. Patrick beobachtete die Arbeit seiner Bagger, ließ noch ein paar Verbesserungen ausführen und hatte alle Hände voll zu tun, den Bau der nächsten Geräte vorzubereiten, denn kaum arbeiteten die ›Stelling‹ und die ›Brennicke‹ mit großem Erfolg vor Övelgönne in der Elbe, kamen aus vielen Küstenstädten an Nord- und Ostsee die Bestellungen. Zahlreiche Hafenbehörden und Stadträte sahen im Einsatz so großer Bagger die einzige Chance, den immer größer werdenden Schiffen Zufahrt in ihre Häfen und damit den Städten Überseehandel zu ermöglichen.

Patrick war Justiziar Mörius unendlich dankbar, dass er ihn damals mit einem Trick zum Kauf zusätzlichen Geländes bewogen hatte. Jetzt konnte er neue Docks einrichten und nach und nach vier Bagger gleichzeitig bauen. Die Zahl seiner Arbeiter hatte sich vervierfacht. Zahlreiche Männer kamen aus umliegenden Stadtteilen, entweder mit Fähren durch den Hafen oder mit einem Pferdebus, der inzwischen an der Werft vorbei verkehrte. Für die Arbeiter, die von auswärts kamen, wurden auf dem Gelände neue, moderne Unterkünfte mit Fließwasser, zentraler Beheizungsanlage und komfortablen Wasserspül-Toiletten gebaut. Drei neue, gut ausgebildete Schiffsbauer wurden zusätzlich eingestellt und ein Bürohaus war im Bau. Aber nach wie vor war Ernst Jensen sein Bauleiter.

»Du hast damals, als es mir schlecht ging, zu mir gehalten, du sollst auch jetzt die Arbeiter führen«, hatte Patrick erklärt, »und wenn es Probleme gibt, ich bin immer für dich da, Tag und Nacht, das verspreche ich.« Und vom gleichen Tage an trug Jensen nicht mehr die blaue Arbeiter-Montur, sondern den weißen Kittel der Ingenieure und Schiffsbauer.

Regina sorgte für das künftige Heim. Zwölf Zimmer und ein Wintergarten mussten eingerichtet werden. Patrick ließ ihr völlig freie Hand.

»Liebling«, hatte er gesagt, »du musst unser Haus nach deinen Wünschen einrichten. Du wirst die meiste Zeit darin verbringen. Ich möchte, dass du dich wohl fühlst.«

Irene half ihrer Tochter, aber oft gingen die Meinungen so weit auseinander, dass Regina gern auf die Hilfe der Mutter verzichtet hätte. Während Irene für Schnörkel und Verzierungen schwärmte und der Meinung war, nur eine schwere, prunkvolle Einrichtung oder aber antike Möbel zeugten vom Wohlstand der Familie, wollte Regina ein helles und schlichtes Mobiliar.

»Mutter, ich will keine Staubfänger«, erklärte sie immer wieder, »ich will nicht in Plüsch und Pomp leben, sondern atmen können. Wir sind jung, wir wollen keine überladenen Zimmer, die uns erdrücken, du musst verstehen, dass sich die Zeiten ändern und die Mode eben auch.«

»Aber Kind«, entgegnete Irene, »was du brauchst sind Stilmöbel, englische meinetwegen oder französische, du musst dich für Hölzer entscheiden, die derzeit en vogue sind. Du wirst ein großes, reiches Haus führen, du kannst dir nicht Möbel hinstellen, die nicht in die Räume passen, ja geschmacklos sind.«

Aber Regina setzte sich durch und Irene gab nach, wenn auch schweren Herzens. So waren die beiden Frauen täglich damit beschäftigt, Möbeltischler und Kunstschreiner aufzusuchen, Entwürfe zu diskutieren, Hölzer auszusuchen und eine einheitliche Stilrichtung zu erreichen, die hell und freundlich, modern und individuell war.

Ähnliche Probleme gab es mit den Dekorationsstoffen. Während Irene mit Damast, Seide und Brokat liebäugelte, entschied sich Regina für Batist, und erlaubte nur im Erdgeschoss dicke Vorhangstoffe, die abends als Sichtschutz vorgezogen werden sollten.

Nachdem die Fragen der Einrichtung geklärt waren und ein Klempner die Badezimmer nach Reginas Wünschen umgebaut hatte, musste Hauspersonal ausgesucht und eingestellt werden. Hier sollte Selma ein entscheidendes Wort mitzureden haben, das war Patricks Wunsch, und Regina überließ die Auswahl gern der versierten Haushälterin, die am besten wusste, worauf zu achten war. Selma bemühte eine Agentur um Vermittlung von Personal und stellte zwei Hausmädchen, eine Hilfsköchin und nach Rücksprache mit ihrem Mann und dann mit Patrick einen Stallknecht ein. Denn der Herr hatte zusätzliche Pferde und zwei neue Kutschen erworben und Erich, der ja als Kutscher viel unterwegs sein musste, war überfordert. Außerdem sollte eine Gärtnerei die große Anlage in Ordnung halten.

Die wenigste Zeit nahm sich Regina für ihre Garderobe. Sie bat die Schneiderin um ein paar Entwürfe für ein schlichtes Brautkleid und überließ es der Frau, die dazu gehörenden Accessoires zu besorgen.

Und während Patrick mit dem Werftausbau und seine Damen mit der Hauseinrichtung und den Hochzeitsvorbereitungen beschäftigt waren, übernahm Friedrich Mörius still, bescheiden und konsequent die wirtschaftliche und finanzielle Verwaltung der Werft. Er erkannte sehr schnell, dass sein zukünftiger Schwiegersohn ein talentierter Schiffsbauer war, aber keine Zeit und kein Interesse an einer gewinnbringenden Geschäftsführung hatte. Reginas Vater schloss seine Anwaltskanzlei und richtete sich Büroräume auf dem Werftgelände ein. Obwohl er eigentlich vorhatte, sich von der Arbeit langsam zurückzuziehen und einen genussvollen Lebensabend anstrebte, war er von seinen neuen Aufgaben so fasziniert, dass er mit großem Elan tagtäglich bis zu zehn Stunden arbeitete und seine geliebten Spaziergänge an der Alster völlig vergaß.

»Wasser habe ich im Hafen genug«, erklärte er seiner verblüfften Frau und nahm sie schwungvoll in die Arme, »ich fühle mich wie zwanzig und du wirst das auch noch zu spüren bekommen, lass nur erst mal das Kind aus dem Hause sein!«

Fassungslos sah Irene ihn an. Was Hochzeiten so alles bewirken, dachte sie erschrocken und beschloss, schon am nächsten Tag ein Geschäft für Dessous und Weißwäsche aufzusuchen.

Die Familien Stelling und Brennicke sahen mit großer Freude die Entwicklung im Hafen und in der Heilwigstraße. Patrick hatte mit der Wahl seiner zukünftigen Frau eine glückliche Hand bewiesen, denn Regina galt in den Kreisen der besseren Gesellschaft als eine kultivierte, feinsinnige, wenn auch leicht progressive Frau, die offen und ehrlich ihre Meinung vertrat.

Alexander Brennicke, der als ältester Sohn Viktorias die große Villa an der Elbchaussee bewohnte, erbot sich, dort die Hochzeitsfeier auszurichten und auch Julia wollte ihr Haus am Mittelweg zur Verfügung stellen, aber Patrick lehnte beide Angebote dankend ab. Er freute sich über das Entgegenkommen der Familie, aber er hatte mit Regina besprochen, die Hochzeit und die Hauseinweihung zusammen zu legen und die Gäste in das eigene Haus einzuladen.

Die kirchliche Trauung fand in der nahe gelegenen St. Johannis-Kirche in Eppendorf statt, denn die kleine, alte Fachwerkkirche galt als besonders beliebt bei Hochzeitspaaren, und das Haus in der Heilwigstraße gehörte zum Gemeindebezirk.

Es war ein wundervolles Fest. Die mit Blumen und Kerzen reich geschmückte Kirche war bis auf den letzten Platz besetzt. Die Familien waren – bis auf die Rodenhagener – ohne Ausnahmen gekommen, zahlreiche Freunde und Freundinnen von Regina und die leitenden Angestellten von Patrick waren dabei und die Nachbarn, die im Gotteshaus keinen Platz mehr fanden, hatten sich draußen auf der Wiese neben der Kirche versammelt, um auf diese Art ein wenig an dem Fest teilzunehmen.

Weit nach Mitternacht verließen die letzten Gäste das Haus in der Heilwigstraße. Es war ein Fest, von dem noch lange in der Stadt gesprochen wurde. Als Erich von der letzten Fahrt zurückkehrte, er hatte zahlreiche Gäste geholt und wieder in ihre Häuser und Wohnungen gebracht, verschloss er das große Tor und ließ die Hunde frei, die den Tag in einer Sattelkammer verbringen mussten. Klirrend kalt und sternenklar war der Winterhimmel über dem Haus. Drinnen brannten nur noch wenige Lichter und Erich schickte einen Seufzer der Erleichterung in die Nacht. Sein Herr hatte eine wunderbare Frau gefunden, seine Selma ein großes Haus, das sie führen durfte und er selbst einen Stall voller edler Pferde, die überall Aufsehen erregten, er war wirklich ein glücklicher Mann.

Dann verließ Selma das Haus. Er ging ihr entgegen und legte den Arm um ihre Taille. »Komm mein Schatz, jetzt feiern wir.«

Lachend schob sie ihn fort. »Ich dachte immer, wir seien längst verheiratet. Jetzt wird nicht gefeiert, jetzt wird geschlafen, mein Lieber.«

»Wir werden sehen.« Unbeirrt legte er seinen Am wieder um ihre Taille und drückte sie an sich, »wir werden sehen!«

Patrick löschte die Lampen in den unteren Räumen. Dann ging er auf Regina zu, die in ihrem schlichten weißen Brautkleid am Fuß der Treppe auf ihn wartete. Zärtlich nahm er sie in den Arm, dann gingen sie Hand in Hand nach oben. Vor der Tür zum Schlafzimmer blieb er stehen, sah sie liebevoll an und küsste ihre Hände. Dann trug er sie über die Schwelle und legte sie auf das Bett. »Wir mussten so lange warten«, flüsterte er, »all die Wochen, Tage, Nächte – ich habe mich so sehr nach dir gesehnt und ich hatte solche Angst, irgendetwas könnte passieren und uns trennen.«

Er beugte sich nieder und löste zärtlich den kleinen grünen Myrtenkranz aus ihrem Haar, fuhr liebevoll über ihre Locken und strich mit seinen Lippen über die geröteten Wangen.

»Ich liebe dich so sehr«, flüsterte er und küsste sie. Sie schmiegte sich in seine Umarmung und erwiderte voller Ungeduld seinen Kuss. Dann begann er sie zu entkleiden. Behutsam und liebevoll löste er Knöpfe und Haken, Bänder und Schleifen, streichelte ihre Arme und küsste den Hals, die Augenlider, ihre Schultern, berührte die Rundungen ihrer Brüste und strich zärtlich über ihren Leib. Beleuchtet von dem pastellfarbenen Licht der kleinen Lampen auf den Tischen neben dem Bett sah er zum ersten Mal die Schönheit ihres Körpers und die Vollkommenheit, die sich ihm bot. Voller Verlangen stöhnte er: »Ich liebe dich so sehr. Du bist mein Leben, du bist alles, was ich mir erträumt, erwünscht, ersehnt habe.«

Dann legte er die eigene Kleidung ab, ließ sich neben Regina nieder und begann wieder ihre seidige Haut zu streicheln. Als er spürte, dass sie erbebte, sich ihm entgegen hob, umfasste er sie und fing an, sie überall zu liebkosen.

Regina war scheu, aber nicht prüde und sie lernte schnell in dieser Nacht. Sie erkannte seine Wünsche und erfüllte sie mit Liebe. Und erst, als ihr Verlangen unerträglich geworden war, gab sie sich ihm ganz hin, aufgefangen von den starken Armen, nach denen sie sich so gesehnt hatte.

Patrick war ein wunderbarer Liebhaber. Zärtlich, rücksichtsvoll und geduldig, aber dann auch leidenschaftlich, weckte er in seiner jungen Frau eine Lust, die sie aufstöhnen ließ. Erst als sie nach Luft rang, wieder und wieder seinen Namen rief, ließ er sich fallen und beide wurden von einem Gefühl hinweggetragen, das überwältigend war.

Fünfundzwanzigstes Kapitel

Den Wechsel vom neunzehnten in das zwanzigste Jahrhundert erlebten die Familien Stelling und Brennicke zusammen mit Friedrich und Irene Mörius, die nun auch zur Familie gehörten, in sehr ruhiger Atmosphäre. Sie versammelten sich zu einem Abendessen im Haus von Jessica am Baumwall und anschließend ging man in die nahegelegene St. Katharinen-Kirche zu einem Silvestergottesdienst, in dem auch der Vermissten gedacht wurde. Das Furchtbarste war, dass kein Mensch wusste, ob Viktoria und Christian noch lebten oder längst tot waren. Die Angehörigen aus Rodenhagen allerdings waren nicht gekommen. Melanie trauerte seit Monaten verzweifelt um ihren geliebten Sohn und war nicht fähig, eine Reise anzutreten.

Nach dem Gottesdienst fuhren die Familien in ihren Kutschen einmal um die Binnen-Alster, wo die Stadt mit einem lauten, bunten Feuerwerk um Mitternacht das neue Jahrhundert begrüßte und wo mit Musik und Fröhlichkeit der Jahreswechsel mit den Bürgern gefeiert wurde. Die Menschen der Stadt, die in dem vergangenen Jahrhundert durch den verheerenden Brand, durch die Franzosenzeit und dann auch noch durch die Cholera große Verluste erlitten hatten, hofften auf ein gutes, katastrophenfreies neues Jahrhundert, in dem die Stadt wachsen sollte, die Menschen glücklich sein konnten und die Wirtschaft zum Wohle aller erblühen würde.

Als sich die Kutschen nach der Rundfahrt trennten und man sich die Wünsche für Glück, Gesundheit und Erfolg zurief, ahnte niemand, dass die schlimmsten Katastrophen erst in diesem neuen Jahrhundert über die Stadt und die Menschen hereinbrechen würden.

Im Mai dieses Jahres starb Patrizia Stelling. Sie hatte sich bei einem Ausflug erkältet und dann kam eine Lungenentzündung hinzu von der sie sich nicht mehr erholte. Patrick, der die Mutter im Allgemeinen Krankenhaus auf dem Eppendorfer Feld, das als besonders fortschrittlich galt, behandeln lassen wollte, setzte sich nicht durch. Patrizia bestand darauf, auf der Krankenstation des Amalien-Stiftes zu bleiben.

»Mein Junge«, sagte sie, von Hustenanfällen gequält, »lass mich hier, es ist doch mein Zuhause.« Patrick und Regina und vor allem Michael, der in den letzten Monaten fast täglich mit seiner Schwester zusammen gewesen war, fügten sich ihrem Wunsch und besuchten die alte Dame täglich. Als es zu Ende ging, winkte sie den Bruder neben ihr Bett und flüsterte mit kaum verständlicher Stimme. »Gib sie ihm jetzt.« Und als Michael ein Päckchen mit Briefen aus der Tasche nahm und Patrick überreichte, flüsterte sie: »Es sind die Briefe deines Vaters an mich. Lies sie, damit du uns verstehst, damit du weißt, welch ein wunderbarer Mann dein Vater war.«

In der Nacht darauf verstarb Patrizia im Alter von 76 Jahren. Sie wurde auf dem neuen Zentralfriedhof in der Nähe des Ortes Ohlsdorf beerdigt. Die Familien kauften eine große, neue Begräbnisstätte, denn die alten Friedhöfe in Stadtnähe wurden wegen Überbelegung nach und nach geschlossen.

Patrick war untröstlich. Er machte sich größte Vorwürfe und klagte immer wieder: »Ich habe mich nicht genügend um sie gekümmert. Ich hätte verhindern müssen, dass sie sich erkältet und so krank wird. Ich habe nicht gut genug aufgepasst.«

Regina, die seine echte Verzweiflung erkannte und versuchte, ihn zu trösten, konnte ihm erst helfen, als sie wenige Wochen später feststellte, dass sie schwanger war. »Liebling, wir werden ein Baby haben, ein kleines Kind wird die Lücke füllen, die deine Mutter hinterlassen hat. Du darfst nicht mehr trauern, du musst nach vorne blicken und diesem neuen Wesen den Weg bereiten.«

Erst als Patrick den Sinn dieser Worte richtig begriffen hatte, fiel die Verzweiflung von ihm ab, und er begann, das Leben wieder zu planen. Ein Leben, in dem seine geliebte Frau wieder zu seinem Mittelpunkt wurde. Es war die Zeit, in der er dann auch bereit war, die Briefe seines Vaters zu lesen. Aber die Enttäuschung war groß. Die Briefe hatten in all den Jahren sehr gelitten. Sie waren feucht geworden, dann wieder trocken und staubig und viele Bögen drohten zu zerfallen, wenn man sie berührte. Oft war die Schrift verwischt, vergilbt und verblasst, Patrick erkannte zwar die große Bedeutung und die Aussagekraft, die diese Briefe enthielten, aber er war nicht in der Lage, sie im Zusammenhang zu lesen.

Da machte ihm Regina den Vorschlag: »Ich werde sie abschreiben, Liebling. Ich habe Zeit, mir fällt langsam jede Bewegung schwer, du kannst mir vertrauen, ich werde so genau wie nur irgend möglich sein und ganz vorsichtig damit umgehen.«

Sie kaufte ein in Leder gebundenes Buch mit weißen Blättern und Goldschnitt und ein englisches Wörterbuch und machte sich an die Arbeit. Sie übersetzte die Worte nicht, das hätte ihnen die Ursprünglichkeit genommen, aber sie wollte sicher sein, die kaum zu lesenden Buchstaben einwandfrei wiederzugeben, denn sie erkannte sofort, welche Bedeutung diese Briefe später einmal für ihre Familie, für ihre Kinder haben würden. Sie waren ein Vermögen, das mit keinem Gold der Welt aufzuwiegen war. Und es waren die Worte eines einsamen, oft verzweifelten Mannes, der nur einmal in seinem Leben Liebe kennen lernen durfte und dennoch über viele Jahre hinweg einer der Männer in Amerika war, der die Politik mitbestimmte.

Als sie die Wichtigkeit dieser Briefe erfasste, machte sie es sich zur Aufgabe, abends, wenn ihr Mann müde von der Werft zurückkam und nur noch Ruhe und Zweisamkeit mit seiner Frau ersehnte, ihm aus diesen Briefen vorzulesen. Nicht alles, was da stand, aber auszugsweise musste er wissen, wie sein Vater, dem er so ähnlich war, gedacht, gehandelt, entschieden hatte. Welche Gefühle er entwickelte, welche Leiden er durchstehen musste und welches Glück er erlebte in der kurzen Zeit des Zusammenseins mit Patrizia Stelling.

Diese Briefe waren mehr als Vermächtnis, als Erinnerung oder ein Letzter Wille, sie waren Wegweiser für die Generationen, die nach ihm kamen, für seinen Sohn, den er nicht kannte, für seine Kindeskinder, die er nicht mehr erleben durfte.

Regina gestaltete diese Abende mit Patrick so schön wie möglich. Sie besprach mit der Köchin ein feines, leichtes Menü mit passendem Wein, arrangierte mit Selma im Wintergarten eine romantische Atmosphäre mit Kerzenschein und Blumen, und kleidete sich mit Sorgfalt in Gewänder, die er besonders liebte. Wenn sie dann nebeneinander auf der Couch saßen, die Türen zum Garten und zur vorbeifließenden Alster weit geöffnet, und die beiden Hunde, die ihre Nähe suchten, zu ihren Füßen, dann entwickelte sich eine Stimmung, in der Patrick die Arbeit und die Aufgaben des Tages vergessen konnte und sich entspannte. Dann hörte er mit geschlossenen Augen auf die Worte seines Vaters und nicht selten ruhten sein Kopf auf Reginas Schulter und seine Hand auf ihrem Leib, der sich langsam rundete. Es waren diese Stunden, die Patrick und Regina einander so nahe brachten, wie zwei Menschen sich nur nahe kommen können, und die keiner mehr missen mochte.

Wenn Regina aus den Briefen vorlas, dann verzichtete sie auf die Anrede, sie war meist so persönlich und das respektierte sie. Und dann las sie:

> ... ich bin so unendlich glücklich, dass es dich gibt, meine über alles geliebte Patrizia, und ich bin so entsetzlich in Angst, irgendetwas oder irgendjemand könnte dich mir nehmen. Ich brauche dich so sehr, denn nur mit dem Gedanken an dich bin ich in der Lage zu leben, meine Pflicht zu tun, wie man es von mir verlangt und die Verantwortung zu tragen, die man mir aufbürdet. Mein Land leidet furchtbar unter den Folgen des Sezessionskrieges und mir sind die Hände gebunden, ich kann nicht helfen, wie ich es möchte, und es ist mir nicht möglich, die Not zu lindern. Ich bin eingebunden in Verpflichtungen, die mir alle Kraft rauben und kann doch diese Ketten nicht sprengen. Ich wünschte dich neben mir, du könntest mir die Ruhe schenken, die ich so dringend brauche und einen Frieden, den ich dann weitergeben könnte. Aber du bist so fern, nicht räumlich – so weit ist es ja nicht bis nach New York – sondern physisch. Ich möchte dich umarmen, meinen Kopf an deine Schulter legen, aber alles, was mir bleibt, ist ein Blatt Papier, auf dem ich meine Sehnsucht niederschreiben kann. Sag mir, wie kann ein Blatt Papier eine Sehnsucht stillen, die mich fast verzehrt?
>
> Verzeih, aber ich will nicht nur klagen, ich will auch, dass du weißt, wie dankbar ich bin. Hin und wieder gelingt es mir, kleine Erfolge zu erzielen, Streitereien

zu schlichten, auch Recht zu behalten gegen alle Widersprüche. Aber mit Ehrlichkeit und Offenheit kann ich meine Aufgaben lösen die man mir anvertraut hat, und das sind dann die kleinen Erfolge, auf die ich besonders stolz bin. Sei unbesorgt, geliebte Patrizia, mit dir in meinem Herzen bin ich ein sehr glücklicher Mann.«

Später einmal schrieb er:

… Heute bin ich ein froh gestimmter Mensch, ich habe durch unseren geheimen Freund erfahren, dass es dir gut geht und das ist das Wichtigste für mich. Er sagte auch, dass unser Sohn ein fröhliches, gesundes Kind ist und prächtig gedeiht. Er habe die dunklen Haare von mir und auch die gleiche Augenfarbe. Das freut mich sehr, so siehst du immer ein wenig von mir, wenn du ihn anschaust. Ich wünschte, du könntest dich entschließen, mein Angebot anzunehmen und mit dem Jungen gemeinsam in einem Haus leben, das ich gern für euch besorgen würde. Aber das willst du ja nicht. du meinst, du musst deinen Verpflichtungen in der Armenarbeit nachkommen – was ich durchaus schätze – und der Junge sei bei den Pflegeeltern gut aufgehoben. Ich respektiere natürlich deinen Entschluss und unterstütze diese Familie, aber es wäre mein Herzenswunsch gewesen, euch zusammen zu sehen. Wie ich erfahren habe, kannst du den Knaben aber oft besuchen und wenigstens gemeinsame Stunden mit ihm verbringen.

Ich habe viel zu tun, aber mit Freude im Herzen lässt sich alles arrangieren. Vor ein paar Wochen habe ich wieder anonym an einer Hilfsexpedition teilgenommen. In einem Indianerreservat war eine Epidemie ausgebrochen. Wir hatten trotz aller Vorsorge schmerzliche Verluste.

Ich musste oft an unsere Begegnung damals denken und an die glücklichen Stunden, die wir beide trotz Krankheit und Tod um uns herum hatten. Wir tranken heimlich aus dem gleichen Kaffeebecher, wir suchten die körperliche Berührung in jedem möglichen Augenblick, wir hatte immer wieder diesen herrlichen, begehrlichen Augenkontakt … Weißt du noch, wie wir heimlich nachts das Lager verlassen haben? Wie wir uns unter dem Sternenhimmel geliebt haben, die trockenen, vom ersten Nachtfrost silbern glänzenden Blätter als Bett unter uns? Koyoten heulten um uns herum. Wir hatten nicht einmal eine Decke, nur meinen Reitermantel konnte ich dir anbieten. Ich denke so oft an diese Wochen und dann möchte ich laut schreien: Weißt du noch? Weißt du noch? Nichts ist geblieben, nicht einmal die Schreie kann ich mir leisten.

Regina kämpfte oft mit den Tränen, wenn sie diese Briefe las, dic oft so voller Trauer waren.

In einem seiner letzten schrieb dieser Mann, der nie seinen Namen erwähnte:

… Mein politisches Amt geht in wenigen Tagen dem Ende zu. Ich habe viel gewollt und einiges bewirkt, aber mein Kopf ist noch so voller Pläne und mein Herz ist schwer, weil so vieles ungesagt und ungetan geblieben ist. In einer Position wie dieser ist man nie ganz sein eigener Herr, andere um einen herum wissen immer alles besser, da verbraucht man einen großen Teil seiner Energie, um sich durchzusetzen und zum Schluss ist man ganz kraftlos von all den internen

Kämpfen. Dennoch, einige Erfolge habe ich gehabt. Dafür bin ich dankbar, aber ich hätte gern viel mehr getan.

Die Dienstboten planen den Umzug und überall stehen Kisten, die mich in die Zukunft begleiten werden. Ich hätte mir eine andere Begleitung gewünscht …

Ich müsste zurückkehren nach Chicago in das Zentrum meiner Firmen, um endlich wieder die Zügel dort in die Hand zu nehmen. Nach einer so langen Zeit ist eine straffe Führung in Chicago angebracht. Aber meine Frau möchte in die Sonne Floridas und der Arzt rät mir, diesem Wunsch zu entsprechen. Nun habe ich ein Haus in Tallahassee, das ist die Hauptstadt dieses Staates, gekauft, weil die Stadt gute Verkehrsverbindungen hat. Ich werde dann in Zukunft viel auf Reisen und mit Eisenbahnen unterwegs sein, die zu einem großen Teil mir gehören. Leider werde ich immer, so lange ich lebe, kein freier Mann sein, sondern eine Person des öffentlichen Lebens – was das für uns beide bedeutet, weißt du! Wir werden nie eine Chance haben, uns wiederzusehen.

In seinem letzten Brief nahm er Abschied. Regina las mit bebender Stimme und tief aufgewühlt:

… ich bin alt und krank geworden, geliebte Patrizia, krank an einem gebrochenen Herzen, das so viele Jahre lang von Hoffnungen und Träumen gelebt hat und nun müde geworden ist. Zu müde! Aber in meinen Unternehmen habe ich alles erreicht, was ich erreichen wollte. Nach dem Tod meiner Frau habe ich mein ›Haus bestellt‹. Auf unseren Jungen wartet eine gesicherte Zukunft und eine große Verantwortung. Ich weiß, dass er ein fleißiger, gewissenhafter und ehrenwerter junger Mann geworden ist, ich habe ihn nie aus den Augen verloren, und ich bin unendlich stolz auf ihn. Er wird beherzt und mit Courage in seine Zukunft gehen, und mein Reichtum soll ihm seine Wege ebnen. Ich habe einen vertrauenswürdigen Verwalter eingesetzt, der meine Rechte vertritt und nach meinem Tod unserem Sohn beistehen wird. An seinem 30. Geburtstag, soll mein gesamtes Vermögen an ihn übergeben werden.

Meine einzige, über alles geliebte Frau, wir müssen Abschied nehmen. Wenn du an mich denkst, dann erinnere dich an einen über alle Maßen glücklichen Mann. Ich wurde unendlich reich beschenkt, weil ich dich kennen lernen durfte. Durch dich habe ich erfahren, was Liebe ist und diese Liebe hat mich von diesem Tage an durch mein ganzes Leben getragen. Das Wissen um deine Liebe hat meinen Weg geebnet und erträglich gemacht.

Ich danke dir dafür.

Patrick wusste, wer sein Vater war. Aber er respektierte den Wunsch nach Anonymität.

Sechsundzwanzigstes Kapitel

Am 16. Januar 1901 wurde der Sohn von Patrick und Regina geboren. Es war eine schwere Geburt. Regina quälte sich dreizehn Stunden, von einem Arzt, einer Hebamme und einer Pflegerin umsorgt. Während Patrick mit Irene und Friedrich Mörius voller Angst und Unruhe im Salon warteten, tröstete der Arzt sie immer wieder. »Es ist die erste Geburt, die braucht ihre Zeit. Sie müssen keine Angst haben, alles geht seinen normalen Weg. Die gnädige Frau ist ein gesunder, sportlicher Mensch, da wird es keine Probleme geben. Seien sie unbesorgt.«

Hin und wieder kam oben in den Schlafräumen eine leichte Hektik auf, dann waren eilige Schritte zu hören, leise Stimmen, Türen, die geöffnet und geschlossen wurden – danach war es wieder für lange Zeit still. Selma versorgte die Wartenden mit Kaffee und leichten Mahlzeiten, aber niemand mochte etwas essen. Einmal fragte Patrick den Arzt, ob er Regina sehen dürfe. »Ich kann ihr Mut zusprechen, ich kann sie in den Arm nehmen, ihre Hand halten.«

»Ausgeschlossen«, wehrte der Arzt ab. »Es ist wirklich nicht ratsam, bei einer Geburt anwesend zu sein. Ihre Frau würde sich genieren und das würde alles noch komplizierter machen. Seien Sie unbesorgt. Es ist ein großes, kräftiges Kind, es braucht seine Zeit, um sich den Weg in die Welt zu bahnen.«

Hin und wieder hörten die drei das leise Wimmern, mit dem Regina ihre Schmerzen zu unterdrücken versuchte. Und dann, ganz plötzlich, war da eine andere Stimme zu hören: das leise, zarte Schreien eines neugeborenen Kindes, das jeden anderen Laut verstummen ließ. Ein kleiner, neuer Mensch war auf die Welt gekommen und meldete sich. Patrick hastete nach oben, zögerte vor der Tür, klopfte zaghaft an, wartete. Dann kam der Arzt heraus, im Arm ein in Tücher gehülltes Baby.

»Ich gratuliere, Herr Stelling, sie haben einen wundervollen Sohn bekommen, und Ihrer Frau geht es gut.« Er schob die Tücher etwas auseinander und zeigte dem Vater das rote Köpfchen des Neugeborenen. Als Patrick die Hände ausstreckte, um das kleine Bündel in den Arm zunehmen, schüttelte der Arzt den Kopf. »Hier auf dem Flur ist es zu kühl, in zehn Minuten dürfen Sie hereinkommen. Die Frauen waschen und versorgen die Wöchnerin, danach rufen wir Sie.«

Patrick lief nach unten, um seine Schwiegereltern zu informieren und öffnete eine Flasche Champagner, um auf die gute Nachricht anzustoßen. Selma eilte, mit frischer Wäsche beladen, hin und her, und plötzlich war das Haus wieder voller vertrauter Geräusche. Dann rief der Arzt nach Patrick. Irene und Friedrich nickten ihm zu. »Geh' nur. Wir warten noch.«

Patrick eilte nach oben. Dann holte er tief Luft und öffnete die Tür. Die beiden fremden Frauen verließen diskret den Raum und der Arzt nickte ihm zu. »Gehen Sie nur, Ihre Frau ist erschöpft, aber glücklich.« Dann verließ auch er das Schlafzimmer. Mit Tränen in den Augen kniete Patrick neben seiner Frau nieder. »Mein Mädchen«, flüsterte er, »mein geliebtes, wunderbares Mädchen, wie geht es dir?«

Regina lächelte ihn glücklich an und streichelte sein Gesicht. »Müde bin ich, mein Liebling, müde und unendlich glücklich.« Sie zeigte auf die Wiege neben ihrem Bett: »Schau ihn an, ist er nicht einmalig?«

Patrick nickte. »Der wunderbarste Sohn, den es je gegeben hat«, aber er schaute nicht in das Bettchen, sondern nur in die Augen seiner Frau, die von einem tiefen, ihm noch fremden Strahlen erfüllt waren. Die Augen einer Mutter, dachte er und erlebte einen kleinen Hauch von Eifersucht, der dennoch stark genug war, ihn zu erschüttern. Fortan werde ich nicht mehr der erste, der einzige Mann an der Seite meiner geliebten Frau sein. Fortan werde ich teilen müssen, dachte er erschrocken, barg seinen Kopf in ihrem Arm und flüsterte. »Ich liebe dich so sehr.« Dann stand er auf: »Ich werde jetzt die Eltern hereinbitten, sie warten schon so lange.«

Der Arzt bat um einen kurzen Besuch. »Mutter und Kind brauchen Ruhe. In ein, zwei Stunden haben sich beide erholt, dann dürfen Sie feiern.«

Nachts, Regina sollte eigentlich allein in dem großen Bett schlafen und Patrick nebenan, so war es besprochen worden, schlich er sich zu seiner Frau und schlüpfte unter ihre Decke. »Liebling, ich will dich nicht stören, ich will nur bei dir sein.« Bereitwillig machte Regina ihm Platz. »Komm nur, du gehörst doch hierher.«

Mit dem feinen Gefühl einer Frau spürte sie, was in diesem großen, starken Mann vorging, und so erlaubte sie ihm auch, dass seine Hand auf ihrem Leib ruhte, als er einschlief. Sie aber umschloss mit ihrer Hand das Köpfchen ihre Sohnes, der in der Wiege neben ihr lag.

Am Ostersonntag wurde das Kind in der Eppendorfer Kirche St. Johannis getauft. Der Sohn erhielt die Namen James-Henry Martin Stelling. Es war Patricks Wunsch, seinen Vater zu ehren, indem er seinem Jungen dessen Namen gab, und als Rufnamen hatten sie ›Martin‹ gewählt.

Fast die gesamte Verwandtschaft nahm an der Taufe teil. Sogar Thomas war aus Rodenhagen gekommen. Obwohl er sehr unter rheumatischen Schmerzen litt, hatte er die Fahrt angetreten, um den jungen Freund zu ehren, den er so gern als Schwiegersohn an seiner Seite gesehen hätte. Es war seine letzte Reise nach Hamburg. Rheuma und Gicht zwangen ihn wenig später in den Rollstuhl.

Melanie, die seit dem Verlust ihres Christian kränkelte, verstarb im Sommer, ein Verlust, den Thomas kaum verwinden konnte und der seine Krankheit besorgniserregend verschlimmerte. Elisabeth, die nach dem Brand und dem Verlust des Verwalterhauses in den Anbau des Herrenhauses gezogen war, den Christian früher bewohnte, übernahm die Leitung des Haushaltes und die Pflege des Vaters.

Als sie sah, wie sehr er sich quälte, entschied sie: »Vater, so geht das nicht weiter. Du darfst nicht mehr herumlaufen, wenn du vor Schmerzen kaum noch stehen kannst. Morgen fahre ich nach Hagenow und besorge einen Rollstuhl.«

»Einen Rollstuhl? Bist du noch bei Verstand? Kind, ich kann doch nicht in einem Rollstuhl mein Gut bewirtschaften.«

»Nichts da«, sie schüttelte den Kopf. »Denk daran, dass du ein älterer Herr bist, der sich seines Ruhestandes erfreut. Bernhard hat längst die Regie übernommen, genieße endlich dein Leben, du hast lange genug dafür gearbeitet.«

Thomas sah sie ungläubig an. »Wie soll ich denn mein Leben genießen? Vom Rollstuhl aus? Dass Bernhard die Regie hat, weiß ich, aber es gibt noch immer so viel zu tun und er kommt mit seinen Fragen oft genug zu mir.«

»Das wird er auch in Zukunft, und wenn du nicht auf mich hörst, wird er sich deine Antworten bald an deinem Bettrand abholen müssen, Vater.«

Elisabeth Landau war eine sehr resolute Frau geworden. Es war nicht immer leicht, den großen Haushalt zu führen und es allen Menschen recht zu machen, da musste man lernen, sich durchzusetzen. Außerdem hatte sie sich in den ungenutzten Räumen des Anbaus eine neue Werkstatt eingerichtet und sechs Frauen als feste Arbeitskräfte eingestellt. Auch das erforderte Kraft und Kompetenz.

Wie sie es angekündigt hatte, ließ sie sich am nächsten Morgen nach Hagenow kutschieren und kam abends mit einem Rollstuhl zurück. Sie musste lange auf den Vater einreden, bis er sich – nur zur Probe, wie er beteuerte – einmal hineinsetzte.

»Na ja«, brummte er. »Bequem ist er ja. Reich mir mal meinen Tabaksbeutel und die Pfeife herüber.«

Aber Elisabeth schüttelte den Kopf. »Nein Vater, wenn du diese Griffe bewegst, kann du ganz allein in der Stube herumfahren.«

Resigniert griff er zu den langen Hebeln und bewegte sie hin und her. Langsam setzte sich der Stuhl in Bewegung. Dann ließ er die Hebel wieder los. »Tut mir Leid mein Kind, aber das machen meine Schultern nicht mehr mit.« Und mit Trauer erkannte Elisabeth, dass der Vater auch in den Armen keine Kraft mehr hatte.

»Morgen früh schiebe ich dich in den Stall und dort suchst du dir einen kräftigen, jungen Knecht aus, der sich in Zukunft um dich kümmern wird. Er kann dich im Stuhl herumfahren, er kann dir beim Aus- und Einsteigen helfen, er kann dir hier im Haus behilflich sein, er wird ganz einfach dein zukünftiger Diener werden. Schließlich leisten sich andere Herren, und vor allem Gutsbesitzer, schon lange ihre Diener. Du bist also keine Ausnahme, wenn du endlich damit anfängst, Bequemlichkeiten zu genießen.«

Fassungslos sah der alte Mann seine Tochter an. »Lissi, das war aber eine lange Rede!«

»Und wir werden sie Wort für Wort befolgen.«

Dann half sie ihrem Vater hinauf in sein Schlafzimmer und besprach mit der Mamsell bis spät in der Nacht, was sich alles im Hause ändern würde.

»Das Schlafzimmer meines Vaters muss nach unten verlegt werden. Neben seinem Zimmer muss eine Stube für den Pfleger eingerichtet werden. Außerdem muss ein Badezimmer eingebaut werden. Wir können auf's Gartenzimmer, den Frühstücksraum und das kleine Wohnzimmer verzichten, dann haben wir Platz genug. Draußen neben den Steinstufen wird eine Rampe gebaut, damit man die Haustür mit dem Rollstuhl erreicht, und das Speisezimmer muss so eingerichtet werden, dass mein Vater im Rollstuhl am Esstisch sitzen kann.«

Die Mamsell nickte und machte sich Notizen. »Wir werden Handwerker brauchen, gnädige Frau.«

»Ja. Ich fahre morgen, sobald wir einen Knecht ausgesucht haben, nach Rodenwalde und bestelle die Handwerker.«

Es war gar nicht einfach, einen kräftigen jungen Mann zu finden, der als Pfleger in Frage kam. Zwei oder drei, die Thomas für geeignet hielt, hatten keine Lust, einen alten Mann zu pflegen. Ganz offen erklärten sie: »Wir sind hier, um mit Pferden zu arbeiten. Wir lieben unsere Arbeit, das müssen Sie verstehen«, und gingen schulterzuckend zurück zu Mistgabeln und Forken. Andere, die vielleicht gern die leichtere Arbeit im Haus übernommen hätten, gefielen Thomas nicht. »Man muss auch Vertrauen zu so einem Menschen haben«, sagte er und meinte schließlich: »Ich wüßte einen, der vielleicht kommt und mir hilft. Er arbeitet als Tagelöhner bei einem Bauern im Dorf, aber er ist nett und anständig, den möchte ich fragen.«

Und so fuhr Elisabeth am Nachmittag mit ihrem Vater in der Kutsche zum Bauern Mannfield und am Abend kamen sie mit dem jungen Mann zurück. Er gefiel Elisabeth sofort. Er war 27 Jahre alt und hieß Peter Gärtner.

Und von diesem Tage an durfte Thomas Stelling sein Leben wirklich genießen, denn Peter Gärtner konnte wirklich alles. Er wickelte die Mamsell um den Finger, dirigierte die Handwerker, damit alles so bequem wie möglich für seinen Herrn wurde, und erreichte, dass ein Einspänner für Thomas angeschafft wurde. »Der Herr kann nicht nur im Rollstuhl sitzen, er muss auch herumfahren und sein Land besichtigen können.«

Trotz aller Bequemlichkeit, die ihm nun widerfuhr, gab es etwas, das Thomas Kummer machte. Und das war die Ehe seines ältesten Sohnes. Corinna, seine Frau, die noch nie wirklich glücklich auf dem Gutshof gewesen war und sich eigentlich nie an den Pflichten und Aufgaben einer Gutsfrau beteiligt hatte, drängte immer öfter zu Reisen nach Berlin. Sie wolle noch etwas von ihrem Leben haben, Kultur und Eleganz genießen und nicht auf einem Gut am Ende der Welt von alledem abgeschnitten sein. Und Bernhard, ihr Mann, hin- und hergerissen zwischen Rodenhagener Pflichten und Berliner Leben, packte nun auch immer öfter die Koffer, um Corinna zu begleiten. Thomas und auch Elisabeth beobachteten diese Entwicklung mit Sorge. Es gab zwar zwei sehr gute Stallmeister, einen für die Zucht und einen für die Ausbildung der Pferde, die das Gestüt leiten konnten, aber die Hand des Chefs fehlte.

Und dann kam Johannes zurück. Bernhards ältester Sohn hatte seine Lehre als Gestütsleiter in Moritzburg beendet und war voller Schaffensdrang. Mit großem Elan nahm er die Zügel in die Hand, die sein Vater nun auch immer öfter ihm bereitwillig überließ. Er führte Neuerungen ein, die den Stallmeistern zwar nicht gefielen, aber er konnte sie von der Richtigkeit seiner Maßnahmen überzeugen und schließlich siegten die Erfolge, die er erzielte.

Und auch sein jüngerer Bruder Fabian entwickelte sich zur Freude seines Großvaters sehr vorteilhaft. Davon und von dem sonstigen Leben in Rodenhagen erzählte Thomas in einem Brief, den er nach Hamburg schrieb:

Lieber Patrick!

Der Junge macht mir sehr viel Freude. Er hat sich entschieden, die Offizierslaufbahn bei der Kavallerie einzuschlagen und ist in Potsdam direkt vom Hardenberg-Internat in die Kadettenschule übergewechselt. Da die Offiziersanwärter eigene Pferde mitbringen müssen, hat er sich – mit meiner Hilfe natürlich! – einen hervorragenden Hengst bei uns ausgesucht und nun macht er mit diesem Pferd die größte Reklame für unser Gestüt. Erst wollten nur einige der jungen Männer ähnliche Pferde haben, dann bestimmten die Offiziere, dass nur noch Rodenhagener Tiere in den Stall der Kadettenanstalt eingestellt werden dürften. Sie hatten erkannt, dass wir robuste, widerstandsfähige, schnelle und zuverlässige Pferde züchten, die weder beim Kanonendonner nervös noch in der Winterkälte krank werden. Man spricht in den Kreisen der Kavallerie nur noch von ›den Rodenhagenern‹, und das ist ein großartiger Erfolg. Jetzt stehen nicht mehr nur Hannoveraner, Trakehner oder Oldenburger ganz oben auf der Qualitätsliste für preußische Soldatenpferde, sondern auch die ›Rodenhagener‹.

Mein Leben entwickelt sich, genau wie das des Gutes, zu einem ständigen Auf und Ab. Ich sitze jetzt im Rollstuhl, was mir gar nicht passt, was ich aber nicht ändern kann. Mein Sohn hat sich zu einem feinen Herrn entwickelt. Statt in Reiterhosen und Stiefeln läuft er jetzt in Lackschuhen und Smokinghosen herum. Er will seine Frau nicht verlieren und die will den Anschluss an die feine Berliner Gesellschaft nicht verlieren.

Mein Enkel Johannes ist ein guter Gestütsleiter geworden, Gott sei Dank, und hat hier alles fest im Griff. Elisabeths Jungen besuchen weiterhin das Hardenberg-Internat. Meine ganz große Freude ist meine kleine Jette. Sie spielt wunderbar Klavier und möchte eine berühmte Konzertpianistin werden. Da sie jetzt hier im Haupthaus wohnt, kann ich ihr stundenlang zuhören.

Elisabeth führt den Haushalt – mit strenger Hand, das muss ich mal betonen!! Aber sie hat auch viel zu tun, denn ihre Paramentenwerkstatt ist weithin berühmt.

Ich fühle mich ziemlich überflüssig. Kein Mensch braucht mich mehr, das ist kein gutes Gefühl und ohne Melanie bin ich auch sehr einsam. Ein junger Mann mit Namen Peter und Muskeln wie Stahl kümmert sich um mich. Er ist sehr nett und fürsorglich, aber er kann mir weder meine Arbeit noch meine Frau ersetzen. Du siehst, ich bin nicht nur alt und krank, ich bin auch noch nörgelig und unzufrieden.

Aber jetzt ist Schluss mit der Klagerei, denn eigentlich habe ich ein wunderbares Leben inmitten der Menschen, die ich liebe und inmitten der Pferde, die ich hoch achte.

Es grüßt dich dein alter Thomas.

Siebenundzwanzigstes Kapitel

Patrick Stelling hatte ein Problem, und das betraf den Transport des ausgebaggerten Elbsandes. Während die vier Bagger zufriedenstellend und auch gewinnbringend 24 Stunden am Tag arbeiteten, verschlang der Sandtransport fast den gesamten Erlös. Der Flussschlamm wurde für den Deichbau im Süderelberaum gebraucht und dorthin musste er befördert werden. Das bedeutete, Patrick musste, damit seine Bagger effizient arbeiten konnten, pro Gerät drei Schleppzüge mit je einem Schlepper und zwei Lastkähnen mieten. Wurde ein Zug beladen, war ein anderer unterwegs zum Abladen und ein dritter auf dem Weg zurück zum Bagger, sodass ständig Kähne bereit waren, neue Lasten aufzunehmen. Und bei den vier Baggern, die inzwischen für Patrick arbeiteten, war das eine Flotte von zwölf Schleppern und 24 Kähnen, die er mieten und bezahlen musste.

Nach Rücksprache mit Friedrich Mörius, der den besseren Überblick über die wirtschaftliche Lage des Unternehmens hatte, wurde beschlossen, Schlepper und Lastkähne zu kaufen, wo immer sie angeboten wurden. Patrick stellte Ingenieure und Facharbeiter ein, die nichts anderes zu tun hatten, als die Qualität der zu kaufenden Schiffe zu prüfen und einen reibungslosen ›Kreisverkehr‹, wie er das Hin- und Herfahren der Schleppzüge nannte, in Gang zu halten. Außerdem benutzte er das letzte freie Stück auf seinem Gelände, um ein drittes Doppeldock zu bauen, in dem eigene Lastkähne entstehen sollten.

Patrick, der jahrelang aus dem Vollen geschöpft hatte und mit dem Besitz seines Vaters nicht leichtsinnig, aber großzügig umgegangen war, scheute sich plötzlich, noch mehr Geld aus dem amerikanischen Vermögen nach Hamburg zu transferieren. Er hatte jetzt einen Sohn und Erben, und der sollte einmal Werte vorfinden, die ihm halfen, Träume zu verwirklichen. Er selbst war inzwischen ein angesehener Mann in Hamburg, ein Mann, dem die Stadt auf Grund der Elbvertiefung viel verdankte, den sie mit stadt-politischen Angeboten zu ehren versuchte und gern im Rathaus gesehen hätte. Doch Patrick lehnte solche Angebote höflich aber konsequent ab. Er sah sich nicht als Politiker, sondern als Pionier, ihm gefiel die Arbeit auf der Werft besser als die Arbeit hinter einem Schreibtisch und letzten Endes profitierte die Stadt davon, das wusste man auch im Rathaus und akzeptierte seine Einstellung. Er war ein glücklicher, zufriedener Mann, bis Regina durch ihr provokatives Engagement die Stellings in eine große Krise brachte.

Regina war weder so glücklich noch so zufrieden wie ihr Mann. Am Anfang schien alles anders. Der kleine Martin war ein sehr lebhaftes, kräftiges Kind und forderte seine Mutter Tag und Nacht. Obwohl Regina Friedchen, ein Kindermädchen aus einem Dorf bei Lübeck eingestellt hatte, musste sie sich ständig um den Jungen kümmern. Da sie ihn stillte, und das war ihr ausdrücklicher Wunsch gewesen, obwohl die Mutter, der Arzt und Freundinnen davon abgeraten hatten, musste sie nun jederzeit bereit sein, die Wünsche des kleinen Sohnes zu befriedigen. Aber die Hebamme hatte damals gesagt: »Muttermilch ist das Beste, was Sie Ihrem Baby geben können«, und so hatte sie sich für das Stillen entschieden, denn genau das wollte sie für ihr Kind. Niemals aber hatte sie erwartet, wie sehr das Stillen sie in ihrer Freiheit beschränkte und ihren ganzen Lebensrhythmus veränderte.

Als die Mutter sie eines Tages besuchte und beide Frauen im Garten ihren Tee tranken und den Sommertag genossen, klagte sie: »Du glaubst nicht, wie mir die Tennisstunden am Rothenbaum fehlen. Ich hätte es so nötig, Sport zu treiben, um etwas für meine Figur zu tun, aber es ist nicht möglich, für einen Nachmittag zum Sport in die nahegelegene Anlage zu fahren. Was soll ich nur machen?«

Irene, die schon seit einiger Zeit spürte, wie ihre Tochter immer ungeduldiger und unzufriedener wurde, versuchte zu trösten. »Kind, das geht doch vorbei. Der Junge wird größer und bald kann er auch andere Nahrung zu sich nehmen, dann hast du wieder mehr Zeit für dich.«

Regina schüttelte den Kopf. »Die ganze Reitsaison geht ohne mich zu Ende. Nicht einmal im Herbst, wenn die Jagden geritten werden, kann ich dabei sein, weil ich keine Kondition habe. Seit beinahe zwei Jahren habe ich in keinem Sattel mehr gesessen. Und meine Freunde fehlen mir auch so sehr.«

Sie rollte den Kinderwagen auf seinen hohen Rädern hin und her, denn Martin war wach geworden und begann an seinen kleinen Fäusten zu saugen. »Siehst du, er hat schon wieder Hunger.«

»Er ist ein kräftiger Junge. Sei froh, dass er sich so gut entwickelt.«

»Auf meine Kosten, Mutter. Anstatt mit dir gemütlich durch die Stadt zu schlendern, Schaufenster zu betrachten und hübsche Sachen zu kaufen, muss ich nun schon wieder ins Haus, um meinen Nimmersatt zu füttern.« Sie war den Tränen nahe. »Ich liebe ihn und ich will das Beste für ihn, ich muss aber auch an mich denken, ich will endlich wieder so leben, wie ich es gewohnt bin.«

»Und was verstehst du darunter?« Für Irene waren die Wünsche ihrer Tochter unverständlich. Als sie ihr Kind geboren hatte, wurde die bezaubernde kleine Tochter der Mittelpunkt ihres Lebens und daran hatte sich bis heute nichts geändert. Warum war Regina so ungeduldig, so egoistisch? Sie hatte einen Mann, der sie auf Händen trug, ein gesundes, fröhliches Kind, ein Haus, wie es kaum ein zweites in Hamburg gab, und ein Leben, in dem ihr jeder Wunsch erfüllt wurde. Warum war sie unglücklich, was fehlte ihr?

Abends sprach sie mit ihrem Mann darüber. »Regina macht mir Kummer, wie kann man ihr nur helfen?«

»Vielleicht geht es ihr zu gut. Sie wird nicht gefordert, sie hat keine Aufgaben und keine Sorgen. Helfen kann man da nicht und es ist ja nur eine Übergangszeit. In einem halben Jahr sieht alles anders aus.«

»Du nimmst das auf die leichte Schulter, Friedrich, ich mache mir wirklich Sorgen. Dieser kleine Martin ist ein starkes Kind. Er setzt jetzt schon seinen Willen durch und ist kaum ein halbes Jahr alt.«

Wie an jedem Abend freute Regina sich auch heute auf die Rückkehr ihres Mannes. Er war so zärtlich, so liebevoll und die starken Arme, die sie umfingen, wenn er das Haus betrat, brauchte sie so sehr. Aber wie an jedem anderen Abend war es auch heute: Kaum hatte er die Halle betreten und ein paar Worte mit ihr gewechselt, fing Martin an zu schreien. Er spürte instinktiv, wenn der Vater in der Nähe war und forderte seine Aufmerksamkeit mit aller Macht. Da blieb keine Zeit für liebevolle Gefühle zwischen Mann und Frau, denn ein schreiendes Kind kann Zärtlichkeiten töten. So blieb Patrick nichts anderes übrig, als seinen Sohn auf den Arm zu nehmen und zu beruhigen. Er tat es gern, denn er sah das Kind so selten und meist nur im Schlaf und es machte ihm Freude, mit den kleinen Fäusten zu spielen, die seine Finger fest umklammerten und richtige Kraft bewiesen. Regina stand dann abseits, traurig und enttäuscht, denn sie spürte instinktiv, dass ihr Sohn es auf ein Kräftemessen mit ihr ankommen ließ – ein Kräftemessen, das er gewann. Sie sprach mit niemandem darüber, sie wusste, dass man sie ausgelacht hätte, aber sie litt darunter – täglich ein bisschen mehr.

Wenn Patrick das Kind dann an Friedchen zurückgegeben hatte und sich seiner Frau zuwandte, stieß er auf Distanz und und ein Zurückweichen, das er sich nicht erklären konnte. Er wollte zärtlich sein, er wollte eigene Probleme loswerden, er wollte einen harmonischen Feierabend genießen, aber die Verschlossenheit, mit der seine Frau ihm dann begegnete, wurde mit jedem Abend spürbarer. Patrick versuchte diese Beobachtungen zu ignorieren. Ungezwungen ging er auf seine Frau zu, umarmte sie liebevoll und führte sie in das Esszimmer, um die gemeinsame Mahlzeit einzunehmen

Wie immer war der Tisch stilvoll gedeckt. Kristall, Kerzen, Silber und Blumen zeugten von der Hand Reginas, die es sich nicht nehmen ließ, für eine gediegene Eleganz zu sorgen. Er führte seine Frau zum Tisch, rückte ihr den Stuhl zurecht und setzte sich erst, als sie Platz genommen hatte. Zärtlich nahm er ihre Hand, küsste die Spitzen ihrer Finger und streichelte mit dem Daumen die Haut der warmen Innenfläche.

Regina spürte, wie unglaublich zärtlich und erotisch diese Berührung war, sie spürte, wie das Verlangen in ihr hochstieg, ihren Körper heiß werden ließ. Nur zeigen konnte sie dieses Verlangen nicht mehr. Wo – um Himmels willen – war das Strahlen geblieben, das er doch so gut in diesen Augen wecken konnte?

Selma kam herein und servierte das Essen. Der Augenblick der Zärtlichkeit war zerbrochen. Man speiste wohlerzogen bis gegen zehn. Dann brachte Friedchen den Sohn für die Nachtmahlzeit und Regina zog sich diskret mit dem Kind in den kleinen Salon zurück, um ihm die Brust zu reichen. Während Martin an ihrem Busen saugte, dachte sie an die Worte der Hebamme, die ihr geraten hatte: »Halten Sie die Fütterungszeiten unbedingt ein. Alle sechs Stunden am Tag braucht er seine Milch, aber nachts muss er durchschlafen. Da müssen Sie ganz konsequent sein, sonst werden Sie selbst in den nächsten Monaten keine Nachruhe mehr finden.«

Leicht gesagt, dachte Regina resigniert und wusste, dass in genau vier Stunden das hungrige Kind die nächste Ration brauchte. Sie hatte es versucht, konsequent zu sein, aber der Junge schrie einfach die Nacht hindurch und weckte das ganze Haus und vor allem den Vater, der seine Ruhe so dringend brauchte. Also stand sie auf und stillte fortan ihr Kind auch um zwei Uhr früh und das seit Monaten. Deshalb hatte sie immer Angst vor den Nächten.

Als sie schließlich ins Esszimmer zurückkam, war der Raum leer. Patrick hatte sich in die Bibliothek zurückgezogen und trank seinen Schluck Kentucky-Whiskey, den einzigen wirklichen Luxus, den er sich gönnte, denn die Flaschen ließ er eigens für sich aus Amerika einführen. Er blickte Regina entgegen. Sie sah schmal aus, blass und müde. Er stand auf, nahm ihre Hand und zog sie neben sich auf die Couch. »Komm, mein Mädchen. Was ist los mit dir?«

Regina ließ sich in die Polster sinken und schloss die Augen. »Du fehlst mir so sehr, aber wir haben nie mehr Zeit füreinander.«

Er bettete ihren Kopf an seiner Schulter. »Dann müssen wir sehr schnell etwas ändern.« Er streichelte ihren Nacken und küsste ihren Hals. Dann begann er ihre Bluse zu öffnen und die Brüste sanft zu berühren. Sie stöhnte leise und spürte auch seine Erregung. Regina fühlte eine süße Schwere, die sie gleichsam willenlos werden ließ.

Patrick löste sich behutsam von ihr. »Komm, ich weiß einen besseren Platz für uns«, und führte sie hinauf in das Schlafzimmer, wo er sie sofort entkleidete und aufs Bett hob. Als er ihren Körper berührte, wusste er, das es kein Zurück mehr gab. Nie hatte er so ein Begehren gespürt, zu lange hatte er Zurückhaltung geübt, wie der Arzt ihm nach der Geburt empfohlen hatte. Aber jetzt wusste Patrick, dass nichts, aber auch gar nichts ihn davon abbringen konnte, sich endlich dieser Lust hinzugeben. Er wollte sich noch zurückhalten, wollte Regina Zeit geben, bevor er sich endgültig fallen ließ.

Regina stöhnte vor Verlangen, sie spürte ihre Begierde, sie rief seinen Namen wieder und wieder. Und dann hörten sie das Weinen eines Kindes. Ihres Kindes. Patrick erhob sich, erschöpft und enttäuscht. »Ich hole den Jungen«, sagte er mit fast tonloser Stimme. Regina brach in Tränen aus. Sie stillte das Kind, während sie immer noch schluchzte und weinte sich erst gegen Morgen in den Schlaf, als es draußen bereits hell wurde!

Patrick verließ das Zimmer, als er merkte, dass seine Frau endlich eingeschlafen war.

Er kleidete sich an, ging in den Stall und sattelte den Hengst. Bevor Erich ihm zu Hilfe kommen konnte, war er auf und davon. Er preschte durch die stillen Straßen, kreuzte den Fluss bei Winterhude, galoppierte hinauf zum Sierichschen Gehölz und drosselte das Tempo erst, als er die Straßen von Alsterdorf erreichte, wo Milchwagen und Bäckerkarren unterwegs waren. Erst jetzt merkte er, dass seine Wangen tränennass waren. Vielleicht kam es von dem Wind, der bei dem scharfen Ritt sein Gesicht gepeitscht hatte. Doch er fühlte, es waren Tränen von den letzten Stunden, die er durchlitten hatte. Müde klopfte er dem verschwitzten Pferd den Hals. »Verzeih, mein Guter«, murmelte er, »aber ich musste eine Last loswerden.«

Kurz bevor die Sonne über Ohlsdorf aufging, wendete er und ritt im Schritt zurück. Ist es möglich, dass dieses Kind, das ich so liebe, mein Glück zerstört, überlegte er? Könnte es eine Mauer zwischen Regina und mir errichten? Er holte tief Luft und richtete sich energisch auf. Nein, dachte er, das werde ich nicht zulassen. Ich werde einen Weg finden. Als erstes werde ich die Hebamme bitten, eine Amme zu besorgen. Dann werde ich das Kinderzimmer in einen entfernteren Teil des Hauses verlegen und dann werde ich Regina zum Abstillen zwingen. Und wenn sie das alles nicht will, wenn sie sich sträubt, eine Amme zu akzeptieren und das Zimmer zu verlegen? Sie muss, dachte er und sie wird!

Als er das Haus erreichte, schlief Regina. Sie hatte um sechs wiederum das Kind gestillt und war noch einmal eingeschlafen. Er ging zur Küche und besprach mit Selma die Veränderungen. Die stille Frau, die genau wusste, was sich in diesem Haus abspielte, nickte. Sie machte Vorschläge für den Umzug des Kinderzimmers und versprach ihm, mit der Hebamme zu sprechen. »Überlassen Sie das mir, gnädiger Herr, das ist eine Frauensache, und ich werde dafür sorgen, dass eine liebevolle, aber konsequente Frau hier einzieht.

Als Regina zum Frühstück erschien, blass und mit roten, verweinten Augen, stand er auf und nahm sie in die Arme. »Alles wird gut, mein Liebes, das verspreche ich dir.« Aber während er seine Pläne schilderte, spürte er, wie sie in seinen Armen abweisend wurde.

»Wie kannst du wollen, dass unser Kind die Milch einer fremden Frau zu sich nimmt. Einer Frau, die wir nicht einmal kennen. Und ich kann doch nicht von heute auf morgen aufhören, mein Kind zu stillen.«

»Das sollst du auch gar nicht, mein Liebling. Zuerst soll sie sich nur nachts um Martin kümmern, dann langsam auch die eine oder andere Mahlzeit am Tage übernehmen und während sie dich entlastet, wirst du deinen eigenen Lebensrhythmus wiederfinden. Und für eine solche Frau wird deine Hebamme sorgen.«

Aber Regina schüttelte den Kopf. »Und das Kinderzimmer in einem anderen Teil des Hauses? Wie stellst du dir das vor? Ich werde keine ruhige Minute haben, wenn ich das Kind nicht hören kann. Ich sehne mich danach, einmal durchzuschlafen, aber ich weiß, dass ich ständig nach Martin horchen werde.«

»Und ich weiß, mein Liebes, dass wir so nicht weiterleben können. Ich verliere dich und das kann ich nicht ertragen.«

Da endlich begriff sie die Not ihres Mannes und das Mitgefühl über seine Verzweiflung siegte über dem mütterlichen Wunsch, die Sorge um das Kind über alles zu stellen – auch über ihr eigenes Leben.

Am nächsten Morgen zog eine Amme in das Haus in der Heilwigstraße. Die junge Frau kam aus Wedel an der Unterelbe, hatte ihr neugeborenes Kind durch eine Infektion verloren und schöpfte nun neuen Lebensmut, als sie die Betreuung des kleinen Martin übernahm. Selma hatte das Kinderzimmer verlegt und langsam kehrte Ruhe für Regina ein. Sie plante die Teilnahme an Tennisturnieren und begann mit dem Reittraining, sie hatte Freude an neuen Kleidern und ausgefallenen Hüten und sie begann wieder, die Zärtlichkeiten ihres Mannes zu genießen.

Und dann überraschte sie ihn mit der Bitte, wieder Artikel für die Zeitung schreiben zu dürfen. »Weißt du«, erklärte sie, »ich möchte nicht nur meinen Körper trainieren, ich muss auch etwas für meinen Kopf tun. Wenn du nichts dagegen hast, würde ich gern bei der Zeitung, für die ich früher schon geschrieben habe, anfragen, ob Artikel von mir erwünscht sind.«

Patrick zog sie an sich. »Liebling, du brauchst mich doch nicht zu fragen. Natürlich habe ich nichts dagegen, wenn du dich literarisch betätigst, im Gegenteil, ich finde, das ist eine großartige Idee. Und was willst du schreiben?«

»Ich weiß es noch nicht. Auf jeden Fall werden es zeitkritische oder soziale Themen sein, ich muss mich erst hineinfinden in das, was in Hamburg so los ist. Ich habe mich immer gegen Missstände gewehrt, vielleicht tu ich es wieder.«

Patrick nickte. »Schau' dich nur um und dann sag' den Leuten deine Meinung.«

Es waren Worte, die Patrick wenig später bereuen sollte.

Achtundzwanzigstes Kapitel

Das folgende Jahr brachte für die Familien Stelling und Brennicke tiefgreifende Veränderungen. Michael, fast achtzig Jahre alt, war ein gebrechlicher Mann geworden. Nach dem Tod seiner Schwester, mit der er in enger Vertrautheit die letzten Jahre verbracht hatte, war er sehr vereinsamt. Frieda, die noch immer tagsüber kam und den Haushalt besorgte, schimpfte mit ihm: »Seit Ihre Schwester tot ist, gehen Sie überhaupt nicht mehr aus dem Haus. Sie müssen sich bewegen, auch wenn die Füße weh tun und der Rücken schmerzt. Vor einem Jahr sind Sie noch täglich mit dem Schiff über die Alster gefahren und haben Ihre Schwester zu einem Spaziergang abgeholt. Jetzt gehen Sie nicht einmal mehr hier am Ufer entlang. Und essen tun Sie auch nichts.«

»Ich habe keinen Hunger.«

»Kein Wunder, wer sich nicht bewegt, wird eines Tages hier auf diesem Stuhl sitzen und verhungern.« Ärgerlich zerrte sie an der Lehne, als wollte sie ihn hinunterschütteln. »Mir macht das Kochen überhaupt keinen Spaß mehr, wenn schließlich alles verdirbt. Und eine Sünde ist das auch.«

Michael hob erschrocken beide Hände. »Nicht doch, Frieda, es geht mir gut, quälen Sie mich nicht mit Ihrem Essen. Ich weiß schon, wann ich Hunger habe. Aber seit einiger Zeit kochen Sie immer nur Eintöpfe und die mochte ich schon als Kind nicht.«

»Wie soll ich denn etwas anderes richten. Ein Eintopf verdirbt wenigstens nicht gleich, den kann man öfter wärmen.«

Michael nickte. »Genau das meine ich. Ich kann einfach nicht drei Tage nacheinander Bohnensuppe essen oder gedünsteten Kohl oder Wurzelgemüse.«

»Ich muss mich auch nach meinem Budget richten, und wie klein das ist, wissen Sie selbst am besten. Ich kann nicht jeden Tag Hühnchen oder Täubchen oder Forellen kaufen.«

Michael schüttelte resigniert den Kopf: »Beenden wir die Diskussion, Frieda, ich bin müde und möchte mich jetzt zurückziehen.«

Verärgert ging Frieda in die Küche, in der Hand das Tablett mit der auf gewärmten Kartoffelsuppe und dabei hatte sie extra einen Hauch gerösteten Speck und viele Zwiebeln hineingegeben. So geht das nicht weiter, dachte sie. Der Mann geht zugrunde und dann bin ich auch noch schuld daran.

Abends auf dem Nachhauseweg klingelte sie bei Julia am Mittelweg. Als die Hausangestellte öffnete, bat sie, die gnädige Frau sprechen zu dürfen, und als Julia kam und sie hereinrief erklärte sie kurz und bündig: »Der Herr Stelling stirbt, wenn sich keiner um ihn kümmert.«

Entsetzt sah Julia sie an. »Um Gottes willen, was ist denn passiert?«

»Er ist immer allein, er geht nie mehr spazieren und essen tut er auch nicht. Und mit der Malerei hat er schon lange aufgehört. Er sagt, die Augen sind zu schlecht und die Hände kalt und steif.«

»Ja, das weiß ich, mit den Händen hat er schon lange seine Probleme.« Julia sah die ältere Frau ratlos an. »Was machen wir denn nur, wenn er nichts mehr isst?«

»Die Familie muss sich um ihn kümmern. Sie sind so 'ne große Familie, da wird sich doch einer um den alten Mann kümmern können.«

Julia nickte. »Sie haben vollkommen Recht, Frieda. Danke, dass Sie hergekommen sind.« Damit verabschiedete sie die Frau, auf eine Diskussion mit der Angestellten ihres Onkels wollte sie sich nicht einlassen.

Ratlos ging sie hinauf in das Zimmer ihres Mannes, um sich mit Johannes zu beraten. Sie ging allerdings mit gemischten Gefühlen zu ihm, denn sie wusste, dass er, wenn er abends erschöpft aus der Bank kam, seine Ruhe liebte und brauchte und vor allen Dingen nicht mit Familienproblemen belästigt werden wollte. Johannes ist ein lieber, netter Mann, dachte sie, aber mit meiner Familie hat er nicht viel im Sinn.

Sie setzte sich zu ihm an den Kamin, in dem ein kleines Feuer brannte, da die späten Herbsttage schon sehr kühl waren. »Wir haben ein Problem«, erklärte sie, ohne zu zögern, und als ihr Mann sie mit hochgezogenen Brauen ansah, fuhr sie fort: »Das Problem ist Onkel Michael. Seine Haushaltshilfe war hier und verlangt, dass die Familie sich um ihn kümmert, sonst ginge er vor Einsamkeit zugrunde.«

Johannes nahm seine Brille ab, putzte umständlich die Gläser mit einem Tuch und setzte das Nickelgestell wieder auf. »Und was haben wir damit zu tun?«

»Wir sind ein Teil seiner Familie. Irgendjemand muss ihn aufnehmen. Er kann in dem alten Haus nicht mehr allein vor sich hinleben.«

Johannes zuckte mit den Schultern. »Dann muss ihn eben jemand aufnehmen. Du hast genug caritative Pflichten mit deiner Betreuung alter, armer Literaten und du hast genug Geschwister mit großen Häusern. Da wird sich wohl ein Zimmer für den alten Mann finden lassen.«

»Aber Johannes, einen Menschen wie ihn kann man nicht aus seiner gewohnten Umgebung herausnehmen. Man kann ihn doch nicht einfach verpflanzen, das wird niemals gut gehen.«

»Bitte, meine Liebe, drücke dich deutlicher aus«, verlangte er kühl. Er fühlte sich in seiner Ruhe gestört und plötzlich auch bedroht und das ließ er Julia spüren.

»Onkel Michael ist in dieser Gegend zu Hause. Er muss in der Nähe bleiben. Hier kennt er jeden Weg, jedes Haus und jede Bank zum Ausruhen. Ich dachte an ein Zimmer bei uns.«

»Kommt nicht in Frage, Julia. Ich habe nichts gegen deine Literatentreffen, aber einen Dauergast wünsche ich hier nicht. Außerdem, wo sollte er wohnen? Treppensteigen wird er kaum noch können, und wenn du unten einen Raum für ihn frei machen willst, kannst du deinen Literatur-Zirkel aufgeben. Was ist mit Patrick. Er hat dieses große Haus in der Heilwigstraße und so weit weg ist das auch nicht.«

»Patrick hat sich lange Zeit hindurch rührend um den alten Mann gekümmert und ihn mindestens einmal in der Woche besucht. Aber jetzt hat er selbst Probleme.«

Johannes horchte auf. »Was für Probleme? Ich dachte bei ihm läuft alles reibungslos und zum Besten.«

»Die Arbeit wächst ihm fast über den Kopf und zu Hause gibt es Schwierigkeiten mit seiner Frau und dem Kind. Diese Familie kann man zur Zeit wirklich nicht mit einem Dauergast belasten.«

»Aha, du gibst also zu, dass es sich um eine Last handelt. Ich will, bitte schön, auch nicht mit solcher Last beladen werden. Ich liebe deine Familie, das weißt du, aber ich liebe sie gern aus der Ferne.«

Julia hob enttäuscht die Schultern. Sie würde trotz der Entfernung mit den Geschwistern sprechen.

Jessica schüttelte als erste den Kopf. »Ausgeschlossen«, erklärte sie. »Wenn wir abends müde aus den Büros nach oben in die Wohnung kommen, wollen wir ungestört sein.

Wir haben uns, seitdem die Mädchen im Internat in Bremen sind, an diese Zweisamkeit gewöhnt und werden sie um nichts in der Welt und auch nicht für einen alternden Onkel aufgeben. Und außerdem, wie soll er denn die Treppen hinaufsteigen. Selbst ich habe schon manchmal Herzklopfen, wenn ich oben angekommen bin. Nein, meine Liebe, das wird nichts.«

Julia suchte ihre Brüder auf. Zuerst Alexander mit Viktorias großer Villa an der Elbchaussee, aber er winkte sofort ab. »Das kann ich meiner Frau nicht zumuten. Ein Greis im Haus, den sie womöglich pflegen müsste, nein, nein, den Gedanken kannst du vergessen.«

Enttäuscht fuhr sie weiter zu Christopher. Der hatte inzwischen mit seinem Bruder telefoniert und wusste, weshalb sie kam.

»Lass nur, Julia, ich weiß schon, was du willst, du brauchst nichts zu erklären. Aber helfen kann ich auch nicht. Mein Haus ist nicht groß genug für einen Gast, der immer da ist, eines Tages müsste man auch noch einen Pfleger mit unterbringen, wie soll das gehen? Und weißt du auch, wieviel Arbeit mit so einem alten Mann verbunden ist? Zu der Pflege kommt das Essen, man muss besondere Speisen kochen, da macht unsere Köchin nicht mit, und wer weiß, wie oft man die Wäsche wechseln muss, das kann ich der Waschfrau nicht zumuten. Und außerdem, wenn ich abends nach Hause komme, möchte ich meine Ruhe haben und nicht die Klagen meiner Frau anhören. Tut mir Leid, aber du musst eine andere Lösung finden. Gibt es denn keine Heime für alte Menschen? Man müsste sich einmal umhören.«

Verzweifelt und tief enttäuscht fuhr Julia nach Hause. Was war aus dieser hilfsbereiten Familie geworden? Früher war gegenseitige Unterstützung selbstverständlich und jede Art von Hilfe oberstes Gebot. Aber das hatte sich geändert, seit Viktoria nicht mehr da war. Keiner hätte gewagt, Hilfe zu verweigern, als sie noch das Sagen hatte. Sie war das Vorbild und deshalb konnte sie Forderungen stellen. Keiner hätte gewagt, auf seinem persönlichen Ruhebedürfnis zu bestehen, seine eigene Bequemlichkeit in den Vordergrund zu stellen, solange sie noch lebte. Wie schnell hatte sich nun Hilfsbereitschaft in Egoismus verwandelt. Julia wischte sich ein paar Tränen ab, bevor sie ausstieg und zurück in ihr Haus ging. Sie war von alldem bitter enttäuscht und das würde sie ihr Leben lang nicht vergessen.

Jetzt musste sie wirklich mit Patrick sprechen. Er war immerhin eine Vertrauensperson für Michael. Sie telefonierte mit ihm und bat ihn, am nächsten Morgen auf dem Weg zu seiner Werft bei ihr vorbeizuschauen.

Zu ihrer großen Überraschung erklärte sich Patrick sofort bereit, den Onkel bei sich aufzunehmen. »Unser Haus ist groß genug. Er bekommt ein hübsches Gartenzimmer und Selma wird sich bestens um ihn kümmern, wenn wir keine Zeit haben.«

»Aber was wird Regina dazu sagen?«

»Regina ist eine sozial engagierte, liebevolle Frau. Sie wird zustimmen.«

Die junge Mutter, durch die Hilfe der Amme wieder etwas ruhiger und zufriedener geworden, hörte sich die Bitte ihres Mannes wortlos an. Sie wusste zwar, dass so jemand wie Michael im Hause eine neue Belastung bedeuten würde, sie wusste aber auch, dass Patrick es als seine Pflicht betrachtete, dem alten Freund zu helfen, und da sie ihren Mann nicht enttäuschen wollte, stimmte sie zu. Außerdem hatte sie ein neues Arrangement mit dem ›Hammaburger Blatt‹ getroffen und wollte, wenn sie soziale Missstände in der Stadt anprangerte, selbst mit gutem Beispiel vorangehen.

Sie nickte ihrem Mann zu. »Liebling, wenn du es für deine Pflicht hältst, den alten Mann hier aufzunehmen, dann ist er auch mir willkommen. Wir werden ihm den Lebensabend so schön wie möglich machen.«

»Ich wusste, dass du so denken würdest.« Liebevoll nahm er sie in seine Arme und bedankte sich mit einem zärtlichen Kuss.

Und so kam es, dass Michael Stelling eine Woche später in die Heilwigstraße umsiedelte. Ihn brauchte keiner von der Notwendigkeit des Wohnungswechsels zu überzeugen. Er war froh, der missmutigen Frieda mit ihren Eintöpfen, den langen, einsamen Schlechtwettertagen und dem kaum beheizbaren Haus noch vor dem Winteranfang zu entkommen.

Bevor die Familien beraten konnten, was mit dem leeren, alten Häuschen geschehen sollte, ob man es abreißen, verkaufen oder weiterhin als Sommerhaus nutzen sollte, kam es zu einem folgenschweren Ereignis.

Hartmut Hansen, Jessicas Ehemann, einer der erfolgreichsten Architekten in Hamburg, verunglückte. Er war bei Glatteis vom Gerüst eines Neubaues gestürzt und hatte sich schwer verletzt. Ob er den Unfall überleben würde, war lange Zeit nicht sicher. Nach gründlichen Untersuchungen sagten die Ärzte schließlich, dass sie zwar sein Leben retten konnten, er aber für immer von den Schultern ab gelähmt sein würde.

Jessica war verzweifelt. »Was soll denn nun werden«, klagte sie und weinte sich bei Julia aus. »Ich brauche ihn doch so sehr. Er ist der Halt meines Lebens.«

Julia nahm sie in die Arme. »Er lebt, Jessi, das ist doch das Wichtigste. Du kannst ihn in den Arm nehmen, mit ihm reden, und ihn um Rat fragen. Aber du wirst dein Leben natürlich neu einrichten und dich ganz auf ihn konzentrieren müssen.«

Jessica schüttelte verzweifelt den Kopf. »Nichts wird mehr so sein, wie es vorher war. Nie mehr wird er mich in seine Arme nehmen, mich lieben können.«

Julia drückte sie innig an sich. »Komm, Schwesterchen, mit Tränen hilfst du ihm auch nicht. Lass uns überlegen, was zu tun ist.«

Schluchzend nickte Jessica. »Ich höre natürlich auf zu arbeiten, um ihn pflegen zu können. Meine Immobilienfirma kann ein Geschäftsführer übernehmen und im Architekturbüro hat Hartmut gute Mitarbeiter, die können wenigstens die laufenden Arbeiten zu Ende führen.«

»Du wirst auch eure Wohnung aufgeben müssen, Jessi. Niemals kannst du Hartmut im Rollstuhl in die oberste Etage vom Baumwallhaus bringen.«

»Die schöne Wohnung, wir haben uns alle so wohl gefühlt in dem Haus. Unten die Büros, oben das gemütliche Heim, oh Gott, uns wird aber auch alles genommen«, schluchzte sie in einem neuen Weinkrampf. »Wie bringe ich das den Mädchen bei und wo sollen wir hin?«

»Lass uns überlegen«, versuchte Julia sie auf andere Gedanken zu bringen. »Willst du erst einmal mit den Brüdern sprechen? Sie haben große Häuser, die zur Hälfte leer stehen. Oder soll ich mit Alexander und Christopher reden? Leider musste ich die Erfahrung machen, dass die Hilfsbereitschaft in dieser Familie nicht mehr sehr groß ist. Aber wir könnten es wenigstens versuchen. Und deine Mädchen? Jessi, wenn sie aus dem Internat entlassen werden, sind sie junge Frauen, die ein eigenes Heim, eine eigene Familie anstreben, um sie musst du dir keine Sorgen machen.«

Jessica sah sie irritiert an. »Meine kleinen Mädchen und eigene Familien?«

»Na freilich oder ist dir entgangen, was für hübsche junge Damen das geworden sind?«

Endlich lächelte Jessica und nickte. »Ja, du hast Recht, dennoch, Ich würde gern in deiner Nähe leben, Julia, ich brauche bestimmt Tag und Nacht deinen Rat.«

Julia deutete mit einer Handbewegung auf den Salon und die angrenzenden Räume. »Leider kann ich euch nicht aufnehmen, das Haus ist einfach zu klein. Als Michael vor ein paar Wochen ein neues Heim brauchte, stand ich, wie du weißt, schon einmal vor dem gleichen Problem.«

Sie zögerte einen Augenblick, dann nickte sie. »Aber das alte Sommerhaus ist noch da und es ist gleich hier um die Ecke. Man muss es ausbauen oder umbauen, dann ist es ein wunderschönes Haus und direkt an der Uferstraße, das würde deinem Mann gefallen.«

Jessica wischte die Tränen aus dem Gesicht. »Das wäre eine Idee, Julia, ich danke dir. Wir könnten den alten hübschen Stil belassen, innen aber alles modern verändern, ja, das würde mir gefallen, und bis Hartmut aus dem Hospital entlassen wird, kann alles fertig sein.«

Beruhigt stellte Julia fest, dass die Schwester neuen Mut fasste. »Wir schaffen das, Jessi. Erinnerst du dich an alte Erzählungen, als unser Großvater im Rollstuhl saß? Alle waren verzweifelt, aber unsere Mutter, sie war damals fast noch ein Kind, nahm das Schicksal an und das Problem in ihre Hände und ihr Vater durfte noch viele schöne Lebensjahre unter ihrer Obhut verbringen.«

Wenige Tage später begannen Bauarbeiter mit dem Umbau. Die schöne Fassade mit den Eingangsstufen und den Säulen beiderseits der Haustür blieb erhalten, innen aber wurden eine zentrale Heizungsanlage, eine moderne Küche und ein Bad eingebaut. In einem Anbau, der sich in den Garten hinein erstreckte und von der Straße aus das Bild des Hauses nicht beeinträchtigte, wurden Räume für das Dienstpersonal eingerichtet und dann bekam das hübsche Haus einen neuen weißen Anstrich, von dem sich nur die Säulen, die Fenster und der Dachfirst in mattem Blau abhoben.

Als Hartmut Hansen ein viertel Jahr später das Hospital verlassen konnte, erwarteten ihn eine zärtliche Frau, die sich an seinen Anblick gewöhnt hatte, ein Pfleger, der sich fürsorglich um ihn kümmerte und ein neues Heim, in dem er sich sofort wohl fühlte. Und zur Überraschung aller begann er wieder zu arbeiten. Er entwickelte Baupläne, die ein Angestellter nach seinem Diktat zeichnen musste, er ließ sich zu seinen Baustellen fahren und beaufsichtigte vom Rollstuhl aus die Arbeiten und mit Erstaunen stellte Jessica fest, dass die Hanseaten seine Arbeit nach wie vor schätzten und ihn mit Aufträgen überhäuften.

Und dann traf der nächste Schicksalsschlag die Familie.

Regina Stelling bekannte sich öffentlich zur Frauenbewegung. Nachdem sie zunächst nur mit spitzer Feder Missstände in Hamburg aufgedeckt und die krassen Gegensätze zwischen Arm und Reich angeprangert hatte, begann sie nun politisch aktiv zu werden und sich für die Rechte der Frauen einzusetzen, die, ginge es nach den Wünschen der Männer, sich um Kinder, Küche und Kirche zu kümmern hatten und um sonst gar nichts.

Regina schrieb Artikel über die Rechte der Frauen, hielt Reden, setzte sich für das Frauenwahlrecht ein und sie engagierte sich für den »Deutschen Verein für Frauenstimmrecht«, der 1902 bei der Hamburger Polizei seine Gründung anmeldete. In diesem Verein organisierten sich die Vertreterinnen der radikalen bürgerlichen Frauenbewegung.

In Hamburg hatte man in den feinen Kreisen kein Verständnis dafür. Der hanseatische Uradel fühlte sich in seiner Existenz bedroht. Allen voran protestierten die Familien Stelling und Brennicke gegen den Missbrauch ihres Namens. Sie distanzierten sich von dieser »angeheirateten Feministin« und konnten nicht laut genug ihren Unmut kundtun.

Regina wusste, dass sie einen ungeheueren Wirbel verursachte, aber sie blieb ihrer Überzeugung treu und ließ sich von dem eingeschlagenen Weg nicht abbringen. Wurde sie auf ihre Aktivitäten hin direkt angesprochen, erklärte sie: »Frauen sind es wert, Rechte zu erhalten. Wir sind mehr als Heimchen am Herde und lassen uns nicht auf die Mutterrolle reduzieren.« Und als man sie fragte: »Was wollen Sie denn eigentlich, Ihnen geht es doch gut, Sie stehen auf der Sonnenseite des Lebens«, sagte sie: »Ich fordere bessere Bildungschancen für Mädchen und Frauen, das Stimmrecht für uns und eine grundsätzliche Änderung der gesellschaftlichen Verhältnisse, in denen immer nur die Männer das Sagen haben.«

Das war so provokativ, dass sogar ihre Eltern Mühe hatten, sie zu verstehen, und Patrick begann, sich ernstlich Sorgen zu machen.

Der erste Mai 1903 war ein strahlend schöner Tag. Der Himmel spannte sich in seidigem Blau über Hamburg. Die Bäume blühten in zartrosa und schneeweißen Farben und die Knospenkerzen der Kastanien waren kurz davor, ihre Pracht zu entfalten. Butterblumen und Gänseblümchen schmückten das Gras der Moorweide und Mütter flochten daraus Kränze für das Haar ihrer kleinen Töchter. Auf dem großen Alstersee kreuzten Boote mit weißen Segeln und auf den Uferstraßen waren Reiter mit geschmückten Pferden unterwegs. Irgendwo aus der Ferne hörte man Blasmusik und auf den ufernahen Wiesen versammelten sich Familien zu fröhlichen Spielen und gemeinsamem Essen.

Sonnenlicht flutete strahlend durch die hohen Fenster des Hauses an der Heilwigstraße. Regina hatte die Terrassentüren weit geöffnet und ließ die Frühlingswärme ins Haus. Zu lang hatte der Winter bis vor wenigen Tagen gedauert. Martin spielte unter Aufsicht von Friedchen im Garten mit Holzfiguren und bunten Bällen und die Hunde tobten um ihn herum, wie immer auf der Jagd nach herumfliegenden Insekten und nach den ersten Schmetterlingen.

Regina beobachtete das Spiel ihres kleinen Sohnes. Mit seinen dunklen, lockigen Haaren, dem klar gezeichneten Gesichtchen, den braunen Augen wurde er seinem Vater jeden Tag ähnlicher. Regina blickte zurück in den Wintergarten, wo sie gerade das Frühstück eingenommen hatten. Patrick saß noch am Tisch und las in der Zeitung.

»Wirst du auch in diesem Jahr an dem Mairitt teilnehmen?«

Er faltete die Zeitung zusammen, stellte sich neben seine Frau und legte ihr den Arm um die Schulter. »Selbstverständlich. Wir reiten kreuz und quer durch den Hafen. Die Arbeiter haben alles mit jungem Birkengrün geschmückt und jede Reederei hat ihre Fahnen gehisst. Das wird sehr schön aussehen. Komm doch mit, du kannst mit Martin in der Kutsche hinter uns Reitern fahren und der Junge ist alt genug, um das mitzuerleben. Zum Schluss gibt es gebratene Klopse und Freibier für alle.«

Regina lachte laut auf. »Ja, natürlich, Klopse und Freibier für einen Zweijährigen. Und Marschmusik und Männergesänge und einen Tanz um den Maibaum um Mitternacht. Ach, Patrick, amüsier du dich, der Junge ist hier besser aufgehoben und ich habe anderes vor.«

Genau das hatte Patrick befürchtet. Seit Tagen ging in der Stadt das Gerücht von einer großen Versammlung auf einem Platz im Sierichschen Gehölz um. Seine Bitte, ihn zu begleiten, war nichts anderes, als Regina von dieser Art Versammlung fern zu halten. Er hatte gehört, dass die Polizei einschreiten würde, wenn es zu aufrührerischen Reden käme, und er wusste genau, dass seine Frau sich davon nicht einschüchtern ließ. Er fasste sie an beiden Schultern und drehte sie zu sich herum, sodass sie ihm in die Augen sehen musste. »Könntest du nicht mir zuliebe mitkommen? Ich würde mich so freuen, euch beide in der Kutsche hinter mir zu wissen.«

Aber Regina schüttelte den Kopf. »Tut mir Leid, Patrick, heute werde ich woanders gebraucht. Ich habe zugesagt und muss mein Versprechen halten.«

Patrick ließ sie los und wandte sich enttäuscht ab. Sie war ihm so fremd geworden in letzter Zeit. Nicht, dass sie ihn, das Kind oder das Haus vernachlässigte, aber in Gedanken war sie immer weit weg. Selbst in den zärtlichsten Augenblicken hatte er oft das Gefühl, einen unbekannten Menschen in den Armen zu halten. Ihre Interessen, ihre Gespräche, die Bücher, die sie las, die Veranstaltungen, die sie besuchte, immer ging es um Frauenrechte, Frauenwerte, Frauenwünsche. Und nie wollte sie ihn dabei haben, obwohl er oft genug seine Begleitung – auch seinen Schutz, angeboten hatte.

Resigniert setzte er sich wieder an den Tisch, nahm sich noch eine Tasse Kaffee und schlug die Zeitung erneut auf. Er hatte noch Zeit. Der Ritt begann um zwei Uhr am Deichtor. Dann ging es durch den Hafen, auch an seinem Gelände vorbei würde man reiten und anschließend fand das Fest mit Imbiss und Tanz vor der Katharinenkirche am Zollhafen statt. Die Maireiter, die Pferde und der Maibaum, eine besonders schöne, hochgewachsene Birke aus dem nahen Harburger Wald, wurden vom Pastor gesegnet und anschließend wurde gefeiert.

Aber Patrick wusste jetzt bereits, dass er keine große Freude empfinden konnte. Seine Gedanken würden bei seiner Frau sein, die sich wieder einmal unnötiger Weise in Gefahr begab, denn eine Rotte von Rowdys und Gegnern der neumodischen Frauenbewegung wartete nur darauf, mit Steinen auf die Feministinnen zu werfen, die sich erdreisteten, das Rednerpult zu besteigen und Rechte für Frauen einzufordern. Und allen voran Regina Stelling. Patrick war kein ängstlicher Mann und die Beschimpfungen oder die Meinungsverschiedenheiten in der Familie interessierten ihn nicht, im Gegenteil, tief in seinem Herzen bewunderte er seine mutige Frau, tief im Herzen saß aber auch die Angst, die er um sie hatte.

Neunundzwanzigstes Kapitel

Regina bat Erich, sie mit der Kutsche zum Sierichschen Gehölz zu fahren. Sie wollte etwas entfernt vom Versammlungsplatz aussteigen und den Rest des Weges zu Fuß zurücklegen und sie wollte auch nicht mit dem eigenen Einspänner unterwegs sein, weil sie nicht wusste, wo sie das Pferd sicher lassen konnte. Es gab zwar dort ein kleines Wirtshaus mit Garten, aber wenn es zu Ausschreitungen kommen sollte, wollte sie ihr Pferd keiner Gefahr aussetzen. Außerdem hätte es einen schlechten Eindruck gemacht, wenn sie auf der einen Seite für die Gleichstellung von Arm und Reich, Dienstherren und Dienstmädchen eingetreten und auf der anderen Seite mit einer Kutsche vorgefahren wäre.

Regina war trotz ihrer Spontaneität und ihrer Courage eine Frau, die ihren Verstand zu gebrauchen wusste und mit Gefahren nicht leichtfertig umging. Viele Anzeichen hatten in den vergangenen Tagen darauf hingedeutet, dass bei dieser Versammlung mit Empörung und Unruhen zu rechnen sei, sodass selbst die Vereinsvorsitzende, eine energische, vielbeschäftigte Frau, überlegte, die ganze Veranstaltung abzusagen. Sie versprach sich wenig von einer Versammlung, die in Prügel ausarten konnte. Dann aber hatte der Wunsch gesiegt, einen solchen Tag, an dem viele Arbeiterinnen und Dienstmädchen ein paar freie Stunden hatten, zu nutzen. Wann bekamen Frauen einmal frei, um eine Versammlung zu besuchen, bei der die Herrschaftswillkür ihrem Personal gegenüber im Mittelpunkt der Aufrufe und Forderungen stand.

Regina hatte sich gut auf das Thema vorbereitet und ihre Rede so geplant, dass sowohl die Rechte der Dienstmädchen wie auch die Wünsche der Arbeitgeber angesprochen wurden, denn trotz der »Hamburger Dienstbotenordnung« vom April 1899, in der das rechtliche Verhältnis zwischen Herrschaft und Angestellten festgelegt worden war, blieben die bestehenden Missstände erhalten. Es gab keine tariflich festgelegte Entlohnung und keinen rechtlichen Anspruch auf Freizeit. Nur ein einziger Paragraph beschäftigte sich mit den freien Stunden des Personals und forderte von den Dienstherren, den Angestellten zur Beiwohnung des Gottesdienstes, zur Besorgung eigener Angelegenheiten und zum Genuss erlaubter Vergnügungen Zeit zu geben.

Bevor Regina sich auf den Weg machte, sie hatte sich bewusst schlicht gekleidet und auf jeden weiblichen Flitter verzichtet, schaute sie noch einmal im Haus nach dem Rechten. Sie winkte Patrick nach, der seinem Hengst die weiße Schabracke mit den handgestickten, goldenen Initialen seiner Werft aufgelegt hatte – sie hatte ihm diese Satteldecke zu Weihnachten geschenkt und ihm eine große Freude damit gemacht – jetzt hatte er sie zum ersten Mal aufgelegt. Der Hengst mit den glänzend gefetteten Hufen und dem blankgeputzten Fell präsentierte sich stolz und kraftvoll.

Dann schaute sie nach Martin, der von Friedchen betreut, seinen Mittagsschlaf hielt. Im Wintergarten hatte sich Michael in einen Liegesessel zurückgezogen und in der Küche räumte Selma mit dem Mädchen zusammen die Reste des Essens und das Geschirr weg. Sie hatte sich mit dem köstlichen Burgunderschinken wieder einmal selbst übertroffen und war von allen gelobt worden. Dann erinnerte Regina daran, dass alle Angestellten, bis auf das Kindermädchen, den Nachmittag über frei hätten.

»Deinen Erich schicke ich dir zurück, sobald ich ausgestiegen bin«, versprach sie Selma und ging nach draußen, wo die Kutsche vorgefahren war.

Je näher sie dem Gehölz und der Versammlungswiese kamen, umso voller wurden die Wege. Frauengruppen in luftigen Sommerkleidern nutzten diesen ersten warmen Tag des Jahres und gingen in fröhlichen Gruppen schwatzend und lachend unter dem ersten Maigrün zum Platz der Veranstaltungen. Andere Frauen waren schweigend und ernst unterwegs und Regina spürte, dass sie die Atmosphäre abwägten und die Stimmungen der anderen prüften. Reiter auf kraftvollen Pferden und andere in strengen Uniformen waren auf den gekennzeichneten Reitwegen unterwegs, und Ehepaare, im Gefolge eine große Kinderschar, suchten nach hübschen Rastplätzen, um mitgebrachtes Gebäck zu verzehren.

Regina sah aber auch Gruppen von missmutig blickenden Männern, die zum Versammlungsort strebten, von jungen Rowdys, die Böses ahnen ließen und unter ihren Joppen Stöcke und Steine versteckt hatten. Hin und wieder hörte sie das Trillern einer Polizistenpfeife und etwas entfernter Kommandorufe. Als sie nur noch etwa hundert Meter von der Festwiese entfernt war, bat sie Erich anzuhalten, damit sie aussteigen konnte.

»Wann soll ich Sie denn abholen, gnädige Frau?«

»Gar nicht«, schüttelte Regina den Kopf. »Ich werde mich anderen Frauen anschließen und später die Ringbahn für das letzte Stück benutzen. Fahren Sie heim, nehmen Sie Ihre Selma in die Arme oder mit auf den Kutschbock und gönnen Sie sich selbst einen hübschen Maiausflug.«

Erich nickte, hob grüßend die Peitsche, wendete und fuhr davon. Was Regina nicht wusste, war die Tatsache, dass Erich mit seinem Herrn ausgemacht hatte, in der Nähe Reginas zu bleiben. Er kannte einen bewachten Platz, auf dem er die Kutsche abstellen konnte, und ging dann zurück zur Versammlung, um unerkannt in Reginas Nähe zu bleiben.

Sie hatten beide Angst um die junge Frau, der Herr und der Kutscher, weil sie wussten, wie wagemutig sie war und wie unvorsichtig, wenn ihr Temperament mit ihr durchging und sie in ihren Reden kein Blatt vor den Mund nahm.

Langsam ging Erich zur Festwiese. Viele Menschen, vor allem Frauen hatten sich schon versammelt. Der Kinderchor einer nahegelegenen Schule sang Maienlieder, Flugblätter wurden verteilt auf denen die Forderungen der Frauen zu lesen waren, neben dem Rednerpult wehten ein paar Fahnen an langen Masten – bunte Stoffbahnen, von denen Erich nicht wusste, wem sie gehörten oder wer sie gehisst hatte. Einige Frauen trugen Schilder an Stangen, auf denen Parolen standen wie ›Wahlrecht für die Frauen‹, ›Gleichberechtigung für Arm und Reich‹, ›Mehr Freiheit für die Bürger‹, ›Frauen gehören ins Rathaus‹ oder ›Mehr Bildung für unsere Töchter‹. Langsam gingen sie mit den Schildern durch die Reihen, die Köpfe hoch erhoben, selbst bei ordinärer Anpöbelei.

Dann hielten mehrere Frauen ihre Reden, unterbrochen von den Zwischenrufen empörter Männer, die ihre Patriarchenrolle in Gefahr sahen, und dem Geschrei halbwüchsiger Provokateure, die noch gar nicht wussten, um was es ging, und nur Radau machen wollten. Wenig später, Regina war mitten in ihrer flammenden Rede über die Ungerechtigkeit zwischen den Lagerarbeitern in der Speicherstadt und den ›Pfeffersäcken‹, wie sie die reichen Kaufleute nannte, als die ersten Steine flogen. Männer der Bürgerwehr, unter den Versammelten versteckt, und uniformierte Polizisten wollten zwischen die aufgebrachte Menge gehen, wurden aber selbst zur Zielscheibe der Steinewerfer und zogen sich schnell wieder zurück.

Regina ließ sich nicht beirren. Je lauter die Zwischenrufe wurden, um so klarer kamen ihre Forderungen. Sie sprach von fehlender Hygiene in den Armenvierteln, wo die Hafenarbeiter wohnten, von Frauen, die in staatlich geförderten Bordellen zur Prostitution gezwungen wurden, sie verdammte das Zeitalter der Doppelmoral und der beliebten Herrenabende, wo derbe Witze über Frauen die Runde machten und wo heimliche Prostitution und Pornografie gediehen, und sie beklagte die fehlende Ausbildung für junge Frauen. Außerdem forderte sie eine Universität, die in Hamburg, im Gegensatz zu vielen anderen Städten, noch immer als unnötig angesehen wurde, weil die Wirtschaft in Sorge war, die Kosten tragen zu müssen und die in Hamburg tätigen Akademiker die Konkurrenz fürchteten.

Erich hatte sich fast bis an das Rednerpult vorgeschoben, als ein junger Bursche von hinten an dem Gerüst emporkletterte und, bevor irgendjemand eingreifen konnte, mit einem wuchtigen Schlag einen Knüppel auf Reginas Kopf zertrümmerte. So schnell wie er gekommen war, verschwand der Mann in der Menge.

Regina brach blutüberströmt zusammen. Ein Aufschrei des Entsetzens ging durch das Publikum, dann folgte Totenstille. Rücksichtslos kämpfte Erich sich nach vorn. Dann hatte er das Podest erreicht und kletterte hinauf. Bevor ihn jemand daran hindern konnte, hatte er die Verletzte auf die Arme genommen und eilte mit ihr davon. Eine fremde Frau lief neben ihm her. Sie hielt Reginas blutenden Kopf und umwickelte ihn mit ihrem Umhang, aber nach wenigen Sekunden war das dicke Tuch blutdurchtränkt. Bereitwillig und stumm bahnten die Menschen eine Gasse, einige Frauen weinten, Kinder schrien, dann brüllten Männer und dann begann der Tumult. Randalierer schlugen auf andere ein, jeder kämpfte gegen jeden, Frauen flüchteten, Kinder irrten umher und suchten ihre Eltern und die Polizisten auf Pferden und zu Fuß machten das Durcheinander komplett. Panik brach aus. Aber da hatten Erich und die unbekannte Frau die Festwiese bereits verlassen und Regina in die Kutsche gebettet. In fliegendem Galopp jagte das Gespann über die Waldwege und dann durch die Straßen zum Hospital in Eppendorf. Die Frau, Reginas Kopf in ihrem Schoß, hatte Mühe, sich und die Bewusstlose festzuhalten. Weder Erich noch die Frau wussten, ob sie nicht eine bereits Tote zu retten versuchten.

Patrick genoss den Mairitt in vollen Zügen. Endlos lang war der Zug der festlich gekleideten Reiter auf ihren geschmückten Pferden. Da gab es die Gruppe der Reeder, die Gruppe der Handelsherren, da gab es die Gruppen der Werftbesitzer, der Ratsherren und der Kaufleute; Ärzte, Juristen, Bankiers und Gelehrte bildeten eigene Gruppen und zwischen allen, als jeweilige Abgrenzung sozusagen, waren Blaskapellen, Chöre, Polizeiorchester, Tanzgruppen und Musikerzüge aus dem Umland unterwegs.

Hunderte von fröhlichen Zuschauern standen am Straßenrand, winkten, jubelten und klatschten Beifall, wenn eine Gruppe besonders gut ausschaute. Kinder schwenkten kleine Fahnen an Stöckchen, aus den Fenstern der angrenzenden Häuser winkten die Bewohner mit bunten Tüchern und manchmal schneite es Blumen auf die Reiter herunter. Den Abschluss bildeten die Kutschen mit den Familien der Reiter, Sportler auf Fahrrädern und ein paar Automobilisten, die über keine eigenen Pferde verfügten.

Auch über das Werftgelände von Patrick bewegte sich der lange Zug. Stolz und zufrieden blickte sich der Schiffsbauer um. Seine Arbeiter hatten das große Grundstück aufgeräumt und geschmückt. Am Eingangstor wehten die weißen Fahnen mit dem goldenen Emblem von Anker und Initialen. Birken schmückten den Rundweg und überall standen Arbeiter in Sonntagsanzügen und klatschten Beifall im Takt der Musik. Selbst die Männer von der Arbeitsschicht winkten lachend von den Baugerüsten, die die Schiffe in den Docks umgaben. Sie wussten: Nach Feierabend gibt es Freibier für alle und hinten neben der Küchenbaracke dreht sich ein Ochse am Spieß.

Patrick dachte leicht verärgert an den Beginn des Festes, als ihn seine Cousins, die beiden Brennicke-Brüder, etwas zynisch gefragt hatten: »Wo ist die Kutsche mit deiner Frau und deinem Sohn?« Zu höflich, um ihr Missfallen am Fehlen seiner Kutsche direkt auszudrücken, konnten sie ihre offene Kritik dennoch nicht zurückhalten. »Einen solchen Tag sollten die Familien zusammen verbringen«, erklärten sie und zeigten voller Stolz auf die eigenen geschmückten Karossen mit ihren Frauen und Kindern.

»Regina hat heute etwas anderes vor und ich bin der Meinung, sie hat ein Recht auf eigene Pläne«, erwiderte er barsch, weil er sich provoziert fühlte.

Aber Alexander und Christopher schüttelten die Köpfe:

»Recht, Recht, was heißt hier Recht? Der Wunsch des Mannes sollte die Rechte der Ehefrau bestimmen«, und »einfühlsam, klug und vor allem nachgiebig sollte sie ihrem Mann helfen und dienen«, fügte Christopher hinzu. »Als Gegenleistung ist sie versorgt und gilt als eine ehrbare Frau.«

Patrick sah hinüber zu den kunstvoll geschmückten Kutschen und den festlich gekleideten Familien Brennicke und Stelling, und einen Hauch des Bedauerns fühlte er: Ja, dachte er, warum sind Regina und Martin nicht hier bei mir? Aber der Schmerz dauerte nur einen Augenblick, dann sagte er: »Regina ist eine erwachsene, selbstbewusste Frau und sie hat einen Anspruch auf eigene Pläne. Wir leben in völligem Einverständnis und respektieren unsere Wünsche gegenseitig. Daran wird sich nie etwas ändern.«

Leicht gereizt bestieg er nach dem Disput sein Pferd und reihte sich ein in die Gruppe der Schiffsbauer und Werftbesitzer und dann siegte die Freude an dem fröhlichen Mairitt.

Gegen fünf Uhr erreichte der Festzug die Kirche St. Katharinen. Alle stellten sich in einem großen Kreis auf, der Pastor erbat Gottes Segen für das Land, die Stadt, den Fluss und die Schifffahrt, für die Wirtschaft und den Handel und vor allem für die Menschen von Hamburg. Gemeinsam sangen sie ›Nun danket alle Gott‹, und dann wurde zum Festessen geladen.

Das war der Augenblick, in dem Patrick seinen Kutscher Erich erblickte, der verstört und außer sich ihm zuwinkte. Patrick sprang vom Pferd, drückte die Zügel einem Nebenmann in die Hände und rannte zu seinem Kutscher. Er wusste, noch bevor er die Tränen auf den Wangen des Mannes sah, dass etwas Entsetzliches geschehen war.

»Ich konnte es nicht verhindern, ich konnte es wirklich nicht verhindern«, schluchzte Erich, »es ging so furchtbar schnell, ich konnte es einfach nicht verhindern.«

»Was? Was um Himmels willen ist passiert? Wo ist meine Frau? Was konnten Sie nicht verhindern?« Beinahe grob schüttelte er den Mann. »So reden Sie doch schon.«

»Man hat sie niedergeschlagen. Ein Mann hat ihr den Kopf zertrümmert. Ich hab' sie so schnell ich konnte ins Krankenhaus gebracht, aber die Ärzte haben kaum noch Hoffnung«, schluchzte er.

Patrick kämpfte mit einer Ohnmacht. Ihm war zum Erbrechen übel. Er atmete tief durch, dann fragte er: »Wo ist sie, in welchem Krankenhaus?«

»Eppendorf war am nächsten, ich habe sie nach Eppendorf gebracht«, jetzt weinte Erich richtig.

»Kommen Sie hinterher, ich reite voraus und kümmern Sie sich vor dem Hospital um mein Pferd, ich binde es irgendwo an.«

Patrick schwang sich in den Sattel und preschte davon, bevor ihn jemand fragen konnte, was passiert war.

Viele hatten den Vorfall bemerkt – auch die Mitglieder der Familien Stelling und Brennicke. Bevor Erich in die Kutsche einsteigen konnte, hatten Alexander und Christopher ihn erreicht. Sie waren entsetzt, zutiefst betroffen, als sie hörten, was Regina widerfahren war. Oft hatten sie sich über die junge, emanzipierte Frau geärgert, die ihren guten, hochgehaltenen Namen mit ihren ketzerischen Parolen, mit ihren unmöglichen Forderungen in den Schmutz gezogen und an den Pranger gestellt hatte, jetzt aber war sie eine von ihnen. Der Zynismus, die Meinungsverschiedenheiten, die Verstimmungen und die bösen Worte, mit denen sie die junge Frau im Geheimen bedacht hatten, waren vergessen. Eine Stelling war verletzt, lebensgefährlich verletzt, auf brutalste Weise niedergeschlagen worden – die ganze Familie war davon betroffen und stand jetzt geschlossen hinter ihr.

Alle begaben sich sofort zum Krankenhaus, und zwar im schnellsten Trab, denn Galopp war innerhalb der Stadt verboten, stürmten die Reiter und die Kutschen durch die Innenstadt und dann weiter über den Eppendorfer Weg zum Krankenhaus.

Schweißüberströmt und außer sich vor Angst sprang Patrick vor dem Krankenhausportal vom Pferd, warf die

Zügel über einen Ast und stürmte in das Haus. Eine Krankenschwester, die ihn mit ausgebreiteten Armen aufhalten wollte, rannte er fast um, und erst zwei Pfleger, Hünen von Männern, konnten ihm den Weg verstellen.

»Wo ist meine Frau? Wo ist Regina Stelling?«

»Moment, Moment der Herr, die Ärzte befassen sich mit ihr, da können Sie jetzt nicht stören.«

»Dann warte ich vor der Tür, aber wo ist diese Tür?«

Die Männer zeigten auf eine Holzbank an der Wand. »Da können Sie warten, wir holen Sie, sobald die Ärzte fertig sind.«

»Sagen Sie mir wenigstens, ob meine Frau noch lebt«, jetzt konnte er ein Schluchzen nicht mehr unterdrücken. Wie ein Aufschrei der Seele kam das schwere Stöhnen über seine Lippen. »Lebt sie noch?«

»Ja, Herr, das Herz schlägt noch.«

Patrick sank auf die Bank und vergrub das Gesicht in seinen Händen. Die beiden Männer ließen ihn allein. In seiner Angst liefen Bilder seiner geliebten Frau in rasender Schnelle vor seinen Augen ab. Ihre lichte Erscheinung, ihr herzliches Lachen, wenn sie scherzten, ihre stolze Gestalt, der erhobene Kopf, wenn sie ihren Willen durchsetzen wollte, die mütterliche Liebe, wenn sie den Sohn im Arm hielt, der Schmerz in ihrem Gesicht, wenn er selbst traurig oder verzweifelt war. Er spürte ihre tröstenden Hände, wenn sie ihm Mut machte, und er spürte ihre Hingabe, wenn sie in seinen Armen lag, wenn er diesen wunderbaren, schmiegsamen Körper ganz fest halten und erkunden durfte.

Und das alles sollte vorbei sein, ein Leben ausgelöscht durch einen gemeinen Mörder? Ein zweiter Seufzer, tief und lang und unendlich schmerzvoll drang aus der Tiefe seiner Seele. Dann hörte er Stimmen, Schritte, Türen – Unruhe breitete sich auf dem langen verwinkelten Flur aus.

Und dann sah er sie – sie kamen alle: die Stellings und die Brennickes, Reginas Eltern, die man abgeholt hatte, Julia mit ihrem dicken Mann und Jessica mit ihrem Hartmut im Rollstuhl. Sie kamen in ihren festlichen, fröhlichen Mai-Gewändern und mit Tränen in den Augen.

Man umarmte einander, drückte sich die Hände, strich mitfühlend über Arme und klopfte sich auf Schultern. Eine neue Vertrautheit ergriff die ganze große Familie. Irene Mörius weinte hemmungslos im Arm ihres Mannes. Stühle wurden geholt und an den Wänden aufgestellt. Schwestern liefen lautlos und eilig vorbei. Ein Pfleger brachte ein Tablett mit heißem Kaffee in Bechern und verteilte das starke Getränk. Aber wenn Patrick eine der Schwestern ansah, schüttelte sie den Kopf. »Wir warten noch, Herr Stelling, wir warten alle noch.«

Erich kam herein, er hatte die Pferde kurz allein gelassen und sah seinen Herrn fragend an.

»Bringen Sie das Gespann und den Hengst in den Stall und kommen Sie mit frischen Pferden zurück.« Lautlos verschwand der Kutscher. Er gab sich die Schuld an dem Unglück. Er war nicht schnell genug, um seine Herrin zu beschützen, er hatte sie allein gelassen, als sie ihn so dringend brauchte. Er war ein Versager, er war verzweifelt.

Auf dem Flur war wieder Stille eingekehrt. Hin und wieder ein geflüstertes Wort, das Rascheln eines Festkleides, das Knarren eines Stuhles, ein Seufzer hier und da. Patrick schloss wieder die Augen – er wäre so gern allein gewesen mit seinem Schmerz und mit seinen Erinnerungen und mit seiner Angst, er wusste aber auch, was es bedeutete, diese große Familie um sich zu haben, die sich wie ein Bollwerk um ihn und seinen Schmerz erhob.

Und dann klapperten entfernte Türen, Stimmen wurden laut, Schritte kamen näher. Eine Gruppe von Männern in weißen Kitteln bog um die Ecke. Alle standen auf: Erwartung, Hoffnung, Angst, Verzweiflung in den Augen – und Tränen.

Man ließ Patrick den Vortritt. »Ich bin Patrick Stelling, der Mann ihrer Patientin, wie geht es ihr?«

Einer der Ärzte stellte sich als Professor Meerbach vor. »Ihre Frau lebt, Herr Stelling, soviel können wir sagen. Sie ist eine junge kräftige Frau, aber sie hat schwerste Kopfverletzungen und sehr viel Blut verloren. Wir haben einen Spezialisten hinzugezogen und wir haben alles getan, was in unserer Macht stand. Sie ist bewusstlos und es könnte sein, dass sie lange Zeit in diesem Zustand bleibt, oder – nie mehr aufwacht.«

»Oh, mein Gott!«

Die Frauen weinten. Alexander fragte: »Was können wir tun?«, und Christopher wollte wissen: »Sollen wir andere Ärzte aus anderen Städten kommen lassen? Wen können Sie empfehlen?«

»Im Augenblick kann man nichts tun. Wir haben die Schädeldecke rekonstruiert und die vielen Knochensplitter zusammengefügt, soweit das möglich war, wir müssen jetzt warten, so Leid mir das tut, Ihnen nicht eine wenigstens kleine Hoffnung zu machen.« Der Professor wandte sich wieder Patrick zu. »Bleiben Sie bei ihr, vielleicht hilft Ihre Nähe – es gibt auch Wunder, Herr Stelling.«

»Aber man kann doch nicht nur auf Wunder warten«, weinte Reginas Mutter. Der Arzt sah sie mitleidig an. »Doch, manchmal kann die Hoffnung auf ein Wunder Berge versetzen, gnädige Frau. Allerdings sollte man bei allem Hoffen das Beten nicht vergessen«, und an Patrick gewandt: »Ein Wunder dürfen wir Ihnen heute schon verraten: Das Baby hat die Katastrophe überlebt.«

»Das Baby?« Patrick glaubte, sich verhört zu haben.

»Ja, das Baby. Ihre Frau ist im dritten Monat schwanger.«

»Aber davon …«

Reginas Mutter strich mit der Hand über seinen Arm: »Ja, Patrick, Regina erwartet wieder ein Kind. Sie wollte erst ganz sicher sein, ob sie wirklich schwanger ist, bevor sie dir etwas sagte, und dann kamen die Pläne für den heutigen Tag und sie hatte Angst, du würdest ihr die Teilnahme verbieten, wenn du von der Schwangerschaft wüsstest.«

Patrick schüttelte den Kopf. »Seit drei Monaten und ich hatte keine Ahnung. Wie kann sie mir das antun?«, fragend sah er die anderen an.

Julia nahm seine Hand und strich tröstend darüber. »Frauen sind so, Patrick. Erst einmal müssen sie selbst mit ihrem Zustand fertig werden, dann wollen sie absolut sicher sein, dass sie sich nicht irren, und dann warten sie auf den richtigen Augenblick, um darüber zu sprechen. Das musst du verstehen.«

»Und sie ist so involviert in ihre Aufgabe in der Frauenbewegung, sie konnte einfach nicht riskieren, heute auf die Ansprache zu verzichten«, fügte Irene erklärend hinzu.

Patrick sah sie an. »Aber du als Mutter hättest es verbieten müssen, wenn ich schon nichts von der Schwangerschaft weiß, du kennst doch die Gefahren, denen sich eine schwangere Frau bei öffentlichen Auftritten aussetzt. Warum hast du sie nicht zurückgehalten?«

»Weil ich nichts von der heutigen Veranstaltung wusste, Patrick. Wir hatten keine Ahnung, dass sie nicht bei dem Reiterumzug ist. Wir wunderten uns zwar, dass wir keine Einladung erhalten haben, in eurer Kutsche mitzufahren, aber wir hatten keine Ahnung von der Versammlung im Sierichschen Gehölz.« Irene weinte wieder und Friedrich nahm sie in den Arm.

Patrick entschuldigte sich. »Ich bitte um Verzeihung, Mutter, ich wollte dir nicht weh tun. Und ich weiß, Regina hätte trotz deiner Bedenken getan, was sie für richtig hält.«

Dann wandte er sich an den Arzt: »Kann ich sie jetzt sehen?«

»Kommen Sie. Die anderen Besucher bitte ich, dem Krankenzimmer fern zu bleiben. Die Patientin braucht absolute Ruhe.«

Alexander drückte Patrick die Hand. »Wir sind in Gedanken alle bei euch. Einige von uns werden immer hier sein, falls du uns brauchst. Wir wechseln uns ab, und wenn es nötig ist, lösen wir dich ab.«

Patrick nickte. »Danke!« Dann folgte er dem Arzt.

Vorbei an Krankensälen mit acht und mehr Betten, an Behandlungsräumen und Wartezimmern ging es einen langen Flur entlang. Es roch nach Äther und Arzneien, nach Desinfektionslösungen und Reinigungsmitteln und Patrick kämpfte wieder mit der Übelkeit.

Schwestern hatten Regina in ein großes, lichtdurchflutetes Zimmer gelegt. Weiß wie der Verband, der ihren Kopf verhüllte, lag sie zwischen den Kissen. Aus einem Mundwinkel ragte ein Schlauch. »Wir mussten ihn einführen, damit wir sie ernähren können«, erklärte der Arzt und strich die Bettdecke glatt. Das kleine Gesicht strahlte einen großen Frieden aus. Die Hände lagen kühl und leblos auf dem Bett. Aber über der Brust hob und senkte sich die Decke. Der Arzt zeigte darauf. »Sie atmet kräftig und gleichmäßig, das ist ein gutes Zeichen. Nehmen Sie ihre Hand und sprechen Sie mit ihr. Vielleicht hört sie Sie – aber das wissen wir natürlich nicht. Und wenn Sie Hilfe brauchen, eine Schwester ist immer in der Nähe.«

Patrick stellte einen Stuhl neben das Bett und nahm die kalte Hand in die seine. Der Arzt verließ das Zimmer.

Und dann sprach Patrick mit Regina – Stunde um Stunde. Er offenbarte sich vollkommen: Er schilderte seine Liebe, seine Ängste, seine Hoffnungen, seine Verzweiflung und seine Träume. Er sprach von seinem Leben, seinen

Zielen und Problemen. Und er ließ in jedem Wort seine grenzenlose Liebe erkennen.

Erich kam zurück und fuhr einzelne Familienmitglieder nach Hause. Selma kam und brachte ihm frische Kleidung. Alle paar Stunden wurde Regina umgebettet, einmal am Tag wurde der Verband gewechselt und flüssige Spezialnahrung in den Schlauch gefüllt. Die Ärzte waren mit der Heilung der Wunde zufrieden, aber nach wie vor wollte oder konnte keiner über die Folgen der Verletzung sprechen. Behielt sie bleibende Hirnschäden? Würde sie jemals wieder ein normales Leben führen können? Fragen, die kein Mensch beantworten konnte.

Auf dem Flur hielten immer zwei Familienangehörige Wache. Reginas Eltern durften hin und wieder einen Blick in das Krankenzimmer werfen, hinein durfte niemand.

Am vierten Tag musste Patrick zur Werft. Der Termin ließ sich nicht verschieben. Zwei seiner neugebauten Lastkähne sollten an diesem Tag vom Stapel laufen und Patrick musste persönlich ihre Abnahme durchführen, das verlangte die Versicherung. Er war verantwortlich und es war seine Pflicht, an der Seite seiner Arbeiter und Ingenieure zu stehen, wenn die übergroßen Kähne zu Wasser gelassen wurden.

Julia übernahm in diesen Stunden die Krankenwache, denn Reginas Mutter war der Aufgabe noch nicht gewachsen, man befürchtete einen Zusammenbruch, wenn sie mit der Kranken allein wäre.

Liebevoll streichelte Julia Reginas Hände und sprach mit der jungen Frau, erzählte ihr von dem kleinen Martin und von dem alten Michael, sprach von Patrick, der im Hafen sein musste und von dem wundervollen Mai, der Flieder und Kastanien, Goldregen und Schneebällchen, Goldlack und Jasmin und Rosen zum Blühen brachte. Plötzlich spürte sie ein leichtes Zucken in der Hand die sie hielt. Ihr stockte der Atem. War das eine Bewegung oder nur ihr hoffnungsvoller Wunsch, eine Reaktion zu spüren? Doch dann spürte sie diesen winzigen Druck noch einmal und noch einmal. Zärtlich erwiderte sie die Berührung, saß ganz still, um die leiseste Regung aufzufangen – aber sie wiederholte sich nicht.

Als der Arzt später kam, erzählte sie davon. Er nickte. »Ja, es kann ein erstes Zeichen für ein Wiedererwachen sein, aber erwarten Sie nicht zuviel, es kann auch nur ein Reflex des Unterbewusstseins gewesen sein – wir müssen abwarten.«

Erfreut und enttäuscht zugleich blieb Julia wieder allein. Als Patrick abends kam, erzählte sie ihm davon, und während der ganzen Fahrt in der Mietkutsche zurück in den Mittelweg sah sie sein Gesicht und seine Hoffnung in den Augen. Wie sehr musste er seine Frau lieben. Wie wunderbar musste es sein, so geliebt zu werden. Und mit einem Seufzer der Enttäuschung dachte sie an ihren Johannes, der zu Hause im Lehnsessel mit Brille und Zeitung auf sie wartete.

Fünf Wochen lag Regina in tiefster Bewusstlosigkeit. Fünf Wochen wachte Patrick, von wenigen Stunden abgesehen, Tag und Nacht bei ihr. Und fünf Wochen lang war er nie allein. Immer wachten Angehörige vor dem Krankenzimmer mit ihm:

Reginas Eltern, Alexander mit seiner Frau, Christopher mit seiner Frau oder einem der erwachsenen Kinder, Julia mit dem behäbigen Johannes, der es sich nicht nehmen ließ, seinen Teil des Beistandes zu leisten, selbst Hartmut im Rollstuhl bestand darauf, seine Wache zu halten. Sogar aus Rodenhagen waren Elisabeth und ihr Bruder Bernhard angereist, um für einige Tage die Zusammengehörigkeit der Familie zu bezeugen.

Oft saßen sie alle zusammen und diskutierten über den erschütternden Vorfall, der ein Mordanschlag gewesen war. Die Polizei hatte den Täter nie gefasst. Die Prügeleien der anderen waren glimpflich abgelaufen: ein paar Prellungen, Schürfwunden, die eine oder andere gebrochene Nase – mehr war nicht passiert. Umso mehr befassten sich die Familien Brennicke und Stelling mit dem tragischen Unglück, das Regina getroffen hatte. Lange Zeit hatten sie sich von der jungen Frau und den emanzipierten Feministinnen in der Stadt distanziert, ihren guten Ruf, ihre wirtschaftlichen Interessen und ihre familiären Probleme in den Vordergrund gestellt, sich dem Fortschritt, den Frauen wie Regina forderten, verweigert. Aber diese Katastrophe in der eigenen Familie, diese persönliche Betroffenheit und die brutale Konfrontation mit dem Unrecht, das so vielen armen Menschen täglich widerfuhr, hatte sie aufgeweckt. Sie dachten nach, sprachen darüber, und ohne sich dessen bewusst zu sein, stellten sie sich, einer nach dem anderen, Seite an Seite neben Regina Stelling.

Als Regina langsam, sehr langsam das volle Bewusstsein wieder erlangte, als feststand, dass sie keine bleibenden Schäden davon tragen würde, wurde sie aufgenommen in einen Kreis überzeugter Befürworter ihrer Ideen und Forderungen. Eine starke hanseatische Familie hatte sich um sie gestellt und sie in ihre Mitte genommen.

Im August wurde sie aus dem Krankenhaus entlassen. Im November schenkte sie einer Tochter das Leben. Am zweiten Weihnachtsfeiertag wurde das Kind im Stelling-Haus in der Heilwigstraße getauft. Die ganze Familie hatte sich versammelt, um an der Feier teilzunehmen. Bevor der Pastor eintraf, hatten sich alle im großen Gartensaal versammelt.

Regina, noch schwach aber sehr glücklich, saß inmitten der großen Familie, den geliebten Mann hinter sich mit seinen starken Händen auf ihrer Schulter, den kleinen Martin an ihre Knie gelehnt und die Tochter im Arm. Trotz des heftigen Wintersturmes, der um das Haus tobte, waren sie alle gekommen, um an der Taufe teilzunehmen. Es wurde gelacht, gescherzt, es gab ein Wettraten um den Namen des Kindes, den die Eltern noch nicht preisgegeben hatten, und als Selma schließlich die Ankunft des Pastors meldete und Stille eintrat, erklärte Regina mit einem Lächeln: unsere Tochter wird Viktoria heißen. Sie soll den Namen ihrer wunderbaren Vorfahrin tragen, die dem Namen Stelling zu Ansehen und Erfolg verhalf und als die Siegreiche ihrem Namen alle Ehre machte. Martin wird, wenn es an der Zeit ist, die Werft seines Vaters in die Zukunft führen, Viktoria aber wird meine Träume weitertragen.«